国家社会科学基金重大项目结项成果（15ZDB092）

·俄罗斯文学与文化研究丛书·

张杰　主编

"聚和性"与俄罗斯文学经典

萧净宇等　著

中国华侨出版社

·北京·

图书在版编目（CIP）数据

"聚和性"与俄罗斯文学经典 / 萧净宇等著. -- 北京：中国华侨出版社，2023.8

（俄罗斯文学与文化研究丛书 / 张杰主编）

ISBN 978-7-5113-8724-0

Ⅰ.①聚⋯　Ⅱ.①萧⋯　Ⅲ.①俄罗斯文学—文学研究　Ⅳ.①I512.06

中国版本图书馆 CIP 数据核字（2021）第 252434 号

"聚和性"与俄罗斯文学经典

著　　者：萧净宇等

丛书主编：张　杰

出 版 人：杨伯勋

责任编辑：高文喆　桑梦娟

封面设计：毛　增

经　　销：新华书店

开　　本：710毫米×1000毫米　　1/16 开　　印张：23.5　　字数：287 千字

印　　刷：北京天正元印务有限公司

版　　次：2023 年 8 月第 1 版

印　　次：2023 年 8 月第 1 次印刷

书　　号：ISBN 978-7-5113-8724-0

定　　价：125.00元

中国华侨出版社　　北京市朝阳区西坝河东里77号楼底商5号　　邮编：100028

编 辑 部：（010）64443056-8013　　传　真：（010）64439708

网　　址：www.oveaschin.com　　E—mail：oveaschin@sina.com

如发现印装质量问题，影响阅读，请与印刷厂联系调换。

民族精神的铸造：东正教与俄罗斯文学

文学以其独特的艺术审美形式承载着厚重的历史文化积淀和深邃的民族精神，经典的文学创作和批评为国家构型，为民族铸魂。俄罗斯文学，特别是19世纪俄罗斯文学，在东正教的深刻影响下，在俄罗斯的国家和民族形象构建过程中，使得西方知识界对俄罗斯的认知发生了转变，由怀疑到叹服，由鄙视到欣赏。俄罗斯不仅以地大物博跻身于世界大国之列，更是以其灿烂的文化，尤其是文学艺术，让世界为之惊叹。

沿着俄罗斯东正教文化批评理论家和俄罗斯经典作家的探索轨迹，我们不难发现他们均经历了由实在生活走向虚幻精神的殊途同归。只不过前者是由研究自然科学、经济学、法学等实在科学向宗教、神学的转向，后者则是把对现实生活的体验转化为虚构的文学作品。而恰恰是以"救赎"和"博爱"为本质特征的东正教精神将他们联结在一起，共同构筑俄罗斯民族的精神大厦。

在20世纪的两头，即19世纪末至20世纪初和20世纪末至21世纪初，当俄罗斯社会发生剧烈动荡和社会变革的转折时期，俄罗斯的东正教文化均处于极其活跃的时期。探索民族的出路，重构民族的价值观，已经成为思想家和作家的共同追求。

"俄罗斯文学与文化研究丛书"是国家社会科学基金重大项目（15ZDB092）研究的最终成果，于 2021 年 5 月 24 日通过国家哲学社会科学工作办公室组织的评审（证书号：2021&J078），等级为良好。该丛书由五部专著组成，每个子项目为一部分，独立成书，具体如下：《"万物统一"的美学探索：东正教与俄罗斯文论》《保守主义、东正教与俄罗斯国家形象构建》《"聚和性"与俄罗斯文学经典》《东正教与俄罗斯民族语言研究》《陀思妥耶夫斯基主义引论——东正教与陀思妥耶夫斯基创作研究》。

本丛书重点探究，19 世纪以来，在东正教的积极影响下，俄罗斯文学中的民族精神的建构问题以及这一构建所导致的俄罗斯文学艺术形式的变化，同时揭示俄罗斯文学如何以独特的艺术形象对东正教的"弥赛亚"意识、"聚和性"意识等核心思想的丰富，以期为当今我们崇尚个性发展，注重个体自身价值的社会，特别是我国的文艺创作和批评，提供值得借鉴的参考。

一、国外与国内：研究现状的回溯

俄罗斯研究现状

在俄罗斯，东正教与俄罗斯文学的研究热潮，复苏于 20 世纪末苏联解体前，这显然与当时苏联意识形态环境的剧变和庆祝罗斯受洗（988 年）1000 年密切相关，后来热潮有所降温。许多研究成果不只是见之于大学学报、科学院刊物和文学杂志，而且更多发表在解体后蓬勃发展的教会刊物中。1992 年，在俄罗斯科学院高尔基世界文学研究所举办了"普希金与基督教文化"的学术研讨会，这是苏联解体以后首次举办的此类研讨会。1994 年，论文集《论普希金传统阅读资料》出版。该文集将普希金（Пушкин А.С.）的创作还原到东正教的文化背景中来研究，带动了普希金和其他俄国诗人、作家的东正教思想研究。1993 年，彼得罗扎沃茨克大学主办了"18—20 世纪俄国文学中的福音书文本"国际学术研讨会。此后，该研讨会每三年举行一次，而且会议的时间被特意定在了 6 月的宗教节日——圣灵节期间。从第八届研讨会（2014 年 6 月）起，会议更名为"俄国文学中的福音书文本"全俄学术研讨会，第九届研讨会于2017 年 6 月举办。不少与会者认为，俄国传统文化的灵魂根基是东正教，俄国文学文本的创作中心之一是福音书。因此，他们依托普希金、莱蒙托夫（Лермонтов М.Ю.）、果戈理（Гоголь Н.В.）、陀思妥耶夫斯基、布宁（Бунин И.А.）、勃洛克（Блок А.А.）、布尔加科夫（Булгаков М.А.）、帕斯捷尔纳克（Пастернак Б.Л.）、普拉东诺夫（Платонов А.П.）等人的创作文本，从宗教文化的传统与习俗、文学对宗教文本的直接引用及间接联想、艺术题材、情节、体裁等角度入手，就俄罗斯艺术创作的宗教特征、俄国文艺文本与基督教的相互关系等命题展开了深入的研讨。每一届大会都收到了众多高质量的论文，比如：扎哈罗夫（Захаров В.Н.）的《俄罗斯文学中的基督教现实主义》、叶萨乌洛夫（Есаулов И. А.）的《基督教传统与艺术创作》与《勃洛克后期的神秘主义与苏联文学的开端》、多罗菲耶娃（Дорофеева Л.Г.）的《〈伊戈尔远征记〉与普希金的〈上尉的女儿〉中的救赎思想》、嘉里切娃（Гаричева Е.А.）的《陀思妥耶夫斯基的〈卡拉马佐夫兄弟〉中的福音书词汇和古罗斯文学传统》、沃罗巴耶夫（Воропаев В.А.）的《"没有另外一扇门"——果戈理生命中的福音书》、斯皮里多诺娃（Спиридонова И. А.）的《普拉东诺夫战争小说中的圣像画》等。会后，这些论文都被收录在相关论文集中，主编由首届研讨会的组织者扎哈罗夫教授担任。目前，该论文集丛刊已经出版至第 13 期（2017 年）。本应于 2020 年 6 月圣灵节举行的第十届研讨会，因新冠疫情被推迟至 9 月，此届研讨会依然以俄罗斯经典作家创作与陀思妥耶夫斯基文学遗产为讨论主题。

此外，俄罗斯近年还举办过一系列其他具有影响力的相关研讨会。2014 年 5 月，高尔基世界文学研究所与《东正教的莫斯科》（Православная Москва）报社共同举办了"俄罗斯文学中的福音形象"研讨会，莫斯科大学等众多俄罗斯高校学者共聚一堂，讨论俄罗斯经典作品中的基督思想和文学创作中的道德标准。2003—2019 年，在下诺夫哥罗德大学阿尔扎玛分校已举办过六届"东正教与俄罗斯文学：大学和中学的研究"国际研讨会，并出版了一系列权威学术成果。

当今，最为突出的成果是莫斯科神学院教师杜纳耶夫（Дунаев М.М.）所著的六卷本《东正教与俄罗斯文学》（1996—1999）。该书不再仅仅从社会学、历史学的批评视角，而是主要从东正教视角来考察整个俄罗斯文学，并且深入分析了具体的作家创作，把俄罗斯文学的根本属性归结为"宗教性"。杜纳耶夫认为，很多研究者在过去研究俄罗斯文学时，没有抓住俄罗斯文学的宗教本质特征，因此对俄罗斯文学的研究是片面的、浅层次的。"俄罗斯文学反映现实的一个极其重要的特征，是她对现实世界的宗教的、东正教的理解。""伟大的俄罗斯文学的重要特征，首先这是东正教文学。""俄罗斯文学在其最高表现形式中成为不仅仅是语言的艺术，而是形象中的神学。"尽管杜纳耶夫的观点难免有所偏激，但是其研究成果的价值是毋庸置疑的。杜纳耶夫在完成了 6 卷本的《东正教与俄罗斯文学》之后，又在深入思考近几个世纪以来东正教与俄罗斯文学之间关系形成的缘由，他认为，俄罗斯民族在东正教信仰方面所经受的历史磨难，即从信仰—迷茫—缺失—诋毁—信仰，这一过程在近几个世纪俄罗斯文学创作中得到了充分的反映。杜纳耶夫在 2003 年发表的另一部学术专著《信仰在迷茫的磨砺中：17—20 世纪的东正教与俄罗斯文学》就是这一思索的结果。

　　叶萨乌洛夫的专著《俄罗斯文学中的聚和性范畴》（1995）是一本很有影响力的专题研究著作，该书主要是以东正教的核心范畴"聚和性"为中心，揭示其在部分俄罗斯文学经典创作中的作用。叶萨乌洛夫不仅把古罗斯文学文本《法与神赐说》和《伊戈尔远征记》置于东正教语境来解析，而且论述了普希金的小说《上尉的女儿》中的"聚和性"因素、果戈理的长篇小说《死魂灵》和中篇小说集《密尔格拉得》中的两种典型塑造、托尔斯泰（Толстой Л.Н.）长篇小说《战争与和平》中的"聚和性"思想、陀思妥耶夫斯基的《卡拉马佐夫兄弟》中"神赐和权力"思想、谢德林（Щедрин Р.К.）的《戈洛夫廖夫老爷们》中的基督中心主义和"聚和性"以及契诃夫创作中的东正教传统与艺术空间构造等。叶萨乌洛夫还探讨了苏联文学中的宗教因素，重点研究了巴别尔（Бабель И.Э.）诗学中的民族和审美观、阿斯塔菲耶夫（Астафьев В.П.）的小说《被诅咒和被杀害的》等，也把侨民作家什梅廖夫（Шмелёв И.С.）和纳博科夫（Набоков В.В.）的诗学特征纳入了自己的研究视野。这部专著深刻地揭示了俄罗斯文学中的东正教精神特征，为当今的俄罗斯文学史研究提供了非常有价值的参考。

　　在学界影响力较大的专题研究著作还主要有戈里切娃（Горичева Т.

М.）的专著《东正教与后现代主义》（1991）、莫丘利斯基（Мочульский К.В.）的专著《果戈理，索洛维约夫，陀思妥耶夫斯基》（1995）、盖坚科（Гайденко П.П.）的专著《弗拉基米尔·索洛维约夫与白银时代哲学》（2001）等。第一部著作主要揭示了东正教文化对当今后现代主义文艺思潮的影响；第二部著作则把东正教神学思想家索洛维约夫与19世纪俄罗斯经典作家果戈理、陀思妥耶夫斯基的创作放在一起研究，从而深入展示东正教与俄罗斯文学之间的密切关系；第三部著作似乎是研究哲学问题的，但对研究"东正教与俄罗斯文学"问题有着十分重要的关系，该书深入探析了索洛维约夫与陀思妥耶夫斯基创作中的"千禧年说"主题，揭示了索洛维约夫与白银时代俄罗斯文学批评家之间的关系。

塔尔图—莫斯科符号学派的宗教文化批评理论家托波罗夫（Топоров В.Н.）的两卷集学术专著《俄罗斯精神文化中的神性与圣徒》（1995—1998）（第1卷《基督教在罗斯的最初岁月》和第2卷《基督教在罗斯的三个世纪（12—14世纪）》），是研究基督教在俄罗斯最初传播状况的分量最重的研究著作。这两卷近1700页（大32开）的论著在一开始就深入发掘了古希腊语中关于宇宙结构表述的词的内在含义，并指出了其对古罗斯的影响，从历史的源头探讨了基督教，特别是东正教在俄罗斯精神文化中的神圣作用，为研究东正教与俄罗斯文学之间的历史关系，尤其是古罗斯文学，提供了不少宝贵的、极有价值的参考资料。

莫斯科大学教授库列绍夫（Кулешов В.И.）主编的《19世纪俄罗斯文学与基督教》（1997）是一部学术影响非常广泛的论文集。该文集所收录的论文主要源于1994年在莫斯科大学召开的"19世纪俄罗斯文学与基督教"国际学术研讨会。论文集的作者队伍非常宏大，不但包括俄罗斯各高校及科研院所的研究人员，也有世界其他国家的斯拉夫学研究者。他们研究了基督教对 19 世纪俄罗斯文学发展的影响，具体分析了作家创作中所表现出的基督教意识，揭示了俄罗斯文学创作对基督教艺术方法的借鉴。不过，库列绍夫为代表的一批学者与杜纳耶夫、叶萨乌洛夫等不同，并没有将俄罗斯文学完全基督教化。该书内容主要包含三个方面：其一，对 19 世纪俄罗斯文学与基督教之间关系的总体研究，如马尔其扬诺娃的《俄罗斯古典作品的人物和基督教人类学》、利班的《俄罗斯文学和俄国生活中的基督教危机》、阿尔辛其耶娃的《俄罗斯文学里的基督教道德理想和空想意识的问题》等；其二，对作家创作与基督教关系的专题研究，如米涅耶娃的《论卡拉姆津对使徒传文献资料的使用》、帕乌特金的《茹科夫斯基与基里列夫斯基通信里表现的基督教思想和情绪》、库列绍夫的《普希金与基督教》、塔马尔琴柯的《俄国小说里的神正论和传统的情节结构》、谢米勃拉托娃的《作家的遗嘱是其尘世生活的一种总结：果戈理与奥多耶夫斯基公爵》、卡达耶夫的《契诃夫世界里的演变和奇迹》等；其三，外国学者对"19 世纪俄罗斯文学与基督教"问题的研究，如意大利学者维多利奥·斯特拉达的《19 世纪俄罗斯文学和文化里的世俗化问题》、日本学者横田和村上的《列夫·托尔斯泰对性问题的宗教看法》、德国学者米罗拉多维奇的《丘特切夫诗歌里的多神教和基督教的要素》、美国学者叶费莫娃的《在陀思妥耶夫斯基的小说〈卡拉马佐夫兄弟〉的主人公们的神界意境里的旧约全书》等。

在 20 世纪末至 21 世纪，俄罗斯学界还编辑和出版了一些与"东正教与俄罗斯文学"问题密切相关的系列丛书，如"俄罗斯思想丛书"（1994—1995）、"20 世纪思想家丛书"（1994）、"杰出人物评传丛书"（1990—2015）等以及索洛维约夫等一批思想家的文集；编撰了《俄罗斯东正教圣徒和苦行者：历史百科全书》（2010）等工具书。由于在俄罗斯不少东正教思想家本身就是作家和批评家，因而这些丛书具有十分重要的参考价值，如其中的丛书收入了 20 世纪俄罗斯著名文论家和文学史学家、批评家洛谢夫（Лосев А.Ф.）的重要论文集《哲学、神话与文化》（1991）和关于他的传记（1997）；同时洛谢夫本人又作为作者，执笔撰写了关于索洛维约夫的传记（1990）。

近年来，关于东正教与俄罗斯文学研究的新作屡有出现。亚历山德罗娃－奥索金娜（Александрова-Осокина О. Н.）在 2015 年出版的专著《1800—1860 年朝圣散文诗：圣所、历史和人》（2015）中，首次对鲜有关注的朝圣散文进行了系统研究，揭示了俄罗斯文学中的东正教精神与民族文化的统一；乌柳宾（Урюпин И.С.）于 2020 年出版专著《时代民族文化背景下的布尔加科夫创作》，探讨了俄罗斯独特的哲学和宗教文化对布尔加科夫创作的影响。除了学术专著，近年俄罗斯还相继出版了一些供语文学、历史学、宗教学、艺术学等专业学生使用的俄罗斯宗教与文学相关的大学教材，如杰姆琴科夫（Демченков С.А.）编写的《古罗斯文学与文化中的基督教》（2016）、乌米诺娃（Н.В. Уминова）主编的《基督教与文学》（2019）等。无疑，"东正教与俄罗斯文学"在俄罗斯学界越来越成为一个学科跨度广、研究者逐增的热门研究课题。

当前，俄罗斯学界研究"东正教与俄罗斯文学"这一问题的核心重镇之一是位于圣彼得堡的俄罗斯科学院俄国文学研究所（普希金之家）。该所自 1994 年起开始出版《基督教与俄罗斯文学》系列论文集，由科杰里尼科夫（Котельников В.А.）等人主编，圣彼得堡科学出版社出版，从 1994 年至 2017 年，总共已出版了八本，文章内容可以在普希金之家的官网上浏览下载。论文集的作者主要是俄罗斯科学院俄国文学研究所（普希金之家）及圣彼得堡俄罗斯国立师范大学的学者们，还有来自俄国及国外其他科研中心、高校的研究者们。普希金之家是苏联意识形态解禁之后的首批着力于基督教与文化研究的科研机构之一。在 1994 年至 2003 年，这里每年都会举行名为"东正教与俄罗斯文化"的研讨会。有众多知名学者如科杰里尼科夫、叶萨乌洛夫、布哈尔金（Бухаркин П.Е.）、柳勃穆德罗夫（Любомудров А.М.）等参加会议。学者们重新开始了基督教与俄罗斯文学相互关系这一重要主题的探索，其研究核心为基督教的本体论、认识论、道德论等与新时期俄罗斯文学的关系。研究所涉及的问题范围非常广泛，比如俄国文学的东正教特性，东正教的历史特征和俄国宗教性的一般特质，这些特点如何在不同作家如茹科夫斯基（Жуковский В.А.）、霍米亚科夫（Хомяков А.С.）、陀思妥耶夫斯基、果戈理等人不同时期的创作中通过文学表达出来，不同的基督教主题和联想如何在具体艺术文本中加以体现，等等。这些系列文集中收录了很多从宗教视角阐释文学作品的优质论文，比如科杰里尼科夫的《布宁的旧约》、布哈尔金的《新时期的东正教教会和世俗文学》、柳勃穆德罗夫的《作为文化准则的教会性》、摩多林（Моторин А. В.）的《俄国浪漫主义的耶路撒冷形象》、弗拉斯金（Власкин А. П.）的《陀思妥耶夫斯基创作中的民族宗教文化》等。这显然是我们需要加以关注的一个重要研究窗口。

欧美研究现状

在欧美，东正教与俄罗斯文学的关系研究也一直是学界关注的重要问题之一。1995 年由英国格拉斯哥大学文学与神学研究中心专门主办了题为"罪、罚与基督：从宗教的角度阅读陀思妥耶夫斯基"的学术研讨会，会议重点探讨了俄罗斯经典作家陀思妥耶夫斯基创作与东正教之间的关系问题，不少学者从东正教文化的视角解读了长篇小说《卡拉马佐夫兄弟》

和《罪与罚》等，这些研究为文学经典的宗教解读提供了极有价值的路径。

由美国斯拉夫和东欧语言教师联合会出版的《斯拉夫和东欧杂志》是欧美学界研究斯拉夫文化的前沿阵地。进入 21 世纪以来，俄罗斯文学与基督教尤其是东正教的关系越来越受到欧美学者的关注，比如该刊在 2002 年发表的维克多·泰拉斯（Victor Terras）的《俄罗斯文学评论的基督教革命》就是其中极具代表性的研究成果。在荷兰发行的 A&HCI 索引期刊《俄罗斯文学》中，也常有欧洲学者关注到俄罗斯文学中的宗教问题，如聂达·安德瑞克（Neda Andrić）2016 年发表的《德米特里·梅列日科夫斯基的小说〈达·芬奇的浪漫〉的宗教哲学方面》、戈德伯格（S.Goldberg）2008 年发表的《丘特切夫〈佩萨斯特·埃斯特和莫尔斯基奇·沃尔纳赫〉中的基督教和浪漫主义》等。此外，由英国牛津大学出版社出版的《文学与神学》杂志长期以来一直密切关注着俄罗斯文学与东正教问题的研究，在 2015 年 6 月的 29（2）期上（第 183–198 页）就刊登了约瑟芬·冯·齐特赛威兹（Josephine von Zitzewitz）的论文《奥尔加·谢达科娃的旅行诗：形式的神性》，揭示了诗歌形式的东正教性。

欧美学界相关的英文研究成果主要有约瑟夫·弗兰克（Joseph Frank）的《宗教与理性之间：俄罗斯文学与文化随笔》（2010），乔治·帕提森、戴安·汤普森（George Pattison & Diane Thompson）的《陀思妥耶夫斯基与基督教传统》（2008），伊芙蕾姆·斯切尔（Efraim Sicher）的《十月革命后俄国文学中的犹太人：在希望与背教之间的作家与艺术家》（2006），露丝·寇茨（Ruth Coates）的《巴赫金身上的基督教：上帝与被流放的作家》（2005），戴维·M.贝特亚（David M. Bethea）的《现代俄国小说中的末世之形》（1989），斯图尔特·R.苏特兰（Stewart R. Sutherland）的《无神论与拒绝上帝：当代哲学与〈卡拉马佐夫兄弟〉》

（1977），赞科夫斯基（Serge A. Zenkovsky）的《中世纪俄国的史诗、历代记与故事》（1974），考克斯（Roger L. Cox）的《地与天之间：莎士比亚、陀思妥耶夫斯基与基督教悲剧的意义》（1973），等等。

2010年，东正教文学专家马太·拉斐尔·约翰逊（Matthew Raphael Johnson）的专著《俄罗斯文学中的东正教古老传统》出版，作者旨在激发西方读者关注俄国宗教文化，认为文学翻译与批评必须重视俄国文学的历史及宗教内涵。这部学术著作可以说是最近欧美学者研究东正教与俄罗斯文学关系最为重要的学术成果之一。

我国研究现状

在我国俄罗斯文学研究界，任光宣、金亚娜、王志耕、梁坤、刘锟教授等均对此问题进行过较为深入的研究。任光宣等的《俄罗斯文学的神性传统：20世纪俄罗斯文学与基督教》（2009）和《俄国文学与宗教：基辅罗斯——十九世纪俄国文学》（1995）、金亚娜等的《充盈的虚无：俄罗斯文学中的宗教意识》（2003）、王志耕的《圣愚之维：俄罗斯文学经典的一种文化阐释》（2013）和《宗教文化语境下的陀思妥耶夫斯基诗学》（2003）、梁坤的《末世与救赎：20世纪俄罗斯文学主题的宗教文化阐释》（2007）、刘锟的《东正教精神与俄罗斯文学》（2009）以及他们和林精华的系列论文等多是这一方面研究的标志性成果。

任光宣教授在专著《俄国文学与宗教：基辅罗斯——十九世纪俄国文学》和《当前俄罗斯对俄罗斯文学与宗教关系研究一瞥》《俄国后现代主义文学，宗教新热潮及其它》等论文中，较为全面地概括了当前俄罗斯学界对"俄罗斯文学与东正教"问题的研究现状，从文化史的视角探讨了东正教对俄罗斯文学创作的影响以及俄罗斯文学创作所反映出的东正教特征。在专著中，任光宣教授沿着基辅罗斯一直到 19 世纪俄罗斯社会的发展轨迹，揭示了 19 世纪俄罗斯文学中蕴含的东正教精神。这是在我国学界较早的一部关于"俄罗斯文学与东正教"问题研究的学术成果，具有非常重要的开拓性的奠基作用，很有参考价值。

金亚娜教授等著的《充盈的虚无：俄罗斯文学中的宗教意识》一书，以探究俄罗斯宗教文化的本质特征及其对民族文化心理的深层影响为目的，从宗教文化的视角重新解读了部分俄罗斯经典作家的创作，如果戈理的神秘宗教世界，陀思妥耶夫斯基与无辜受难者的灵魂磨砺，梅列日科夫斯基（Мережковский Д.С.）的《基督与反基督》的宗教思想，高尔基（Горький М.）作品中的民众宗教意识和人类中心宗教宇宙观、象征主义诗歌与宗教，布尔加科夫的《大师与玛格丽特》中的宗教神话主题，帕斯捷尔纳克的《日瓦戈医生》的宗教情结，顺季克（Шутько Н.А.）的《白萨满》中的萨满教观念，艾特玛托夫（Айтматов Ч.Т.）的《断头台》中的现代基督观，等等。这一成果把我国的俄罗斯文学创作的宗教解读引向了深入。

王志耕教授的专著《圣愚之维：俄罗斯文学经典的一种文化阐释》也许是最近几年来对此问题研究的分量最重、较为深入的一部专著。作者认为，要理解俄罗斯经典文学的独特性，必须对其做文化诗学的考察，也就是将其还原至它赖以生成的历史文化语境，通过对制约其存在的文化结构进行模型重构与解读，然后寻找它对文学文本的结构性渗透，从而最终说明俄罗斯文学特性的生成机制，因此，考察俄罗斯"圣愚"文化与俄罗斯文学经典之间的这种结构关系，便成了这部书的主要任务。全书共分四编，主要把"圣愚"作为一种文化，深入探讨"圣愚"与俄罗斯文学的精神品格、形式品格和生命品格之间的关系。该书对俄罗斯文学经典文本的文化解读，确实有许多精妙之处。

梁坤教授的专著《末世与救赎：20世纪俄罗斯文学主题的宗教文化阐释》（2007），从宗教文化视角研究20世纪俄罗斯文学的基督、索菲亚、恶魔、生态等几个重要主题，通过对欧洲与俄罗斯文化传统的溯源和对文学文本的分析，探讨其中共同蕴含的末世与救赎的精神结构，在宗教、哲学与文学的关联处发现俄罗斯民族自我意识的特征，考察其民族性格与文化心理，探讨了俄罗斯文学作品中主人公形象与东正教的关系。

刘锟教授的著作《东正教精神与俄罗斯文学》，从东正教文化的视点出发，从具体的文学经典文本分析入手，从俄罗斯文学中的东正教观念、圣徒传统、魔鬼观念几个方面阐述俄罗斯文学的总体特征，努力从宗教文化的视角揭示俄罗斯文学思想内涵的本质和它独特的文化价值。从整体上看，此书在研究方法上与金亚娜等著的《充盈的虚无：俄罗斯文学中的宗教意识》一书有点相似，其实刘锟本人也参与了金亚娜教授负责之作的撰写。

上述研究确实已经为我们的研究奠定了坚实的基础并且已经取得较为丰硕的研究成果。然而，任何研究又是可以进一步推进的。总体来说，以上研究多数是从东正教或其他宗教的视角来解读俄罗斯文学创作，需要深入推进东正教与俄罗斯文学之间的互动关系的研究，进一步揭示俄罗斯文学对东正教文化的形象阐释和空间拓展，在具体探究东正教如何对俄罗斯文学经典体裁结构和审美形式的影响方面，还有大量的工作需要去做。同时，需要特别说明的是，对某些关键性的学术术语翻译，学界还存在着不同的译法。例如王志耕教授发表的论文《"聚合性"与陀思妥耶夫斯基的复调艺术》、学术专著《圣愚之维：俄罗斯文学经典的一种文化阐释》和金亚娜教授的专著《充盈的虚无：俄罗斯文学中的宗教意识》中，均把"соборность"翻译成"聚合性"，任光宣教授则译成"集结性"，也有学者译为"团契"。我们采用张百春教授的译法，即"聚和性"，因为该词的核心意义包含了"和而不同"的意思。

其实，从东正教文化与俄罗斯文学的相互关系来看，它们之间的影响应该是双向的。一方面，东正教精神影响着俄罗斯文学的形成和发展，对文学的主题、形式以及作家的思维方式和精神探索起着重要作用；另一方面，俄罗斯作家和大量的文学作品为东正教哲学提供了具有一定深度和广度的阐释可能性，以其艺术创作丰富和发展了宗教道德思想体系，深化和拓展了东正教的精神价值，体现了独特的宗教道德理想。而目前我国学界的研究更多探讨的是前一种影响，即东正教对俄罗斯文学的影响，而对俄罗斯文学对东正教文化的丰富与拓展的研究，则尚欠深入。此外，我国从事此方面研究的学者大都来自俄罗斯文学研究界，往往囿于文学的范围内来探索，结合具体的作家创作，从俄罗斯文学中的东正教观念、"圣愚"传统、魔鬼观念、"聚和性"、圣徒传等方面入手，揭示俄罗斯文学的特征。实际上，俄罗斯文学的使命始终与国家和民族的命运息息相关，宗教特征也是与此紧密相连的。俄罗斯知识分子以宗教的态度对待自己的创作，认为它负有一种救赎的使命，具有超越个人本身的精神价值。

如果走出与文学的关系来看东正教，张百春先生的专著《当代东正教神学思想》（国家社会科学基金"九五"规划重大项目）是值得特别关注的学术研究成果。虽然此书不是专门研究"东正教与俄罗斯文学"问题的，但是对于了解当代东正教神学思想具有十分重要的意义，更何况不少当代东正教神学思想家，如梅列日科夫斯基、舍斯托夫（Шестов Л.И.）、伊凡诺夫（Иванов В.И.）、洛斯基（Лосский Н.О.）、布尔加科夫、别尔嘉耶夫（Бердяев Н.А.）等，就是文学批评家和理论家。该书对当代东正教神学思想的奠基人索洛维约夫、"聚和性"概念的提出者霍米亚科夫等均进行了一定的论述，有助于我们对当代东正教神学思想与俄罗斯文学及其批评理论之间关系的研究。

二、意义与方法：研究内容的设计

研究的价值与意义

俄罗斯诗人叶夫图申科（Евтушенко Е.А.）曾写过这样一句诗："诗人在俄国大于诗人。"换句话说，"文学在俄国大于文学"。本项目研究东正教与俄罗斯文学的关系，已不再局限于纯文学问题，将探讨这种关系对俄罗斯国家形象构建和民族精神塑造等问题的作用。其实，俄罗斯国家和民族精神的形象，不只是凭借国外政治家、经济学家和旅行家等的"他者化"解读，而更主要取决于俄罗斯人的自我塑造，其中很重要的部分就是俄罗斯文学的创作。一个伟大的民族必然能造就伟大的文学，伟大的文学又能构建伟大的国家和民族之形象，而这一切在俄罗斯又是与东正教有着天然的内在联系的。文学的艺术追求只有融入民族、国家的发展洪流中，才具有不朽的生命力。本丛书的学术价值和社会意义之一就是重点研究"东正教与俄罗斯文学中的国家形象构建"，以期为我国文艺创作和理论探索在国家形象的构建上，提供有价值的参考。

在东正教与俄罗斯文学的相互影响研究中，本丛书注重影响的双向性，一是侧重研究东正教的精神价值与俄罗斯文学创作和批评之间的相互作用、相互拓展，进行双向性的阐释；二是探究"东正教与俄罗斯民族语言"之间的双向影响，一方面探讨作为文学载体的俄罗斯民族语言与东正教之间的渊源关系，另一方面也努力揭示俄罗斯民族语言的发展对于东正教文化的反作用。这些研究可以弥补我国学界在此方面的某些不足，也是本丛书研究的又一学术价值和社会意义。如果将语言研究成果运用于我国的俄语教学，也会具有较大的应用价值和推广意义。

在具体的作家创作和文本分析中，本项目不仅深入考察东正教文化在创作主题和思想内容方面的影响，揭示作品的深刻内涵，而且进一步分析文学文本在文学体裁、诗学结构、创作形式、语言表述等方面与东正教文化的渊源关系。例如，巴赫金在分析陀思妥耶夫斯基小说创作的诗学构造时，敏锐地揭示了该作家小说创作中的复调结构，然而他并没有深入发掘这一结构与东正教文化之间的关系，其实这与东正教的核心概念"聚和性"关系密切。这也是本丛书中《"聚和性"与俄罗斯文学经典》《陀思妥耶夫斯基主义引论——东正教与陀思妥耶夫斯基创作研究》等的学术价值和意义之所在，努力为我国文学批评和理论的建设，提供值得借鉴的参考。

"东正教与俄罗斯文学"的关系研究显然是具有引领意义的，该研究在理论阐释的基础上，将尝试对受东正教影响的各种文学批评理论及其方法的实际运用，也就是努力运用各种批评方法来分析具体的俄罗斯文学作品，以力求为我国的文学批评开辟新的途径。这无疑具有重要的学术价值和应用价值。

研究对象和主要内容

本丛书努力通过对"东正教与俄罗斯文学"之间双向互动关系的研究，探究东正教对俄罗斯文学的创作思想、艺术形式和批评理论的积极影响，同时也深入研究俄罗斯文学创作与批评对东正教文化的拓展与丰富，从而探索超越个体的精神价值，即民族精神和国家形象的文学塑造，揭示俄罗斯文学对国家形象的构建和民族精神的铸造过程。主要研究涉及三个方面，即"东正教""俄罗斯文学"以及两者之间的关系。其中，两者之间的关系是最为重要的，我们将深入探究反映这种关系的"与"字，选择东正教对俄罗斯文学产生积极影响的部分进行研究，同时也把受东正教影响较有代表性的俄罗斯文学的经典作家、批评家及其创作和理论，作为研究的主要对象。具体研究的主要内容如下：

在"俄罗斯文学"研究方面，将选择那些与东正教关系极为密切的作家和批评家的创作作为研究对象，并主要从文学创作和批评两个方面展开研究。在作家创作方面，侧重研究以果戈理、陀思妥耶夫斯基、托尔斯泰等为代表的经典作家的创作；在文学批评方面，重点研究以卡特科夫（Катков М.Н.）、波别多诺斯采夫（Победоносцев К.П.）等为代表的文学批评家及其思想，重点揭示俄罗斯文学经典创作、批评与东正教的互动影响，特别是俄罗斯文学对东正教文化阐释空间的拓展和对东正教思想的发展。我们以"东正教与陀思妥耶夫斯基创作"为个案，立足于作家创作文本，重在分析传统的东正教意识与陀思妥耶夫斯基创作之间的互动。

在"东正教"神学研究方面，将侧重把与俄罗斯文学发展产生互动影响最为积极的"聚和性"和"弥赛亚意识"作为主要研究对象，深入研究它们对俄罗斯文学的民族精神铸造和艺术形式构建的积极影响。"聚和性"是霍米亚科夫提出的一个概念，与"собор"（大教堂、大礼拜堂）同根同源。它作为俄罗斯民族东正教文化的本质特征之一，具有独特的含义。在霍米亚科夫看来，天主教会的统一没有自由，新教的自由缺少统一，"聚和性"则是自由与统一的融合。"聚"是指靠着信仰为了一个焦点而结合的意思，"和"是"和而不同"的和。[1]"弥赛亚意识"源自宗教词语"弥赛亚"（Messiah），意指某个群体或民族认为自己赋有拯救世界的使命。俄罗

---

[1]　张百春：《当代东正教神学思想——俄罗斯东正教神学》，上海：上海三联书店，2000年，第55页。

斯民族长期信奉东正教,"弥赛亚意识"非常强烈,并且俄罗斯的"弥赛亚意识"融合了俄罗斯民族的传统文化与东正教文明,又经过俄罗斯学者数百年的补充和完善,衍生出一整套的理论和观念,早已经超出了宗教范畴而融入了俄罗斯民族的灵魂,成为俄罗斯民族的核心价值观之一。

在这两者的融合关系上,重点研究白银时代的俄罗斯宗教文化批评的思想家及其理论,揭示他们与俄罗斯文学批评理论之间的关系,如索洛维约夫的"完整知识体系"与宗教文学批评基础、特鲁别茨科伊(Трубецкий С.Н.)的"聚和性意识"与对话批评、梅列日科夫斯基的"新宗教意识"与象征主义、舍斯托夫的"悲剧哲学"与存在主义、伊凡诺夫的"合唱原则"与现实主义的象征主义、洛斯基的"直觉主义"与具体的理想现实主义、布尔加科夫的"宗教唯物主义"与"三位一体"文学批评、别尔嘉耶夫的"东正教人本主义"与救世的宗教文化批评等。这些理论家既是东正教神学思想的继承和发展者,也是俄罗斯宗教文学批评理论的拓展者。

其实,无论是东正教,还是俄罗斯文学,均是通过俄罗斯民族语言的表征而存在起来的。俄罗斯民族语言在承载着东正教和俄罗斯文学的同时,也成为它们之间联系的纽带。因此,研究东正教与俄罗斯民族语言形成与发展中的双向共变关系,揭示以东正教为主导特征的俄罗斯精神文化影响下的俄语语言世界图景,也成为本丛书研究的主要内容之一。

总体框架与逻辑关系

本丛书的总体研究框架是,努力对"东正教与俄罗斯文学"问题进行系统性、互动性研究,侧重探讨两者双向互动的关系,从而揭示俄罗斯文学对国家形象和民族精神的铸造以及东正教所起到的作用。参见下图:

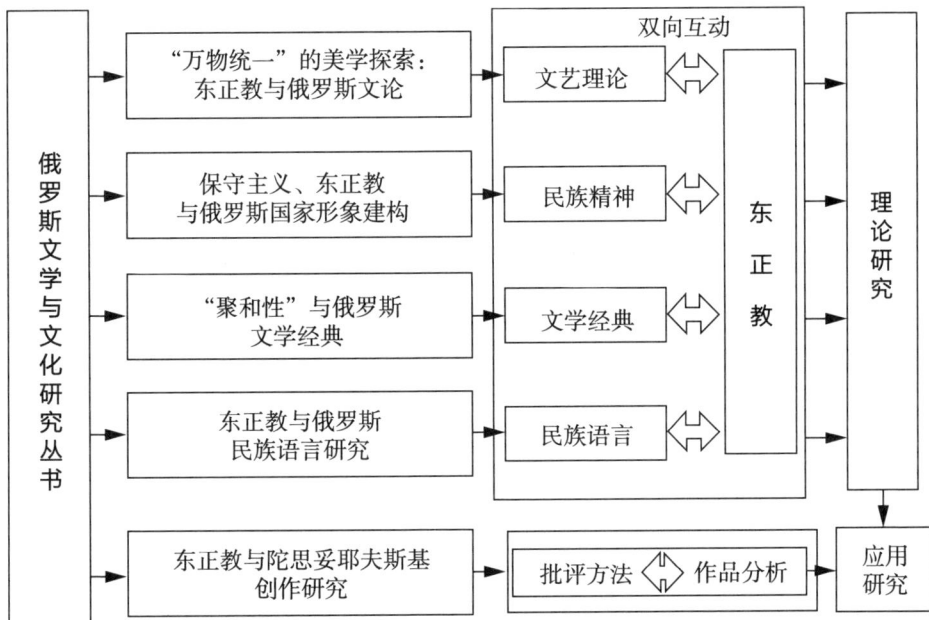

在研究的系统性上，本丛书注重创作与理论、思想与形式、群体与个案、整体与专题、内容与载体之间的系统研究，即在研究东正教对俄罗斯文学的影响方面，既重视对文学创作，特别是文学经典作品的分析，也深入对文学批评及其理论的探讨；既关注其对文学创作思想内容的影响，更努力发掘其与文学艺术形式的渊源关系；既有对经典作家和批评家的群体研究，也有对陀思妥耶夫斯基创作的个案分析；既注重其对俄罗斯文学整体影响的考察，也专门就俄罗斯国家形象建构的专题展开研究。本项目甚至还对东正教与俄罗斯文学之间的纽带和载体——俄罗斯民族语言，列出专门的子项目研究。

在研究的互动性上，本丛书主要从纵、横两个维度上展开互动探索。首先，从历时的纵向关系来看，本丛书在深入探讨东正教对俄罗斯文学、俄罗斯民族语言的历史渊源影响时，也竭力考察俄罗斯文学、俄罗斯民族语言对东正教发展的反作用，特别重视研究双向互动的影响。从共时的横向关系来看，为了达到双向互动的研究目的，本丛书的各部论著之间也是互动甚至相互渗透的，比如，对俄罗斯国家形象建构的研究就不仅是《保守主义、东正教与俄罗斯国家形象建构》的任务，同时也渗透在其他四部论著之中；有关陀思妥耶夫斯基的创作除了《陀思妥耶夫斯基主义引论——东正教与陀思妥耶夫斯基创作研究》进行专题的深入研究之外，在《"聚和性"与俄罗斯文学经典》等论著中也会有所涉及。

这种系统性与互动性的研究方式就是试图使得整个研究成为一个有机、互动的整体，而贯穿这一整体的精神就是在东正教的文化语境中俄罗斯文学对国家形象和民族精神的塑造。

在本丛书中，《"万物统一"的美学探索：东正教与俄罗斯文论》是一个引领性的理论专题研究，揭示东正教与俄罗斯文学批评理论之间的关系，这正好与《"聚和性"与俄罗斯文学经典》一起，构成研究"东正教与俄罗斯文学"的主体。本丛书力图通过此项研究表明，宗教思想与科学理论之间并非迥然对立，同样可以是"你"中有"我"、"我"中有"你"，均是探索真理的途径。

《保守主义、东正教与俄罗斯国家形象建构》是一部重点揭示俄罗斯国家形象构建的论著，主要探讨19世纪俄罗斯文学中国家形象的建构以及保守主义、东正教在此所起到的重要作用，其目的除了问题本身的研究以外，就在于努力进一步表明本丛书研究的核心问题是俄罗斯国家形象的构建和民族精神的铸造问题，这就使得本丛书的意义超越了研究本身。

《"聚和性"与俄罗斯文学经典》是一个以创作影响为主体的研究，主要通过历史渊源研究和具体文学经典文本分析，深入探讨东正教的"聚和性"与俄罗斯文学经典之间的相互关系，这是研究"东正教与俄罗斯文学"必不可少的一个核心问题。

《东正教与俄罗斯民族语言研究》以载体与纽带的研究为主要任务。俄罗斯民族语言既是文学和宗教的载体，又是它们的内涵表述的拓展者，这一研究其实既在语言文学的范围之内，又超越了这一界限，有利于我们更清晰、更深入地认识东正教与俄罗斯文学的关系。

《陀思妥耶夫斯基主义引论——东正教与陀思妥耶夫斯基创作研究》是一个个案研究，专门针对东正教与陀思妥耶夫斯基创作之间的关系，进行深入细致的剖析，这样有利于较为深入具体地揭示东正教与具体经典作家创作之间的相互影响。该论著对以往研究的突破在于，既考察宗教因素在推动陀思妥耶夫斯基思想观念形成过程中所起的影响，又探求陀思妥耶夫斯基及其创作如何提升民族认同感、发扬光大东正教文化的机制。

本丛书由批评理论和思想引领、民族精神和国家形象建构贯穿、东正教与文学经典互动考察、作为文学载体的俄罗斯民族语言研究、重点作家个案分析五部分组成。

总体思路与研究方法

从总体思路上来说，本丛书认为，"东正教与俄罗斯文学"的研究并不等于"东正教＋俄罗斯文学"，也就是说，并非"1+1=2"，而是"1+1>2"。本丛书关注两者之间的关系研究，将研究提升至民族精神铸造和国家形象建构的高度，使之产生"1+1>2"的研究效果。本研究采用"二元"或"多元"融合、重点与一般兼顾、静态与动态结合、创作与批评交叉的研究思路。从总体上来说，着眼于东正教与俄罗斯文学的相互融合，这里不仅把东正教文化作为研究的背景，而且重点分析作为载体的俄罗斯民族语言、作为形象艺术的俄罗斯文学对东正教文化的丰富。在我们看来，在东正教与俄罗斯文学中，往往是"你"中有"我"、"我"中有"你"，而这就是本丛书关注的主要部分。在重点与一般的兼顾上，本丛书在解析陀思妥耶夫斯基的创作的同时，也兼顾俄罗斯文学史上的一批经典作家，在重点探讨东正教文化精神如何影响俄罗斯文学对国家形象和民族精神的铸造的同时，也兼及一般文学创作、批评及其理论与东正教互动中产生的其他问题。在静态与动态的结合中，本丛书既对"弥赛亚意识""聚和性"等代表东正教本质特征的范畴，作为相对确定的意义进行研究，同时也注意它们的时代特征，在历史的变化中，在作家创作的动态阐释过程中来考察。在创作与批评交叉的研究中，我们既注重分析作家的创作文本，也研究卡特科夫、波别多诺斯采夫等的文学批评思想。

就研究视角和研究路径而言，本丛书采取多维度的视角、正反双向的研究路径。在研究视角上，既有宏观考察的整体把握，也有微观的具体文本分析和个案研究；既有思想内涵和民族精神的深入挖掘，也有创作体裁、文学形式以及语言表述的艺术分析；既有就"聚和性"对创作的影响探究，也有文学创作对"聚和性"形象阐释的评析。在研究路径上，既追溯东正教对俄罗斯文学发展的正向渊源影响，也探讨俄罗斯文学对东正教文化的反向阐释拓展与形象建构，既揭示俄罗斯民族语言作为载体和表现手段对以东正教精神与传统为核心的俄语语言意识形象体系的建构，也反向探索在俄语的语言世界图景中东正教文化、俄罗斯文学的积极作用，从而更深刻地认识"东正教与俄罗斯文学"的关系。

从学理角度，如果把巫术和民间口头创作分别看作是宗教活动和文学创作的起源，那么在俄罗斯，其宗教与文学几乎是一对孪生姐妹，它们之间存在着天然的内在联系。东正教与俄罗斯文学的关系也不例外，彼此往往交融在一起，有时甚至很难分辨。例如，梅列日科夫斯基、舍斯托夫、伊凡诺夫、洛斯基、布尔加科夫、别尔嘉耶夫等既是宗教哲学家，又是文学批评及理论家；陀思妥耶夫斯基的创作是文学经典，也是对东正教精神的形象阐释与丰富；"聚和性"既是形成陀思妥耶夫斯基小说复调结构的文化根源，其内涵又在该作家创作中得到了新的丰富和拓展。因此，本丛书在学理上，针对这一特点，主要从关系着手，进行双向互动与多维的考察研究。

在研究方法上，本丛书采用文本细读、考证和跨学科相结合的研究方法，一方面深入研究"东正教与俄罗斯文学"的问题本身，细读各类文本，包括东正教基本文献资料和文学经典文本，立足文本分析，对东正教与民族语言、作家创作之间的关系等问题进行考证式研究，努力做到言之有据；另一方面做到文史哲结合，综合运用文艺学、宗教和思想史的研究方法，立足于一手材料，除了第一手的俄文（含古俄语材料）、中文资料以外，还尽可能运用第一手的英文等资料，来考察西方学者的观点，尽力发掘俄罗斯文学史、东正教文化史中被忽略的一面，争取能够走出问题看问题，从跨学科的视野来考察问题，深化问题的研究。

三、使命与救赎：民族精神的铸造

文学是历史的文化记忆与艺术重构，俄罗斯文学显然是俄罗斯社会发展的艺术构建。也许正因为如此，我国俄罗斯文学研究界常常把文学创作与社会现实生活密切地联系在一起，特别是在探讨 19 世纪以来的俄罗斯文学发展时，总是习惯于把这一进程与民族解放斗争和历史变革相关联，甚至以十二月党人起义、农奴制废除和十月革命等重大历史事件为依据来划分文学发展阶段。其实，文学的历史重构也许更主要是超越历史事件的精神重构、国家形象的塑造和民族灵魂的铸造。就俄罗斯文学而言，这里自然离不开东正教思想的影响。东正教之所以能够被俄罗斯民族所接受，主要因为东正教的思想与俄罗斯民族自身的宗教虔诚性是相吻合的，因此，俄罗斯宗教文化批评理论家别尔嘉耶夫曾经明确指出："俄罗斯人的灵魂是由东正教会铸成的，它具有纯粹的宗教结构。"①

回眸 19 世纪欧洲文学史，以批判现实主义为代表的文学主潮，往往通过对典型环境中的典型人物悲剧性命运的描写，来达到对社会现实的揭露与批判，这也是批判现实主义的力量之所在。然而，19 世纪的俄罗斯文学则又呈现出自己的独特性。别尔嘉耶夫在提及俄罗斯文学的特征时这样写道："从果戈理开始的俄国文学成为一种训诫的文学。它探索真理，并教示实现真理。俄罗斯文学不是产生于个人和人民的痛苦和多灾多难的命运，而是产生于对拯救全人类的探索。这就意味着，俄国文学的基本主题是宗教的。"②

在我国和苏联的俄罗斯文学研究中，凡是提及 19 世纪俄罗斯文学中的奥涅金、毕巧林、罗亭、奥勃洛莫夫等"多余人"（лишний человек）和巴施马奇金、杰武什金等"小人物"（маленький человек）系列形象时，往往把这些优秀个性和"小人物"的毁灭归结于 19 世纪俄罗斯社会的恶劣环境。其实，俄罗斯作家笔下的"多余人"和"小人物"与同时期欧洲文学中的同类人物相比较，有着迥然不同的性格特征。虽然他们都处于恶劣的社会环境中，无法摆脱自己悲剧性的命运。然而，俄罗斯文学中的"多余人"更具有使命感、救赎意识，也就是他们在不断探索拯救

---

① ［俄］尼·亚·别尔嘉耶夫：《俄罗斯共产主义的起源与意义》，莫斯科：科学出版社，1990 年，第 8 页。
② 同上，第 63 页。

自己和他人的出路。俄罗斯文学中的"小人物"也更多地在为自我的尊严而抗争，甚至自我救赎。显然，在"多余人"和"小人物"身上，体现着俄罗斯民族的"救赎"精神，而这一精神无疑来自于东正教的"弥赛亚"意识。

19世纪初的俄罗斯与西欧先进国家相比较，显得十分落后，仍然处于农奴制之中。随着1812年抗击拿破仑的入侵，俄军一度远征西欧。不少优秀的贵族军官亲身感受到了俄国的腐败落后，改革和救赎的使命感与日俱增。俄罗斯学者马斯林（Маслин М.А.）就曾经指出："毋庸置疑，从中世纪开始，宗教救世主学说正是俄罗斯自我意识的特征。"俄罗斯的思想界体现着"对俄罗斯民族乃至整个东正教世界的整体的宗教和历史的救赎意志"[①]。十二月党人诗人雷列耶夫（Рылеев К.Ф.）、丘赫尔别克尔（Кюхельбекер В.К.）、奥多耶夫斯基（Одоевский В.Ф.）、拉耶夫斯基（Раевский В.Ф.）等，在自己的创作中就表现出鲜明的民族救赎意识，表达了追求自由、积极向上的浪漫主义精神。俄罗斯诗人普希金更是在《致西伯利亚的囚徒》等诗歌中激励为民族救赎而献身的十二月党人，甚至预言俄罗斯民族将从睡梦中醒来。在现实主义的文学创作中，著名作家果戈理在《钦差大臣》《死魂灵》等创作中，出色地塑造了形形色色的小官吏、地主、骗子等形象，竭力探索宗教的自我救赎之路。寓言家克雷洛夫（Крылов И.А.）的创作在形象地反映社会现实的同时，不仅批判了统治阶级的种种丑恶本性，而且弘扬了强烈的爱国主义精神。无论是屠格涅夫（Тургенев И.С.）的长篇小说、涅克拉索夫（Некрасов Н.А.）的诗歌、奥斯特洛夫斯基（Островский А.Н.）和契诃夫（Чехов А.П.）的戏

---

① 马斯林：《对俄罗斯的非常无知》，载《哲学译丛》1997年第2期，第23页。

剧，还是陀思妥耶夫斯基和托尔斯泰的小说等，均是通过不同的艺术表现途径，探索着自我救赎。在俄罗斯文学史上的"多余人"系列形象塑造中，如果说在普希金笔下的奥涅金还主要体现的是自我救赎，那么到了莱蒙托夫那里，毕巧林已经开始试图拯救他人，而屠格涅夫同名小说中罗亭则死于巴黎革命的巷战中。当然，冈察洛夫（Гончаров И.А.）的奥勃洛莫夫又表现出"救赎"的无奈，只寻求自我心灵的纯洁。

在东正教中，"上帝"是存在于"自我"之中的，也就是说，"我"就是"上帝"。因此，俄罗斯民族的"救赎"并不依赖于外部世界，而是根植于自身的。在俄罗斯文学中，我们不难发现，各种不同类型人物的"救赎"探索。果戈理的短篇小说《外套》是继普希金的《驿站长》之后又一部描写小人物的杰作。然而，小公务员巴施马奇金不仅是黑暗社会的牺牲品，更是一个维护自我尊严、追求"自我救赎"、反对弱肉强食社会的抗争者。在《外套》里，作家创作了一个荒诞的结尾，巴施马奇金死后一反生前的怯懦，抓住那个曾骂过他的大人物，剥下他的外套，为自己报了仇。陀思妥耶夫斯基的小说《穷人》中的主人公、年老公务员杰武什金和几乎沦落为妓女的陀勃罗谢洛娃，虽然生活艰难，地位卑微，但是他们依然在执着于精神和道德上的平等。

在优秀贵族人物性格的塑造上，托尔斯泰的创作无疑是最具有代表性的。在长篇小说《战争与和平》中，安德烈·包尔康斯基、彼恰·罗斯托夫、彼埃尔·别祖霍夫等身上蕴藏着的爱国主义激情，维护民族自尊的决心，均令人赞叹。他们与民众的坚强意志显示出俄罗斯民族精神的强大与不可战胜。《安娜·卡列尼娜》中的主人公安娜是一位追求爱情幸福的新女性，不过托尔斯泰的描写是很具有俄罗斯特色的。别尔嘉耶夫就曾经指出，爱情本身在俄罗斯与西欧的存在方式与内涵是迥然不同的，在俄罗斯，"爱情不是一种自我价值，没有自己的形象，它仅仅是人的悲剧道路的展示，仅仅是对人的自由的考验"①。因此，当安娜深感渥伦斯基不再爱自己以后，就只有以生命为代价完成了"自我救赎"的心理历程。《复活》中的主人公聂赫留朵夫则更是在"救赎"他人的过程中实现了"自我"和"他人"的精神"复活"。

当然，在别尔嘉耶夫看来，俄罗斯救世的宗教文学主要始于果戈理，但是果戈理创作的悲剧在于，他揭示的仅仅是人的"魔性"，而无法描绘出人的"神性"，无法表现神人合一的创作形象。在极度矛盾和痛苦中，果戈理烧毁了《死魂灵》的第二部手稿。只有到了陀思妥耶夫斯基，他的创作才深刻地揭示了俄罗斯民族的"神性"，同时也极大地丰富了对俄罗斯东正教救世精神的阐释和形象展现。他的创作主要围绕着人与人的命运展开，并由此产生善与恶、爱与恨、罪与罚等一系列问题。他较西方更早触及到人的双重性格、意识与无意识、磨难与自由。陀思妥耶夫斯基发现了俄罗斯人的独特精神建构并以自己的创作反映了俄罗斯民族的宗教精神。别尔嘉耶夫明确表明"我们是陀思妥耶夫斯基的精神之子"②。

东正教与俄罗斯文学在相互影响中，不仅重构了俄罗斯民族的精神世界，也拓展了俄罗斯文学的艺术表现形式。同时，俄罗斯文学又以其独特的艺术形象和审美形式，展示和丰富着东正教精神，传承了东正教文明。

---

① ［俄］尼·亚·别尔嘉耶夫：《陀思妥耶夫斯基的世界观》，载《创作·文化·艺术哲学》，莫斯科：艺术出版社，1994 年，第 2 卷，第 74 页。
② ［俄］尼·亚·别尔嘉耶夫：《悲剧与寻常》，载《创作·文化·艺术哲学》，莫斯科：艺术出版社，1994 年，第 2 卷，第 144 页。

四、重构与聚和：审美形式的拓展

翻开 19 世纪俄罗斯文学史，批评界在关注东正教与俄罗斯文学的相互影响时，往往更加侧重东正教思想对俄罗斯文学创作的精神注入，从而揭示前者对后者的积极影响。其实，俄罗斯文学经典作品的独特艺术表现魅力也渊源于东正教，并且推动着东正教精神在更广范围内的形象化接受。

俄罗斯著名思想家、文学批评家巴赫金曾经在《陀思妥耶夫斯基诗学问题》一书中，明确揭示了陀思妥耶夫斯基小说创作形式的复调结构，强调了陀氏创作中"作者与主人公平等对话"的艺术特征。然而，巴赫金有意回避了"复调结构"和"对话"产生的思想根源，他写道："我们在分析中将撇开陀思妥耶夫斯基所表现的思想的内容方面，此处我们看重的是它们在作品中的艺术功能。"[①] 显然，巴赫金回避了一个不应该回避的问题。

陀思妥耶夫斯基是一位虔诚的东正教徒，其小说创作的"复调结构"和"对话"特征，是东正教文化又一本质特征"聚和性"意识的艺术表现。

在陀思妥耶夫斯基的小说创作中，这种"聚和性"意识的"复调结构"特征非常明显地展现在读者面前。这种不同观点和思想的"复调"或曰"多声部"，在长篇小说《罪与罚》中，表现为大学生拉斯柯尔尼科夫与妓女索尼娅之间的"对话"，前者坚持要以暴力抗恶，杀死了放高利贷的老太婆；后者则以善对恶，反对暴力，犯罪就要忏悔和接受惩罚，以达到自我救赎、净化心灵的目的。到了长篇小说《卡拉马佐夫兄弟》，这种"复调"已经不再是两种声音，而是真正的"多声部"。卡拉马佐夫一家父

---

① ［俄］巴赫金：《陀思妥耶夫斯基诗学问题》，莫斯科：苏维埃俄罗斯出版社，1979 年，第 89 页。

子之间、兄弟之间，他们不仅思想感情上迥然对立，甚至相互敌视，以致弑父。小说中，恶毒与善良、无神与有神、虚伪与真诚、软弱与暴力等各种话语和行为交织在一起，形成了一部独特的"交响曲"。

在陀思妥耶夫斯基的小说中，"和而不同"所产生的"复调"，又不仅仅是同一空间上不同声音的"聚和"，而且是不同空间层面的"对话"和"多声部"。小说《白痴》是由作家有意识独特设计的双重层次结构所构成，把世俗的日常生活与崇高的情感悲剧相交织，主人公梅什金、罗戈任、纳斯塔西娅·菲利波芙娜、阿格拉娅、伊波利特均生活其中，作家并没有让小说中的任何一种声音成为主旋律，而是不同的声部并存。这种不同层面的空间交织对话，形成了"黑暗"与"光明"、"平凡"与"崇高"之间对峙的"复调"结构，呈现出"现实"与"浪漫"、"理智"与"情感"相结合的独特艺术形式。

可以说，陀思妥耶夫斯基很少直接客观地描述社会生活场景和刻画人物性格，而主要是描绘人物的意识，让人物直抒自己对社会的不满和对人生的看法。《穷人》中的男女主人公用书信来直抒自己对现实的抱怨，《死屋手记》和《地下室手记》中的主人公们明显地表现出自己心灵的扭曲、变态和卑劣。《卡拉马佐夫兄弟》中的父与子们针锋相对的思想交锋，《白痴》主人公梅什金的基督式的"普遍的爱"，《罪与罚》中主人公关于善恶的不同认识等，均是心灵的碰撞和思想的表露。

陀思妥耶夫斯基是一位善于洞察和揭示人物意识的艺术大师。东正教的"聚和性"在他的创作中显现为是一种"意识"的"聚和"，而这种"聚和"又是三种意识主体的"聚和"。从表层上来看，各个人物的主体意识是具有个性意识的，而部分群体的主体意识是代表集体的，但是从深层着眼，只有代表反映人类普遍意识的主体才能够代表人类整体。可以说，正是普遍的人性、博爱精神才是"聚和"的根本。

特鲁别茨科伊在《论人类意识的本质》中，就把意识的主体分为局部与整体两类。局部的意识主体又分为：个性意识与集体意识，这类意识主体是不可能代表整体的，因此不具备普遍性。其实，意识主体的本质特征是它的普遍性，也就是能够反映整个人类特性的普遍意识。特鲁别茨科伊虽然强调个性意识、集体意识与普遍意识的"三位一体"，但是他把普遍意识称为"聚和性"意识。他指出："意识既不可能是无个性的，也不可能是单独的、个性化的，因为意识要比个性宽广得多，它是聚和性的。真善美可以客观地被认识，能够渐渐地被实现，就是因为人类的这种活生生的聚和性意识。"①

东正教的"聚和性"成为陀思妥耶夫斯基创作的内在文化基因，同时陀氏的创作又不断丰富和形象地阐释了东正教的本质特征"聚和性"。在霍米亚科夫那里，不同思想和观点是"聚和"共存的，而在陀思妥耶夫斯基的创作中，这种"和而不同"又是相互"融合"的，即各种不同思想和观点是相互渗透的。这显然更加形象，艺术地拓展了东正教的思想，例如《卡拉马佐夫兄弟》中的阿辽沙是代表"善"和"博爱"思想的理想人物，但是在小说现实中的形象又是软弱无力的。"宗教大法官"的传说是长篇小说《卡拉马佐夫兄弟》中的伊万对其弟阿辽沙讲述的一个很长的故事。陀思妥耶夫斯基匠心独具地让这位反基督的宗教大法官恰恰以维护宗教的绝对权威的面貌出现，甚至揭示出宗教大法官的某些思想与 19 世纪俄罗斯的虚无主义、激进主义思潮之间的联系，从而使得这一形象具有多重意义的内涵。陀思妥耶夫斯基有意识地将不同的思想融合在同一个人物身

---

① 俄罗斯科学院哲学研究所编：《谢·尼·特鲁别茨科伊选集》，莫斯科：思想出版社，1994 年，第 44 页。

上，这不是简单的人物思想复杂性带来的，而是作家独特的艺术构建，是对"聚和性"有意识的"内在"呈现，为了达到读者心灵自我对话的独特效应。

俄罗斯著名宗教文化批评理论家罗赞诺夫（Розанов В.В.）指出："陀思妥耶夫斯基的本质在于其无限的隐蔽性……陀思妥耶夫斯基是一位最隐秘、最内在的作家，因此阅读他，仿佛并不是在阅读别人，而像是在倾听自己的灵魂，不过比通常的倾听更深入……"因此，就读者而言，"陀思妥耶夫斯基并不是'他'，像列夫·托尔斯泰和其他所有作家那样；陀思妥耶夫斯基是'我'，是罪过的、愚笨的、懦弱的、堕落的和正在崛起的'我'"①。陀思妥耶夫斯基以"自我"为中心的创作，恰恰艺术地折射出东正教的"上帝在我心中"的思想。

陀思妥耶夫斯基的文学创作深刻地揭示了不少宗教哲学的辩证思想：堕落与复兴、生与死等互相依存、互为前提的关系。《卡拉马佐夫兄弟》一书的卷首引用了《约翰福音》中的一段话："我实实在在地告诉你们：若一粒麦子落在地里，不死，仍旧是一粒；若是死了，就会结出许多子粒来。"陀思妥耶夫斯基以这部长篇小说表明了一个深刻的宗教思想：生与死是不可分离的，只有死的必然，才使得生变得可能。罗赞诺夫把陀思妥耶夫斯基称为"辩证法的天才，在他那里几乎所有正题都转化为反题"②。其实，陀思妥耶夫斯基创作中蕴含着的深刻矛盾性、辩证性是"聚和性"意识的使然。罗赞诺夫曾指出，陀思妥耶夫斯基的文学创作遗产是"表层

---

① ［俄］瓦·瓦·罗赞诺夫：《为什么陀思妥耶夫斯基对于我们是珍贵的？》，载《论作家与写作》，莫斯科：共和国出版社，1995 年，第 533、535—536 页。
② 转引自阿·尼科留金：《俄罗斯灵魂的画家》，载［俄］瓦·瓦·罗赞诺夫：《在艺术家中间》，莫斯科：共和国出版社，1994 年，第 12 页。

略有些被毁损的思想、形象、猜想和期盼的矿场，但俄罗斯社会却还不得不依赖它，或者至少，一切真正的俄罗斯灵魂都将先后向那里回归"①。这里说的俄罗斯灵魂的回归自然是东正教的，陀思妥耶夫斯基对东正教本质特征的艺术显现和形象拓展是显而易见的。

其实，在19世纪俄罗斯经典作家的文学创作中，这种与东正教之间互动影响的艺术创作的"形式因"可谓比比皆是。莱蒙托夫代表作《当代英雄》中的宿命论思想，体现在宗教意识与小说创作形式的相互影响之间。该小说五个短篇连接的艺术结构不按时间秩序，而是不断指向内心和宿命，便是这一影响的产物。果戈理创作《死魂灵》第二部的过程，反映出作家在艺术创作与宗教思想探索中的苦恼和艰辛。俄罗斯民族戏剧的奠基人奥斯特洛夫斯基在自己的代表作《大雷雨》中，也将创作形式中融入了浓厚的宗教意识，以艺术形象从正反两个方向展示着东正教的自我救赎思想。列夫·托尔斯泰的长篇小说《复活》的书名就直接来源于宗教，整部小说中均贯穿着救赎和自我完善的宗教思想，也极大地形象阐释和丰富了相关的教义。即便是被誉为现实主义经典作家的高尔基，在其创作中也充满着造神论的思想②，其小说《忏悔》是一部集中体现作家造神论思想的文学作品。高尔基在这部小说中，通过人物、情节以及丰富多彩的生活现象，形象地展示了造神论思想的全貌。当然，高尔基强调的主要是宗教感情，他坚持："宗教感情……应该存在、发展，并且有助于人的完善。""宗教感情是由于意识到把人与宇宙结合在一起的各种纠结的和谐性

---

① 转引自阿·尼科留金：《俄罗斯灵魂的画家》，载［俄］瓦·瓦·罗赞诺夫：《在艺术家中间》，莫斯科：共和国出版社，1994年，第12页。
② 张羽：《高尔基的造神论观点研究》，载《张羽文集》，南京：河海大学出版社，2014年，第155—212页。

而产生的那种欢乐与自豪感情。"①高尔基在这里的论述，显然有着明显的东正教"聚和性"意识的烙印，他的小说《忏悔》也在很大程度上艺术地反映出这一点。

五、现实与精神：意义再生的机制

长期以来，我国文学批评界已经习惯于把文学创作视为通过语言文字对现实生活的形象反映。然而，任何一个民族的文学创作在反映社会现实的同时，更是民族精神的弘扬，这一精神自然与该民族的宗教信仰是息息相关的。宗教与艺术是人类两种不同的文化现象和社会意识，它们几乎同时产生，既相互依存又相互矛盾。艺术主要是以情感形式表现人的生活的丰富性，让人获得现实生活的实在感。不过，艺术时空表现的实在感与宗教的虚幻的处世态度无疑是相互对立的，更何况宗教的禁欲主义压抑着艺术对美的追求，尤其是在长达一千年的中世纪。因此，在 20 世纪初，几乎所有的文学史家都认为，中世纪的教会势力和教规严重地制约了人类文化艺术的发展，后来的文艺复兴运动才促使以表现人为中心的文化艺术摆脱宗教的羁绊，重新蓬勃发展起来。

其实，如果从"表现""创造"的美学理想出发，中世纪的人类艺术成就不仅可以被重新认识，而且宗教对人类文学艺术发展的贡献是显而易见的，至少在艺术表现的假定性手段等方面，为文学艺术的内在表现机制提供了更多的可能。文学创作对社会生活的反映是积极的，它就如同一个意义发生器，拥有一个能够不断再生意义的机制。因此，不同时代的读者

---

① 张羽：《高尔基的造神论观点研究》，载《张羽文集》，南京：河海大学出版社，2014年，第 170 页。

或者同一时代的不同读者，均可以从任何文学文本中解读出不同的意义。爱沙尼亚塔尔图大学的已故著名符号学家洛特曼（Лотман Ю.М.）就曾指出："文本具备三个功能：信息传递功能、信息生成功能、信息记忆功能。"①文学文本的核心构造其实就是意义的再生机制，它可以传递新的信息，创造新的意义。

洛特曼就曾经强调："文本作为意义的发生器是一种思维机制。要使这个机制发生作用，需要一个谈话者。在这里深刻地反映出意识的对话性质。要使机制积极运行，意识需要意识，文本需要文本，文化需要文化。"②在19世纪，与俄罗斯社会现实对话的谈话者，主要是东正教的思想，而俄罗斯文学所承载的正是这两种意识、文本、文化之间的对话。在陀思妥耶夫斯基的创作中，无论是《穷人》中的杰武什金与陀勃罗谢洛娃，还是《罪与罚》中的拉斯柯尔尼科夫与索尼娅，或者是《卡拉马佐夫兄弟》中的伊万与阿辽沙之间，都是以不同人物对话的方式，来展现残酷现实与东正教思想之间的互文。在托尔斯泰的创作中，《安娜·卡列尼娜》的两对主人公安娜、渥伦斯基与列文、吉蒂之间的互文对照，虽然存在于现实之间，但他们之间的迥异是思想和精神层面的。《复活》主人公聂赫留朵夫代表的"自我完善"等宗教思想，以个人与社会之间的对应方式，均不同地艺术呈现了这一交锋。在果戈理的《死魂灵》（第一部）中，反映作者强烈主观精神和东正教思想的抒情插话与社会人性堕落和丑陋现实之间，实现了精神与现实的互动对话。在莱蒙托夫的《当代英雄》中，主人公毕巧林完成了现实的抗争与宿命的无奈之间的心理历程，最终走向了

① 康澄：《文化及其生存与发展的空间——洛特曼文化符号学理论研究》，南京：河海大学出版社，2006年，第25页。
② 同上，第114页。

宗教信仰的归宿。在亚·尼·奥斯特洛夫斯基的《大雷雨》中，女主人公卡捷琳娜的理想王国与现实的黑暗王国之间的对峙，以及主人公的悲剧结局，无疑是对观众产生了极大的情感影响，留下了无限的思考空间。

　　列夫·舍斯托夫把契诃夫的创作视为是这种宿命论的集大成者。他认为，契诃夫一生都在把人类的悲剧性命运与上帝的存在相互文。他写道："契诃夫是绝望的歌唱家，契诃夫在自己差不多二十五年的文学生涯当中百折不挠、乏味单调地仅仅做了一件事：那就是不惜用任何方式去扼杀人类的希望。"① 契诃夫是在用自己的创作给人们以启示。也就是，人类只有用自身的磨难、绝望、诅咒，甚至死亡来抗争理性、必然性和规律性，只有当人身陷悲剧的深渊，充满恐惧，陷入绝境，才能感觉到那个用理性无法证明的上帝，向他发出旷野的呼告，重新找回对上帝的信仰。这既是舍斯托夫对契诃夫创作的宗教—文化意义的阐释，更是他对陀思妥耶夫斯基、果戈理、托尔斯泰等俄罗斯伟大作家创作的内在价值的肯定。

　　显然，宗教的精神是永存不变的，而社会现实则是变化无常的，正是这种"不变"与"变"之间的对话，为读者提供了无限广泛的可阐释空间，文学文本作为艺术的载体才不断创造出新的意义。文学创作的主要作用，也许就在于表现或反映人类的无意识和意识生活以及与此相伴的社会现实。然而，文学又必然会表现出超越这一切现实层面的精神，即人类超越理性之上的无意识层面，也就是文学素养或曰文学教养，并以此影响读者，实现自身的价值。

　　文学的本体无疑是文学文本，文学文本创造的意义自然既源于生活又高于生活，是现实与精神的融合。文学文本是社会现实与民族精神交融的

① ［俄］列夫·舍斯托夫：《开端与终结》，方珊译，昆明：云南人民出版社，1998年，第8页。

传承，文学批评的任务既要发掘文学文本对现实生活的形象反映，更要揭示深层的宗教信仰和民族精神。俄罗斯文学显然是东正教与俄罗斯社会现实相互对话的产物。"弥赛亚"和"聚和性"等意识，作为俄罗斯民族东正教文化的本质特征，一方面提升了俄罗斯文学经典的思想内涵，另一方面又影响着俄罗斯文学的艺术形式，特别是诗歌、小说等的诗学结构。同时，俄罗斯文学经典的创作，也在很大程度上，以"弥赛亚""聚和性"等为基础，不断丰富着东正教的内涵和表现形式，拓展了东正教文化的阐释空间。文学批评应该努力从这两者的对话与交融之中，去揭示文学文本和艺术形象的意义再生机制，拓展文本的可阐释空间。

19 世纪以来的俄罗斯文学，对本民族精神的铸造，为我国的文学创作和批评，为我们探索超越个体价值的民族精神，无疑具有十分重要的意义和启示。

国家社科基金重大项目

"东正教与俄罗斯文学研究"首席专家

南京师范大学外国语学院教授

张 杰

2021 年 2 月 14 日于南京随园

导 言 *

为何是 "聚和性"？
——关于 "聚和性" 与俄罗斯文学经典

"为何是'聚和性'？"这一问题的提出旨在厘清两个方面的问题：第一个，是关于为何本书对俄文词 "соборность" 的汉译取了 "聚和性" 的表述而非其他；第二个，是关于本书为何聚焦于 "聚和性" 与俄罗斯文学经典的关系。

对于第一个方面的问题，需要考察 "соборность" 一词的词源及其分别在脱离语境时和在一定的社会历史语境中的具体含义；而对于第二个方面的问题，除了有必要回顾已有的相关研究，还需对本书的研究目的和内容做出相关说明。

---

* 此部分主要内容发表于《俄罗斯文艺》2007 年第 2 期和 *Современная наука: актуальные проблемы теории и практики. Серия: гуманитарные науки.* Москва: Научные технологии, 2019.- № 01.

一、作为俄罗斯东正教文化术语的"聚和性"

从词源上看，"聚和性（Соборность）"一词的词根"собор"具有
"聚会""教堂""教会""聚集"之意。在脱离语境的情况下，该词的释义
可以在不少词典或百科全书中找到，大都与其词根同义，具有"统一性"、
"不可分性""人民性""共通性""联合性"的意思。在乌沙科夫（Д. Н.
Ушаков）主编的《俄语详解词典》中，该词被解释为"对某事的公众性
的、社会性的参与和讨论"①。在奥仁科夫（С. И.Ожегов）主编的《俄语
详解辞典》中，"соборность"是指"许多共同生活在一起的人的精神上
的共通性"，这与耶甫根尼耶娃（В.П. Евгеньева）主编的《俄语词典》
对它的解释相似，即将之理解为一种"在聚会（人民代表集会）上共同
讨论和解决最重要的国家问题的原则和许多共同生活的人的精神上的同
一"②。在《俄罗斯文化百科辞典》中，"соборность"代表"完整性、内
部丰盈和多数，是由爱的力量聚合成的自由和有限的统一"③。在这个意义
上看，"Соборность"完全可以被译为"聚合性"。它强调的是一种"集
合""聚集""共通性"和人们精神上的"同一"。

然而，"聚和性"一词作为俄罗斯东正教文化术语是在19世纪中期
才产生的。著名俄罗斯白银时代思想家、19世纪斯拉夫派领袖霍米亚科
夫（А. С. Хомяков，1804—1860）以其著名论著《教会只有一个》，最先
在俄国历史上赋予了"聚和性"这一概念以哲学内涵，使之上升到认识东

---

① «Толковый словарь русского языка» под редакцией Д. Н. Ушакова（ 1935-1940);(электронная
версия): Фундаментальная электронная библиотека.

② Словарь русского языка: в 4-х т./РАН, Ин-т лингвистич. Исследований; Под ред. В.П.
Евгеньевой.-4-е изд., стер.-М.: Рус. Яз.; Полиграф ресурсы, 1999; (электронная версия):
фундаментальная электронная бтблиотека.

③ Платонов, О. А. "Энциклопедия русской цивилизации", Москва: 2000г.

正教文化的理论高度，从而成为分析俄罗斯东正教文化的最重要的方法论工具。

　　经过彼得大帝时代的改革，在俄国历史上曾经掀起过一场始于17世纪并在18世纪空前高涨起来的脱离教会的运动。这场运动导致了俄国社会文化特征的裂变，加剧了西欧派和斯拉夫派的对垒。整个俄罗斯文化面临着何去何从的严峻局面。但是，尽管脱离教会的世俗化之风愈演愈烈，我们仍然可以在18世纪的俄国知识精英中看到对传统宗教世界观的回归。这一回归也许是由于受到以下三种因素的影响：第一，传统的东正教文化；第二，世俗的人道主义美学思潮和宗教共济会思潮；第三，当时在俄国知识精英阶层中展开的启蒙运动。到了19世纪，许多俄国文学家和哲学家，如普希金、果戈理、陀思妥耶夫斯基、阿克萨科夫、基里耶夫斯基、索洛维约夫等，就更为坚定地提出了回归宗教世界观的思想。可以说，在19世纪俄罗斯文学经典中，东正教精神已经成为了作家创作的灵魂。

　　到了19世纪末至20世纪初，在此基础上，当代俄罗斯东正教神学及其文化形成并进一步发展，甚至成为俄罗斯白银时代最为重要的思潮之一。这一思潮不仅深深融入俄罗斯的民族精神之中，而且成为文学批评及其理论的重要支撑。

　　《教会只有一个》是霍米亚科夫诠释东正教文化的许多论著之一，也是其中最重要的代表作。按照霍米亚科夫的观点，真理并不是分散地给予一个个单独分开的个体，而是集中地给予充满着圣徒、为全人类和整个地球共同所有的教会的，所以，教会被称为是"统一的、神圣的"，它不属于任何具体的地区。霍米亚科夫从中看到了"全部之真和普照着造物主所创造的存在之光的源泉"①。

"聚和性"概念在霍米亚科夫这里，已经成为东正教文化的理论根基。他沿袭斯拉夫文字和古俄罗斯哲学思想创始人基里尔（Кирил）和梅福吉（Мефодий）的观点，把"聚和性"阐释为"在许多方面的统一"的思想。②但他发展了这一思想，把"聚和性"界定为人们在教会中的自由的统一。他认为，只有东正教的教会才能够把这两个对立的原则完美地结合在一起，正是在这一点上，东正教会有别于天主教和新教。

霍米亚科夫认为，天主教的统一是没有自由的统一，确切地说，是一种假统一。所以，在霍米亚科夫看来，罗马天主教教皇的权力是被无限放大的，在这样的教会生活中，个体特性便失去了意义。而新教在拒斥罗马教皇凌驾于个体宗教信仰之上的权力的同时，却走向了另一个极端。他们把宗教情感的内部表现推到了首位。所以，正如霍米亚科夫所指出的那样，新教遵循的是完全没有统一的自由。总之，无论是在天主教会还是在新教教会中，人们尽管仍把"聚和性"看作"在许多方面的统一"的原则，却绝对化了构成这一原则的任何一个方面：要么只强调自由，要么只强调统一。

东正教不同于上述两教，它保存了教义的纯洁性——只有"聚和性"原则才被视为至尊原则。并且，在俄罗斯还保存着象征"聚和性"的社会实体——东正教社团。其作用恰恰在于统一人们的道德和克制利己主义。霍米亚科夫就是根据东正教教会的这种特点，把教会的"聚和性"界定为"在许多方面的自由的统一"，而"聚和性"的力量不在于许多人的力量的简单相加与聚合。"聚和性"与任何"个体性"、精神上的利己主义和个

---

① Зеньковский В.В. *История русской философии*, *Т.1*, *Ч.1*, Л.: Эго, 1991. С.201.

② Хомяков А.С. *Сочинения. В 2 т*, Т. 2, Москва: Медиум, 1994. С.238-243.

人主义相对立。个人主义把人看作一个个充当个体意识极端载体的孤立的"我"，因而破坏了人与人之间的团结一致，由此导致"各家自扫门前雪"的生活态度。这在霍米亚科夫看来，恰恰是每一个孤立的个体之间内在的无奈与不可调和的矛盾。这种情况损害着人们的道义，妨碍着人类及其文化精神潜力的发掘。

在俄罗斯东正教文化背景下，"聚和性"一词除了具有"聚""集合"的意思，还强调"爱"以及由爱生发而成的"包容""团结""和谐""平等"等意识。霍米亚科夫充分肯定这些意识对于构建"多样性统一"原则的重要性，并把"爱"看作是东正教文化和一般存在的基础，认为正是基于爱，人们才得以实现自由与统一的完美融合。所以，霍米亚科夫的整个思想体系中"充满了对人的爱的宣传"[1]。他把"聚和性"界定为人们"在许多方面的自由的统一"，即是旨在通过自由、和谐与爱才把整个世界团结为一个整体。因此他指出，爱与团结胜于一切。[2]在霍米亚科夫看来，俄罗斯东正教一经产生，就从拜占庭那里接受了纯净而完整的基督教，它与西方片面的理性主义不同，具有人道主义和人文主义的特征。它因为坚持了"聚和性"原则而成为美妙的交响乐，其中每一个个体与整体的"自由与和谐"达到了完美的统一。根据霍米亚科夫的理论，"聚和性"是东正教的原则，也是村社的原则；它是俄罗斯民族生存的原则，也应该是全人类社会生活的原则。由此，霍米亚科夫认为，应该在全人类建立起"多样性统一"的原则，即自由和谐的统一。其实"聚合"是就外部形式上人们的团结而言的，但仅有外部形式上的团结是远远不够的。"Соборность"这一理念其实更强调团结起来的人们在思想精神上的自

---

① ［俄］Н. А. 别尔嘉耶夫：《俄罗斯灵魂》，陆肇明译，上海：学林出版社，1999 年，第 192 页。
② Хомяков А.С. *Сочинения. В 2 m*, Т. 2, Москва: Медиум, 1994. С.23.

由与和谐的统一。显而易见，在俄罗斯东正教文化背景这一具体语境下，"Соборность"一词更有理由被译为"聚和性"。

二、关于"聚和性"与俄罗斯文学经典的关系及相关研究

别尔嘉耶夫（Н.А. Бердяев，1874—1948）认为，霍米亚科夫是在思想领域"第一个真正用东正教方式进行神学思索的人"①。而洛斯基（Н.О.Лосский，1870—1965）指出："霍米亚科夫的最有价值和最成功的思想包含在他的有关聚和性的学说中。"②对霍米亚科夫而言，其"聚和性"的实质就是"在实现最广泛的多样化的同时达到最大限度的统一"③。霍米亚科夫的哲学思想深受德国古典哲学家，尤其是谢林和黑格尔的影响，也有着19世纪欧洲非理性主义的元素，因而在从西方思想文化中吸取营养的同时，力求摆脱西方的影响，保持自己的独立性。

霍米亚科夫关于"聚和性"的思想对后世产生了深刻的影响，索洛维约夫（В. С. Соловьёв，1853—1900）、谢·尼·特鲁别茨科伊（С. Н. Трубецкой，1862—1905）等俄罗斯思想家对这一思想做了进一步的发展。索洛维约夫继承并发展了霍米亚科夫的这一思想，指出："俄罗斯思想不带有任何例外的、分立的因素，它只是基督教思想本身的一个新角度。为了实现这一民族使命，我们不需要与其他民族对立，而是与他们站在一起。"④这一"全人类统一"的思想正是俄罗斯思想的重要组成部分，也体

---

① Бердяев Н.А. *Русская идея.* Судьба России, Москва: ЗАО «СВАРОГ и К», 1997, С.137.

② ［俄］Н. О. 洛斯基：《俄国哲学史》，贾泽林等译，杭州：浙江人民出版社，1999年，第42页。

③ Струве Н.А. *О соборной природе церкви, Православие и культура（сборник）*, Москва: Рус. путь, 1992, С.182.

④ Соловьев В.С. Сочинения в двух томах. Т.2.М.:Правда,1989,С.246.

现出索洛维约夫"万物统一"的思想特色。谢·尼·特鲁别茨科伊也发展了霍米亚科夫的"聚和性"理念。在《论人类意识的本质》一书中，他进一步提出了关于具有普遍性意识的"聚和性意识"，指出："意识既不可能是无个性的，也不可能是单独的、个性化的，因为意识要比个性宽广得多，它是聚和性的。真善美可以客观地被认识，能够渐渐地被实现，就是因为人类的这种活生生的聚和性意识。"①

　　众所周知，俄罗斯文学作为对俄罗斯民族精神和民族历史文化进程的艺术反映，与俄罗斯东正教传统息息相关。许多世纪以来，东正教对俄罗斯文学的形成和发展有着十分重要的影响。俄罗斯文学经典之作，尤其是19世纪的俄国文学经典堪称俄罗斯文学创作的巅峰，而这一时期许多著名俄罗斯作家的作品都不同程度地闪烁着东正教之光。

　　关于东正教精神对俄罗斯文学的影响，已著述甚丰。"聚和性"作为俄罗斯东正教文化的核心概念，在被霍米亚科夫提出后，得到了斯拉夫派的进一步发展，随后也开始广泛运用于人们的生活和伦理规范领域。"聚和性"具有深刻的宗教和哲学含义。根据霍米亚科夫的表述，它"不仅在所表现出的，看得见的许多人在某处的联合这一意义上的聚合，而且……表现的是许多方面的统一"②。换言之，即众人的团结与和谐。这一思想作为东正教教会的核心，在很大程度上反映在俄罗斯经典文学中。从这个意义上看，考察俄罗斯文学中的"聚和性"概念是必要的，也是必然的。也正因为如此，在国际学界出现了一些关注俄罗斯文学中"聚和性"问题的成果。其中俄罗斯学界的俄文成果主要有俄罗斯学者叶萨乌洛夫的专

---

① Трубецкой. С. Н. *Избранное*. Москва: СГУ, 1994. С.44.
② Хомяков А. С. *Соч. в 2т*. Т. 2. М.: Медиум, 1994. С.312

著《俄罗斯文学中的聚和性范畴》①《俄罗斯文学经典：一种新的理解》②、扎哈罗夫的专著《俄罗斯文学民族学的东正教因素》③《基督教与俄罗斯文学·1-7 卷》④；欧美学界的英文成果主要有乔斯坦·伯特尼斯和英甘·伦德的《俄罗斯文学的东正教与民族诗学》⑤、《斯拉夫和东欧杂志》⑥ 发表的论文《俄罗斯文学评论的基督教革命》、乔治·帕提森、戴安·汤普森的《陀思妥耶夫斯基与基督教传统》⑦、露丝·寇茨的《巴赫金身上的基督教：上帝与被流放的作家》⑧、伊芙蕾姆·斯切尔的《十月革命后俄国文学中的犹太人：在希望与背教之间的作家与艺术家》⑨、东正教文学专家马太·拉斐尔·强森的《俄罗斯文学中的东正教古老传统》⑩。这些论著通过研究东正教的"聚和性"问题，从不同侧面揭示出东正教与俄罗斯文学的关系。

① Есаулов И. А., *Категория соборности в русской литературе*, Петрозаводск: Изд-во Петрозавод. ун-та, 1995.

② Есаулов И. А. *Русская классика: новое понимание* – СПб.: Алетейя, 2012.

③ Захаров В.Н. Православные аспекты этнопоэтики русской литературы»// *Евангельский текст в русской литературе XVIII – XX веков*. Вып. 2. Петрозаводск, 1998.

④ Институт русской литературы <Дом Пушкина>, Издательство: «Наука» （СПб）Год: 1994-2012.

⑤ Jostein Bortnes & Ingunn Lunde, *Cultural Discontinuity and Reconstruction: the Byzanto-Slav heritage and the creation of a Russian national literature in the nineteenth century*, Oslo: Solum forlag A/S, 1997.

⑥ 《斯拉夫和东欧杂志》是欧美学界研究斯拉夫文化的前沿阵地——美国斯拉夫和东欧语言教师联盟的刊物。

⑦ George Pattison & Diane Thompson, *Dostoevsky and the Christian Tradition*, Cambridge: Cambridge University Press, 2008.

⑧ Ruth Coates, *Christianity in Bakhtin: God and the Exiled Author*, Cambridge: Cambridge University Press, 2005.

⑨ Efraim Sicher, *Jews in Russian Literature after the October Revolution*: *Writers and Artists between Hope and Apostasy*, Cambridge: Cambridge University Press, 2006.

⑩ Matthew Raphael Johnson, *The Ancient Orthodox Tradition in Russian Literature*. Deipara Press, 2010.

尽管叶萨乌洛夫教授在他近年出版的《俄罗斯经典作品：新理解》一书中强调说，他已经不再仅限于从东正教的"聚和性"范畴解读俄罗斯文学经典创作，而是进行了重新认识和解读，但这并不意味着从"聚和性"视角研读俄罗斯文学经典或考察二者的关系已经过时。

随着 20 世纪 90 年代东正教在俄罗斯的复兴以及人们对东正教的研究的兴起，在我国，对东正教与俄罗斯文学之间关系的研究热情也与日俱增。北京大学任光宣教授是国内较早关注这一领域的人。1995 年他出版了专著《俄国文学与宗教》（北京：世界图书出版公司，1995 年）。该书考察了宗教对古代俄罗斯至 19 世纪俄罗斯文学的影响，突出展现了果戈理、陀思妥耶夫斯基等 19 世纪俄罗斯著名作家作品中的东正教精神，以及托尔斯泰对宗教的复杂而矛盾的态度及其对创作的影响。随后，国内学者加深并扩大了对这些问题的研究。从 20 世纪 90 年代中期至今，已经出版了许多相关论著。其中代表作有《充盈的虚无：俄罗斯文学中的宗教意识》（金亚娜、刘锟、张鹤等，北京：人民出版社，2003 年）、《宗教文化语境下的陀思妥耶夫斯基诗学》（王志耕，北京：北京师范大学出版社，2003 年）、《陀思妥耶夫斯基小说艺术研究》（彭克巽，北京：北京大学出版社，2006 年）、《东正教精神与俄罗斯文学》（刘锟，北京：人民文学出版社，2009 年）、《俄罗斯文学的神学传统——20 世纪的俄罗斯文学与基督教》（任光宣，北京：北京大学出版社，2010 年）、《圣愚之维：俄罗斯文学经典的文化阐释》（王志耕，北京：北京大学出版社，2013 年）、《走向真理的探索——白银时代俄罗斯宗教文化批评理论研究》（张杰，北京：北京师范大学出版社，2012 年）。

进入 21 世纪以来，"聚和性"与俄罗斯文学的关系问题得到了进一步的关注与研究，产生出一批新的相关成果。其中主要代表作有张杰的《陀思妥耶夫斯基小说创作的“聚和性”》（《外国文学研究》2010 年第 5 期）、萧净宇的《19 世纪俄罗斯文学经典中“聚和性”与民族主流价值观的同构》（《外语学刊》2018 年第 6 期）、《“聚和性”与果戈理的创作理念》（《深圳大学报》2016 年第 6 期）、《“聚和性”与俄罗斯文学经典中的怪诞现实主义》（《外语与外语教学》2019 年第 4 期）、王希悦、于金玲的《论伊凡诺夫的“聚和性”创作理念》（《俄罗斯文艺》2018 年第 3 期）、管月娥的《东正教的“聚和性”理念与复调小说和结构诗学理论》（《外国文学研究》2018 年第 2 期）。此外，还可见一些相关的硕、博士学位论文。

2018 年 7 月 10 日至 13 日，在大连外国语大学召开了“东正教与俄罗斯文学”国际会议。著名俄罗斯语文学家、文学评论家叶萨乌洛夫（Иван Андреевич Есаулов）和俄罗斯诗人、莫斯科州国立大学学者西蒂娜（Юлия Николаевна Сытина）受邀出席了会议。参加这次大会的中国专家有大连外国语大学校长刘宏教授、国家社会科学基金重大招标项目“东正教与俄罗斯文学研究”的首席专家张杰教授以及所有子项目负责人。其他同行学者专家数十人也都参加了讨论。大家都表现出对“东正教与俄罗斯文学研究”问题的极大兴趣。从大家的会上发言可见，我国学者非常重视对“聚和性”概念的阐释，也尝试积极阐明“聚和性”对俄罗斯文学的影响及其在俄罗斯文学中的体现。部分学者还强调，俄罗斯文学在这方面的发展反过来亦丰富了“聚和性”概念。

综观我国学者的研究，可以发现，迄今人们的考察主要集中在以下两个方面。

首先是“聚和性”理念对作家创作主题的影响。

我国研究者很重视“聚和性”对陀思妥耶夫斯基、果戈理、列夫·托尔斯泰、普希金、屠格涅夫和契诃夫创作的影响。大家几乎一致认为，东正教的"聚和性"对这些作家的创作意识的影响不仅体现在他们的自我意识上，而且表现在他们的艺术思维上。自从俄罗斯文学在中国广为人知以来，陀思妥耶夫斯基的著作就成为学者们永无止境的讨论主题。张杰教授指出，巴赫金（М. М. Бахтин）将陀思妥耶夫斯基的小说定义为复调艺术结构，但却刻意避免通过研究俄罗斯东正教和陀思妥耶夫斯基本人的宗教意识及其影响力来谈其世界观的来源，实际上在他的作品中，可以注意到，复调小说艺术结构形成的深层原因恰恰在于作家的自觉意识。①

在研究者看来，无论在俄罗斯发生了什么变化，无论俄罗斯建立了何种政权，俄罗斯文学都从未停止过与它所继承的伟大民族传统的对话，而"聚和性"思想主要影响以下这些主题：

一是，圣愚主题：例如陀思妥耶夫斯基的小说《白痴》中的列夫·尼古拉耶维奇·梅什金伯爵，以及叶罗菲耶夫长篇小说《莫斯科—佩图斯基》中的酒鬼维尼奇卡等。王志耕教授在他的专著《圣愚之维：俄罗斯文学经典的一种文化阐释》中仔细分析了这一现象。他认为，俄罗斯的宗教文化是多种多样的，从某种意义上说，圣愚作为俄罗斯文化的一种现象反映了俄罗斯民族文化的特殊性。

二是，对"罪与罚"、"受难"意识与"救赎"问题的认识：对这类主题的研究及其成果已很丰硕，其中较有代表性的是张杰教授的研究。在他看来，"聚和性"是俄罗斯东正教文化的主要特征之一。"聚和性"一方面极大地丰富了俄罗斯文学经典的内涵及其意义，另一方面对俄罗斯作家的创作艺术也产生了深远的影响。他指出，19 世纪俄罗斯文学中"多余人"和"小人物"的命运虽然与同期欧洲文学中类似人的命运相似，但本质上

---

① 　张杰：《陀思妥耶夫斯基长篇小说创作中的"聚和性"》，载《外国文学研究》2010 年第 5 期，第 73 页。

是不同的，也就是说，这些人在俄罗斯文学中的形象是具有使命感和救赎精神的，他们总在探索拯救自己和他人的方式。而正是这些人将俄罗斯民族的"弥赛亚"意识拟人化，这与"聚和性"观念密切相关。① 一些学者认为，诸如果戈理这样的具有东正教情怀的作家，其作品体现了"地狱—炼狱—天堂"这样一个东正教救赎使命命题的三个阶段，这可以被视为俄罗斯东正教的戴罪者被钉十字架复活的过程。还有一种观点可以归结为，陀思妥耶夫斯基作品中的"不幸的人"将自身与东正教相结合，从而可以从独特的角度阐释"聚和性"概念。②

三是，人物形象：其中女性形象是研究"聚和性"对俄罗斯文学影响的最热门的主题之一。例如陀思妥耶夫斯基长篇小说《罪与罚》中的索菲娅形象、列夫·托尔斯泰长篇小说《安娜·卡列尼娜》中的安娜和长篇小说《战争与和平》中的娜塔莎等。在这些研究中，上述女性形象是温婉贤惠、富有自我牺牲和救赎精神的，她们总是散发出仁慈和智慧的光芒。恶魔形象也是学者们研究的热点形象。在莱蒙托夫、屠格涅夫、果戈理、陀思妥耶夫斯基和布尔加科夫的作品中，都出现过形形色色的魔鬼形象。我国学者普遍认为，魔鬼是丑陋而怪诞的，它们既是所有人类恶习的体现，也是对犯罪之人的惩罚。世界上的所有邪恶大多来自魔鬼，从而导致人格分裂。

其次，是"聚和性"对作品结构的影响。

我国一些学者已经注意到，"聚和性"对俄罗斯文学的影响主要体现在创作意识中。这不仅限于主导的创作思想，还影响着作品的艺术结构，

---

① 张杰：《民族精神的铸造：东正教与俄罗斯文学》，载《江海学刊》2016年第4期，第192页。
② 万海松：《〈死屋手记〉中"不幸的人"与东正教认同感》，载《外国文学研究》2018年第2期，第32页。

甚至直接作用于 M.M. 巴赫金和 E.H. 乌斯宾斯基的诗歌理论等。① 此外，俄罗斯文学的创作反过来也丰富了东正教的进一步发展，使得东正教的教义和概念更加形象化、情感化，更易被大众广泛接受。

　　长期以来，我国学者对俄罗斯经典文学中"聚和性"问题的研究与俄罗斯学界对此问题的研究大体上是同步的。这主要是基于研究素材主要来源于俄罗斯学界的事实。此外，"聚和性"概念类似于团队精神和集体主义，这种团队精神和集体主义历史上是按照中国传统价值观发展起来的，因此很容易被我们接受。但另一方面，我国学者的研究比俄罗斯学者的研究更具客观性，因为作为没有东正教信仰的学者，我们可以从更客观的角度进行考察，并且在这一方面可以避免诸如莫斯科神学院教授杜纳耶夫（М. М. Дунаев）这类激进派东正教学者，在研究上感情用事。然而，由于中俄两国在不同的社会历史背景下的文化生活差异，中国学者在理解和阐释俄罗斯文学经典中的"聚和性"时不可避免地也会出现一些偏颇。

　　本书作为张杰教授主持的国家社科基金重大招标项目《东正教与俄罗斯研究》的子课题——《"聚和性"与俄罗斯文学经典》的研究成果，旨在从俄罗斯文学经典文本分析入手，通过考察"聚和性"与俄罗斯文学经典之间的关系，探索"聚和性"在俄罗斯文学经典中的表现形式、生成机制和构建俄罗斯民族和国家形象中的积极作用。为此，本研究立足于历史唯物主义，采用文史哲相结合的方法，在历史的发展过程中来研究"聚和性"与俄罗斯文学经典之关系，主要从以下三个方面展开研究：第一，关注"聚和性"在不同历史时期和不同经典作家创作中的体现；第二，努力揭示"聚和性"的哲学意蕴与俄罗斯文学经典作品之间的相互影响，探究

---

① 　管月娥：《东正教的"聚和性"理念与复调小说和结构诗学理论》，载《外国文学研究》2018 年第 2 期，第 63 页。

其产生的机制；第三，侧重于考察 19 世纪俄罗斯文学经典作家的创作，对他们的作品进行文本分析，重新理解和阐释俄罗斯文学经典，挖掘其背后深层的文本之外的缘由，即"聚和性"意识的作用。

本书主体内容分为两大部分：第一部分为综合编（包含第一章至第三章），主要从宏观视角探讨 19 世纪俄罗斯文学经典中"聚和性"与民族主流价值观的同构、"聚和性"与俄罗斯文学经典中的怪诞现实主义、俄罗斯文学经典中哥萨克主题创作与"聚和性"意识的关系问题；第二部分为专题编（包含第四章至第十三章），以 19 世纪俄罗斯经典作家及其作品为主，兼论少量有代表性的 20 世纪俄罗斯作家，通过文本分析，揭示普希金、莱蒙托夫、果戈理、屠格涅夫、陀思妥耶夫斯基、列夫·托尔斯泰、列斯科夫、契诃夫、布尔加科夫和纳博科夫创作中"聚和性"精神的体现、意义生成机制及其思想与艺术价值。

由于本书作者水平所限，在所难免会存在诸多不足。还请专家和读者指正！

目 录

第一编　综合编

1

I

第二编　专题编

63

第一编　综合编

第一章
19世纪俄罗斯文学经典中"聚和性"与民族主流价值观的同构*

关于对文学作品和文化现象的理解，著名文艺理论家巴赫金（Михаил Михайлович Бахтин，1895—1985）曾提出"长远时间"的概念："相隔几百年、几千年之久，各国人民之间，各民族和文化之间的相互理解，保证了整个人类，人类所有各种文化的复杂的统一（人类文化的复杂的统一），人类文学的复杂的统一。所有这一切只能在长远时间的层次上才能揭示。每个形象也只能在长远时间的层次上才能理解和评价。"① 所以，"文学作品要打破自己时代的界线而生活到世世代代之中，即生活在长远时间里。而且往往是（伟大的作品则永远是）比在自己当代更活跃更充实"②。从这个意义上看，真正伟大的作品都是经过若干世纪文化的酝酿才创作而成的。文学经典之所以堪称经典正是因其根植于伟大的传统中并超越自己的时代，而且继承传统并放眼未来。英国的莎士比亚，法国的雨果，俄罗

---

*　本章全文发表于《外语学刊》2018年第6期。
① ［俄］М. М. 巴赫金：《巴赫金全集》（第四卷），石家庄：河北教育出版社，1998年，第387页。
② 同上，第366页。

斯的普希金、果戈理、屠格涅夫、托尔斯泰、陀思妥耶夫斯基、契诃夫等伟大作家均是如此。

19世纪俄罗斯文学经典不同程度地闪烁着"聚和性"之光。"聚和性"作为俄罗斯传统哲学最重要的核心概念之一，最早由斯拉夫派领袖霍米亚科夫（Хомяков А. С.，1804—1860）提出。通过这一概念，他不仅强调人们"多样性中的统一"和"自由的统一"，以表明俄罗斯东正教精神与基督教新教"没有统一的自由"和与天主教"缺乏自由的统一"的本质区别，而且弘扬一种超越个体、由内向外的精神和谐。

实质上，"聚和性"基于无私的奉献精神和爱，是"精神上的有机统一体而非外表上的彼此联结。在该统一体内部，每个个体保有自身的个性和自由"①。当然，值得注意的是，这里的自由并非随心所欲，而是以自律为前提。哲学家洛斯基明确指出，聚和性意识"只有在个别人自愿服从绝对价值的条件下才有可能，只有个人拥有建立在对整体、教会、自己人民和国家的爱的基础上才有可能"②。它宣扬一种博爱、宽恕、团结的精神，这是与长久以来俄罗斯民族主流价值观一致的精神性要素。这种精神要素直接影响俄罗斯文学创作，并在19世纪的俄罗斯文学经典中集中体现出来。

俄罗斯文论家叶萨乌洛夫（Есаулов И. А.，1960—）在《俄罗斯文学中的聚和性范畴》一书中指出，俄罗斯文学是从作品出发的，而作者总是旗帜鲜明地宣称精神的两极和人的两种价值取向：法律与神性。哲学家

---

① Миненков, Г. Я. *Соборность. Новейший филосовский словарь*. Сост. А. А. Грицанов. Минск: Изд. В.М. Скакун, 1998. С.630.

② ［俄］Н. О. 洛斯基：《俄国哲学史》，贾泽林、安启念、徐凤林、李树柏译，杭州：浙江人民出版社，1999年，第78页。

霍鲁日（Хоружий С. С.，1941—）指出，神性作为"聚和性"的源泉并非其特征之一，而是哲学术语中"聚和性"的本体论前提。[①]叶萨乌洛夫认为，霍鲁日关于"聚和性"的观点远远超越"纯粹"神学和哲学，包括俄罗斯文学在内的整个俄罗斯文化。[②]他们的观点也许过于偏颇，却不无道理。的确，19世纪俄罗斯文学经典的创作始终与"聚和性"有着不解之缘，也不同程度地显现出"聚和性"意识与俄罗斯民族主流价值观的同构。

第一节　对人文传统的关注与承袭：同构的内涵与实质

任何经典都具有超时空性，但文学经典的产生是一个文本认知的过程，也是特定历史环境的书写和民族意识的反映。按照巴赫金的观点，伟大的作品都活在"长远时间"里，因而我们不应囿于作品的同一时代来理解文学和文化现象，也不应在短暂的时间和狭窄的空间里来理解和评价作品。任何作品都是对它们所处时代的反映，而其意义往往可以高于现实，这恰恰是因其闪烁着某种传统之光而为读者超越时代的解读提供可能。俄罗斯文学经典是对具体的俄罗斯社会文化历史语境的反映，所以不可避免地与文本内部结构之外的因素，如文化传统、历史背景、民族意识和作家意识等发生关联，从而呈现出各自独有的面貌。然而，对俄罗斯人文传统的关注与承袭是其共同的特征。

俄罗斯人文传统有独特的民族性根源。这一民族性包括以人为中心的

---

① Хоружий С. С. Хомяков и принцип соборности // *Вестник русского христианского движения. Париж — Нью-Йорк — Москва*:1999. С.92.

② Есаулов И. А. *Категория соборности в русской литературе*, Москва: Изд. Петрозаводского университета, 1995. С.36.

传统、“聚和性”意识所倡导的博爱宽恕、斯拉夫派的爱国激情、俄罗斯思想家丘特切夫所总结的“用理智无法理喻”和“对信仰有着特殊偏好”①的特点以及喜爱“精神漫游”而轻视理性的性格，等等。它们与俄罗斯文学经典的创作互为源泉，相辅相成。俄罗斯思想家弗兰克（Франк С.Л.，1877—1950）指出：“很难说出有另一个民族像俄罗斯民族一样，其19世纪全部文学多是讨论宗教问题。所有伟大的俄国文学家又是宗教思想家或寻神论者。果戈理晚期创作如此，悲剧性的莱蒙托夫亦然，不为西方所知的大师丘特切夫同样，为西方所知晓的陀思妥耶夫斯基和托尔斯泰、深知人民宗教性的列斯科夫更如此。民粹主义专家格列勃·乌斯宾斯基也是这样，他出色地描述了农民心理，而在自觉世界观上他是非教徒，却有内在、深刻的宗教性。甚至‘俄国的歌德’——天才的普希金在某些深刻的诗作中也表现出宗教悲剧主义和热烈信仰。俄国也许是唯一到了19世纪还出现圣徒的欧洲国家。”②

在19世纪俄罗斯文学“黄金时代”创作中体现出的“东正教王国的强烈的民族性”③、爱国主义和“聚和性”意识观照下的精神救赎与复活的主题是最为典型的，这些是俄罗斯民族主流价值观的重要构成元素。通过对俄罗斯人文传统的关注与承袭，这一时期的俄罗斯文学经典实现“聚和性”意识与它的同构。

俄国文学之父普希金（Пушкин А. С.，1799—1837）开创了俄国文学的“黄金时代”，东正教精神实质恰恰是他创作的主要源泉。他改编过

① Бердяев В. Н. Душа России // Судьба России, Москва: Изд. Советский писатель, 1990. С.5.

② ［俄］С. Л. 弗兰克：《俄国知识人与精神偶像》，徐凤林译，北京：学林出版社，1999年，第31—32页。

③ Бердяев В. Н. Душа России // Судьба России, Москва: Изд. Советский писатель, 1990. С.146-165.

很多祈祷词、赞美诗，把宗教的箴言、训诫等用于自己的文学创作中。他的小说《驿站长》就是对《圣经》故事的仿构，其中的人物原型取材于《新约·路加福音》，表达"小人物"的救赎主题。在哲理诗《假如生活欺骗了你》中，他对人们的劝诫"不要悲伤、不要愤怒"①看似一种生活态度，实则其中蕴含以和谐为宗旨的"聚和性"思想。讽刺喜剧大师果戈理（Гоголь Н. В.，1809—1852）笔下的人和事也无不体现出东正教精神。其早期的作品《塔拉斯·布尔巴》尽管描绘了大量血腥的战场，但所歌颂的主要是"聚和性"意识所弘扬的爱国精神。

在 19 世纪俄罗斯文学经典中，尘世的幸福往往微不足道，人必须接受苦难的磨炼并自我净化，才能获得精神的复活，从而得到永生，这种思想深刻地反映在陀思妥耶夫斯基、果戈理、托尔斯泰（Толстой Л. Н.，1828—1910）等作家的创作中。在陀思妥耶夫斯基的长篇小说《罪与罚》中，主人公拉斯柯尔尼科夫在杀了万恶的高利贷者后，遭受一系列的精神折磨，最终受到圣经的感召去自首，从而获得精神复活。小说另一主人公索菲娅也是在经历过极度困难与痛苦后，在基督的关照中才迎来重生。托尔斯泰因自身信仰的问题而被东正教会剥夺教籍，但这丝毫没有动摇他骨子里的"聚和性"情结，以至在长篇小说《战争与和平》中，他塑造过一个个契合"聚和性"意识的爱国精英。总之，这一时期的作家笔下都是一些充满博爱、救赎、团结和谐的"聚和性"精神的形象。而"白银时代"初期的文学创作也继承"黄金时代"的这一传统，在象征主义大师梅列日科夫斯基（Мережковский Д. С.，1865—1941）的作品中，"历史长篇小说和诗歌常常令人惊异地混合在一起……它们满怀为了人类和宗教而救助

---

① 《普希金诗选》，高莽译，北京：人民出版社，2003 年，第 188 页。

俄罗斯的伟大目标，切近斯拉夫派和陀思妥耶夫斯基"①。而另两位象征主义文学家——别雷和勃洛克的作品，如前者的《基督复活》和后者的《一个多神教徒的忏悔》和《十二个》，仅从作品名称就可管见其对俄罗斯人文传统的关注与承袭。而这一体现为"自由—自律—博爱"的辩证统一的"聚和性"精神，恰恰与俄罗斯民族主流价值观所提倡的仁爱、团结、和谐、爱国等品质是高度一致的。换言之，这也是 19 世纪俄罗斯文学经典中的"聚和性"意识与俄罗斯民族主流价值观同构的内涵与实质。

第二节　对人性的书写与评判：同构的方法与路径

正如爱德华·赛义德（E. Said）所断言："国家、民族问题从根本上说是个叙事问题。"② 长久以来，在 19 世纪俄罗斯文学中，很多经典之作作为俄罗斯"民族身份"和主流价值观构建的主要来源，试图通过文学叙事实现建构民族自觉意识的目的，也体现"聚和性"精神与俄罗斯民族主流价值观的同构。

在普希金的诗体小说《叶甫盖尼·奥涅金》中，有一段关于主人公奥涅金和塔季扬娜情感互动的描述。最终塔季扬娜虽然仍爱着奥涅金，但还是拒绝了他的追求。这里，与其说她是为了维护将军丈夫的面子，倒不如说她是遵循俄罗斯传统的道德准则。在这部小说中，也有奥涅金在高加索漫游时发出的救赎祈祷："无论命运之神的手把我安排在哪片无名的小地方，无论在哪儿，无论我卑微的方舟被命运漂到哪个方向，无论它让我晚

① [США] Матич О. Христианство третьего завета и традиция русского утопизма // Д. С. Мережковский. Мысль и слово. Москва:1999. С.107.
② ［美］爱德华·赛义德：《文化与帝国主义》，李琨译，北京：生活·读书·新知三联书店，2003 年，第 3 页。

年在哪度过，无论坟墓将在哪里等我，我在我的心中，到处，到处，都要为我的朋友们祈福！"这恰恰是一种悲怜他人、甘愿为集体舍却"小我"的"聚和性"意识的体现。①

　　果戈理在《死魂灵》《钦差大臣》和《外套》等小说中，借助对"小人物"的同情，宣扬"聚和性"意识观照下"博爱怜悯"的人道主义。这种对人性的书写与评判在屠格涅夫的作品《猎人笔记》《木木》等和契诃夫的中短篇小说《套中人》《一个官员之死》《变色龙》等中也得到了展现。而且，屠格涅夫笔下的《贵族之家》《阿霞》和《前夜》等作品里的女性都是道德力量的化身，她们可以溯源至具有典型俄罗斯传统道德精神的塔季扬娜。《罗亭》中的罗亭与奥涅金、毕巧林等一样，是受过良好教育却因反感贵族生活而产生深刻反省的"多余人"的形象。不过，罗亭是一个胸怀远大抱负、思维灵活、言辞犀利的年轻人。他之所以被杜勃罗留波夫等革命民主主义批评家首先称为"多余人"，是因为他貌似只尚空谈而无革命行动力。其实，"罗亭一生都在行动着。不错，罗亭的特点是他的雄辩，但这并非'空谈'，而是与他的思想和行动统一的。只是他没有像杜勃罗留波夫所向往的那样进行'革命斗争'，也没有取得世俗眼光中的伟大功绩。然而，正是这种不断行动而又没有'成就'的存在方式，恰恰契合东正教的苦修精神"②。

　　在《安娜·卡列尼娜》和《复活》中，托尔斯泰塑造出"自我发现原罪"，从而用自杀来实现自我救赎的安娜与不断忏悔、拯救他人和自我的涅赫留多夫。其"勿以暴力抗恶"的"托尔斯泰主义"所形成的苦难意识

① 　《普希金诗选》，高莽译，北京：人民出版社，2003年，第419页。
② 　王志耕：《"漂泊"与"禁忌"：屠格涅夫小说的基督教命题》，载《外国文学研究》2017第4期，第93—94页。

和救世意识与他对国家民族何去何从的探索相关，也与俄罗斯"聚和性"理念所倡导的内省意识有关，是作家强烈的民族意识的体现。在长篇小说《卡拉马佐夫兄弟》中，陀思妥耶夫斯基通过代表各种人物声音的"复调"和"狂欢化"场面，揭示"聚和性"的思想问题，使善与恶、罪与罚、爱与恨、意识与无意识、磨难与自由等体现俄罗斯性格"二律背反"的问题在他笔下表现得淋漓尽致。"聚和性"意识既影响小说的立意，也影响小说的艺术结构。显然，陀思妥耶夫斯基在《卡拉马佐夫兄弟》里集中表现了 19 世纪俄罗斯文学中的东正教叙事传统。

从另一个角度看，这些俄罗斯经典小说都通过对人物心理活动的描写和对作品中时代事件所彰显的人性的书写与评判，来反映出"聚和性"意识与民族主流价值观的同构。

第三节　文化自觉：同构的精神根基

"聚和性"意识作为 19 世纪俄罗斯文学经典创作的源泉和俄罗斯民族精神的核心，其所蕴含的"文化自觉"意识是俄罗斯文学经典创作长期秉持的一个重要原则。"文化自觉"，即民族文化自觉，用费孝通的话来说，是指生活在一定文化中的人对其文化有"自知之明"，明白它的来历、形成过程、所具有的特色和它的发展趋向，不带有任何"文化回归"的意思，不是要"复旧"，同时也不主张"全盘西化"。"文化自觉"既要有"自知之明"，同时又要了解其他文化与自身文化的关系。①

"文化自觉"亦即民族自我意识。在俄罗斯历史上，面对西方文化的风起云涌，斯拉夫派高举民族自我意识的旗帜，主张以俄罗斯民族精神为

①　费孝通：《反思·对话·文化自觉》，载《北京大学学报》1997 年第 3 期，第 15 页。

内核保持自己民族文化的特色。这种思想的发源最早可以追溯至俄罗斯古代文学的最高成就《伊戈尔远征记》。正如利哈乔夫院士所言："《伊戈尔远征记》是作者以民间诗歌的形式创作出来的，因为他自己也是靠近人民的，是站在民族立场上的，他所创造的民间诗歌形象与其民族观念息息相关。"[①]《伊戈尔远征记》尽管也体现出一种精神的自我救赎之美，但它向我们传达一种高度自觉的民族精神，也正因为如此，它才成为俄罗斯文学第一部经典。在其后近千年俄罗斯文学史上，"文化自觉"更多地体现为作家对民族自我意识的有意识表达。这不仅反映在许多斯拉夫派作家的创作中，而且反映在弘扬爱国主义的十二月党人文学和不同时期的经典战争文学中。其中包括脍炙人口的普希金的《致恰达耶夫》《拿破仑》以及后来 20 世纪肖洛霍夫的《静静的顿河》、瓦西里耶夫的《这里的黎明静悄悄》等。

　　可以说，19 世纪的俄罗斯文学经典无不深刻地体现着俄罗斯特色：不仅时空是俄罗斯的，人物性格是俄罗斯的，更重要的是作品蕴含着俄罗斯民族的文化精神。这种精神就是俄罗斯民族文化的自觉认同，即"文化自觉"。实际上它是一种民族文化认同的构建，正是这种构建在"聚和性"意识与俄罗斯民族主流价值观之间架起桥梁，成为二者同构的精神根基。其目的并不在于使俄罗斯文学仅仅能够传达俄罗斯本民族的东西，更在于使它能超越本民族的界限，走向全世界，并对世界产生影响。

---

① 　Лихачев Д. С. *Слово о полку Игореве и культурного времени*. СПб: Изд.Логос, 1998. C.401.

第四节 "弥赛亚":同构的精神诉求

俄罗斯东正教文化中的"弥赛亚"观念,又称"救世与使命意识",确切地说,是一种对于世界的使命感,它来自"神圣罗斯"的民族认同和自豪感。"聚和性"意识在秉持"自由的统一"和"多样性的统一"原则的前提下,宣扬博爱、宽恕与团结,成为实现"弥赛亚"观念的基础。在俄罗斯文学经典中,体现"弥赛亚"信念的书写俯拾皆是。

普希金的著名诗作《致恰达耶夫》极为典型地展现出由"弥赛亚"信念所产生的"神圣罗斯"的自豪感和强烈的爱国精神:"我们的心焦灼不安,我们经受着宿命势力的重压,时刻听候着祖国的召唤。我们忍受着期待的煎熬,切盼那神圣的自由时刻来到,正像风华正茂的恋人,等待忠实的幽会时分。趁胸中燃烧着自由之火,趁心灵向往着荣誉之歌,我的朋友,让我们用满腔壮丽的激情报效祖国!"[①]果戈理的《塔拉斯·布尔巴》同样展现出这种炽烈的情怀:"罗斯啊,罗斯!我看得见你,我从美丽奇妙的远方眺望着你⋯⋯我心中充满对你的无限向往。"[②]而且,他在把这种爱的情怀嵌入许多作品时,总能很自然地流露出他对"博爱""伙伴精神"的主张,这种爱恰恰是他的"聚和性"意识使然。正是出于这种爱,他把忧国忧民作为己任,时刻关心祖国和人民的命运与前途。

托尔斯泰创作的第一部长篇小说、史诗巨著《战争与和平》则以更为宏大的场面和复杂的叙事展现出俄罗斯人民在 1812 年卫国战争中焕发出的惊人的力量和爱国热情。被士兵亲切地称为"我们老爷"的皮埃尔从俄

---

① 《普希金诗选》,高莽译,北京:人民出版社,2003 年,第 78 页。

② Гоголь Н. В. *Иллюстрированное полное собрание сочинений Н. В. Гоголя в восьми томах*, т. 6, Москва: Печатник, 1912—1913. C.107.

罗斯人民的代表普拉东身上看到真正的美德：宽容、通达、忍耐和爱。作家通过伯爵小姐娜塔莎善良热情的民族气质，表达《战争与和平》中"和平"一词的意蕴，体现出高度的"聚和性"意识。其核心正是娜塔莎在教堂祈祷时感悟到的"全体一起、没有等级之分、没有仇恨，被博爱联系在一起"，而这也正是作家毕生弘扬的俄罗斯"人民的思想"。①

19世纪俄罗斯文学经典中展现出的这种"弥赛亚"信念并非一种仅限于俄罗斯本民族和国家的使命感，它还是一种关乎全人类的世界使命感。在这种使命感昭示下，"聚和性"意识所提倡的"包容""博爱""和谐""团结"的精神是包孕全体民众的，即希冀普天之下的所有人都被融入一个平等的整体。

19世纪俄罗斯文学经典是当时俄罗斯社会现实生活的形象反映及其民族精神的艺术弘扬。而其中，"聚和性"意识与俄罗斯民族主流价值观的同构不仅是俄罗斯民族精神与社会现实对话的产物，更是对俄罗斯历史上民族精神与社会发展相互影响的艺术反映。它源于俄罗斯社会现实，但它的意义更在于揭示民族精神力量在社会发展中的作用。

"聚和性"意识高度关注人的主观世界，引导人的世界观和价值观。俄罗斯思想家别尔嘉耶夫（Бердяев Н.А.，1874—1948）指出，俄罗斯民族性格具有神秘性、不可知性和恒定性，即一种不随历史环境变化而变化的特性。②此外，俄罗斯人身上"二律背反"的矛盾性和偏爱"精神漫游"而轻视实践的特点都是俄罗斯民族性中的消极因素。这是制约俄罗斯民族

---

① 任光宣、刘涛、任丽明：《俄罗斯文学的神性传统——20世纪俄罗斯文学与基督教》，北京：北京大学出版社，2010年，第157页。

② Бердяев Н. А. Духовный кризис Интеллигенции（Сборник статей），СПб.: ЁЁ Медиа, 1910. С.51.

历史前进的文化缘由，也在很大程度上使"弥赛亚"信念只能成为"乌托邦"。

通过分析 19 世纪俄罗斯文学经典中"聚和性"意识与民族主流价值观的同构，我们得到的启示是，"精神性"与"实践性"的统一是民族和国家赖以发展与强盛的前提。在多元文化冲突的今天，增强民族文化自觉，弘扬优秀文化传统并提升民族精神性，对我们推进"人类命运共同体"的理念具有非常重要的意义。

第二章
"聚和性"与俄罗斯文学经典中的怪诞现实主义 *

　　"怪诞现实主义"作为一个文化和文学艺术领域的术语，为著名俄罗斯思想家、文艺学家巴赫金（М. М. Бахтин，1895—1975）所提出。他在研究以拉伯雷[①]（Francois Rabelais，1493—1553）为代表的欧洲中世纪和文艺复兴时期的创作中指出，拉伯雷是民间诙谐文化[②]在文学领域里最伟大的表达者，其笔下的怪诞形象可被视为是民间诙谐文化和一种关于存在的特殊审美观的遗产。在他看来，这种审美观与其后几个世纪（从古典主义开始）的审美观迥然不同，是中世纪和文艺复兴时期各种表现形式的民间诙谐文化所特有的一种特殊的形象观念体系，是"怪诞现实主义"。[③]

　　自 20 世纪 70 年代国际上掀起巴赫金热以来，国际学界对巴赫金的学说已有诸多研究。其中，对巴赫金的怪诞现实主义理论也进行了多重解

* 本章全文发表于《外语与外语教学》2019 年第 4 期。
① 文艺复兴时期法国人文主义作家。
② 亦称"笑"文化、狂欢文化或狂欢化，以下同。
③ 参见《巴赫金全集·拉伯雷研究》（第六卷），李兆林、夏忠宪等译，石家庄：河北教育出版社，1998 年，第 22—23 页。

读，为我们打开了从不同角度窥探巴赫金这一理论的窗口。有学者甚至尝试把这一理论付诸俄罗斯文学研究。然而，人们在运用巴赫金的这一理论分析俄罗斯文学中的怪诞现象 ① 时，往往忽略了俄罗斯与欧洲的文化背景差异。譬如在研究果戈理（Н. В. Гоголь，1809—1852）和布尔加科夫（М. А. Булгаков，1891—1940）等作家的创作时，往往只分析其怪诞特征，并把缘由归结于民间诙谐文化 ②。其实，巴赫金的怪诞现实主义理论源自对欧洲中世纪和文艺复兴时期文艺创作的考察，而当它被运用于考察俄罗斯文学中的怪诞现实主义时，研究背景发生了变化。不言而喻，研究俄罗斯文学不能脱离俄罗斯文化背景，即必须立足于"长远时间"③ 的语境，把俄罗斯文学置于俄罗斯历史文化的大背景中来考察。显然，东正教作为俄罗斯民族精神的灵魂，对俄罗斯历史文化语境的形成起着十分重要的作用。要研究俄罗斯文学经典中怪诞现实主义的渊源，就无法回避东正教的影响，而"聚和性"作为东正教的核心概念，是构成俄罗斯文化和俄罗斯

---

① 亦称狂欢现象、"笑"现象，以下同。

② 在迄今可见的这方面的成果中，较为典型的对果戈理的研究有俄罗斯学者 И. Л. Золотарев 的 Гротескный реализм в «Реви зоре» Н. В. Гоголя// Известия Южного федерального университета. Филологические науки（2016, No. 1.）；我国学者孙宜学的《论果戈理创作中的怪诞因素》//《同济大学学报》（社会科学版，2002 年第 3 期）。它们用巴赫金的理论分析了果戈理创作中的怪诞现象及其意义，但未涉及果戈理的怪诞现实主义创作的源头问题。对布尔加科夫的研究有法国学者 Marianne Gourg 的 Le maître et Marguerite, une œuvre univers（Paris, 1987）；德国学者 D.Kassek 的 Gedanken zun Karnevalesken bei Bulgakov // Michail Bulgakov: Vaterialien zu Leben u.Werk［C］（Leipzig, 1990）和我国学者梁坤的《布尔加科夫小说的神话诗学研究》（北京大学出版社，2016 年）。前两者主要分析了布尔加科夫对巴赫金的"怪诞现实主义"和"狂欢化"的运用，后者指出布尔加科夫作品对魔幻怪诞主题的艺术处理暗合巴赫金所提出的梅尼普体的狂欢化特点，但三者都未探讨布尔加科夫怪诞现实主义的渊源。

③ 巴赫金在论述文学作品和文化的理解时提出的一个概念。他认为，不应囿于作品的同一时代来理解和评价作品，即在短暂的时间和狭窄的空间来理解和评价作品。为此作品必须根植于传统之中并放眼未来。

民族性的根源性因素。"聚和性"意识强调"精神上的有机统一体而非外表上的彼此联结。在该统一体内部，每个个体保有自身的个性和自由"①。它宣扬博爱、平等、宽恕、团结的精神。从这一视角出发，我们才能够更深入地理解和阐释俄罗斯文学经典中怪诞现实主义的表现形式、审美特征及其根源。

第一节 "聚和性"与俄罗斯文学经典中怪诞现实主义的表现形式

巴赫金指出，民间诙谐文化不同于浪漫主义的异己的、非人的风格与形象②，其表现形式是多种多样的，其中最主要的有三种：仪式—演出形式（狂欢型的节日庆典、广场上的演出活动等）；各种诙谐（包括讽刺模拟）的文艺作品，用拉丁语和民族语言创作的口头的和书面的作品；各种广场语言形式和体裁（骂语、誓语、诅咒等）。在这些形式中，最重要的和最能清晰地揭示它们的深层含义的是狂欢式的"笑"。它最能体现民间诙谐文化的实质。它具有全民性、包罗万象性、双重性。③

巴赫金还指出怪诞现实主义的主要特点是降格，即把一切高级的、精神性的、理想的和抽象的东西转移到整个不可分割的物质—肉体层面。④而怪诞现实主义之所以有如此特点，主要是由于它源于民间诙谐文化，且

---

① Миненков, Г. Я. *Соборность. Новейший филосовский словарь.* Сост. А. А. Грицанов. Минск: 1998. C.630.

② 参见《巴赫金全集·拉伯雷研究》（第六卷），李兆林、夏忠宪等译，石家庄：河北教育出版社，1998年，第48页。

③ 同上，第611页。

④ 同上，第24页。

后者历来都与贬低化和世俗化密切相关：诙谐的实质就是贬低化和物质化，贬低化在这里就意味着世俗化。① 它不仅具有否定与毁灭的意义，也具有肯定和再生的意义。

俄罗斯文学经典中不乏此类怪诞现实主义的创作。首先，在果戈理的创作中，这一创作艺术特色鲜明。果戈理一生出版了三部中短篇小说集《狄康卡近乡夜话》《米尔格拉德》《彼得堡故事集》，一部长篇小说《死魂灵》。尽管巴赫金的怪诞现实主义理论是针对法国作家拉伯雷提出的，但他也用该理论分析了果戈理的创作。他在研究中对《狄康卡近乡夜话》的前言、拉伯雷作品中的广场集市的语调、对食物的赞扬、骂人话的组织作用等进行了分析，对《达拉斯·布尔巴》中的怪诞因素进行了解剖，对谢奇的广场式（狂欢节式）含乌托邦色彩的亲昵交往，还有谢奇的加冕与脱冕、作品形象与物混杂的怪诞躯体、有悖逻辑的现象、绰号的作用和变名字为绰号、欢快的勇士精神、游戏与游戏形象、节庆题材等民间狂欢因素都做了独到的分析。

正如巴赫金所注意到的，果戈理在作品中运用了诸如形象怪诞化、情节怪诞化和环境陌生化的怪诞现实主义的表现形式，如《可怕的复仇》中的巫师形象："鼻子拉长了，歪到一边去，一双褐色的眼睛变成绿莹莹的了，嘴唇发青，下巴颏一哆嗦尖了起来，变得跟一根长矛一样，嘴里吐出獠牙，脑袋后面肿起了驼峰。"② 这里，五官的夸张变形使他的外貌产生了怪诞感，令人恐惧厌恶。而在《鼻子》中，果戈理让一个小小的八等文官科瓦廖夫在生活中遭遇了鼻子丢失、鼻子变形、鼻子回归这样的超常事

---

① 参见《巴赫金全集·拉伯雷研究》（第六卷），李兆林、夏忠宪等译，石家庄：河北教育出版社，1998 年，第 25—26 页。
② 《果戈理全集》（第六卷），沈念驹译，石家庄：河北教育出版社，2007 年，第 177 页。

件，在令人啼笑皆非的怪诞情节中讥讽小人物对权力的追求。在环境的陌生化方面，长篇小说《死魂灵》也颇具代表性，其主人公泼留希金的房间留给读者的印象是，跨进宽敞而昏暗的门廊，就仿佛进了地窖，正如沃尔夫冈·凯泽尔所说："走进这阴森森的房间，就宛如走进了冥府。——或者说是叙述人要我们相信这是冥府。"①上述的各种怪诞化形式均是降格的表现，都使高雅的东西丑陋化、粗俗化，甚至妖魔化。形象丑陋化、情节的滑稽反常、环境的夸张诡异——在巴赫金看来，所有这些都"充满了狂欢式的对比"②。从中我们看到的是丑与美、肯定与否定、生与死、诙谐与严肃的双重性。这里对立的东西都并列在一起，所有的一切都是平等的，无不蕴含着"聚和性"的平等与包容思想。

果戈理的创作具有现实主义的内涵，亦有怪诞特征。按照巴赫金的观点，它无疑是一种怪诞现实主义。其实，在俄罗斯文学经典中，在果戈理之后的陀思妥耶夫斯基、索洛古勃（Ф. К. Сологуб，1863—1927）、契诃夫（А. П. Чехов，1880—1904）、安德烈·别雷（Андрей Белый，1880—1934）、布尔加科夫等经典作家的笔下也可见此类现象。这些作家尽管各有不同的现实主义叙事风格，但在怪诞维度的表达上却有共同的特征，即采用"降格"手法。

关于陀思妥耶夫斯基，巴赫金肯定了他的小说的两大特征：复调与狂欢化。关于文学狂欢化或是狂欢文学，巴赫金指出："如果文学直接地通过一些中介环节间接地受到这种或那种狂欢节民间文学（古希腊罗马时

①　［德］沃尔夫冈·凯泽尔：《美人与野兽——文学艺术中的怪诞》，曾忠禄等译，西安：华岳文艺出版社，1987年，第133页。
②　《巴赫金全集·诗学与访谈》（第五卷），白春仁等译，石家庄：河北教育出版社，1998年，第189页。

期或中世纪的民间文学）的影响，那么这种文学我们拟称为狂欢化的文学。"①在巴赫金看来，首先是狂欢节的世界感受对民间文学发生影响，从而形成狂欢节民间文学（如苏格拉底对话和梅尼普讽刺），此后的文学创作受其影响而形成了"狂欢化的文学"②。陀思妥耶夫斯基在长篇小说《罪与罚》中塑造了一系列"小人物"的形象和狂欢化的场景。其中有对喝醉了酒的小职员莫鲁梅拉托夫因被马踢伤被送回家后糊里糊涂死去的描写。陀思妥耶夫斯基重点描写了他家破烂狭窄的小屋里的怪诞场景：莫鲁梅拉托夫的遗孀、贫穷无比的卡特琳娜·伊万诺芙娜正在为他大办丧事。可她那破烂的小屋就像公共场所一样，谁都可以随便闯入。其间，卡特琳娜·伊万诺芙娜不是嘲笑别人，就是被别人嘲笑。显然，这完全是一种体现双重性的"笑"。在这里，悲—喜、贫—富、自嘲—他嘲等因素交织，让人感受到除旧布新、由死见生的狂欢化的本质力量。陀思妥耶夫斯基热衷于描写地狱，因为地狱里就是一个"翻了个儿的世界"，"地狱拉平了人世上的一切地位"③。在巴赫金看来，"狂欢式里所有的象征物无不如此，它们总是在自身中包孕着否定的前景，或者相反。诞生孕育着死亡，死亡孕育着新的诞生"④。陀思妥耶夫斯基体现的并非外在世界的狂欢，但从中我们仍可以窥探到其意识深处的"聚和性"意识。

契诃夫的作品也充满着"笑"。但与果戈理和陀思妥耶夫斯基的"笑"不同，这种"笑"不是从社会环境中寻找恶的根源，而是转而揭示"小人物"本身的各种人性缺陷和人性弊病。例如，在《人与狗的谈话》中契诃

---

① 《巴赫金全集·诗学与访谈》（第五卷），白春仁等译，石家庄：河北教育出版社，1998年，第141页。
② 同上，第9页。
③ 同上，第172页。
④ 同上，第172页。

夫塑造了一位极其孤独的形象。这位主人公从头到尾都在和狗说话忏悔，他把狗作为自己的聆听者，不惜让听不懂人话的狗把自己咬得遍体鳞伤。通过怪诞手法，契诃夫揭示出这位主人公既无法逃避他人的世界，却也无法走进他人的生活世界的尴尬处境。在《一个文官之死》《胜利者的胜利》《胖子和瘦子》等小说中，契诃夫也以他特有的幽默夸张和诙谐的语言，入木三分地刻画出笔下"小人物"卑躬屈膝的奴才形象。当然，在契诃夫笔下，怪诞现实主义体现为一种善意的幽默和"聚和性"意识观照下的对他人的怜悯。

索洛古勃（Ф.К. Сологуб，1863—1927）继承了果戈理、陀思妥耶夫斯基和契诃夫的传统，擅长用怪诞元素体现他对俄国社会中庸人习气的现实主义的抨击。他创作的诗歌和小说无不通过降格，深刻揭示了俄国社会中人的严重异化和人的生存的荒诞，其中最典型的就是他在诗歌《我们是被囚的动物》中把人贬低为动物和在小说《卑劣的小鬼》中对人的情欲的着墨[1]。阅读他的作品，可以感受到根植于人们信仰的"聚和性"所赋予的知识分子忧国忧民的特点。

安德烈·别雷在他最著名的小说《彼得堡》中，刻画了一个与果戈理的《外套》中主人公亚卡基耶维奇相似的人物阿布列乌霍夫。"他处于久久不思不想的观察之中：锥形体、二角形体、平行六面体、梯形体……只要观察到半截圆锥形体，他便会感到惶恐不安。"[2] 由此作家通过夸张手法表现出对这类被国家机器极度异化的"小人物"的既鄙视又同情的心理。

布尔加科夫在其三部曲小说之一《狗心》中，效仿亚当与夏娃的圣经

---

① 参见曾思艺：《俄罗斯文学讲座：经典作家与作品》，北京：北京师范大学出版社，2015年，第56、60—70页。

② 张敏：《20世纪俄罗斯现代主义小说研究》，哈尔滨：黑龙江人民出版社，2008年，第48页。

传说，通过狗与人之间相互转换的荒诞情节，实现了人与狗的世界的颠覆。其三部曲小说中的另一部《大师与玛格丽特》则通过一种文学狂欢化的手法，把 20 世纪斯大林时代的莫斯科与远古的耶路撒冷置于同一时空，营造出一个神秘莫测的魔幻世界。作家甚至还让一位撒旦式的魔王沃兰德成为一个贯穿整部小说的人物，让他以魔鬼的方式去惩罚贪婪、狡诈、自私、荒淫等各种人性中的恶。通过人物、主题和文本的多重狂欢以及空间的陌生化和极度夸张与戏谑的手法，作家描写了一个颠覆了的世界。这里，怪诞手法的运用目的在于，通过美—丑、颠覆—新生的狂欢化的逻辑，反诉对人性之美的期盼和美好世界的憧憬。

综观上述经典作品，这些创作的确似乎都与民间诙谐文化有关。然而，如果深入思考，我们就不难发现，作家们通过"降格"刻画出来的怪诞形象大多是面目丑陋，或者是地位卑微或道德低下的"小人物"。究其原因，那是因为在信奉东正教的俄罗斯人心目中，任何人在圣人面前都是有罪的，所以人与人是平等的。在这一前提下，俄罗斯作家们的精神追求无论如何总是超越世俗"现实性"的。[①] 实际上，"降格"的运用正是作家们对众生平等和团结和谐的祈求，是一种"多元共生"的价值观的体现。而这正是长久以来根植于俄罗斯民族的"聚和性"意识的自然流露。

第二节　"聚和性"与俄罗斯文学经典中怪诞现实主义的审美特征

在巴赫金看来，中世纪民间诙谐文化的形象体系标志着怪诞现实主义

---

① Есаулов И. А. *Категория соборности в русской литературе*, Петрозаводск: ПетрГУ, 1994. С.13.

的繁荣，而文艺复兴时期的文学则是其艺术上的高峰①。拉伯雷的怪诞现实主义作为文艺复兴时期创作的重要代表，一方面具有现实主义的内涵，另一方面又呈现出怪诞表征。在拉伯雷笔下，"笑"的世界，即狂欢的世界是一个用民间语言描绘的奇特怪诞的世界，那里神圣和卑俗颠倒，各种因素混杂交融，各种语言和文体融为一体，用诙谐的情节与狂欢的人物表现出几千年来植根于民众的一种"笑"的意识和追求自由平等的精神，是一种狂欢式的生活和世界感受，而怪诞现实主义作为一种文学创作，它具有高于这种生活和世界感受的审美特征。

巴赫金认为，果戈理是俄罗斯文学中创作"笑"的首要代表，为此他专门研究过果戈理的"笑"。巴赫金不再把果戈理创作中的"笑"只视为是批判性的嘲笑，并富有开创性地指出了果戈理的"笑"与中世纪狂欢文化和乌克兰古代民间神话传统的必然联系，揭示了果戈理"笑"的民间狂欢性、诙谐性。在巴赫金看来，无论是拉伯雷，还是果戈理，他们的"笑"的实质在于它表达了人们对未来的憧憬及平等自由的愿望。在我们看来，这就是"聚和性"意识的充分体现。

果戈理以怪诞意识观照现实生活，使社会关系和现实世界在夸张扭曲、怪诞神秘的笔触下得以曲折反映和再现。他笔下的"狂人""丢鼻子的官吏""吝啬鬼"等在高雅、宁静的俄罗斯文学中激起了层层波浪，对其后的作家创作产生了重要影响，因而19世纪末20世纪初的许多俄罗斯作家在各自的作品中开始大量融入怪诞因素。从陀思妥耶夫斯基的《地下室手记》《群魔》《卡拉马佐夫兄弟》，契诃夫的《套中人》《变色龙》《第六病室》，到索洛古勃的《我们是被囚的动物》《卑劣的小鬼》，再到

① 《巴赫金全集·拉伯雷研究》（第六卷），李兆林、夏忠宪等译，石家庄：河北教育出版社，1998年，第38页。

安德烈·别雷的《彼得堡》，直至布尔加科夫的《魔障》《狗心》《不祥之蛋》等，怪诞的形态在这些作品中愈演愈烈。它们所体现的"笑"是一种多义性的"笑"，其中包含着各种不同的矛盾心情：既可表示赞美，也可表示鄙视；既可抒发喜悦，也可表达悲怆；既可"笑"自己，也可"笑"他人。

巴赫金视降格为怪诞现实主义的一条基本艺术原则[1]，认为完全可以运用戏剧形式，通过怪诞、悖谬、降格等手法来表达严肃、崇高、悲剧的主题。他还指出对民间诙谐文化长期以来存在着的两种极端的看法：或者把它看作纯否定性的、讽刺性的；或者把它作为纯娱乐性的、没有思想深度的、缺乏洞察力的感官愉悦。他认为这两种看法都是片面的。在他看来，民间诙谐文化的精髓在于狂欢式的"笑"的深刻的双重性。俄罗斯文学中的怪诞现实主义也如此，它在审美上具有双重性，即可以通过刻画怪诞的人物、情节和环境，在"笑"他人也"笑"自己的过程中，既颠覆又再生，既针砭时弊又展现出对未来的希望。"笑"作为怪诞现实主义的根本元素，具有狭义与广义两个不同层面的意义：狭义的"笑"是一种节日欢庆，即充满喜庆的人们可以在那里插科打诨、平起平坐地狂欢；广义的"笑"是一个思想形象体系，其基础是一种特别的生活感受与历史感。可以说，它蕴含着深刻的人文精神，因而不仅关心"小人物"的命运，也饱含着对现实世界中的人的命运、伦理道德、哲学思想乃至祖国和民族未来何去何从的忧患意识。这也是怪诞手法与现实描绘相结合所生发出的独一无二的审美特征。

俄罗斯思想家、东正教文化批评家别尔嘉耶夫（Н.А. Бердяев,

---

[1] 《巴赫金全集·拉伯雷研究》（第六卷），钱中文主编，李兆龙等译，石家庄：河北教育出版社，1998年，第430页。

1874—1948）在论述俄罗斯民族精神文化的特点时，明确指出："俄罗斯民族按其类型和灵魂结构来说，是一个宗教的民族，即便是非教徒，也固有一种宗教的不安……来自人民和劳动阶层的俄罗斯人，甚至当他们脱离了东正教以后，仍在继续寻求神和神的真理，探索生命的意义。"[1] 这一观点在斯拉夫主义的代表基列耶夫斯基（И.В. Киреевский，1806—1856）那里得到了进一步的发展。他认为，通过把各种精神力量（理性、感性、审美含义、爱、良心和对真理的无私追求）结合为一个和谐的整体，人就能获得一种不是对外在权威、对写在纸上的启示的信仰，而是对"活的和整体的理性观照"的信仰。[2] 这也就是基列耶夫斯基后来承认的那个建立在所有精神力量完全统一基础之上的基本原则——"聚和性"观念。"聚和性"在"教会唯一"论的霍米亚科夫那里，是一种"多样性的统一"，即"爱中的自由的统一"和"实现最广泛的多样化的同时达到最大限度的统一"。[3] 在这里，爱就是沟通与交流，是获得真理的必要条件。正是"聚和性"原则构成了俄罗斯民族的性格特点和东正教的基本原则；也正是这一原则，反映出俄罗斯文学平等意识的弘扬。从这个意义上看，无论是戴罪之人还是正人君子，都值得同情、交往与尊重。所以，俄罗斯经典作家们笔下滑稽可笑的"小人物"和"不幸之人"恰恰又是受"怜悯"的。人们哀其不幸，怒其不争，或者是希望他们受到惩罚并非因为他们有罪过，而是因为他们自己脱离了与他人的"聚和"的统一。陀思妥耶夫斯基笔下拉斯科尔尼科夫的"罪"与"罚"就是一个鲜活的例子。这也就是为何小说最终不是以惩罚杀人犯拉斯科尔尼科夫，而是以使他精神复活为结尾。

---

[1]　Бердяев Н.А. Русская идея. *Вопросы философии*，1990. №. 1. С.152.

[2]　［俄］Н. О. 洛斯基：《俄国哲学史》，贾泽林等译，杭州：浙江人民出版社，1999 年，第 6 页。

[3]　Достоевский Ф.М. *Полное собрание сочинений*. Т. 20. Ленинград: Отдние, 1980. С.172.

由此可见，俄罗斯作家们创作中惊人相似的审美特征。而决定这一审美特征的，归根到底还是“聚和性”意识，即对人的怜惜、宽恕、平等和团结的理念。正是通过对“小人物”的怜悯，俄罗斯文学经典作家们彰显了“聚和性”审美观照下的人道主义。

第三节 “聚和性”与俄罗斯文学经典中怪诞现实主义的根本源泉

巴赫金在研究拉伯雷时指出，民间诙谐文化是怪诞现实主义的源泉。他还用这一观点研究了俄罗斯文学中的果戈理创作。巴赫金在自己的论述中，虽并未明确指称果戈理的创作为“怪诞现实主义”，而且果戈理早在巴赫金之前就已被公认为经典的现实主义作家，更被别林斯基称为俄国批判现实主义的奠基人。彼得堡大学语文系科班出身的巴赫金是不可能不知道这一常识的。然而，他仍然明确指出并分析了果戈理笔下的怪诞现象及其构成因素——狂欢式的“笑”，即文学狂欢化。显然，在巴赫金眼中，果戈理所创作的那些包蕴着怪诞现象的作品都已具有了怪诞的特征，可以称之为是典型的怪诞现实主义。

巴赫金认为，果戈理笔下的怪诞现象有着乌克兰民间文化的渊源，他尤其注意到乌克兰民间传统文化对果戈理作品的巨大意义。的确，正如巴赫金所指出的那样，果戈理童年生活在乌克兰波尔塔瓦省密尔格拉德县的一个小村庄。他家乡流传着许多传说，祖母达吉亚娜·谢苗诺夫娜也给他讲过不少民间神话故事。其中有一些故事充满了妖魔鬼怪的恐怖情节，在年幼的果戈理心里播撒了怪诞形态的种子。中学时期，果戈理就开始主动收集民间风俗习惯和故事。他的《杂记本》里记载着很多涉及乌克兰各种风俗习惯和游戏等素材。其中不仅有果戈理从当时发表的为数不多的乌克兰民间口头文学作品中摘录的材料，还有他搜集的作品。在彼得堡时期，他对民间故事的兴趣也有增无减。他曾要求他的姐妹和母亲把有关乌克兰的风俗习惯和各种仪式、传说和迷信、有关神灵和魔鬼的故事等资料写信告诉他。① 果戈理对乌克兰民间创作的直接了解和他搜集的各种材料，直接成了他的怪诞现实主义创作的珍贵的源泉。巴赫金指出："在上述的纯粹节庆故事以及其他一些故事里，鬼怪的嬉戏起着非常重要的作用：这类鬼事就其性质、情调、功能来说，与狂欢节上的地狱形象、与小丑有着深刻的相似。"② 由于果戈理熟知大量的乌克兰民间故事，在创作中就可以自由取材并将乌克兰民间诙谐文化中的怪诞形态予以艺术锤炼，直接赋予反映现实的作品以怪诞的特性。

　　但是，如果仅仅局限于借鉴巴赫金的这一结论，那么我们就看不到果戈理乃至俄罗斯文学中怪诞现实主义的一个更为深刻的根源——"聚和性"。这是一个使俄罗斯文学有别于西方文学的根本性特征，也是俄罗斯文学在世界文学中独树一帜的重要支柱。关于这一特征，果戈理在他的随笔《明亮的复活节》中曾写道：生活在欧洲的俄罗斯人在复活节之夜是很苦恼忧郁的，因为在欧洲这不过是一个"普通的"日子，而在这一天的夜晚，"整个俄罗斯都像一个人一样"在庆祝。换言之，这涉及复活节与俄罗斯文化的"聚和性"始源的关系，果戈理和他所代表的俄罗斯人恰恰无法在西方找到这一"聚和性"。③ 沿着俄罗斯文化史的轨迹前进，我们不

---

① 《果戈理全集》（六卷），沈念驹译，石家庄：河北教育出版社，2007 年，第 285—286 页。
② 《巴赫金全集·文本、对话与人文》（第四卷），白春仁等译，石家庄：河北教育出版社，1998 年，第 7 页。
③ Гоголь Н. В. *Полн. собр. соч.* Т. 8. Ленинград: Изд-во, 1952. С.411.

难发现，俄罗斯文化的一个重要特点就是其浓重的东正教因素。这样的因素使得知识分子对祖国和人民的关心更多地同他们的东正教精神结合在一起。因此，"所有伟大的俄国文学家同时又都是宗教思想家或寻神论者"（弗兰克，1999），几乎所有的思想家或文学家的思想又都或多或少地被打上了东正教的烙印。果戈理、陀思妥耶夫斯基、契诃夫、索洛古勃、安德烈·别雷、布尔加科夫等经典作家，他们都生于长于东正教文化气息浓厚的 19 世纪的俄罗斯，他们受到东正教精神的影响是毋庸置疑的。"聚和性"作为东正教的核心教义和"根植于信仰之物"，[1] 不仅是决定俄罗斯民族性的因素，更是他们创作的根基。毫无疑问，俄罗斯文化背景是一个在俄罗斯文学研究中绕不过去的问题，所以研究俄罗斯文学就必须直面东正教文化及其核心要素——"聚和性"意识。

至于同样是土生土长于俄罗斯又一贯主张从整个文化发展中来研究文学 [2] 的巴赫金，为何他深谙俄罗斯文化的特征及其对俄罗斯文学的重要性，却又闭口不谈果戈理创作的"聚和性"根源呢？在我们看来，这一问题只能从其所处的政治禁忌的时代背景中获得理解。我们的俄罗斯文学研究界也不能够由于巴赫金本人的缘由，而不去发掘俄罗斯怪诞现实主义产生的文化根源。

在果戈理之后，陀思妥耶夫斯基、契诃夫、索洛古勃、安德烈·别雷、布尔加科夫等经典作家，在自己的创作中所运用的怪诞现实主义艺

---

[1]　Франк С.Л. *Духовное основы общества*, Москва: 1992. C.58.

[2]　《巴赫金全集·文本、对话与人文》，白春仁等译，石家庄：河北教育出版社，1998 年，第 403 页。巴赫金在《答〈新世界〉编辑部问》和《1970—1971 年笔记》等文中，总结了苏联文艺学中半个世纪以来的历史经验教训，阐发了他关于文学与文化是一个有机的整体的观念。在他看来，任何一种艺术门类都处在整个文化之中，文艺学应当在文学与整个文化的联系当中去探讨问题。

术，虽然也在一定程度上受到果戈理的影响，也与民间怪诞文化有着千丝万缕的联系，但是更深层次的思想根源显然是值得关注的。

这一方面是他们的确从小都受到俄罗斯东正教文化的洗礼，另一方面是在于他们创作所反映的俄罗斯民族性。东正教是构成这种民族性的最根本源泉。正如我国文艺学家童庆炳先生所言："几乎每一个伟大的作家都把自己的童年经验看成是巨大而珍贵的馈赠，看成是取之不尽、用之不竭的创作的源泉。"① 他们童年时期所获得的东正教文化的熏陶，为他们在自己今后的文学创作中融入相关因素奠定了基础。同时，他们跟果戈理一样，作为整个俄罗斯知识分子的一部分，其精神世界与创作都必然会显现以"聚和性"意识为核心的东正教思想和民族精神。

因此可以说，"聚和性"意识恰恰是俄罗斯文学经典中怪诞现实主义的一个极为重要的思想源泉。

通过上述对"聚和性"与俄罗斯文学经典中怪诞现实主义的关系的考察，我们得到的启示是，巴赫金关于"长远时间"的理论对于我们从事文学文化研究具有深刻的意义：根据这一理论，我们在从事文学文化研究时，必须把具体的文学文化事件纳入整个文化大背景中加以考察，尤其是在对于一些文学理论概念的借鉴与运用上，必须关注其文化背景的差异，否则就会导致对其本质的忽视或曲解。同时我们也发现，"长远时间"中的俄罗斯东正教文化作为考察俄罗斯文学经典中怪诞现实主义的总体文化背景，其独特性恰恰是由弘扬包容、友爱、和谐、平等的"聚和性"意识所决定的。在这样一个"长远时间"中来考察俄罗斯文学经典中怪诞现实主义，我们就既借鉴又超越了巴赫金的怪诞现实主义理论。可以说，俄罗

---

① 童庆炳：《文学审美特征论》，武汉：华中师范大学出版社，2000年，第216页。

斯文学经典中的怪诞现实主义，其表现形式和审美特征都与"聚和性"意识有着千丝万缕的联系，并且，"聚和性"是俄罗斯文学经典中怪诞现实主义的根本源泉，而"多元共生"理念作为"聚和性"意识的精髓，正是俄罗斯文学经典中怪诞现实主义的本质内涵。

第三章
俄罗斯文学经典中哥萨克主题创作与
"聚和性"意识

文学大师列夫·托尔斯泰曾经说过："哥萨克人缔造了俄国。欧洲人称我们是哥萨克人，我们也愿意被称作哥萨克人，因为哥萨克人人皆兵，代表自由、平等和俄国的未来。"①俄罗斯联邦总统普京也指出："俄罗斯哥萨克人是我们社会独特的组成部分，充满了真正的爱国主义，传统精神价值观和独特的民间文化理念……哥萨克社会必须恢复东正教教堂，以爱国主义和公民责任的精神教育年轻一代，这很重要……如果没有哥萨克人，不仅俄罗斯的古代历史，而且是新的历史都是不可想象的。"②尽管学界对于哥萨克人究竟是什么人、起源于何地的问题迄今尚无定论，但哥萨克作为一种特殊的历史文化现象，始终吸引着学界的关注，而俄罗斯文学经典中就不乏关于哥萨克主题的创作。苏里科夫、果戈理、普希金、莱蒙托夫、列夫·托尔斯泰、肖洛霍夫等著名作家，甚至著名东正教哲学家和文

---

① Толстой. Л. Н. *ПСС, в 90 томах*（*1928—1958*）. Т. 48. Москва: Государственное издательство художественной литературы，1952. С.123.

② Агафонов О. В. *Казачьи войска России во втором тысячелетии*. Москва: КОГУП Кировская областная типография, 2002.

学家霍米亚科夫都书写过"哥萨克",他们有关"哥萨克"的作品也脍炙人口,源远流长。

根据《大俄罗斯百科全书》的解释,哥萨克人是俄罗斯的民族族群。在哥萨克人的组成中,俄罗斯人是最多的,乌克兰人在顿河流域、库班、奥伦堡和西伯利亚地区占有很大比例。哥萨克人还包括白俄罗斯人、南斯拉夫人、莫尔多维亚人、鞑靼人、巴什基尔人、卡尔梅克人、诺盖人、库米克人、车臣人、亚美尼亚人、土库曼人、布里亚特人和其他种族。"哥萨克人"一词来自于突厥语中的"哥萨克人",意为"哥萨克人—大胆者"和"自由人"。

早在 9 世纪哥萨克人就开始生活在基辅罗斯。[1]关于"哥萨克"的文献内容丰富,历史悠久。在俄罗斯文学中,哥萨克主题创作不仅展示了哥萨克人原始文化的历史和发展,而且描述了哥萨克人在不同时代不同地区的文化特征和精神面貌。[2]

最早的歌颂哥萨克的文学作品可以溯源至基辅罗斯时期的壮士歌《伊利亚·穆德罗麦茨和魔鬼》和诗体小说集《顿河哥萨克攻守亚速夫城的故事》。它们颂扬了哥萨克保卫罗斯边疆的爱国精神。

在 19 世纪俄罗斯文学中,哥萨克主题创作进入了一个新的阶段。其中比较著名的作品有:B.苏里科夫的叙事诗《叶尔马克》,B.马科夫斯基的中篇小说《女哥萨克》,A.霍米亚科夫的剧本《叶尔马克》,普希金的《波尔塔瓦》《哥萨克》《上尉的女儿》《高加索的俘虏》《强盗兄弟》等,

---

[1] Карамзин Н. М. История государства Российского. Книга 3,Т.5,Москва: Моск-рабочий,1993. С.205.

[2] 不同地区的哥萨克形成的时间和民族基因并不完全相同,因而不同时代和不同地区的哥萨克文化特点也不尽相同。

果戈理的《密尔格拉得》《狄康卡近乡夜话》，莱蒙托夫《哥萨克摇篮曲》和《哥萨克》，列夫·托尔斯泰的《哥萨克摇篮曲》和《哥萨克》等。这一时期，乌克兰作家 И.热烈茨诺夫、Т·舍甫琴科等也创作了不少哥萨克主题作品。其中比较著名的有中篇小说《巴什基尔人》和《瓦西里·苏尼亚舍夫》，诗歌《塔拉斯之夜》《一个得了邪病的少女》《歌》《我的歌啊，我的歌》《佩烈木佳》《海达马克》等。

进入 20 世纪后，在十月革命后至"解冻时代"到来前，苏联境内的哥萨克主题创作陷入低谷。由于客观原因，作家们大多无意再接触这一主题，更不提哥萨克过往的战功。但是出身于哥萨克的作家米哈伊尔·肖洛霍夫以其对哥萨克的深厚感情和强烈的责任感，创作了一系列以哥萨克为主题的作品，如《静静的顿河》《顿河故事》《被开垦的处女地》《他们为祖国而战》等，描绘了历史转折时期哥萨克人民的生活变迁，塑造了许多鲜明的哥萨克形象。1965 年，肖洛霍夫因其"在描写苏联人民各历史阶段的顿河史诗中所表现出来的艺术力量和正直品格"①而获得诺贝尔文学奖。

随着"解冻时代"的到来，哥萨克主题创作开始回暖，一大批哥萨克文学作品相继面世。其中，С.康斯坦丁（Ф. С.Константин）的小说《达乌里亚》和 В.舒克申（В.М.Шукшин）创作的小说《我给你们带来自由》成为歌颂哥萨克的自由精神和爱国主义的典范。

20 世纪末，随着苏联的解体，哥萨克主题文学掀起了复兴的浪潮。这一时期的主要代表作有 И.波利亚科夫的《顿河哥萨克》、В.马尔科夫的《三个阿塔曼》、С.巴尔申科夫的《在别莎拉波斯基警戒线》、Н.沙姆索诺

---

① 孙美玲：《肖洛霍夫研究》，北京：外语教学与研究出版社，1982 年，第 469 页。

夫的《哥萨克浪子》等。俄罗斯著名现代作家尼古拉·沙姆索诺夫创作的关于顿河哥萨克的史诗性三部曲《顿河荒原》，再现了顿河哥萨克前人的真实而艰辛的生活，受到了广泛的欢迎。

俄罗斯维契出版社 2005—2006 年出版了丛书《哥萨克小说》，该丛书收录了 20 世纪以来俄罗斯作家创作的 26 部哥萨克主题小说。其中，作家杜马索夫·鲍里斯的《哥萨克在南部边疆》取材于 18 世纪末的历史大事件，讲述了哥萨克为保卫俄国南部边疆而英勇奋战的故事。

可以说，自古以来，俄罗斯文学经典中哥萨克的英雄主义和爱国精神一直为人们所赞颂和崇拜。而随着对哥萨克主题创作研究的深入，人们也发现了这些创作的深刻意蕴，那就是，除了歌颂英雄主义和爱国主义，还不乏对人性的叩问、对大自然的眷恋和对世界和平的向往。这一切又都与东正教思想和文化，尤其是"聚和性"意识息息相关。

第一节　"战神"形象：英雄主义与爱国精神的化身

在哥萨克主题创作中，"哥萨克"素以热情豪迈、奔放自由的形象出现，而哥萨克士兵们也在纵马奔驰的沙场上所向披靡。在希腊神话中，战神马尔斯是奥林匹亚十二神祇之一，专司战事。他英俊潇洒、顽强善战，是勇猛与力量的象征。古罗斯壮士歌中以伊利亚·穆罗梅茨为代表的哥萨克勇士就是这一群体英勇善战的象征，他"以其胜利和非同寻常的力量"[1]与敌人厮杀，表现出一种崇高的英雄气概和民族主义精神。的确，早在古代俄罗斯文学中，哥萨克的英雄形象就一直受到人们崇敬和效仿。俄罗斯历史上，哥萨克也参加了从 18 世纪到 20 世纪前半期的几乎所有战争，在

[1]　Громыко М. М. Буганов А. В. *О воззрениях русского народа*, Москва: Поломникъ，2000. C.459.

北方战争、俄土战争、1812 年卫国战争、1941—1945 伟大卫国战争中，为保卫俄罗斯立下了汗马功劳。他们的精神在后来的普希金、果戈理、莱蒙托夫、列夫·托尔斯泰、肖洛霍夫等著名作家的笔下都得到了颂扬。

在古罗斯文学中，哥萨克人是"英雄""英勇战士""俄罗斯大地和正教派的捍卫者"或者是效忠沙皇的臣民，但在普希金作品中，哥萨克人有了更为多样的身份内涵。著名文学评论家、普希金学者扎巴布洛娃（Н. В. Забабурова，1944— ）根据普希金语言辞典的相关数据，指出："哥萨克"一词在普希金作品中出现了 317 次。① 它有两个基本含义：一是指在 15—17 世纪的莫斯科公国的自由人，他们为摆脱农奴制或难以承担的国家职责而逃到了该国边疆；二是指 18 世纪以来俄罗斯某些地区来自特殊农民阶层，有义务在骑兵部队中长期服役的人。最初，在普希金的作品中，"哥萨克"一词具有第二种含义。1812 年的卫国战争在民族意识中刻下了哥萨克士兵的英雄形象，从此哥萨克人成为军事实力和爱国精神的一种独特象征。顿河哥萨克主题进入俄罗斯作家们的视野，对当时正在南俄流放的诗人普希金产生了影响，促使他创作关于哥萨克主题的诗歌。早在皇村中学学习期间，他就创作出诗作《哥萨克》（1814）。其中"大胆的哥萨克"的形象在民间文化学中的解读更接近于年轻诗人的世界观。这一对哥萨克人形象的解读包括以下三个要素：其一，哥萨克人好战；其二，哥萨克人一定与某种情结相关：他显然是在参军回家的路上；其三，一个开玩笑的结局，就是关于他可能背叛被带回家的女孩，这使得为参军的勇敢的哥萨克人的形象具有了完整性和完美性。

普希金在《高加索的俘虏》（1820—1821）一诗中表达了他对高加索

---

① Забабурова Н. В. С брегов воинственного Дона... // Научно-культурологический журнал. 1999, No. 6. C.12.

哥萨克人的新的理解。在给他的兄弟的一封信中，普希金写了意味深长的句子："总有一天，我会给你读我关于黑海和顿河哥萨克人的评论——现在就啥也不告诉你啦。"① 这首诗描绘了勇敢自由的哥萨克人在切尔克斯人的战地抗击"风暴"的行动。当时俄国征服高加索已达 60 年。普希金歌颂了高加索辽阔的大自然和参加这场战争的顿河哥萨克士兵："缪斯，幻想的轻捷的朋友，就这样一直飞向亚细亚……她喜爱那些勇武的村庄、无畏的哥萨克人的机警、起伏的山丘、寂静的坟冢、嘈杂的喧哗、畜群的嘶鸣……在那时候我们的双头鹰嗅到血腥的战争，便飞上那愤怒的高加索的山峰……"② 在他眼中，哥萨克军队是俄罗斯帝国南部边疆驻军的重要力量，对保证俄国安全是至关重要的。

当然，对不同的哥萨克，普希金是区分对待的。在其未发表的《强盗兄弟》（1821—1822）中，他描写了另一种哥萨克，他们是从第聂伯河逃到伏尔加河的乌克兰哥萨克，一路被当作罪犯、强盗，被俘后又逃跑，后来成为伏尔加哥萨克，最终客死他乡。在浪漫主义长诗《波尔塔瓦》（1828）中，他将乌克兰哥萨克领袖马塞帕描写成了一个"恶棍将军""出卖沙皇的叛徒"。③ 而在普希金眼里，领导农民起义的哥萨克阿塔曼拉辛就是"俄罗斯历史上唯一富有诗意的人物"。④

1831 年，普希金结束流放后回到外交部，被安排在文献室档案馆任职。尼古拉一世要他写一部关于彼得大帝的历史。就在这期间，他听闻友人谈起普加乔夫起义和一位禁卫军军官投诚普加乔夫，"全心全意"效力

---

① Пушкин А. С. *Собрание сочинений в десяти томах: Т. 9,* Москва: ГИХЛ, 1960. С.20.

② 同上，С. 115.

③ 《普希金长诗选》，余振译，北京：外国文学出版社，2015 年，第 265—340 页。

④ ［法］亨利·特洛亚：《普希金传》，张继双等译，北京：世界知识出版社，1992 年，第 293 页。

于普加乔夫的真实故事。为何贵族会反对沙皇政权？这一现象是普希金自十二月党人起义发生后经常思考的问题。于是，普希金便决定"放下原定的写作《彼得大帝史》的构思"①，先写一部以普加乔夫起义为题材的历史长篇小说。为了写好这部小说，普希金从彼得堡出发，访问了喀山、奥伦堡和乌拉尔斯克，实地考察了解普加乔夫当年的行动，正如普希金写的那样："我抛弃了虚构，完成了《普加乔夫史》……我不知道我能否将它出版，但至少我凭良心履行了一个历史学家的职责：我尽心竭力地追求真理，并且光明磊落地对它进行叙述，力求既不迎合权势，也不投合时好。"②送审期间，尼古拉一世在《普加乔夫史》一书的手稿上写了许多批评意见，并把书名改为《普加乔夫暴动史》，还认为不能用正面词汇来形容普加乔夫，只能用"愚昧无知的囚徒""恶棍"这样的字眼。经过审查后，《普加乔夫史》一书中出现许多"恶棍""暴动者""无知的人们"等这样一些词汇。③

　　1834 年，该书出版。通过该书，普希金生动地刻画了哥萨克普加乔夫的艺术形象。由于普希金的生活经历，在其创作中也形成了"沙皇情结"，导致他对反抗沙皇的人物并无好感。但是，在他笔下，普加乔夫热爱祖国，反对专制，是一个具有高尚的品质和民族责任感的真正的英雄。这与俄国官方把普加乔夫作为"暴徒""恶棍""盗贼"的宣传截然相反。

　　普加乔夫是俄罗斯农民起义领袖。他原为一个穷苦的哥萨克，诞生在顿河岸上的吉莫维斯克村。他参加过"七年战争"和"俄土战争"，自从

①　苏联科学院历史研究所列宁格勒分所编：《俄国文才沙史纲（从远古到 1917 年）》，北京：商务印书馆，1994 年，第 295 页。

②　［俄］А. С. 普希金：《普希金论文学》，张铁夫、黄弗同译，桂林：漓江出版社，1998 年，第 100 页。

③　Мавродин В. В. *Крестьянская война в России в 1773—1775 годах: Восстание Пугачева: В 3 т.*, Ленинград: Изд-во Ленингр. гос. ун-та, 1961. С.41.

逃脱兵役后，曾经流亡顿河、伏尔加河、雅伊克河各地，熟知民间疾苦。1773 年在雅伊克河附近，他率哥萨克起义，自称彼得三世，宣布解放农民，消灭贵族。各地农民及乌拉尔冶金工人投奔者很多，因此起义队伍声势浩大，攻克了不少重要城市。1775 年，普加乔夫起义失败，但是它动摇了俄罗斯农奴制度的基础。

在 1836 年发表的中篇小说《上尉的女儿》中，普希金再度表达了自己对普加乔夫的崇敬，并以完全肯定的态度否定了俄国官方史书对普加乔夫的记述和评价。《上尉的女儿》作为一部著名的历史爱情小说，它基于独特的家庭纪事的艺术形式，采用从侧面进行间接叙写和铺染的方法，通过描绘主人公贵族青年格利乌夫和上尉的女儿玛丽娅之间曲折而动人的恋爱故事，来展示普加乔夫的英雄人格。普希金独具匠心地让一件"兔皮袄"在小说中穿针引线，将格利乌夫和普加乔夫联结起来，也将小说的各部分连接成一个有机的整体。小说中，普希金满怀激情颂扬了一个光彩照人的农民革命领袖形象：普加乔夫"中等身材、瘦削、宽肩膀。黑乎乎的大胡子里已现出灰白色的须毛。两只炯炯有神的大眼珠子不停地来回转动，他的脸部表情颇为招人喜爱"。他"骑着白马，穿着哥萨克的镶金线的红长袍，金色貂皮的高帽一直压到他那双闪烁发光的眼睛上，手里拿着出鞘的马刀……"他"震撼了从西伯利亚到莫斯科、从库班河到穆罗姆森林整个国土"。[1]普加乔夫是一个悲剧性的人物，但同时他体现出的良心和对善的向往发人深省。

对普加乔夫起义的反思，促使普希金重新思考了整个俄罗斯哥萨克人的命运。"哥萨克"一词的两种含义之间的语义边界特别明显：自由人和

---

[1] Пушкин А. С. *Собрание сочинений в десяти томах: Т. 9*, Москва: ГИХЛ, 1960. C. 20.

逃犯、在骑兵中服兵役的人。这一问题对俄罗斯历史极具意义。在 19 世纪 30 年代出版的《彼得一世史》中，主要是从国家和社会民族层面来研究哥萨克人的问题。彼得一世致力于建设一个新的世界，力图将顿河哥萨克纳入其正在构建的国家系统中，并为此采取一切手段。在这一点上，普希金非常支持彼得一世，因为在他看来，哥萨克人未来的任务是履行其作为一支精锐爱国军队的伟大使命，也就是说，他们的任务是保护和保卫俄罗斯边界。所以，在普希金笔下，哥萨克的正面形象总是英勇好战而且战无不胜的，是人民保家卫国的"战神"形象。

一直以来，在广大读者眼中，素有"俄国散文之父"和"讽刺大"之称的果戈理（Н. В. Гоголь）是俄国作家中另一位书写哥萨克人的高手。他的名篇《塔拉斯·布尔巴》来自故事集《米尔戈罗德》（首次出版于1835 年），以遒劲豪放的文笔描绘了以塔拉斯·布尔巴为首的哥萨克在俄罗斯南部草原居民暴乱中抗击波兰敌人的经过，展现了哥萨克人坚毅无畏和热爱自由的性格，歌颂了哥萨克为祖国宁死不屈的爱国主义精神。

果戈理在故事中将"斯拉夫精神"放在了俄罗斯民族特性形成的极其重要的位置："的确，这是俄罗斯力量的非凡表现：一连串的不幸把它从人民的胸膛打了出来……总之，俄罗斯民族特性在此获得了强大广泛的力量和坚强的外观。"[1] 在这里，哥萨克人"为一切灾难而战，为信仰和哥萨克荣誉所遭到的凌辱复仇"[2]。这种文化特征被果戈理称为"兄弟情"，即"兄弟之爱"。它不是基于血缘关系，而是基于文化信仰而形成的："人们可以看到其中政治机构的雏形，即富有特色的民族的基础，该民族最初就

---

[1] Гоголь. Н. В. *Собрание сочинений в девяти томах. Т. 2.* Москва: «Русская книга», 1994. С.3.

[2] 同上，С.4.

已经有一个主要目标……打击异教徒并保持其自身宗教信仰的纯正。"① 换言之，果戈理认为，脱离信仰是 18 世纪"成千上万个由一个共同特性决定的同一信仰、同一部落、同一语言的小国"分裂的主要原因，因为"这混乱充斥着暂时的责骂，而责骂是破坏性的，因为它们逐渐抛弃了在强势的诺曼王朝面前才刚刚开始表现出独特面貌的民族特性"。② 他写下这些话，旨在呼吁俄罗斯领土的统一，并敦促俄罗斯人民接受哥萨克人的道德观与生活方式的价值观，即通过心灵纽带，而非血缘联系起来。所以，哥萨克英雄主义与爱国精神的根基在于体现为"兄弟情"的"博爱"，而这正是俄罗斯东正教文化始终弘扬的"聚和性"的核心理念。

在小说《静静的顿河》（1925—1940）中，肖洛霍夫（М. А. Шолохов，1905—1984）真实再现出顿河哥萨克独特的生活方式，反映出哥萨克人的英勇善战和爱国精神。当时正值第一次世界大战、1917 年两次革命和俄国内战。在此期间，哥萨克人正处于命运攸关的历史关头。哥萨克军队参加了第一次世界大战和国内战争。在国内战争中，哥萨克人的很大一部分是为了支持白军而成立的，这直接导致了苏联政府在 1919 年采取"去哥萨克化"的政策，其结果是哥萨克人被剥夺了独立的政治和军事权利，被清算为一个社会文化群体，归入俄罗斯国家的军事力量储备。

《静静的顿河》中的顿河哥萨克就像果戈理的《塔拉斯·布尔巴》中的哥萨克一样，在和平时期务农，守卫村庄和国家边疆；遇战事，则按国家的命令组织队伍参加战斗。顿河哥萨克人是在尊重并绝对服从老一代的前提下成长起来的，因此很好地保留了古老的习俗和传统。他们所生活的

---

① Гоголь Н. В. Взгляд на составление Малороссии, часть Ⅷ // *Арабески*. СПб., Наука, 2009. С.512.

② 同上。

世界充满了色彩，充满了本土自然之美。肖洛霍夫在小说中描绘出一幅顿河土地的美丽风景画，从而更深入地展现出哥萨克的英雄性格。小说主人公格利高里和他的亲人们就是顿河哥萨克形象的缩影。格利高里从小热爱自由，关注本土经济、家庭和家乡的发展。

第一次世界大战期间，格利高里忠实地履行着自己的职责，他为祖国和沙皇而战，因为表现英勇，还获得了圣乔治十字勋章。然而，随后的十月革命和国内战争使他感到困惑和失望："我总是很羡慕像小利斯特尼茨基和我们的科舍沃伊这样的人……他们从一开头就什么都清清楚楚，但是我到今天，也还是什么都糊里糊涂。"[①]他对参加白军的叶甫盖尼和参加红军的科舍沃伊的坚定表现表示羡慕，可是他自己，一个智力不差的人，却宁愿"糊里糊涂""摇摆不定"。格利高里是在一个有着英雄主义传统的哥萨克家庭长大的，他一直视立军功为天职，他的父亲始终极力将他塑造成一个合格的哥萨克战士，希望他在战场上赢取荣誉。小说里父亲曾在给他的一封信中说："你好好服役吧。为皇上效力是不会白干的……我命令你，不要忘了你的妻子。"[②]作者一边展示了哥萨克人惯常的生活方式和传统价值观是如何被打破的，家庭纽带是如何被扯断的，一边通过小说将我们带回到俄罗斯历史命运的悲剧篇章，表明哥萨克人爱人和爱自然的精神饱含永恒的、普遍的人类道德价值观，它是人类一切生活形式的基础，有了这一基础，才有了人类对劳动、对家庭、对祖国的爱，才可能追求和平，将仁慈、美丽和人类之光带入世界。

哥萨克人的"新生活"也使作家感兴趣。内战之后，"反革命"哥萨克人逃往国外，留在自己家乡的哥萨克人不再称自己为"哥萨克人"，而

---

① 肖洛霍夫：《静静的顿河》，金人译，北京：人民文学出版社，1982 年，第 329 页。
② 同上，第 301—302 页。

变成了不享有特权且不承担军役的普通公民。但是，哥萨克人保留了自己的优良传统，充分展现出他们与生俱来的尊严。肖洛霍夫在小说《被开垦的处女地》（1932，1959）中展示了哥萨克人在苏联社会主义建设过程中表现出对生活和辛勤工作的积极态度；在小说《为祖国而战》（1942—1944，1949，1969）中，肖洛霍夫赞扬了哥萨克人在伟大卫国战争中的英勇和军事功勋。

在俄罗斯文学中，崇尚自由、为国而战、信仰坚定、集体主义和爱国精神成了哥萨克人的最大特征。如今，这些特征已被视为大众意识中哥萨克人身份的主要标志。"哥萨克荣誉守则"的规定证实了这一点："在哥萨克人中，公众的一切始终高于个人的一切。哥萨克人始终为其祖国、东正教信仰、其人民和俄罗斯国家服务。哥萨克人好样的！我们是创建了俄罗斯的先驱者的后裔和继承人。在哥萨克人中，最重要的一直是哥萨克意志和民权。"[1]可以说，俄罗斯文学中哥萨克人的"战神"形象已深入人心，这一形象融包蕴"聚和性"意识的英雄主义和爱国精神于一体，对于理解俄罗斯民族精神的形成具有积极意义。

第二节　悲剧情结：对人性的叩问与对和平的呼唤

在普希金、果戈理、托尔斯泰、肖洛霍夫等著名作家的笔下，哥萨克的形象都是粗犷豪放又英勇善战的。他们以自己独特的方式，为保家卫国立下了赫赫战功。但是，他们的结局往往并非如人们所想象的那样，与他们的战功成正比，相反，却总被赋予令人扼腕的悲剧色彩。这在肖洛霍夫

---

[1] Кодекс чести казака, утвержденный постановлением Совета атаманов Союза казаков России № 3 от 19 февраля 2006 г. С.1.

的《静静的顿河》和普希金的《上尉的女儿》中得到了尤为突出的表现。

《静静的顿河》描绘了十年间（1912—1922）两次革命和两次战争中顿河哥萨克的生活轨迹，真实再现了哥萨克独特的风土人情和广大哥萨克在历史转折关头所经历的曲折道路。小说的成就之一是塑造了主人公格利高里的复杂形象。伴随着格利高里人生的，是对哥萨克荣誉和爱情的追求。可是在这两个方面，他的结局都是相当悲惨的。在哥萨克视为天职的战士生涯中，格利高里动摇于白军与红军之间，两次参加红军，三次参加白军，最后成了走投无路的逃兵。在个人生活中，他徘徊于妻子娜塔莉娅与情人婀克西妮亚之间，三次投入情人怀抱，两次回到妻子身边，致使这两个女人为他悲惨而死——娜塔莉娅痛恨格利高里的不忠，私自堕胎而亡；婀克西妮亚在随格利高里逃亡途中，被乱枪打死。最后，心灰意冷的他把武器扔进顿河，身心俱疲地回到了顿河岸边的家。而那里，唯一幸存的是他那年幼的儿子……①

这部史诗性小说共有八卷。自其第一卷发表，就引起了巨大轰动，此后一直争议不绝。其中一个原因是，围绕着主人公格利高里出现了许多的不同声音。在苏联境内，评论家们最初通常称该形象为"人民的敌人""反叛者"，如 B. 佩捷林认为："格利高里站到了与苏维埃政权敌对的阵营一面，丧失了正面品质，逐渐变成了可怜亦复可怕的人的相似物。"②列日涅夫明确指出："就其实质而言，格利高里是新生活的敌人，是我们的敌人。"③ B. 叶尔米洛夫、Л. 雅基缅科和 B. 古拉等批评家强烈视他为反

① 参见肖洛霍夫：《静静的顿河》，力冈译，南京：译林出版社，2010 年，第 2—538 页。

② Петелин В. В. *Михаил Шолохов: Страницы жизни и творчества.* Москва: Советский писатель, 1986. C.158.

③ Лежнев И.Г. Михаил Шолохов, Москва: *Советский писатель*, 1948. C.131.

叛者、反面人物。前者甚至指出，作为一个"反叛者"，格利高里"在最好的情况下，或许可以是悲喜剧人物。"① Л. 雅基缅科则指出："肖洛霍夫概括和典型化了人民之中的这样一些人的命运，他们由于自己社会出身的关系在参加革命过程中有过无数次怀疑和动摇，没有找到同工人阶级结成联盟的正确道路，同人民发生决裂，走上了反叛的道路。"② 后来又认为是"动摇不定的中农的典型""迷途的浪子"，如 И. 列日涅夫在《人民生活的史诗》一文中指出，"《静静的顿河》的主人公格利高里·麦列霍夫是动摇不定的中农的典型。同时他具有特殊的性格"，他是"小说中描写的哥萨克群众中有血有肉的形象。读者把格利高里看成是农民的儿子，尽管是迷途的浪子"。③ 再后来，随着社会环境的变化，格利高里则被认为是"真理的探索者"④ 和"正面形象"，《静静的顿河》则被重新认为是"从现实的革命发展中真实地、历史地和具体地描写现实"⑤。Е. 塔玛尔钦科认为，肖洛霍夫的这部史诗是充满人类真理的思想小说，并指出了格利高里形象的意义之所在："格利高里不仅从情节上看是主人公，从思想上看也是主人公，因为就历史的实质而言，他不是边缘性的人物（尽管是个具有个人优越性的人物），他不仅不是'敌人'，不是'反叛者'，不是毫无个性的中农，他反而是人民的中心和主干的代表，是体现普遍真理的正面形象。"⑥ 在苏联境外，西方学界一致认为肖洛霍夫在自己的作品中保持了完全客观的态

① Ермилов В.О. «Тихом Доном» и о трагедии// *Литературная газета*, 1940, No. 43.

② 孙美玲：《肖洛霍夫研究》，北京：外语教学与研究出版社，1982 年，第 101 页。

③ Лежнев И. Г. Две души // *Молодая гвардия*. 1940. No. 10. С. 120.

④ См.*История русской советской литературы（40-70-е гг.）* под ред. С. М. Петров, А.И.Метченко. Москва: Просвещение, 1980. С.12.

⑤ Лежнев И. Г. *Михаил Шолохов*, Москва: Советский писатель, 1948. С.129.

⑥ Тамарченко Е. Идея правды в «Тихом Доне»// *Новый мир*, 1990, No. 6.

度。在中国，有学者认为，从格利高里自认为"到今天也还是什么都糊里糊涂"的"声音里似乎可以听到肖洛霍夫本人的潜台词，非理性的'糊涂'正是对清醒的理性大历史的抗衡……格利高里的'摇摆不定'也是对战争事件的一种否定……每当格利高里远离战争时，他就能感受到土地散发的气息带给他的愉悦……这就是他的理想——回归土地……他看重的不是哥萨克的荣誉与战功，而是自己心灵的自由"①。这些观点尽管各不相同，甚至互相对立，但它们反映出这样一个事实，即格利高里的悲剧来源于现实，但其意义却远远超越了现实。

也因为如此，"肖洛霍夫曾经这样谈论这部小说：在《静静的顿河》中想展示哥萨克人如何通过战争、痛苦和流血，走向社会主义"②。肖洛霍夫是一位处在当时历史大背景下的现实主义作家，他的写作不可能不反映社会现实，所以他的笔下充满着当时那个历史时期的重大事件以及受这些事件影响的每一个生命个体的存在状况。格利高里不过是其中的一个典型，而他的悲剧也是整个哥萨克悲剧的缩影。当时的社会变革，既是历史性大统一的，也是个体性的，所以，在理念和信仰未能充分深入人心时，要依靠行政命令生硬地统一每一个个体的思想，实际上总是很缥缈的，因为每一个有生命的个体有着各自的思想，这种思想及其引起的习俗有些是承袭了几个世纪以来根深蒂固的传统，于是，当新、旧思想和习俗交锋时，难免不产生各种各样的矛盾。由此可见，肖洛霍夫是难能可贵的，因为他的"巨大功勋表现在他的作品中所具有的那种胆识之中。无论他反映任何一个时代，他都不回避生活所固有的种种矛盾"③。他在歌颂崇高的英

① 王志耕：《与大历史的"一个人的战争"》，载《外国文学评论》2012 年第 4 期，第 142 页。
② 钱晓文：《论肖洛霍夫的创作个性及形成》，载《外国文学研究》1993 年第 5 期，第 117 页。
③ 孙美玲：《顿河哥萨克的一代史诗》，桂林：漓江出版社，1986 年，第 10—17 页。

雄主义和爱国主义的同时，也不忘关注普通人的命运，尊重他们作为每一个生命个体存在的价值。而这也正体现出俄罗斯哲学和"聚和性"意识"以人为中心""博爱"的传统。①

作为顿河哥萨克悲剧形象的缩影，格利高里身上集中体现了这些矛盾——一方面是作为"战神"一族必须上战场杀戮与超越阶级的人性的矛盾，另一方面是被迫参战与厌战情绪的矛盾。

作为一部描写战争的史诗，《静静的顿河》在开篇就引用了哥萨克古歌，一下子把人带进悲怆无比的氛围："我们的光荣的土地不用犁铧耕耘／我们的土地／马蹄来耕耘／光荣的土地上播种的是哥萨克的头颅／静静的顿河上装饰着守寡的青年妇人／到处是孤儿，静静的顿河，我们的父亲／父母的眼泪随着你的波浪翻滚"②。

如古歌所描述，战争带给哥萨克连绵不断的灾难：一代代哥萨克打仗去了，战死他乡，一代代妻离子散，家破人亡，留下一代代的孤儿寡母。这仿佛就是哥萨克的宿命。只要战争不停止，哥萨克的悲剧就不会停止。

格利高里身上流淌着纯正的哥萨克之血，他有着哥萨克人特有的酷爱自由、坚韧勇敢、豪放剽悍的天性，又是一个单纯而存有良知的人，与那种残忍歹毒、杀人不眨眼的"锅圈儿"不同，格利高里还有一颗敏感柔软的心。当他第一次参加战争，面对战场上的厮杀，他感到内心的无比震撼。当他第一次在战场上杀人后，"他的脚步又乱又重，就像肩上压着不能卸掉的重负似的；憎恶、惶惑在折磨他的心灵。他把马镫抓在手里，半天也抬不起那只沉重的脚"③。他跟哥哥说："我心里痛苦死啦。现在我就

---

① Зеньковский В. В. *История русской философии*, Ленинград: ЭГО, 1991. Т.1, Ч.1 С.16.

② 肖洛霍夫：《静静的顿河》，金人译，北京：人民文学出版社，1982年，第1页。

③ 同上，第347页。

像个半死不活的人……""他们唆使人们到处互相杀戮！简直变得比狼还凶残。""良心使我非常难过……可是我为什么要砍死这个人呢？"① 当他最后一次杀人后："他就一头栽到地上，裸露的胸膛贴在雪上。他号哭起来，哭得浑身直哆嗦，像狗一样，用嘴舐着篱笆边的残雪。后来，在神志清醒的一刹那，他想站起来，但是怎么也起不来，于是他扭过泪流纵横、被痛苦弄得不成样子的脸，朝聚集在他四周的哥萨克们，声嘶力竭、粗野地呼喊：'我砍死的是什么人呀？''弟兄们，我是得不到饶恕的……看在上帝面上，砍死我吧……为了圣母……把我处死吧！'"② 良心使他为自己亲手杀戮生命而感受到煎熬。他更是不愿意看到哥萨克兄弟自相残杀，就像那个神秘的老头子写下的两行字："在混乱和腐化的时代，弟兄们，不要审判自己的亲兄弟。"③ 所以当他看到哥萨克革命军委会主席下令砍杀哥萨克白军俘虏时，他就因为对此表示愤怒而被缴械。格利高里目睹了作战双方残酷的杀人行为，多年来形成的思维和观念受到颠覆，因而产生厌战悲情。但他作为一名士兵，也只能身不由己地参与杀戮。这简直令他感到生不如死！这也是他要告别从小培养起来的愚忠精神和狭隘荣誉感的一个重要原因。

当然，在第一次世界大战中格利高里与革命者贾兰沙相遇时的对话，促使他的思想立场发生了彻底转变。贾兰沙揭露了沙皇的残酷和战争的非正义性，改变了他对沙皇、对祖国、对哥萨克军人应尽天职的全部认识，激发起他对白军残酷行径的强烈愤慨。这成为他一度参加苏联红军的思想基础。但是，在红军队伍中，他又看不惯极左行为和对哥萨克同胞的过火

---

① 肖洛霍夫：《静静的顿河》，金人译，北京：人民文学出版社，1982年，第385页。
② 同上，第1307页。
③ 同上，第973页。

的镇压，而离开革命队伍，投入白军的阵营。他敏锐果断，急欲行动，却又总是一步步地陷入迷途，四处碰壁。这导致他两次参加红军，三次投身于白军，并晋升为白军师长，屠杀了许多红军战士。长期战乱的折磨，使他意识到，自己成了一个戴罪之人。所以，他愈加想念魂牵梦萦的家乡，憧憬着退出战争，回乡过无愧于良心的生活。他经常梦见孩子和他们死去的母亲，他时常这样想："我死也要回家看看。"最后，他终于回到顿河岸边的家里，又变回原来的人："在格利高里的性格上突然产生了过去不曾有过的对村子里和家里发生的一切事情的好奇和兴趣。他觉得生活中的一切都具有某种神秘的、新的意义，一切都引起他的注意。他用稍微有点儿惊奇的目光去观察他重又看到的世界，天真、幼稚的微笑久久地浮在他的嘴唇上。这孩子般的微笑使脸上的严厉神色和充满野性的眼睛里的表情起了很大的变化，使嘴角上残忍的皱纹变得很温柔了。"① 格利高里静悄悄地退出历史舞台，回归家乡，这被许多人认为是悲剧的结局。当然，格利高里是一个悲剧形象，可是，他的悲剧恰恰是人性在战争中被磨蚀的悲剧，而他最终回归那片生他养他的土地，这是一种向人性的回归和一种对和平的内在诉求。"《静静的顿河》在思想上的精髓，就是'包容一切的思想'。"② 这无疑是"聚和性"意识的精髓之所在，也形成了这部长篇小说深刻的审美意蕴。

在中篇小说《上尉的女儿》中，普希金也刻画了一个悲剧性哥萨克——普加乔夫。普加乔夫在故事中的出现是从一件"兔皮袄"开始的：一天，去边防炮台服役的贵族青年格利乌夫突然遭遇暴风雪，正在苦于迷途时，遇上了一位"流浪汉"，他帮了格利乌夫大忙。而格利乌夫见他

---

① 肖洛霍夫：《静静的顿河》，金人译，北京：人民文学出版社，1982年，第1750页。
② 刘亚丁编选：《肖洛霍夫研究文集》，南京：译林出版社，2014年，第142页。

"穿得实在太单薄"，就以一件"兔皮袄"相赠。告别时，"流浪汉"表示"我永远不会忘记你的恩典"。当时，格利乌夫并不知此"流浪汉"就是名赫一时的农民革命领袖普加乔夫。

格利乌夫到边防要塞服役时，爱上了要塞司令伊凡·库兹米奇上尉的女儿玛丽娅。不久，普加乔夫发动农民起义，攻占了要塞，当场绞死了妄图顽抗的要塞司令，也要了司令夫人的命。而当格利乌夫被吊上绞架时，他的仆人萨威里奇急忙伏在普加乔夫脚边求情。普加乔夫一眼就认出了格利乌夫，想起了那件"兔皮袄"的事。普加乔夫感念旧情，随即释放了格利乌夫。

当格利乌夫决定离开普加乔夫领导的"叛军"，去沙皇统治下的奥伦堡时，普加乔夫不仅为他开路条，送他马匹和自己穿的羊皮外套，还亲自解救出受人欺凌的玛丽娅，成全了格利乌夫的婚事。格利乌夫则向普加乔夫表示，情愿用自己的生命来报答普加乔夫的恩情。

作为典型的哥萨克，普加乔夫从来不缺少英雄气概，他侠肝义胆，知恩图报，对格利乌夫更是如此。他对格利乌夫的成全，体现出一种超越阶级的人道主义。小说中，体现这种人道精神的还不止一处：临刑前，格利乌夫"被拖到了绞刑架边。'别怕，别怕。'刽子手们反复对我说，也许，他们真的想让我打起精神来"[1]。在普希金笔下，普加乔夫和他的部下们虽然是世人眼中的"强盗"和"恶棍"，但是他们心底有"善"。他们的良心和对善的向往蕴藏在他们的灵魂深处。于是，小说的中心是造反的哥萨克领袖普加乔夫和年轻贵族军官格利乌夫之间的心灵共通。著名俄苏文学评论家洛特曼（Ю. М. Лотман，1922—1993）指出，这种心灵共通具有普

---

[1] 刘亚丁编选：《肖洛霍夫研究文集》，南京：译林出版社，2014年，第387页。

遍的人类意义："对于普希金而言，在《上尉的女儿》中，正确的道路并非从一个现代性阵营转移到另一个，而是守住人道、人的尊严和对他人生活的尊重，并超越这个'残酷的世纪'。在他看来，这才是他通往人民的真正途径。"① 普希金尽管真切细致地抒写了普加乔夫和格利乌夫之间的私人交谊，但从总体来说，他并没有掩没彼此的阶级鸿沟，抹杀作品中人物形象的阶级属性。的确，普加乔夫在格利乌夫生死关头救了他的命，促成了他的终身大事，但他并未因此而加入普加乔夫农民起义的行列。相反，他仍坚持自己的贵族立场，在与普加乔夫告别时，他还在想着："和这位除此之外人人都视其为恶棍、强盗的可怕人物分手时，我说不出自己是什么感觉。为什么不道出实情呢？在这一时刻，我对他怀有深深的同情。我非常想把他从他所领导的那帮恶棍中拉出来，趁着还来得及，救他一命。"② 可见他效忠于沙皇的坚定立场。最终，起义失败后的普加乔夫照样殒命于格利乌夫的皇家军队。

小说中，普希金还书写了整个高加索哥萨克的悲剧："一切俯首于俄罗斯刀下 / 高加索骄傲的子孙，你们 / 曾战斗过，死得多么可怕 / 但我们的鲜血不能拯救 / 你们 / 无论是耀眼的铠甲 / 无论是纯真自由的爱情 / 无论是深山、无论是骏马 / 正好像拔都③ 的后裔一样 / 高加索将背叛它的祖先 / 忘掉贪欲的战争的声音 / 抛掉可怕的战斗的弓箭 / 行人可以无畏地走进了 / 你们聚居的幽谷和深山 / 而你们传说的悲惨故事 / 把你们的苦难永远流

① Лотман Ю. М. Идейная структура «Капитанской дочки» // В школе поэтического слова. Пушкин, Лермонтов, Гоголь: Книга для учителя. Москва: Просвещение. 1988. С. 107-123.
② 刘文飞主编：《普希金全集》（十卷本）第六卷，石家庄：河北教育出版社，1999年，第32页。
③ 拔都，元太祖孙，术赤的儿子。他曾西征俄罗斯，渡多瑙河攻占波兰、匈牙利等地，号"金帐汗"。"拔都的后裔"，指鞑靼人。

传"①。

通过这一书写，普希金抒发了自己对高加索哥萨克的怜悯和同情，也使人们明白，普加乔夫的起义对于广大哥萨克抵御沙俄奴役、争取自由和尊严具有多么重要的意义。"普希金的人道主义，是辽阔的，而不是狭隘的。它是一种思想，更是一种情感；是对正义的理解，也是一种仁慈的软心肠。"②安年斯基将人道主义视为普希金抒情诗的重要特点，指出："普希金的人道主义思想是最高秩序的显现……人道主义是普希金的天才性格与生俱来的特征。"③这一特征通过普加乔夫和他的部下们表现出来，是对人性与和平的呼唤。

可以说，无论是肖洛霍夫的《静静的顿河》，还是普希金的《上尉的女儿》，其中的顿河哥萨克和高加索哥萨克，他们身上都闪耀着人道主义的光芒。正如肖洛霍夫所强调的："人道主义，对人的爱，对人类的爱……需要有耐心和特别的努力，才能完成人道主义的崇高使命。"④他和普希金等经典作家在此所表现的正是要把人当人而不是非人，即"在看到别人的不幸、挫折、堕落时由衷地感到痛苦"⑤，也就要弘扬"怜悯""包容""爱"这种东正教"聚和性"的本质精神。这也正是肖洛霍夫本人书写《静静的顿河》的初衷："我愿我的书能够帮助人们变得更美好些，心灵更纯洁，唤起对人的爱，唤起积极为人道主义和人类进步的理想而斗争

---

① Пушкин А. С. *Собрание сочинений в десяти томах: Т. 3*, М., ГИХЛ, 1960. С.117.

② 李建军：《重估苏俄文学》，上海：二十一世纪出版集团，2019 年，第 184 页。

③ Анненский И. Ф. *Пушкин и Царское Село*, 1899, [Электронные ресурсы] https: // alexanderpushkin.ru/16-o-pushkine/129-pushkin-i-tsarskoe-selo.html.

④ ［俄］М. А. 肖洛霍夫：《肖洛霍夫文集》第八卷，草婴译，北京：人民文学出版社，2000 年，第 294 页。

⑤ ［俄］В. М. 李维诺夫：《肖洛霍夫评传》，孙凌齐译，北京：中央编译出版社，2002 年，第 378 页。

的意向。"①

第三节　生态意识："万物统一"的诉求

　　哥萨克人民热情奔放、勇敢善战、勤劳淳朴的性格离不开哺育他们的大地。综观俄罗斯文学经典作品可以发现，在普希金、莱蒙托夫、托尔斯泰、肖洛霍夫等著名经典作家笔下，都有大量篇幅用于自然景观描写，首先表达出了作家们对大自然的热爱、对旖旎的生态景色的眷恋。人们常说"写景生情"或"移情入景"，正如中国美学家朱光潜先生所言："大地山河以及风云星斗原来都是死板的东西，我们往往觉得它们有感情、有生命、有动作，这都是移情作用的结果。"②但在哥萨克主题作品中，他们的写景往往是为了烘托历史事件或昭示人物命运，彰显了他们的生态意识，批判了现代文明或战争对自然生态的破坏。

　　普希金在短暂的一生中曾经两次来到南俄地区。第一次是在 1820 年，20 岁的普希金惊叹于高加索的美丽和异域情调，第一次拜访高加索地区。高加索山区的青山绿水、当地质朴的民俗民风，还有英佐夫将军热情的招待，这些都给普希金留下了深刻的印象。第二次是在 1829 年，普希金被流放到高加索。在流放期间普希金游历了塔甘罗格、罗斯托夫、切尔卡塞、斯塔罗夫波尔、格奥尔吉耶夫斯克等地区。这些地区的一些传说与故事让他更加迷恋上了顿河和哥萨克。为此他创作出浪漫主义长篇叙事诗《高加索的俘虏》、抒情诗《高加索》《山崩》《埃尔祖鲁姆之行》等。其中对巍峨的山峦、清澈的溪流、翱翔的苍鹰、摇曳的鲜花等自然景观的

---

① 孙美玲：《肖洛霍夫研究》，北京：外语教学与研究出版社，1982 年，第 469 页。
② 朱光潜：《美学》，长沙：湖南人民出版社，1982 年，第 3 页。

歌颂，流露出诗人对大自然的原始之美的欣赏与赞叹。在写于1829年的抒情诗《顿河》里，普希金这样描写道："在辽阔的原野上闪耀／它奔流着……顿河，你好／我从你远方的子孙那里／给你带来了他们的致意／百川都知道静静的顿河／把你视为光荣的兄长／我从阿拉斯克和幼发拉底那里／给你带来了他们的崇敬……／我朝夕暮想的顿河啊／快给你骁勇的哥萨克骑手／备好由你的葡萄园产的／泡沫喷涌的闪光的美酒"[①]。

通过这一诗作，普希金不仅表达出他对顿河的思念，更揭示出顿河哥萨克的骁勇和受人尊敬，还有顿河流域那富饶而美丽的大自然。他也曾在旅途中偶遇一位哥萨克，攀谈后写下《我也当过顿河哥萨克》一诗来记录这次谈话。顿河在他笔下是那么深沉雄伟，以至无时不流露出磅礴气势。在描绘高加索奇观的诗作《高加索》里，他描写了悬崖上的积雪、腾飞的苍鹰、可怕的雪崩、瀑布的喧响、咆哮的捷列河："高加索展现在我的足下／我独自高高站在悬崖边上／底下是积雪的峰巅／一头苍鹰从远处的山峰骤然腾起，平稳地翱翔着／飘然来到我的眼前／我从这里看到那些急流的发源地／那惊心动魄的雪崩发生时又多么壮观／这里，乌云在我的脚下缓缓地飘过／乌云后面瀑布轰响着从高处泻下／巍峨的巉岩巨石矗立在乌云下边／底下是干枯的苔藓和灌木的枝杈／远处是一片片树木处处绿树成荫"[②]。

在《高加索的俘虏》里，他进而描绘出切尔克斯人居住地的景观：秃鹫从悬崖上飞起，马群嘶鸣，牛羊喧闹，电闪雷鸣，冰雹倾泻，急流翻滚着波浪，把千年古石冲开……一片壮丽山河的景色！普希金所表现的自然

---

① 沈念驹、吴笛主编：《普希金全集》（第1卷），查良铮、谷羽等译，杭州：浙江文艺出版社，第423—424页。

② 同上，第307页。

之美都是一种壮丽的阳刚之美。其诗作崇高辽阔的风格看似来源于大自然，其实都是他心境的写照。他是借助于对自然景观的描绘，来表达自己的生态意识，即把人和自然看作是一个统一体，而这个统一体又是宏大的、包罗万象的，是一个精神与物质的"万物统一"体。

继普希金之后，莱蒙托夫也书写过南俄高加索。莱蒙托夫于儿时曾经三次陪同外祖母来到高加索，高加索给了他极为美好的回忆，以至他将高加索比作母亲。莱蒙托夫童年记忆中的高加索是一个脱离了世俗污染的纯净而美丽的地方，高加索也因此成了他"心中的圣地"和"灵魂的故乡"。1837年他因创作纪念普希金的《诗人之死》，被第一次流放到高加索。在高加索很长一段时间内他都在生病，并在皮亚季戈尔斯克疗养。其间他走访高加索的每个地方，呼吸高加索的新鲜空气，回忆着童年记忆中的高加索，并创作出诸如《恶魔》《童僧》《祖国》等名篇。

莱蒙托夫和普希金一样在高加索流放过，因此与普希金一样，他对高加索的自然风光和民俗文化也有着深厚的感情。他继承和发展了普希金诗歌创作中的高加索主题，创作出一些题材与风格完全类似于普希金南方组诗的作品，如与普希金同名的抒情诗《高加索的俘虏》《高加索》。他写道："山谷啊，同你们在一起是多么幸福 / 五年飞似的逝去了：总在想念你们……我爱高加索"[1]。言语中充满对和平时期高加索美好景观的回忆。而在另一首诗《致高加索》中，诗人描绘了战争对这一美妙地区的残酷摧残："高加索！你这遥远的疆土 / 淳朴的自然精神的居处 / 竟连你也惨遭种种不幸 / 被战争蹂躏，血肉模糊……"[2] 由于战事不断，高加索满目疮痍，令他十分痛心，感伤这里所发生的一切。

---

[1] Ю. М. Лермонтов. *Сочинения в 2-х томах*, Т.1. Москва: Правда, 1988. C.248.

[2] 同上，C.279.

　　莱蒙托夫继承和发展了普希金的高加索创作主题，也继承和发展了普希金的生态观，正如果戈理所说的那样："如果说普希金是源，莱蒙托夫则是流；普希金是先驱者，莱蒙托夫则是后继者；普希金是开拓者，莱蒙托夫则是捍卫者；普希金是奠基者，莱蒙托夫则是发展者。"①

　　列夫·托尔斯泰对哥萨克生活于其中的大自然也有许多描写，其中以《哥萨克》最具代表性。"大自然在托尔斯泰的任何其他作品里都没有像在《哥萨克》里那样，在艺术结构上和叙述过程中起过如此重要的作用。它在这里好像扮演着某种角色，并且不是次要的角色，实质上是作品的主要'人物'。"②《哥萨克》是托尔斯泰早期的自传体中篇小说，它揭示了文明之子奥列宁与自然之女玛丽娅娜的冲突，批判了现代都市文明对人性的扭曲与冲击，表达了崇尚自然、回归自然的生态观。

　　1851 年 23 岁的托尔斯泰，由于厌倦了上流社会的庸俗享乐生活，离开了莫斯科，与哥哥尼古拉一起到高加索的军队供职。由于目睹了战争给高加索人民带来的痛苦，他开始思考自由与战争的问题，这为他思考有关人类与自然的话题提供了直接的养分。

　　小说《哥萨克》不只发现了高加索的外在美，而且挖掘了高加索的内在特质，充分体现了托尔斯泰的自然生态观。男主人公是来自莫斯科上流社会的奥列宁，他在高加索壮丽风景的熏陶下，经历了自我心灵的净化。作品在描述奥列宁第一次看到高加索雪山时，有这样一段描写："第二天清早，他在车上由于呼吸到沁人心脾的清新空气，清醒过来，睁开眼睛，漫不经心地向右边望了一下。早晨，天气晴朗。他忽然看见二十步开外的

---

① 顾蕴璞：《莱蒙托夫》，北京：华夏出版社，2002 年，第 174 页。
② ［俄］М. Б. 赫拉普钦科：《艺术家托尔斯泰》，刘逢祺、张捷译，上海：上海译文出版社，1987 年，第 65 页。

地方（最初一刹那他这样感觉）屹立着洁白巍峨的群山，线条优美，峰峦清晰，背衬着遥远的天空，显得格外壮丽。当他看清山和天离开他有多远，群山多么巍峨时，当他领略到这无与伦比的美景时，他害怕了，唯恐它只是海市蜃楼，只是虚幻梦境。他抖擞精神，使自己头脑更清醒些。群山却照样屹立在眼前。"① 在美丽壮观的大自然的怀抱中，奥列宁发现了自我的渺小与卑微，同时也感到重新获得了一种力量。"从这一刻起，只要是他所见的、所想的、所感的，他觉得都获得了一种新的特性，像山那样严峻端庄的特性。一切莫斯科的回忆、羞愧、悔恨，一切对高加索的可鄙的幻想，统统消失了，一去不复返了。"② 的确，在托尔斯泰笔下，自然不仅仅是作为故事的背景或衬托，相反，自然给人以力量，是人性的源泉。也只有像奥列宁这样善于思考、观察力敏锐的人，才能感受到人与大自然是相辅相成、密不可分的。

托尔斯泰主张回归自然，返璞归真。所以在小说中着重刻画了作为自然美化身的哥萨克姑娘玛丽娅娜的形象。作品巧妙地透过奥列宁的视线，展示玛丽娅娜所代表的哥萨克女性的生态美："哥萨克女人多半比男人强壮而聪明，干练而漂亮。高地哥萨克女人的美特别表现在既有契尔克斯人的清秀脸型，又有北方女人的高大体格。"③ 主人公奥列宁发现，他每天在高加索所看见的大自然和一切都具有一种清澈见底的和谐美。那里的人们都很淳朴真实，毫不矫揉造作，自然美中女性也能够自由健康地发展，"她们在家庭中的势力和实权远远超过西方的妇女"。"在跟男人的关系上，

---

① ［俄］列夫·托尔斯泰：《列夫·托尔斯泰文集》（第3卷），汝龙译，北京：人民文学出版社，2000年，第188页。
② 同上，第188—189页。
③ 同上，第322页。

妇女们特别是姑娘们，享有完全的自由。"① 这些由环境入情景的描写，通过把接近大自然的哥萨克传统文化置于与高度理性的西方文明对比的背景下，表现出对大自然和哥萨克文化的高度赞赏，同时也间接批判了西方文明对人类精神生态的侵蚀。这无疑在文学创作上与索洛维约夫的东正教"万物统一"的思想完全是不谋而合的。

正如托尔斯泰研究者布尔索夫所指出的："《哥萨克》中的大自然的美是人生活在其中的那个世界的美。在这里，人的外在和精神的美以及哥萨克人的生活方式的美与大自然相和谐同一。"② 但人与自然的和谐统一，并不意味着人类向原始状态的倒退，而是意味着人的个性可以在自然性的基础上得到最大限度的发展。在托尔斯泰笔下奥列宁的心路历程中，大自然起着不可或缺的作用，帮助着奥列宁进行精神探索，实现"做一个普通的哥萨克，接近大自然"③ 的想法，但是他内心总有一个难以言传的无形障碍阻止他迈出这一步，因为都市文明在他身上打下的烙印太深了，使他染上了根深蒂固的"疏离化"的毛病。他的行动永远跟不上他的思想。所以，他无法真正融入哥萨克人的生活。于是，对日益西化的上流社会不满，却又遭到哥萨克人排挤的他感到了空前的孤独与痛苦。这就是托尔斯泰通过生态描写要揭露的一个社会问题。

托尔斯泰继而运用对比的手法，通过表现战争前后哥萨克村落自然环境的不同，批判了战争对人类社会生态造成的严重破坏和对人类情感的撕

---

① ［俄］列夫·托尔斯泰：《列夫·托尔斯泰文集》（第 3 卷），汝龙译，北京：人民文学出版社，2000 年，第 323 页。

② Бурсов Б. И. Лев Толстой: *Идейные искания и творческий метод. 1847-1862.* Москва: Государственное издательство художественной литературы1960. C.397.

③ ［俄］列夫·托尔斯泰：《列夫·托尔斯泰文集》（第 3 卷），汝龙译，北京：人民文学出版社，2000 年，第 297 页。

裂，体现出作家对真理和人性的深切关注和深沉思考。在《哥萨克》中，托尔斯泰真实地再现了哥萨克人与山民之间长期不断的冲突与战争。小说展现的战前景象是生机勃勃的：晚霞染红了天际，四面八方的人们相继奔往家乡，高朗的谈话声、快乐的吆喝声、牲口的吼叫声混成一片，奏响暮归的乐章。炊烟冉冉升起，院子里又是一片忙碌。小说继而展现了战争带来的恶果：战争打破了这宁静和谐的生活，由于哥萨克鲁卡沙打死了山民，成了村民心中的英雄和偶像，被称为"最棒的小伙儿"。而在另一次战争中，鲁卡沙却又被死者的兄弟严重射伤。这仿佛昭示着战争带给人类的只是纠缠不断的怨恨和越来越深的隔阂。长此以往，冤冤相报，带来的不仅仅是身心上的痛苦，更为严重的是对人性的摧残与扭曲。这里，在这些触目惊心的画面背后，是作者对战争的严肃思考。他揭示出战争扰乱了人们的生活秩序，同时也鞭挞了战争的残酷无情。为此，他通过耶罗施卡老人形象的刻画，表达了反对战争、善待一切生命的人道主义思想。

作为猎人，耶罗施卡杀生似乎是理所当然的。但是他淳朴善良，对所有的生命都怀着真诚的爱。他尊重和怜悯所有的生命：无论是遭劫中被打死的小孩，还是被鲁卡沙射死的山民；无论是受伤的野兽，还是愚笨的飞蛾；无论是土生土长的哥萨克人，还是不受欢迎的奥列宁。在他看来，他们都应该有自己的幸福和自由。这也是托尔斯泰关于人类幸福的思考：幸福在于人与人之间的相互包容，在于全人类的和平友爱，在于人与自然的和睦相处。所以，耶罗施卡老人作为猎人，他对动物的怜爱和平等意识正体现出托尔斯泰的生态理想。在托尔斯泰笔下，自然始终是与人类相生相伴的，它给人以力量，施人以智慧，是人性的源泉。

托尔斯泰的《哥萨克》的意义不仅在于它暗含了托尔斯泰的生态观念，还更在于这种观念对他此后创作都有深远的影响。在他几部鸿篇巨著

《战争与和平》《安娜·卡列宁娜》《复活》中，都可以看到《哥萨克》中理想自然观的影子。

肖洛霍夫继承了普希金、莱蒙托夫、托尔斯泰等作家的生态主题，并在小说《静静的顿河》中，尤为突出地使人与自然的完美统一体现在诸多"意象"之中。

肖洛霍夫在《静静的顿河》中塑造了两个世界。一个是时代大背景中不断上演悲剧的人世，另一个则是生生不息的大自然。前者讲述以格利高里为代表的哥萨克在历次革命中沉浮摇摆，最终失去一切的悲惨遭遇；后者似乎只是前者的陪衬，可有可无。但它却非败笔，而是意蕴深远。

苏联作家费定（К.А.Федин，1892—1977）认为："肖洛霍夫的伟大功绩在于他作品的勇气。无论他反映哪个时代，他都从不回避生活的内在矛盾……他写下全部真理……"[1]作为哥萨克作家，肖洛霍夫秉持客观真实的写作态度，又怀着拳拳的赤子之心去歌颂他挚爱故乡的那一块土地和那里的人们，为我们展示了"来自哥萨克生活的史诗般的、充满土地气息的、生动绮丽的画卷"[2]。在小说中，有大段大段的自然景物描写，如小说第六卷第六章的著名抒情插笔："……亲爱的草原……上面是低垂的顿河天空，下面是亲爱的草原！到处蜿蜒着漫长的浅谷、干涸的溪涧和荒芜的红土深沟、残留着已被杂草淹没的一窠窠马蹄痕迹的广袤的羽茅草大草原，珍藏着哥萨克的光荣的古垒在神秘地沉默着……哥萨克永不褪色的鲜血灌溉的顿河草原啊，我要像儿子一样，恭恭敬敬地向你弯腰致敬，我要亲吻你那淡而无味的土地！"[3]这里可以读到的是诗情画意之外的对这片土

---

① 《СОВЕТСКАЯ РОССИЯ》No. 70-71（12686），вторник, 24 мая 2005 г.

② 孙美玲：《肖洛霍夫研究》，北京：外语教学与研究出版社，1982年，第24页。

③ 肖洛霍夫：《静静的顿河》，金人译，北京：人民文学出版社，1982年，第1148页。

地的炽热感情!

　　然而,小说中写景抒情的内容几乎重复,情感几乎很单一。这种情感不是别的,就是一种纯粹的对美好和谐的向往。在当时的大背景下,战争已经破坏了大自然的美,破坏了人自身的和谐,破坏了人与人之间纯朴友爱的关系,让哥萨克生活的大地变得满目疮痍,让善良的人变得嗜血凶残,让兄弟反目,父子成仇。但是作者将大背景悬置起来,仍精心塑造这一世界:"大雪遮掩住了草地……草原好像死去了……乌鸦飞了过去,用翅膀把空气扇动……但是大雪掩埋着的草原依旧在呼吸……被严霜打倒的冬小麦,把富有生命力的麦根拼命往田地里钻进去……等待着春天和太阳,以便冲破已经融解的、像蜘蛛网一样光亮的薄冰站起身来,在五月里发出茂盛的青颜色,时间一到,冬小麦就站起来啦!"①象征着大自然生命力的顽强和人类生命的生生不息。在肖洛霍夫笔下,大自然已经不仅仅是人的客体,而且是具有自身本质与规律的独立主体。小说中反复出现的对大自然的描写,已经不再是传统意义上的"自然书写",而是作者生态意识的流露,具有生态哲学的意义。这种生态哲学里蕴含着东正教"聚和性"意识的文化内涵。

　　西方经典理性主义哲学认为,人类历史是不断征服自然的历史,但是肖洛霍夫不同意这种观点。在《静静的顿河》中,他一再批判这种人类中心主义的自以为是。哥萨克在长期与自然和谐共处的过程中,形成了朴素的生态思想。他们对土地的依恋深入骨髓,压倒一切,没有任何力量可以摧毁。②按照革命的逻辑,哥萨克对新政权的抗拒是由其阶级性质所决定的,同时还有当时"过火"政策的诱因。然而深层原因却并非如此简单。

---

① 肖洛霍夫:《静静的顿河》,金人译,北京:人民文学出版社,1982年,第1146页。
② 同上,第1321—1323页。

作品表明，哥萨克们本能地感到，革命将摧毁自己热爱的乡土文化，取而代之的是冷冰冰的工业文明。他们害怕新政权在草原上开办工厂，自己将失去生存的根基土地。①

肖洛霍夫认为："艺术家在创作的时候，不可能是一个冷漠无情的人！冷血动物和铁石心肠的人不仅创作不出真正的作品，而且无论何时都找不到通往读者心灵的道路。"②他自己首先就是这么做的典范：不仅立足于人道主义，满腔热血地谴责战争，而且表征出具有平等、包容意识的当代东正教"万物统一"的意蕴。

俄罗斯文学经典中的哥萨克主题创作自古有之，从最早的哥萨克主题创作——基辅罗斯时期的壮士歌《伊利亚·穆德罗麦茨和魔鬼》和诗体小说集《顿河哥萨克攻守亚速夫城的故事》到21世纪的相关主题丛书——《哥萨克小说》于2005—2006年的出版，不仅在时间上跨越了千年，而且哥萨克主题的创作跨越了不同的历史阶段，其中有高潮，也有低谷。但无论如何，迄今可见的哥萨克主题创作，都或多或少地、自觉不自觉地与"家国情怀""英雄主义""兄弟情""辽阔的爱"等联系在一起。而这种"情怀"与"博爱"精神并非无根之本，它有着俄罗斯东正教文化的深刻渊源，因而反映出的"聚和性"意识尤为显著，对阐明"聚和性"与俄罗斯文学经典的关系具有极为重要的意义。

---

① 肖洛霍夫：《静静的顿河》，金人译，北京：人民文学出版社，1982年，第1014页。
② 孙美玲：《肖洛霍夫研究》，北京：外语教学与研究出版社，1982年，第46页。

第二编 专题编

第四章
普希金：创作中的“聚和性”意识

普希金（Александр Сергеевич Пушкин，1799—1837），这位有着俄罗斯文学“黄金时代”的开创者、“俄罗斯诗歌的太阳”和“俄国小说之父”之盛誉的俄罗斯经典文学奠基人，他的作品早已脍炙人口，成为世界文学宝库中光彩夺目的瑰宝。而近两个世纪以来，普希金及其创作一直未曾淡出国内外学界的视阈。人们热情洋溢地研究他，评论他。其中不乏世界著名的思想家、文学家和评论家，如俄国的别林斯基（В. Г. Белинский，1811—1848）、果戈理（Н. В. Гоголь，1809—1852）、杜勃罗留波夫（Н. А. Добролюбов，1836—1861）、安年科夫（П. Анненков，1813—1887）、车尔尼雪夫斯基（Н. Г. Чернышевский，1828—1889）、布拉戈伊（Д. Д. Благой，1893—1984）、邦季（С. М. Бонди，1891—1983）、费因伯格（И. Л. Фейнберг，1905—1979）、日尔蒙斯基（В. М. Жирмунский，1891—1971）、蒂尼亚诺夫（Ю. Н. Тынянов，1894—1943）、洛特曼（Ю. М. Лотман，1922—1993）、利哈乔夫（Д. С. Лихачёв，1906—1999）、阿赫玛托娃（А. А. Ахматова，1889—1966）、茨维塔耶娃（М. И. Цветаева，1892—1941）、什克洛夫斯基（В. Б. Шкловский，1893—1984）、曼德施塔姆（О. Э. Мандельштам，1891—1938）、帕斯捷尔纳克（Б. Л.

Пастернак，1890—1960）、格罗斯曼（Л. П. Гроссман，1888—1965）、
西尼亚夫斯基（А. П. Сильницкий，1863—1910），还有英国的比尼恩
（T. J. Binyon，1936—2004）、法国的特罗亚（Henri Troyat，1911—2007）
等，以及流亡西方的一些俄国文人，如布罗茨基（И. А. Бродский，
1940—1996）、米尔斯基（Д. П. Святополк-Мирский，1890—1939）、
纳博科夫（В. В. Набоков，1899—1977）、雅格布森（Р. О.Якобсон，
1896—1982）、弗兰克（С. Л. Франк，1877—1950）、霍达谢维奇（В.Ф.
Ходасевич，1886—1939）等。

　　普希金1799年6月6日出生于莫斯科的一个没落的贵族家庭，1811
年入读名校皇村中学，1814年就发表了抒情诗《致诗人》。得益于学校优
良的教育和上层社会的交际氛围，1817年，他毕业后就入职沙俄外交部，
并结交了许多朋友，其中不乏激进的革命党人。受他们影响，他的早期作
品如《致恰阿达耶夫》（1817）、《自由颂》（1817）、《乡村》（1819）、《鲁
斯兰与柳德米拉》（1820）都充满了政治热情和批判的锋芒，然而，正是
这样的"一首首讽刺诗一篇篇优美的文章，把它危险地暴露在当局面前，
强大的敌人十分恨他，他们联合起来反对他"①。于是，普希金终于被沙皇
亚历山大一世以借到南部任职为由，变相流放到了遥远的南俄。在流放
期间，普希金与十二月党人的联系日趋密切。南方的自然风光和十二月
党人崇尚自由的思想深深地打动着普希金，激发着他的创作热情。于是，
他写下很多诗歌，颂扬南俄大自然，也表达对十二月党人的崇敬。其中
包括四部著名的浪漫主义叙事诗：《高加索的俘虏》（1821）、《强盗兄弟》
（1822）、《巴赫切萨拉伊的泪泉》（1822）和《茨冈》（1822）。1823年，

---

① ［法］亨利·特罗亚：《普希金传》，张继双等译，北京：世界知识出版社，1992年，第157页。

普希金开始创作诗体小说《叶甫盖尼·奥涅金》。南方流放的后期，普希金与奥德萨总督关系恶化，所以在1824年被当局放逐到他母亲的领地普斯科夫省米哈伊洛夫斯克村。乡村幽禁的两年时间里，他中断了与十二月党人的联系，但接近了农奴制下的农村生活和人民大众。其间，彼得堡爆发了十二月党人起义，普希金一直关心着事态的发展，并创作了大量优秀的作品，如《囚徒》（1822）、《致大海》（1824）、《致凯恩》（1825）、《假如生活欺骗了你》（1825）等抒情诗，叙事诗《努林伯爵》（1825）、诗剧《鲍里斯·戈都诺夫》（1825）以及《叶甫盖尼·奥涅金》前六章。1826年，普希金被新继位的沙皇尼古拉一世召回莫斯科。重返京城时期，普希金写下了《致西伯利亚的囚徒》（1827）等热情赞扬十二月党人的崇高志向的诗歌，后又发表了叙事诗《波尔塔瓦》（1828—1829）。1830年秋，普希金因瘟疫流行而滞留波尔金诺三个月。其间他不仅完成了《叶甫盖尼·奥涅金》，还创作出《别尔金小说集》（由《射击》《暴风雪》《村姑小姐》和《驿站长》等结集而成）。1831年，普希金与"俄国第一美人"冈察罗娃结婚，婚后定居彼得堡。这一时期，普希金在创作上仍不断有优秀作品涌现，如小说《杜勃罗夫斯基》（1832）、《黑桃皇后》（1833）、《青铜骑士》（1833）、《秋天》（1833）、《上尉的女儿》（1836）和《纪念碑》（1836）等。19世纪30年代中期，普希金与当局的矛盾日益加剧，此时，法国流亡军官丹特士又放肆地追逐他的妻子。在忍无可忍的情况下，普希金于1837年2月8日与丹特士决斗，却不幸身负重伤，于两天后离世。一代文学巨星就这样陨落了，但普希金的伟大光芒却是任何乌云所无法遮蔽的。

普希金的文学成就具有十分积极的世界意义。然而，不得不说，这种世界意义恰恰是发轫于其创作中的"民族性"①。普希金不愧是一个时代俄罗斯民族文学的开拓者。人们正是从他那包含浓郁俄罗斯风情的诗歌、散文和小说中，了解到伟大的俄罗斯民族的。普希金的作品是 1812 年卫国战争后俄国民族自我意识高涨以及民族性大力彰显在俄罗斯文学上的集中反映。"聚和性"作为俄罗斯民族性之根，在普希金创作中则主要体现在"民族性与世界性的统一"和"人道主义情怀"两方面。

第一节　民族性与超民族性的统一

俄国哲学家和文学评论家车尔尼雪夫斯基（Николай Гаврилович Чернышевский，1828—1889）曾经指出："普希金的功绩主要在于民族性因素，普希金把这个因素引入了我们的文学……他在俄国第一个使文学提高到了为民族事业服务的价值。"②别林斯基也指出："普希金是一位十足的民族诗人，他在自己的精神里包含着一切民族因素。这一点，他那些用纯粹民族形式来表现俄国内容的文字，在其他任何对手作品中是看不到的"，"只有从普希金时代起，俄国文学才开始产生了，因为在他的诗歌中，我们可以感受到俄国生活的脉搏在跳跃着……在这里，只能看到俄国文学的开端……它刚刚开始…… ——它是从普希金开始的，但在普希金之前却绝对没有俄国文学，代替文学的是语文作品，其中叙述的现象不是从俄国精神的血肉之躯产生出来的，而是模仿外人标本的结果"。③

---

① 民族性往往被理解为一种民族的内在精神要素。它是指一个民族的精神一经形成，就有其固着性的一面，并由此产生一定的惯性，从而使这一精神深深根植于民族与社会心理之中，形成一个民族独特的精神要素，这种精神要素代代相传，最后成为该民族个体的行为力量。

② Чернышевский Н. Г. *Литературная критика*. Т.3 С. 32.

③ 《别林斯基选集》第三卷，满涛译，上海：上海译文出版社，1980 年，第 187 页。

俄国"根基派"代表人格里戈里耶夫说:"普希金是我们精神生活的全部因素,我们精神过程的反映和表达者……"[①] 的确,正如他们所指出的那样,普希金及其创作有着鲜明的民族性色彩。这一点,从普希金成长的心路历程来看,并不难理解。首先,正如白银时代的哲学家梅列日科夫斯基(Мережковский Дмитрий Сергеевич,1865—1941)和弗兰克(Франк Семён Людвигович,1877—1950)所认为的那样,普希金的血管里流淌着俄罗斯东正教的血液。在他们看来,普希金的宗教意识问题实质上也是广义上的俄罗斯民族自我意识问题。在《普希金的宗教意识》一文中,弗兰克专门探讨了普希金精神生活和作品中的宗教思想,认为普希金自幼受到宗教意识的熏陶,少年时期在茹科夫斯基(Жуковский Василий Андреевич,1783—1852)的影响下更关注深层的内在精神,这成为厚植于普希金思想深处的宗教原生力量,所以尽管他在少年时期因受启蒙运动和无神论思想的吸引而转信无神论,但由于其宗教原生力量的内在影响和恰达耶夫的外在影响,使他旋即转向宗教意识探索,从而具有了明确的宗教信仰。弗兰克指出,普希金的全部精神生活的动机之一就在于追求和实现人的灵魂中的道德意识和道德净化,而这正是普希金宗教意识的表现。[②] 布尔加科夫(Булгаков Сергей Николаевич,1871—1944)也坚信普希金是一位虔诚的教徒。在他看来,普希金的诗歌大谈"圣洁、圣洁的魅力以及神圣美",这说明普希金深刻体悟了《圣经》和《福音书》的全部精神。[③]

---

① 冯春:《普希金评论集》,上海:上海译文出版社,1993年,第450页。

② Франк С.Л. *Религиозность Пушкина*. Журнал «Путь».1933, №. 40. С.7.

③ Ходасевич В. Ф. *«Жребий Пушкина», статья С.Н. Булгакова*, Возрождение. Париж, 1937. С.10.

普希金本人在《论文学的民族性》（1826）的短论中指出，作家的民族性是一种只有他的同胞才能正确评价的品质，但对于其他人而言，这种品质要么不存在，要么就是一种罪过。同时，在他看来，每一个民族都有其特殊的面貌，包括思想和情感的方式以及民族独特的信仰和风俗习惯。我国俄罗斯文学研究者张铁夫针对普希金的这一论断，也指出，民族性是指文艺作品要反映每个民族的"特殊的容貌"，即俄国作家不仅要使用纯正的俄语进行创作，要从祖国历史中选取题材，而且要反映本民族的风貌和精神；要将反映人的命运和民众的命运作为作品的首要任务……① 难怪连斯拉夫派创始人阿克萨科夫（К.С.Аксакова，1817—1860）都称他为"最富于俄罗斯精神的诗人"。

作为小说家的普希金早在 19 世纪 20 年代中期就开始了小说创作。《别尔金小说集》是普希金创作完成的第一部小说汇集，共收录《射击》《暴风雪》《棺材匠》《驿站长》和《村姑小姐》5 篇短篇小说。这五个短篇故事相对独立，但是短篇小说集的收集者、地主伊万·彼得罗维奇·别尔金不仅描绘了俄罗斯的外省生活画面，叙述了其中的故事情节，刻画了形形色色的人物，展示了一系列贯穿短篇小说集的主题（如主人公探寻家庭幸福，荣誉与屈辱、良心与罪过等等）。②

《别尔金小说集》中的《驿站长》不仅开创了俄罗斯文学史上"小人物"描写的先河，而且是宗教典故在俄国社会"小人物"身上的体现。该小说取材于《新约·路加福音》，可以说是对《圣经》故事的重构。故事中两次提到挂在墙上的装饰画《浪子回头》，映射着驿站长维林的心灵期

---

① 参见张铁夫：《再论普希金的文学人民性思想》，载《外国文学评论》2003 年第 1 期。

② Низовцева М. Б. Гастрономия как сегмен предметного мира «Повестей Белкина» А. С. Пушкина // Вестник Череповецкого государственного университета, 2012, No. 3. С.78.

盼，即希望女儿像画中的浪子一样，能迷途知返，重新回到自己的身旁，也暗示着维林与《圣经》故事中的老父亲一样，能宽恕自己曾经迷途的孩子，表达了东正教文化中的救赎主题。东正教中的教堂（церковь）意为"上帝之所在"，教堂壮观的圆顶象征着从人间通往天堂的入口。《驿站长》中维林的女儿冬尼娅驾着马车，绕过教堂的"光环"去寻找自己的幸福，寓意着对东正教伦理的叛离和对传统道德习俗的反抗；而年轻军官明斯基的出现成了驿站长维林一切痛苦的源头，他用欺骗来"回报"维林的善良与信任，侮辱了一位老父亲对女儿的真情厚意，酿成了小人物维林的悲剧。透过这篇小说，我们可以看到普希金所表达的东正教的救赎、包容的人文情怀，这与东正教的核心教义"聚和性"所弘扬的内涵具有同一性；同时也可看到，普希金对东正教的宣扬交织着批判精神，即他能够辩证地看待东正教并敢于在必要时超越其传统的束缚。

　　普希金的许多作品都具有此类特点。这是因为普希金的思想本身既有民族性的一面，又有超越民族性的一面。正如评论家斯特拉霍夫（Н.Н. Страхов，1828—1896）所指出的那样："普希金以一种诗歌对抗另一种诗歌，以别尔金对抗拜伦。伟大的诗人从高处走了下来，走近他不由自主地热爱着的贫困现实环境，现实为他打开了一切蕴含其中的诗歌……普希金便是通过塑造这一典型完成了伟大的诗学功绩。因为要理解目标，就需要以合适的方式去接近它。普希金找到了这一方式去接近俄国现实，后者对他来说完全是未知的，需要他所有的敏锐和真诚。"①

　　《别尔金小说集》正是普希金从模仿西欧回归民族性的代表作。白银时代哲学家们纷纷撰文，赞扬普希金的"全人"意识。其中，伊利因（И.

---

① Страхов Н. Н. *Критические статьи об И. С. Тургеневе и Л. Н. Толстом*（*1862—1885*），Киев, 1901. С.233.

А. Ильин，1883—1954）认为，普希金经历了一个从无信仰到信仰、从反叛革命到自由忠诚、从崇拜自由到有机保守主义、从青年泛爱到以家为重的这样一个精神转折过程。① 格尔申宗（М. О. Гершензон，1869—1925）认为："普希金反对恰达耶夫的极端西方派观点，捍卫了俄罗斯历史文化的独特价值；他也反对斯拉夫派观点，承认西方文化的优越性及其对俄罗斯文化的必要性。这不是调和不可调和之物的折中主义，也不是某种'中间路线'……而是一种基于始源观点的真正的综合。这种观点开辟了新的、更为广阔的精神和哲学的历史前景。"② 弗兰克也指出，一方面，普希金既赞颂彼得大帝开启了俄罗斯西化之旅，确信西方文化对俄罗斯文化的必要性，又为俄罗斯社会发展落后于西方社会而伤心痛苦；普希金同时还喜欢莫斯科和古罗斯的文化，感受到俄罗斯文化的独特性；另一方面，普希金精准地捕捉住斯拉夫派与西方派对立和冲突的症结所在：无论是西方派，还是斯拉夫派都没有发现，更未能揭示彼得改革与俄罗斯民族思想之间的必然联系。西方派认为，西方外来文化的引入和嫁接对俄罗斯有利，但在俄罗斯民族自我认同的基础上发展出有价值的文化是行不通的；而斯拉夫派则拒绝彼得大帝改革之路，认为在俄罗斯文化之中引入和嫁接西方文化要素，必将给俄罗斯民族带来灾难。普希金没有因知识阶层错综复杂的思想分野而迷失方向，他认为，民族性就是指民族思维方式的独特性，民族性并不意味着隔离外来影响、孤立民族文化，而是有益地借鉴、反复加工和吸收外来文化，实现二者的有机结合。③

---

①　Страхов Н. Н. Критические статьи об И. С. Тургеневе и Л. Н. Толстом(1862—1885), Киев, 1901. С.339.

②　Федарова О. Б. *Пушкин в русской философской критике: Конец XIX первая половина XX в.*, Москва: Книга, 1990. С.13.

③　同上，С.457.

　　可以说，普希金既不属于西方派，也不属于斯拉夫派，在民族性立场上他很坚定，却并不激进。而这恰恰是由他特殊而丰富的人生经历所决定的。普希金宗教意识的萌发主要受到了其笃信东正教的奶娘和其家庭外语教师的影响。普希金自小与其奶娘感情甚笃，以至他在成年后还写了一首短诗《致奶娘》来纪念奶娘；而对于自己少年时期的英语教师，他则视之为所见过的人群中唯一充满智慧的导师。① 可以说，这决定了他既有俄罗斯东正教情怀，又可以不囿于这种情怀，从而拥有更为开阔的视野与格局。在普希金这里，民族性与世界性得到了有机融合。无怪乎罗赞诺夫指出："假若普希金活得更长久些，那么在我们的文学中大概就完全不会有西欧派与斯拉夫派之间的争论，这一争论也不会采取那种尖锐的形式，因为普希金在他的文学同辈人中间的威望是巨大的，而这种西方的欧洲和东方的罗斯之间的争论在普希金那里已经解决了。"②

　　1825 年，俄国发生了十二月党人起义。在起义发生前后几年时间里，普希金基于当时的俄国社会现实，写成了长篇诗体小说《叶甫盖尼·奥涅金》。这部被别林斯基称为"俄国生活的百科全书"的作品是俄国文学史上第一部现实主义小说，也是俄国文学史上刻画"多余人"形象的开山之作。"多余人是 19 世纪俄国进步贵族知识分子的典型。他们出身名门望族，从小受的是贵族教育，接受了某些西方文明的影响，有较高的智慧和教养，在精神和道德上具有优越意识。"③ 但由于自身的阶级局限，他们耽于精神漫游，缺乏行动能力，不能对社会做出积极贡献，而往往成为"无

① Франк С. Л. *Религиозность Пушкина*. "Путь"，1933，№. 40，C. 28.

② Розанов В. В. *А. С. Пушкин. О писательстве и писателях*. Москва: Издательство «Республика»，1995. C.46-47.

③ 李赋宁：《欧洲文学史》（第二卷），北京：商务印书馆，2001 年，第 134 页。

根"之人，言行有悖于东正教伦理传统，因而自感成为社会的"多余人"。小说中的奥涅金就是这样一个典型："他过早地学会以假当真，会隐瞒希望，也会忌妒，会让你死心，也会让你相信""他多么善于花样翻新，逗引无邪的心不胜惊异，用现成的绝望来吓唬人""他很早就懂得怎样挑逗老练的风流娘儿们的心"。①随着时光的流逝和对社会现实生活的观察，他厌倦了上流社会的虚荣和尔虞我诈，"他如今已退出花天酒地，闭门家中坐，深居简出"，期望做一番像样的事业，有所成就。他逃离了让他感到厌倦的圈子，退回到自己的小天地里，实现自己的愿望，可是他的理想与他的实际行动差距很大。奥涅金像个隐士一般，深居独处，对所有事物都漠不关心，"他想写点儿东西……可他一个字也写不出来"，当他想"坐下来——想学点别人的聪明……可读来读去，什么道理也读不出来"，②只感到自己灵魂的空寂。他也曾一度想从事农事改革，"制定出一套新的条款"，③但他思想混沌，半途而废，最终一事无成。这就是俄国知识分子无根性问题的缩影，即在欧洲文化教育下成长起来的俄国社会精英，却竟然无法融入俄国文化结构，而小说中女主人公塔季扬娜则因不想把自己的快乐建立在她年迈丈夫的痛苦之上而拒绝与奥涅金私奔。她固守了俄罗斯东正教伦理道德，把俄国文化传统的崇高性具体化了：在她身上体现了真正的俄罗斯精神中的忍耐和对和谐的追求。

别林斯基认为，在普希金的作品里，首先是在诗体小说《叶甫盖尼·奥涅金》中，普希金不仅仅是俄罗斯文学里的第一位诗人，而且是最先觉醒的社会自我意识的代表。第一个以诗歌形式出现的俄罗斯民族诗歌

---

① 普希金：《叶甫盖尼·奥涅金》，智量译，北京：人民文学出版社，1985年，第14—16页。
② 同上，第18页。
③ 同上。

就是普希金的《叶甫盖尼·奥涅金》。在这部小说中，比在任何一部俄罗斯民族作品里，都呈现出更多的民族性。在普希金之前，俄罗斯诗歌是对欧洲诗歌的学习和模仿。但是，从普希金开始，俄罗斯诗歌从被动的学生变成了天才的和有经验的大师。别林斯基的这个高度评价可以解释为：正是在普希金的诗歌里，他看到了通过文学表达出来的俄罗斯自我意识中第一个民族的特质。在《叶甫盖尼·奥涅金》里几乎没有平民，但这并不重要。认为平民才是民族精神的主要见证者的观点是错误的。果戈理在论文《关于普希金的几句话》中曾明确指出："普希金一开始就是民族的，因为真正的民族性不在于描写农妇穿的无袖长衫，而在于表现民族精神本质，诗人甚至在描写完全陌生的世界，只要他是用包含有自己的民族要素的眼睛来看它，用整个民族的眼睛来看它，只要诗人在感受和说话，在他的同胞们看来，似乎就是他们自己在感受和说话的时候，那时候他就可能是民族的。"① 在他看来，民族自我意识是民族性形成的一个重要原因，一个民族不应该担心与其他民族的文化接触，甚至是文化上的"冲突"。在与其他民族的任何接触中都担心自己独立性的民族是极其软弱的。那些自称为"爱国主义者"的人，因为自己思想和心灵的简单性而看不到，不断地担心俄罗斯的民族性，反而会严重地伤害这个民族。②

对普希金而言，仅仅传递民族性是不够的，所以他要使自己民族的东西具有世界性。譬如他在诗体小说《叶甫盖尼·奥涅金》和小说《上尉的女儿》中，描绘了 19 世纪 20 年代前后这段时间的俄国社会。1812 年卫

① 转引自别林斯基：《文学论文选》，满涛、艾未辛译，上海：上海译文出版社，2000 年，第 455 页。

② ［俄］C.A.尼克利斯基：《俄罗斯文学的哲学阐释》，张百春译，合肥：安徽大学出版社，2017 年，第 26 页。

国战争和普加乔夫起义的历史背景，昭示着俄国对世界历史的参与，也使他的创作具有了世界意义。正是在这个意义上，尼克利斯基指出："尽管普希金所处理的那些情节，不但就形式而言，而且就产生而言，大部分都不是民族的，但是它们却发挥了民族的作用。就自己的教育和文化而言，普希金是'世界人'，他善于在这些经常是'具体的俄罗斯'情节里找到历史事件和主题的回声和常量。因此，针对这样一些世界问题，如关于天才、爱、民族、道德、权力等，尽管他的观点带有民族的'关系'，但这些观点具有世界历史的意义。"①

的确，正如日尔蒙斯基在《普希金与西方文学》中所言："普希金乃俄罗斯民族国家文学的奠基人。其创作根源于俄罗斯历史现实，根源于俄罗斯民族的创造性力量。但是俄国的民族发展过程不是隔绝于世的，而是和整个欧洲发展紧密相连的；俄罗斯文学是作为世界文学一个部分发展着的。因此，普希金作为俄罗斯民族国家诗人，同时是西方文学活动的积极参加者，其创作道路同时和整个欧洲文学和俄罗斯文学发展是联系在一起的。"②即"只有既是民族性的同时又是人类的文学，才是真正的民族性文学；只有那种既是一般人类的同时又是民族性的文学，才是真正人类的"③。这就是普希金创作中的与世界性相统一的民族性，它的确闪烁着东正教"聚和性"的光芒。

① ［俄］В. Г. 别林斯基：《文学论文选》，满涛、艾未辛译，上海：上海译文出版社，2000年，第187页。
② Жрмунский В.М. *Байрон и Пушкин: Пушкин и западные литературы.* Ленинград: Наука, 1978，С.359.
③ ［俄］В. Г. 别林斯基：《文学论文选》，满涛、艾未辛译，上海：上海译文出版社，2000年，第187页。

第二节 "博爱"精神

普希金生活的时代，正是俄国历史上处于艰难转型的时期。一方面，1812 年卫国战争使俄国知识精英初步认识到西方社会的进步，继而唤醒和激发了民族意识；另一方面，十二月党人的失败又使他们陷入精神迷茫和思想困顿。普希金敏锐地感知到历史和时代主题的召唤，即俄罗斯正处于历史的十字路口上：在政治上，一极坚守专制制度，另一极致力于推翻专制制度；在经济上，一极竭力维护农奴制，另一极号召解放农奴；在思想文化上，一极固守乌瓦洛夫所提出的"东正教—专制制度—民族性"为核心的"三位一体"式的精神统治，另一极则追求思想启蒙和精神自由。[①]可以说，当时的俄国社会正面临传统与现代、保守与激进、国内与国际矛盾交织的各类问题，对祖国和民族未来发展命运问题的关注成为当时俄罗斯知识精英所必须承担的历史使命。这一切均反映在普希金饱含人道主义意蕴的创作中，具体体现为以"聚和性"为核心的博爱精神。

普希金的人道主义首先深刻体现在他对"小人物"命运的关注和同情上。他的《驿站长》是俄国文学史上首部描写"小人物"的短篇小说。其中的老驿站长维林是沙俄时代底层芝麻官的典型。他一辈子受累受气，但却与人为善，也不怎么贪财。他的女儿冬尼娅被一个叫明斯基的骠骑兵上尉勾引，跟他私奔到首都去了。他赶到彼得堡，想领回女儿，却被连骗带轰地赶了出来。后来，他的驿站被撤销了，他也因此失去了工作，结果只能把对女儿的思念寄托在借酒浇愁上，终因酗酒而亡。这是一个含辛茹苦抚养女儿，本该在女儿成人之后享受女儿爱戴和报恩的父亲，可由于身处

---

① Гальцева Р. А. *Пушкин в русской философской критике. Конец XIX — первая половина XX в.* Москва: «Книга». С.398.

社会底层，他最终只能在孤苦中夭亡。这不仅是家庭悲剧，更是社会悲剧。普希金从人道主义的视角批判了社会不公和阶层隔阂，表达了对弱者的同情和仁爱。难怪安年斯基指出："普希金的人道主义思想是最高秩序的显现：它没有用贫困和痛苦的场景刺激想象，也没有用朦胧的泪水模糊意识；它的源泉不是软心肠，而是对正义的理解和感受。当然，人道主义思想是普希金的天才性格与世俱来的特征。"① 普希金的人道主义是对正义的理解，是对世间一切美好的赞赏和一切丑恶的仇视，因而可以是一种对大自然的辽阔的深情，也可以是一种超越阶层和阶级的对世人的慈爱，还可以是一种理性与现实的结合，是一种包容的、和而不同的博爱精神体现。

普希金的诗作中不乏对大自然的由衷赞美。尤其是他流放南俄期间和在米哈伊洛夫斯克居住期间，他创作了《我看见了亚细亚的不毛边境》《致凯恩》《致大海》《假如生活欺骗了你》《顿河》《高加索》等一大批优美的诗篇。其中的《顿河》和《高加索》描绘了壮丽的景物："在辽阔的原野上闪耀 / 它奔流着……顿河，你好 / 我从你远方的子孙那里 / 给你带来了他们的敬意 /……我朝夕思慕的顿河啊 / 快给你骁勇的哥萨克 / 骑手 / 备好由你的葡萄园产的 / 泡沫喷涌的闪光的美酒"②。

顿河和高加索令人想起哥萨克。普希金对顿河和哥萨克颇有感情。他曾在旅途中与一位哥萨克攀谈，写了一首题为《我也当过顿河哥萨克》的诗，不仅写出了顿河深沉庄严的非凡气象，而且表达了自己对曾经待过的南俄景物的怀念。难怪果戈理说："这里没有雄辩，这里只有诗意；没有

---

① 张铁夫：《普希金研究文集》，南京：译林出版社，2014 年，第 103 页。
② 沈念驹、吴笛主编：《普希金全集》（第 1 卷），查良铮、谷羽等译，杭州：浙江文艺出版社，2012 年，第 300 页。

任何表面上的光辉，一切都纯朴，一切都恰到好处，一切都充满内在的光辉，它不是突然被揭示的；一切都简洁，他永远是纯粹诗歌的标志。"①

普希金还写过几首描写高加索自然奇观的诗。在《高加索》里，他描写了积雪、苍鹰、雪崩、巨浪、小鹿、小鸟、骏马、草原、苍穹和民居，描绘过巨大而可怕的雪崩堵塞了捷列克河的道路，然而不屈的河流在短暂的平静后，便开始冲击冰雪，给自己开辟道路。通过对这一壮丽奇观的展示，普希金歌颂了人民的自由的激情和不屈的意志。

在《高加索的俘虏》里，年轻的俄罗斯俘虏厌倦了上流社会的生活，逃到了切尔克斯人居住的远方来寻找自由。尽管他最终仍然是不自由的，但他置身其中的大自然是雄伟壮观的："鹰鹫从悬崖峭壁上飞起，在空中飞旋着，彼此呼应，马群的嘶鸣、牛羊的喧闹已经淹没进风暴的吼声……突然，透过闪电，向着山谷，骤雨冰雹穿云倾泻下来；雨水的急流翻滚着波浪，搜掘着峭壁、峻坡和悬崖，把千年古老的巨石冲开。"② 正是借助于对大自然的描写，普希金表达了对人的精神世界的关注，颂扬了人与自然相统一的"聚和性"。

别尔嘉耶夫说："普希金是自由的讴歌者，然而他的自由比俄罗斯知识分子所希冀的自由更加深刻，更加独立于时代的政治仇恨。"③ 其实，普希金既充满自由思想，也是疾恶如仇的。正因为如此，他才能自年轻时代起就渴望自由，讴歌自由，以至他早在 18 岁时就写下了著名的长诗《自由颂》，其中的诗句至今读来仍振聋发聩："……/ 只有当神圣的自由 / 和

① 《果戈理全集》（文论卷），第 7 卷，彭克巽译，合肥：安徽文艺出版社，1999 年，第 74、78—79 页。
② 沈念驹、吴笛主编：《普希金全集》（第 3 卷），余振、谷羽译，杭州：浙江文艺出版社，2012 年，第 132 页。
③ 张铁夫：《普希金研究文集》，南京：译林出版社，2014 年，第 323 页。

强大的法理结合在一起／只有当法理以坚强的盾／保护一切人，它的利剑／被忠实的公民的手紧握／挥过平等的头上／毫无情面／只有当正义的手把罪恶／从它的高位向下挥击／这只手啊，它不肯为了贪婪／或者畏惧，而稍稍姑息／当权者啊！是法理／不是上天／给了你们冠冕和皇位／你们虽然高居于人民之上／但该受永恒的法理支配／……"普希金所歌颂的自由，是理性与现实主义的结合，是法理、正义的诉求和"人民的回声"。

第三节 "官方人民性"

1812 年十二月党人事件后，西方派与斯拉夫派两个阵营的彻底分裂，给俄国局势带来了危机。为了调和这两个阵营的关系，尼古拉一世采用了乌瓦洛夫呈递给他的"东正教—专制制度—人民性"的建议，即所谓的"在我们这个时代必要的教育应该与对东正教、专制制度和人民性的热诚信仰结合在一起，这些原则是我们热诚信仰的保证，是我国的昌盛与力量的最终保证"。[①]尼古拉一世把这一关于政权与人民统一的建议，即"官方人民性"，视为他管理国家的观念。这一意识形态确立了人民与沙皇政权的牢固联系。正如布拉果依所说："普希金以伟大的民族艺术家与思想家所具有的敏感和智慧，在自己创作中提出了这样一些社会政治问题：人民和专制政体的关系问题、个人和国家的关系问题、进步的贵族知识分子脱离人民的问题。"[②]普希金是一位多面的诗人与作家，他的一生是与沙皇不断斗争、不断周旋并有过妥协的一生。其创作中的"聚和性"还体现为一种既对人民遵从沙皇又对沙皇爱护子民的和谐的憧憬。

[①] Я.А. Гордин: *Право на поединок*. Л., Советский писатель, 1989, С.157.

[②] ［苏］Д. Д. 布拉果依：《普希金》，陈燊译，上海：新文艺出版社，1957 年，第 4 页。

在十二月党人起义前一个月，普希金完成了《鲍里斯·戈都诺夫》的创作。这部历史剧是俄罗斯历史上第一部现实主义悲剧，该剧的取材、人物语言及所描述的社会生活内容等蕴含着丰富的人民性思想，别林斯基曾高度评价其"是莎士比亚之后当之无愧居于首位的戏剧作品"①。

普希金第二次被流放也正是在这一时期。其间他博览群书，深思国家和人民的命运问题。基于对历史和社会现状的考察，普希金创作了《鲍里斯·戈都诺夫》，其主题就是对19世纪初俄国及其人民命运的思考。普希金致力于了解并反映社会历史和人民的命运，其中，"官方人民性"思想得到了充分体现。

《鲍里斯·戈都诺夫》的创作灵感来源于卡拉姆津的《俄罗斯国家史》一书中关于鲍里斯·戈都诺夫执政和伪皇德米特里入侵俄国的真实历史事件。普希金一直以祖国历史而自豪，但同时，他也深刻地认识到，民族性不仅在于从祖国的历史中选材，更重要的是民族的山川、河流、气候、信仰和风俗习惯以及民族的思想和情感。他批评《彼得颂》和《俄罗斯颂》这两部作品除了名字是俄罗斯的之外，并无民族性可言。《鲍里斯·戈都诺夫》以宏伟的时空跨度展现了俄罗斯社会广阔而真实的生活图景：从1598年鲍里斯·戈都诺夫登基到1605年伪皇德米特里占领莫斯科，时间长达七年之久；剧中出场人物多达六十余位，包括跪拜的平民百姓和请愿

---

① 别林斯基在19世纪40年代后期的文章中表现出对"人民的"悲剧精神的微妙理解（见别林斯基的《关于普希金的第十条》）。在对格林卡《阿·皮·苏马罗科夫的生活与选集概观》（1841）的评论中，别林斯基引用了其中关于莎士比亚的话，并特别谈到格林卡对苏马罗科夫的《冒名者德米特里》和普希金的《鲍里斯·戈都诺夫》的多页比较："如果这位悲剧家击败了莎士比亚本人，那么可怜的普希金在哪儿可与苏马罗科夫角斗！"见：Белинский В. Г. *Полное собрание сочинений: В 13 т.* / АН СССР, Ин-т рус. литературы（Пушкин. дом）；ред. коллегия: Н. Ф. Бельчиков（гл. ред），Д. Д. Благой, Б. И Бурсов（зам. гл. ред.），А Г. Дементьев, В. А. Десницкий, В. С. Нечаева, Н. К. Пиксанов, В. С. Спиридонов, Б. В. Томашевский – Москва: Изд-во АН СССР, 1953—1959. Т. V, 517.

的贵族、疯疯癫癫的乞丐和叛逃的将军、谈情说爱的男女和冲向皇宫的庄稼汉等。剧中的场景也在不断变化：从克里姆林宫议会广场到修道院的净室，从气势磅礴的皇宫到边境小酒馆……这一幕幕情景频繁转换，在观众面前展现出一个"动荡时代"最真实而辽阔的俄罗斯生活画卷。

　　同时，普希金把反映人民的命运作为创作作品的主要任务。普希金意识到人民在历史中的伟大作用，但在《鲍里斯·戈都诺夫》中，人民的命运又是与国家和官方紧密相连的。在剧首，人民因为"没有皇帝"而惴惴不安，他们在焦急地等待着某位王者来统治，不停地哭喊："啊！谁来管我们呢？我的天啊！我们真可怜！"被鲍里斯·戈都诺夫蒙蔽的民众，苦苦哀求鲍里斯接受皇冠统治他们："开恩吧！我们的父亲！管管我们吧！做我们的父亲和皇帝吧！"这恰恰是一种"官方人民性"的写照。尽管在剧尾，人民已经变得清醒和强大，他们要"把鲍里斯的小狗捆起来"："去捆绑！去践踏！杀死鲍里斯·戈都诺夫全族！"在新沙皇登基时，"人民在沉默"，他们没有为新沙皇欢呼，而是沉默无言，已显示出人民自我意识的觉醒，但同时仍表现出一种表面上与沙皇的"合作"。陀思妥耶夫斯基认为，普希金的伟大之处在于他虽然处于一大群完全不理解他的人中，却那么迅速地找到了一条伟大的、俄国人渴望已久的出路，这条出路就是人民性，就是顺从俄罗斯人民的真理。他理解俄罗斯人民，而且从来没有一个人像他那样既深且广地理解俄罗斯人民的命运。[①]高尔基也曾称赞《鲍里斯·戈都诺夫》是"我们最好的一部历史剧"，认为普希金是第一个注意到民间创作并把它介绍到文学里来的俄国作家，并指出普希金是托尔斯泰、屠格

---

① Достоевский Ф.М. 1877 *Достоевский Ф.М. Дневник писателя*. М., Институт русской цивилизации，2010. С.678.

涅夫、陀思妥耶夫斯基的精神始祖。[①]

在 1836 年完成的小说《上尉的女儿》里，普希金延续了这一主题。他不但尝试考察各阶层和阶级不和谐的内在原因，还要寻求克服这个不和谐的具体途径，探索为互相理解而需要的共同基础，即"聚和"的根本。这其实就是"博爱"的精神，"博爱"是通往和谐、调和矛盾的唯一途径。《上尉的女儿》以上尉的女儿玛丽娅和青年贵族格利乌夫曲折的爱情为线索，探索了以农民起义领袖普加乔夫为代表的农民阶层与以格利乌夫为代表的贵族阶层之间如何实现和谐相处的具体路径。全书以格利乌夫为第一视角，向读者呈现了那个社会时代背景下的动荡生活。小说中这两个不同阶层之间"爱"的精神联系，首先体现在一件"兔皮袄"上，它既成了格利乌夫与普加乔夫结识的纽带，更是体现了一种"关爱"。这里既有格利乌夫对普加乔夫的"关爱"，也正因为这件"兔皮袄"又使得普加乔夫知恩图报，反过来"关爱"自己的敌对阶层的青年贵族格利乌夫，不仅没有杀死他，还促成了他与玛丽娅之间的爱情，甚至不顾敌友关系，坚持为其开路，帮助他顺利到达由沙皇军队占领的奥伦堡。

显然，普加乔夫和格利乌夫的友情是超越阶级矛盾的。虽然他们身处敌对阵营，但是他们并没有因此而变得互相敌视。尽管普希金在这里并没有因为两人超脱一切的友情而弱化两人之间的阶级矛盾，但他渲染了建立在"博爱"基础之上的、超越一切的友谊与宽恕。而另一方面，格利乌夫也一如既往地坚持自己原本的立场，誓死为沙皇效力。在他看来，"安于

[①] Горький А.М. *1909 Горький Максим. Собрание сочинений в тридцати томах. Статьи, речи, приветствия 1907–1928.* Государственное издательство художественной литературы. 1949.Т. 24. С.52.

留在被强盗控制的要塞或者投靠他——是一个军官最丢脸的事情"①。普加乔夫无数次对他说"只要你忠于我，我就为你封侯加爵"②，但都被格利乌夫不假思索地拒绝了。之后普加乔夫起义失败，格利乌夫因为受他牵连而被逮捕，但他依旧忠于沙皇。可见他俩之间的友情并没受阶级矛盾影响。普希金就是这样用"爱"把不同阵营的人们"聚"在一起。

在小说中，普希金虽然歌颂了普加乔夫的英雄形象，但是并没有因此而呼吁人们团结起来进行农民起义。由此可见，普希金并不赞成通过武装起义来推翻沙皇专制统治，并且他认为改革是完全可以通过改良进行的。与其说这是因为他想维护沙皇的专制统治，倒不如说这是他不愿人民因为战争而遭罪，希望俄罗斯民族内部和谐相处。普希金的作品中还表现出强烈的"救赎"意识，这也是"聚和性"的核心内容之一。普加乔夫是个乔装的沙皇、农民起义首领和老师，还是个主婚人。但他最后也是一个因沉重思想和罪恶而受苦的形象，在拯救了格利乌夫后，他自己也需要拯救。然而，恰恰只有受过良好教育的社会精英才能体验到他作为造反者的个人悲剧。这种"救赎"意识既存在于同一个阶级和阶层的个体中，也存在于在本体论上具有"同源性"的不同阶级和阶层之中。

《上尉的女儿》是俄罗斯文学史上首个描写农民起义领袖的作品。通过这部作品，普希金并非要向人们展示一场有血有肉的农民起义战争，而且借普加乔夫和格利乌夫的关系，展示出"博爱"是通往社会和谐、安居乐业的唯一途径。同时，小说也表露了普希金本人内心对社会和谐与和平的渴望，也是其创作中人民性的体现。

普希金在俄罗斯文学中播下了人民性的种子，虽然他的创作并没有完

---

① 普希金：《普加乔夫暴动始末》，李玉君译，兰州：兰州大学出版社，2004年，第104页。
② 同上，第103页。

全摆脱"官方人民性"中的"官方"立场，即维护沙皇的统治，但是普希金已经在很大程度上超越了"官方"的束缚，凸显了以"博爱"为核心的人民性，特别是尊重和体恤底层小人物，以民众利益为重，体现了东正教的"聚和性"和救赎意识。在普希金创作的指引下，俄罗斯文学创作中的人民性内涵经由果戈理、别林斯基、杜勃罗留波夫、陀思妥耶夫斯基、高尔基等批评家和作家的进一步发展而更趋丰满。

第五章
莱蒙托夫：《当代英雄》艺术构造的"聚和性" *

莱蒙托夫（М. Ю. Лермонтов，1814—1841）被誉为"19世纪俄罗斯神秘的天才"。托尔斯泰（Л. Н. Толстой，1828—1910）曾评价他说："假如这个男孩还活着的话，无论是我，还是陀思妥耶夫斯基，就都成多余的了。"① 这位年仅27岁就已经离世的作家，有如流星划过，光芒万丈一瞬间，却给世人留下永不磨灭的记忆。莱蒙托夫的创作启迪了同时代俄罗斯一系列的文人作家，包括后来的文学巨匠费奥多尔·陀思妥耶夫斯基和列夫·托尔斯泰。这也充分体现莱蒙托夫创作魅力的经久不衰。莱蒙托夫笔下的《当代英雄》等作品，早已经成为跨越时空的一个个文学经典。

莱蒙托夫的一生过于短暂，但是这位天才生来就是与众不同。正因为他的耀眼，所以他的出生和死亡在如今的社会上已经形成各种不同版本的自传。对于其出身更是众说纷纭，褒贬不一。其中必然有相对真实的，也有相对杜撰的。而恰恰是这无数离奇版本的莱蒙托夫自传，证明了其作为

---

* 本章主体部分发表于《文学跨文化研究》2017年第3期。
① 〔俄〕В. Г. 邦达连科：《天才的陨落——莱蒙托夫传》，王立业译，北京：新星出版社，2016年，第203页。

诗人本身的价值，这一价值已经超越了时空，甚至现代各国学者至今也在为其争论不休。无论学界的分歧有多大，大概都不会否定，这位伟大作家的创作既与其家族的生长环境密切相关，更与整个俄罗斯社会的文化环境不可分割，尤其是东正教的深刻影响。"聚和性"便是对莱蒙托夫的代表作、长篇小说《当代英雄》产生重要影响的关键因素。

鉴于莱蒙托夫自幼丧母，外祖母独自将其抚养长大，甚至作家的名字米哈伊尔的由来，也是为了纪念其外祖父米哈伊尔·瓦西里耶维奇·阿尔谢尼耶夫（Михаил Васильевич Арсеньев，1768—1810），学界主要关注外祖母对作家创作个性的影响。然而，诗人的父亲却很少引起研究者的关注，这位在岳母的威逼下不得不离开自己儿子的退役军官，实际上是来自更为古老和显赫的苏格兰莱蒙特氏族，源自于乔治·戈登·拜伦（George Gordon Byron，1788—1824）远房亲戚苏格兰骑士莱蒙特苏格兰后裔。可以说，在莱蒙托夫身上，流淌着来自母系的俄罗斯血脉和源于父系的、与拜伦相连的西欧血缘。这其实也是两种不同因素的"聚和"。

从诗人的遗传基因来说，莱蒙托夫和拜伦都共同拥有着"苏格兰基因"。当代俄罗斯著名文学批评家、莱蒙托夫的传记作家 В.Г.邦达连科（Бондаренко В.Г.，1946—）曾经明确指出："通过玛尔加列特·莱蒙特将来自母系的血统和性格给了拜伦，而来自父系的，则由乔治·莱蒙特给了莱蒙托夫。莱蒙托夫对待乔治·拜伦如同对待自己的兄长。"[1] "拜伦的确是莱蒙托夫的理想，但莱蒙托夫绝不仅仅是拜伦的翻版，而是一位有着

---

[1]　［俄］В.Г.邦达连科：《天才的陨落——莱蒙托夫传》，王立业译，北京：新星出版社，2016年，第40页。

俄国血脉的'拜伦',他将会走出自己的根底,走出自己的传统。"①的确,尽管莱蒙托夫不可能意识到自己与拜伦的遗传基因联系和血缘关系,但是读者仍然可以隐约感受到他的创作中拜伦的影子,感受到两种创作精神的交织和"聚和"。

正如陀思妥耶夫斯基(Ф. М. Достоевский,1821—1881)指出的那样:"莱蒙托夫当然是一位拜伦主义者,但他那伟大的、独具一格的艺术力量使他成为一个特殊的拜伦主义者。"②苏格兰基因将莱蒙托夫和拜伦联系在一起。拜伦难以控制的激情、与生俱来的傲慢任性的品质和忧郁多情的性格本质源于祖辈们的苏格兰基因的遗传。莱蒙托夫身上也充满了一种英勇向前的坚定品质与孩子般纯洁、天真的情感。这既与拜伦的性格不谋而合,同时也表现出自身的独特个性。

莱蒙托夫笔下的《当代英雄》就是一部由两种因素"聚和"而成的艺术佳作。小说中的毕巧林多次进行的内心独白,明确指出诗人的一颗狂激不安之心。女人们的爱情不过是他们在现实社会中受挫时躲避的临时港湾。虽然他们在特定的时期都以真挚的情感爱着这些女人,但是始终克服不了那种铭刻到骨子里的孤独感和对婚姻的恐惧感。特别有意思的是拜伦笔下讽刺史诗《唐璜》中的女性朱利娅和莱蒙托夫笔下《当代英雄》里的维拉分别都是主人公们的情人,她们不约而同地给自己的爱人写上了一封感情真挚、令人潸然泪下的告别信。"精神上的痛苦不能使深挚的爱情消失;爱情不排除欺骗;而欺骗在一定的时刻也并不排斥感情的那种美和极

---

① 〔俄〕М. Ю. 莱蒙托夫:《莱蒙托夫抒情诗全集》,顾蕴璞译,南京:译林出版社,2006年,第185页。

② 〔俄〕Ф. М. 陀思妥耶夫斯基:《作家日记》(下),张羽、张有福译,石家庄:河北教育出版社,2009年,第946页。

度的凄楚动人。"①爱情里的欺骗也必然有其真挚感性的一面，或许是冥冥之中的苏格兰基因引领着两位诗人共同感悟这种别致的爱情。在日常的交往中，他们从来都是孤芳自赏。他们都曾各自预料到自己的死亡。可见苏格兰基因早已将两位诗人的命运萦绕交织在一起。然而，莱蒙托夫笔下的男女主人公们又是具有俄罗斯性格特征的，这既体现在他们对待爱情的态度上，更表现在他们的日常行为举止上。

　　莱蒙托夫曾经也将苏格兰称作祖国，也曾猜想自己是苏格兰武士的最后一代子孙，他与拜伦创作的不约而同，使得自己的创作中隐藏了拜伦式英雄的影子。莱蒙托夫在读了拜伦的《查尔德·哈罗德游记》第一章和第二章之后，更加坚定了成为一名孤傲叛逆者的决心，一位当时俄罗斯社会的叛逆者。《童僧》是诗人孤独灵魂"不自由毋宁死"的初探，《唐璜》使得拜伦从一名孤独的旅行者变成了上流社会中的社交名流，莱蒙托夫的戏剧《假面舞会》是诗人孤独的灵魂游荡于俄罗斯上流社会的无奈与悲叹。接着拜伦的六篇浪漫主义长诗统称为《东方叙事诗》，包括《异教徒》（1813）、《柳比道新娘》（1813）、《海盗》（1824）、《莱拉》（1814）、《柯林斯的围攻》（1816）和《巴里西娜》（1816）。其中《海盗》的主人公康拉德被誉为是"拜伦式英雄"的典型代表。康德拉对其妻子曼道娜的那种极端的爱与恨在莱蒙托夫的长诗《恶魔》中也有俄罗斯版的体现。拜伦不朽的哲理诗句《曼弗雷德》则是诗人的反抗精神以失败告终的一曲悲剧，莱蒙托夫《恶魔》中恶魔极致反抗失败的悲剧与其如出一辙，只是更具俄罗斯特征。其实，这都是历经尘世之后的回归，回归后的人生抉择。

　　莱蒙托夫笔下的《童僧》与《当代英雄》里的主人公们也都经历了类

① 　［丹麦］格奥尔格·勃兰兑斯：《十九世纪文学主流英国的自然主义》，张道真等译，北京：人民文学出版社，1997年，第283页。

似的洗礼与升华。拜伦式英雄一般是积极的入世，然后顿悟出世，而毕巧林式的孤独者们则是不畏社会的恐惧，从一开始的积极入世，再到出世，最终又回归于世，带着一种宿命的思想，在现实的世界里继续探寻自己的路。毕巧林实际上既是 19 世纪上半期俄国社会的"当代英雄"，也是拜伦式英雄，是这两者的融合。

女诗人罗斯托普钦娜（Ростопчина Е.Н., 1811—1858）在给法国作家大仲马信中提及："他（莱蒙托夫）并没有承认自己是否喜欢拜伦，但他决定装成拜伦的样子来引诱人或者吓唬人。"① 实质上，两位诗人在苏格兰基因的作用下，孤傲的灵魂时刻在游荡。他们都认为自己早已被上帝所选中，身上赋予了重大的救世使命，甚至牺牲自我也要担负起这神圣伟大的使命。他们在现实生活中饱受折磨，试图去拯救世界、寻找自由、探寻生命的含义，可是最终没有结果。现世中的无果，或许只有在来世或者神秘的未知中才能找到答案。历史烙印下的苏格兰贫穷但却具有浪漫主义气息，塑造了苏格兰人民特有的骄傲与热爱大自然的美好品质，这种品质早已经渗入苏格兰基因中，经过不断的发展与磨炼，最终形成了一系列苏格兰基因的天性，即孤傲叛逆、桀骜不驯的性格和热爱大自然的浪漫主义情怀等。

对于莱蒙托夫的创作个性来说，其苏格兰基因、高加索情结和东正教精神的渗透或曰"聚和"，从根本上影响着作家的创作。然而作为一个偏远荒芜之地的高加索又如何能够得到作家的喜爱，并反复多次出现在作家作品里，成为诗人终其一生的情结。众所周知，莱蒙托夫笔下的小说《当代英雄》以及一些抒情诗，包括《恶魔》和《童僧》里，都有高加索的影

---

① 转引自黄晓敏：《俄罗斯学界关于拜伦对莱蒙托夫的影响问题研究综述》，《俄罗斯文艺》，2013 年第 2 期，第 120 页。

子，作为环境原型的高加索勾勒出诗人创作的基础框架。当诗人往返于高加索与彼得堡之间，路途中的颠簸与漂泊使得诗人更加走向了拜伦，拜伦的东方之旅一直是诗人所向往的。高加索之行让诗人得偿所愿，追随着拜伦的轨迹，去探寻未知，弥补自己生命的空白，这是一种命运的思考，更是一种心灵的慰藉。

高加索一方面系着诗人儿时美好的回忆；另一方面，是诗人受到迫害，被流放，最终失去生命的地方。因此高加索情结可谓贯穿诗人短短的一生。莱蒙托夫在童年时期就已经三次拜访高加索地区，1818年诗人第一次来到高加索，听别人讲述了高加索战争以及山民的生活，唤醒了他心中苏格兰山民后裔的氏族亲情；1820年再次去往高加索，令诗人陶醉的是美丽的自然风光，一种创作的激情逐渐溢满诗人的胸怀；1825年当诗人再次踏上高加索的领域之时，诗人心中酝酿已久的诗情在苏格兰基因的诱发之下猛然爆发，一系列高加索长诗随后相继横空出世，例如《高加索的俘虏》（1828）、《车尔凯斯人》（1828）、《哈志·阿勃列克》（1833）等。此时对于年幼的诗人来说，高加索已经成为创作灵感之源、心灵歇息之地。他的这些诗作是高加索情结与苏格兰基因相互作用以及东正教"聚和性"影响的产物。

1837年莱蒙托夫发表了诗作《诗人之死》，自此以后他成为真正意义上的伟大的俄国诗人，德米特里·梅列日科夫斯基（Мережковский Дмитрий Сергеевич，1865—1941）称他为"一只丑小鸭到白天鹅的转世"。① 也就是在同一年莱蒙托夫笔下的《诗人之死》广泛流传，导致他被迫害，被流放至高加索之地。也就是在这次流放的过程中，诗人结识了

---

① 转引自［俄］В. Г. 邦达连科：《天才的陨落——莱蒙托夫传》，王立业译，北京：新星出版社，2016年，第201页。

十二月党人，并结交了医生迈耶尔，也就是《梅丽公爵小姐》的瓦尔纳医生的生活原型。此次的流放之行实质上对于莱蒙托夫来说，是一种逃离贵族生活的机遇，更是一颗诗人之魂的崛起。作为一名诗人，他沉浸在高加索的情怀里，以自己强大的苏格兰天赋与才华完成了以高加索为题材的创作；同时他又作为一名军人，一边冲锋于危险的战斗，一边欣赏着山民的勇敢和热爱自由。此时诗人笔下的诗歌《鲍罗金诺》和《商人卡拉什尼科夫之歌》显示出一种新风格。前者是一种动人的战争谣曲，而后者是源自民间史诗的出色之作。

1841年当莱蒙托夫再次被流放至高加索之时，他在与好友马丁诺夫的决斗中失去了生命。诗人在几次的高加索之旅中，都用自己鲜活的生命与透彻的灵魂来体验旅途过程的美妙，将自己完全融合于高加索的纯净之美中。高加索的自然之灵赋予了他创作灵感，传奇的民间故事成为其写作素材。格鲁吉亚之行，在深山的老年僧人的自述中，诗人完成了730行的浪漫主义长诗《童僧》，表达诗人对自由的热切渴望和极致追求。还有以高加索为背景，以格鲁吉亚为故事发生地，莱蒙托夫完成了1140行长诗《恶魔》。诗中除了讲述一位孤傲的恶魔对人间女子塔玛拉的爱情之外，还含有大量的高加索自然美景的描绘，向读者展示了一个绝美的人间圣地里发生的一段至纯至净的凄美爱情故事。诗人代表之作《当代英雄》也是以高加索为背景，描述了贵族少年毕巧林从内地经过格鲁吉亚到波斯路途中的几次冒险经历。整部小说由几个独立故事组合而成，将毕巧林这些冒险经历巧妙贯穿起来，其中包括高加索服役之旅，于高加索矿泉疗养之地避暑，与朋友（格鲁希尼茨基）争夺梅丽公爵小姐，决斗中杀死朋友（格鲁希尼茨基），被流放至偏僻要塞，抢夺切尔克斯姑娘贝拉。这些经历都是以高加索为背景，文中也穿插了一些高加索的美景，例如寂静的黑夜、积雪下暗蓝色的峰峦、闪烁的星星、蔚蓝的大海、灰色的云层等，这些自然美景的意象将人们引领至高加索无限美好的自然世界中。

古往今来无数文人学者都酷爱大自然与热爱自由，并在自己的创作中留下了无数经典佳作。然而，莱蒙托夫的高加索情结在散发着浓厚的浪漫主义气息时，不断表露出自己独特的艺术风格。例如莱蒙托夫笔下的山峦、水源、田野等自然意象中既散发着清新甜美的气息，又包含着庄严的内在气质，此外还有一种孤绝的傲气和隐隐的不安贯穿其中，他的这种苏格兰基因与高加索情结积极地促使了诗人孤傲个性的形成。

他的这种孤傲与孤僻在出生之前就已经受到了遗传基因的影响，出生之后又受到了家庭教育与社会时代环境的影响，然后又与自己的个性爱好相结合，使得他孤傲的个性在整个上流社会中独树一帜。此时他的才情与孤傲充分体现在他早期的诗歌中，形成了他早期创作风格，即浪漫主义诗歌。此时他的个性并没有那么突兀，只是基于一种对自由的向往，他在莫斯科大学通过大量的阅读深化了自己的思想，并开始自己积极的文学创作。在这一时期，诗人认识了拜伦，并深深地被拜伦的魅力所倾倒，甚至自称自己同拜伦一般是被放逐的流浪者，但诗人又声称自己不是拜伦，是另一个……因为诗人自己的心灵深处酝酿着一颗俄罗斯的心。或许正是诗人笔下的这种刻意否认与拜伦之间的联系，反而更加凸显出莱蒙托夫与拜伦之间丝丝缕缕的内在联系，而这种隐性的内在联系一直延伸至古老的苏格兰基因。

此时的他还深切关注人民和国家的命运，例如在 1831 年 7 月完成了剧本《怪人》，其中深切地谴责地主的残暴，并揭示了农奴制的残酷与危害。随后他完成了诗篇如《两个女囚》《罪犯》和《巴赫奇萨赖的喷泉》等，可以看出无论是在素材的选取还是在情节把握上，莱蒙托夫都借鉴了普希金的作品。然而这只是一种借鉴，莱蒙托夫在普希金创作基础上进行创新，尤其是他诗歌中所包含充沛的力量、铿锵有力的语言、深刻饱满的思想以及孤绝冷傲的气息感染了一代又一代的作家与学者，他的这种孤傲个性在其创作中淋漓尽致地体现出来。这种孤绝与冷傲引领了诗人的创作，赋予了其作品一种"孤傲之魂"，为自己的创作风格刻下了独特的烙印。

1837 年 1 月 29 日，普希金因决斗伤势过重而去世。这一消息激发莱蒙托夫完成了传世之作《诗人之死》，这部作品让诗人瞬间成名，也让诗人受到排挤与迫害。他的才华与天赋酝酿已久，普希金之死是直接导火索，点燃了诗人胸中积蓄已久的愤怒与不满，他的这篇巨作铿锵有力、掷地有声，抒发了当时整个俄国知识分子的心声。这一事件让诗人孤傲的个性张扬出来，并达到了一种质的飞跃，这一时期也是诗人创作个性逐渐成熟的时期。随之而来的政治迫害与高加索流放，不仅没有阻碍诗人的成长，反而使他的思想更加成熟与开阔。与十二月党人的结识、高加索的自然环境和民间素材包括民歌、武士故事、古老传说等，这些都为莱蒙托夫创作情怀与个性的形成提供了有利的先决条件。显然，客观的高加索自然风光、俄罗斯现实的社会环境、作家自身的创作个性以及东正教的"聚和性"意识，为莱蒙托夫的艺术创作奠定了基础。

在优越的创作环境中，莱蒙托夫的创作达到了前所未有的突破，他先后完成了戏剧《假面舞会》、长诗《恶魔》与《童僧》和长篇小说《当代英雄》。这一系列创作中，可以明显洞察到莱蒙托夫人生观、价值观渗透在作品中，他的创作手法与风格也趋向成熟，逐渐形成自己独特的创作个性。现实的社会环境赋予了莱蒙托夫坚强的毅力与品格，固然影响了诗人的生活与创作，然而在诗人短短的人生旅途中，苏格兰基因和高加索情结已促成了诗人创作个性的形成，东正教的"聚和性"意识成为他艺术成就的思想源泉。这些现实的与超现实的因素不仅赋予了诗人特有的创作风格与个性，并逐渐形成了诗人作品中独有的"诗魂"。

第一节　个性与精神："三位一体"的艺术同一

文学创作不只是对社会生活的形象反映，文学文本的经典性更是显现于其超越生活的现实性之中。文学文本是由一个独特的意义再生机制所构成的，可以随着不同时代读者的阅读，不断地创造出各种意义。19世纪俄罗斯著名作家莱蒙托夫的代表作《当代英雄》虽然已经历了180多年的不断接受，但是各种阐释依然从逆向丰富着莱蒙托夫的创作。然而，我国俄罗斯文学研究界主要关注的是文本反映的社会历史生活以及如何反映的机制，几乎很少关注作家的遗传基因、个人情结以及意义再生机制本身的社会历史和宗教文化烙印。其实，不同文学文本的意义再生机制不可能不打上时代的烙印、不留下历史义化的记忆，而且必然会与作家的个性、民族的信仰相关，也许这才是文学经典的独特性所在。《当代英雄》的意义再生机制是由作家的创作个性、东正教精神与19世纪上半期历史文化的影响所决定的。

著名符号学家洛特曼曾经指出："文本作为意义的发生器是一种思维机制。要使这个机制发生作用，需要一个谈话者。在这里深刻地反映出意识的对话性质。要使机制积极运行，意识需要意识，文本需要文本，文化需要文化。"① 长篇小说《当代英雄》的意义再生机制是由多个互为对应的

---

① 转引自康澄：《文化及其生存与发展的空间——洛特曼文化符号学理论研究》，南京：河海大学出版社，2006年，第114页。

层面交织而成的，这里既有个性与精神相互融合的、"三位一体"的艺术同一，也有善恶交织以救赎为旨归的、人神合一的形象塑造，更有宿命与自由互为映射的、体验式的叙述结构，等等。这一烙有历史文化印记的意义再生机制，在社会时代、创作个性与俄罗斯东正教信仰的交织中，以其独特的艺术审美形式承载和传播着一定的社会文化信息，为读者展示了无限可阐释的阅读空间。

其实，经典的文学文本和审美形象传承的艺术魅力，正是源于承载着时代社会、作家个性和宗教信仰等特征的文本内在构造和机制。这一机制可以使读者在审美欣赏过程中，不仅能够感知时代的特征、创作个性和民族的精神，更能够不断地从文本中解读出新的意义。本节努力从东正教文化批评的视角，结合作家的遗传基因、个人情结，社会环境，深入剖析长篇小说《当代英雄》及其主人公毕巧林的形象，发掘其意义再生机制的历史文化特征，并揭示其不断滋生新的意义的审美功能及其与"聚和性"思想的渊源。

长篇小说《当代英雄》自出版以来，一直受到文学批评界的普遍关注，虽然各种评论众说纷纭，但大多数都是从现实和理性层面上加以分析的。我国俄罗斯文学研究界一般认为，19世纪俄罗斯著名作家莱蒙托夫的这部代表作至少在社会和心理两个层面，历史地记载了时代的变迁与心灵的反思，塑造了主人公毕巧林的艺术形象，深刻揭示了19世纪30年代优秀贵族思想和情感上的悲剧历程。因此，"在俄罗斯文学史中，毕巧林被称为继奥涅金之后的第二个'多余人'"①。这是一个既对现实不满，渴望有所作为，但又不知如何发泄自己超人的精力，无所事事，一身毛病的

---

① 曹靖华主编：《俄苏文学史》（第一卷），郑州：河南教育出版社，1992年，第193页。

"非孔雀又非乌鸦式的人物"。

确实，当代读者在阅读小说《当代英雄》时，均会感觉到毕巧林的冷血、自私，甚至残酷。虽然别林斯基曾经把毕巧林视为现实中的莱蒙托夫，但是当代俄罗斯莱蒙托夫传记作者邦达连科在《天才的陨落——莱蒙托夫传》中直接表明，莱蒙托夫在毕巧林身上夸大了自己的缺点。[①] 在长篇小说《当代英雄》第二版的序言中，作家莱蒙托夫也曾明确写道：作者的目的就是"揭示我们一代人的'缺点'"。然而，在序言的最后，莱蒙托夫出乎意料地表示，缺点和病症被揭露了，"但怎样医治——这只有天晓得了"。[②]

究竟应该如何理解莱蒙托夫这种对待主人公的态度呢？这种似乎违背逻辑的言论，弃缺点和病症于完全不顾，已经很难从现实和社会层面来阐释了。也许，只有从东正教文化批评的视角加以解读，才能够发掘其内在的深刻缘由，揭示《当代英雄》文本意义再生机制的独特性以及"聚和性"的作用。

白银时代俄罗斯宗教文化批评理论家布尔加科夫在《哲学的悲剧》一书中，就曾经以"聚和性"为基础，把艺术形象视为精神与个性的同一，而精神也只有通过存在（艺术形象）才能够与个性同一。布尔加科夫在书中积极阐释了东正教三位一体的教义，并且赋予了三位一体以新的内涵。他在人类语言表述的句子中，找到了阐释三位一体的典型例句，即"我是某物"，这里包含着主语、谓语和系词。系词就是表现个性与精神同一的艺术形象，在《当代英雄》中就是主人公毕巧林。实际上，毕巧林是一个

---

① ［俄］В. Г. 邦达连科：《天才的陨落——莱蒙托夫传》，王立业译，北京：新星出版社，2016 年，第 31 页。

② ［俄］Л. И. 舍斯托夫：《悲剧的哲学——陀思妥耶夫斯基与尼采》，张杰译，桂林：漓江出版社，1992 年，第 8 页。

"聚和"着真与假、善与恶、美与丑等各种因素的艺术形象载体。

可以说，从古至今对俄罗斯人的思想有着决定性影响的理论是"现实是理性所不能认识的，只有通过神秘的直觉才能得到认识"[①]。如果直觉感观主人公毕巧林的行为举止和小说的整个故事情节，其实这位在彼得堡长大的贵族青年军官，几乎所有的行为都是凭借着本能的冲动在进行，他一直是处在本能与精神的复杂矛盾纠葛之中。无论是主人公薄情间接导致的贝拉惨死，还是他路过塔曼小城并受好奇心驱使，打破了走私贩子的生活，自己也差点被抛入大海淹死，或者是玩世不恭地在矿泉玩弄梅丽的情感，与人进行决斗，都是人的各种本能的充分显现。这里最直接呈现的是情欲本能的充分暴露，正是它的使然，美丽的切尔克斯姑娘贝拉被杀死。此外，猎奇和争强好胜的本能又促使他成为破坏者，甚至杀人的凶手，等等。显然，莱蒙托夫展现在读者面前的是一种本能行为的直觉感观，而在这种直觉体验中，读者又可以见出主人公的个性，隐约感触到主人公的崇高的精神追求。这位禀赋非凡、精力旺盛、聪明过人的贵族青年军官具有先进的思想，与当时的上流社会格格不入，曾怀有崇高的理想与抱负，渴望像拜伦和亚历山大大帝那样有一个辉煌的人生。他甚至羡慕十二月党人能够有机会为人类的幸福做出巨大的牺牲。

莱蒙托夫在《当代英雄》的创作中，似乎是有意识地通过主人公毕巧林这一直觉形象的展示，让个性与精神、本能与信仰同一，使得它们之间形成互文和"聚和"，让艺术表现的现实生活鲜活地呈现出来，促使文本意义在读者的解读中不断再生。也许本能就是生命冲动的本源，直觉是美的形象显现，哪怕与社会现实和伦理道德相悖，却更能够让读者感触到精

---

① 金亚娜等：《充盈的虚无——俄罗斯文学中的宗教意识》，北京：人民文学出版社，2003年，第1页。

神（上帝）的存在。显然，这种本能的直觉展示是超越社会现实的，更是无须医治的，甚至是值得肯定和赞扬的。

显然，《当代英雄》的意义再生机制又不可能不烙有历史的印记，留下文化的记忆。这种历史的烙印首先是与作家本人的个性特征密切相关的，毕巧林形象作为本能与精神相融合的直觉艺术表现，恰恰是莱蒙托夫的孤傲和桀骜不驯个性的产物。年轻有为的诗人和作家莱蒙托夫直至去世时还不满27岁，难道他仅仅凭借自己短暂的生活体验和现实经历，就能够创作出如此经典的传世之作吗？其实，除了现实生活的阅历以外，还与莱蒙托夫由父亲家族的遗传基因息息相关。现实的和非现实的因素在莱蒙托夫身上"聚和"在一起。

我国俄罗斯文学研究界已经关注到拜伦创作对莱蒙托夫的影响，甚至在《俄罗斯文艺》2013年第2期上发表了论文《俄罗斯学界关于拜伦对莱蒙托夫的影响问题研究综述》。不少学者在莱蒙托夫出版的诗册中发现，作家对拜伦诗歌的翻译和模仿，甚至曾试图对拜伦的《异教徒》和《拉腊》进行翻译。然而，几乎所有的批评家都是从外部来揭示这种影响，很少有人关注内在的苏格兰基因所产生的重要作用。尽管莱蒙托夫不可能意识到自己与拜伦的遗传基因联系和血缘关系，但是在他的创作中，读者可以隐约感受到拜伦的影子。诗人自己就曾经在诗歌中表示："我多么想把拜伦赶上。"[1]外部环境对诗人莱蒙托夫的影响只有10多年，而遗传基因的作用却是数百年，也许更长的时间。前者是外因，而后者则是内因。莱蒙托夫创作个性的形成是外因与内因"聚和"的产物。

其实，陀思妥耶夫斯基就明确意识到莱蒙托夫对拜伦的无意识继承，

---

[1]　金亚娜等：《充盈的虚无——俄罗斯文学中的宗教意识》，北京：人民文学出版社，2003年，第40页。

他曾指出:"莱蒙托夫当然是一位拜伦主义者,但他那伟大的、独具一格的艺术力量使他成为一个特殊的拜伦主义者,一个有点爱嘲弄人的、任性的、鄙夷一切、竟然连自己的灵感、自己的拜伦主义都从来不相信的人。"① 显然,这里陀思妥耶夫斯基说的对"自己的拜伦主义都从来不相信",指的就是并非有意识的模仿,而是有一种潜在因素的影响,连莱蒙托夫本人都不知道的基因在起作用。这一苏格兰基因在外祖母过分执拗偏爱的作用下,培育着莱蒙托夫孤傲的品性。外祖母不择手段,甚至以法律条文形式威胁阻止诗人与其父亲的交往,完全将诗人禁锢在自己的身边,不允许诗人结婚,以免被别的女人抢走心爱的外孙。

无论文学批评界怎样评价《当代英雄》主人公毕巧林与作者莱蒙托夫之间的联系,几乎都不会否认他们在性格上共有的孤傲特征。从美学意义上来看,也许正是这种孤傲为艺术形象增添了美感和审美欣赏的价值。著名德国心理学家雨果·闵斯特伯格(Hugo Munsterberg,1863—1916)就曾经在《基础与应用心理学》一书中指出:"美感与我们的实际生活没有关系,我们和小说或戏剧里面的人物不会产生任何人际关系;我们是艺术中所展现的生活的旁观者,我们与这些生活没有利害关系。"② 这也许就是孤立美学的原理,人物性格越是孤立的存在,就越会给读者更多的审美获得感。显然,这种孤傲的"个人行为"又是与精神的"标准行为"共存于同一个体心灵之中。③ 这里的主体(个人行为)包括作家莱蒙托夫自身的孤傲性格以及他自身对社会生活的体验,客体(标准行为)则主要就是东

---

① [俄]Ф. М. 陀思妥耶夫斯基:《作家日记》(下),张羽、张有福译,石家庄:河北教育出版社,2009年,第946页。

② Munsterberg Hugo. *Basic and Applied Psychology*. Trans. Shao Zhifang. Beijing: Peking UP, 2010. p.250.

③ 同上,p.189.

正教教义、文化精神以及社会的伦理道德规范。小说的主人公毕巧林就是这两者间的联系，让他们呈现出来了。这"三位一体"便构成了一个审美共同体，即小说《当代英雄》的审美意义再生机制，为读者能够不断发掘文本或形象的可阐释空间提供了可能。这一审美意义再生机制的第一个历史记忆便是作家的创作个性和遗传基因——苏格兰基因，其背后的社会文化语境则是东正教的"聚和性"意识。

第二节　善恶与救赎：人神合一的形象塑造

任何民族的经典文学文本和艺术形象又不可能仅仅局限于作家自身的创作个性和遗传基因，而更主要的是一种民族精神的历史传承和对创作时代社会历史文化的记忆与超越，莱蒙托夫的小说《当代英雄》的主人公毕巧林自然也不例外。从小说的情节上来看，毕巧林无疑是一个冷漠、自私、任意玩弄女性的、可怕的"恶魔"形象。甚至可以说，他是一个在欲望驱使之下任意妄为的利己主义者。毕巧林曾经这样描述自己："我的灵魂已被尘世糟蹋，我的思想骚乱不安，我的心永远不知足。什么事情都不能使我满足，我对悲伤就像对欢乐一样容易习惯，我的生活一天比一天空虚。"[①]显然，这既是毕巧林自身对一个"人"的灵魂写真，反映出人性中"恶魔"的一面，同时也是毕巧林深刻的自我反思、自我救赎的意识，又表现出他的"神性"的一面。毕巧林需要经历苦难，通过苦难来进行自己灵魂的救赎。他是第一个在俄罗斯文学中把生命意义追寻至死亡的人。他一方面无所事事，另一方面又总要深刻地反思。

从东正教的"聚和性"角度来看，毕巧林形象融合了太多相悖的因

---

① ［俄］М. Ю. 莱蒙托夫：《当代英雄》，草樱译，上海：上海译文出版社，1978年，第37页。

素。作家是在通过毕巧林的各种破坏性或曰否定性行为，来呼唤起人性内心最本质最纯真的情感，将人们引入宗教的殿堂，激起读者对宗教的解读与思考。在毕巧林身上，不受传统伦理道德羁绊的本能冲动或曰"恶冲动"，之所以不是单纯的"恶"，甚至还有值得肯定的因素，就因为作家是通过东正教的救赎思想，即"弥赛亚"意识，来达到"聚和"的目的。毕巧林在整个故事中都刻意离开原本属于自己圈子的上流社会，反而去高加索等边缘地区，这实质上是一种本性的救赎，想要将自己解救出来的自主选择，是"神性"的表现。在五篇相对独立而精练的故事中，毕巧林实质上始终是作为一个闯入者的身份切入故事中，凭借自己强大的天赋能力与人格魅力在不断地领导、影响、刺激和改变着周围的人。

这种救赎意识与莱蒙托夫的孤傲性格，融合造就了毕巧林孤芳自赏、桀骜不驯、玩世不恭、冒险救赎的性格特征。这样，"恶"与"善"、"人"与"神"就"聚和"在了一起，构成了毕巧林这一形象的"魂"。正如别尔嘉耶夫所说："人既神又兽，既高贵又卑劣，既自由又奴役，既向上超升又堕落沉沦，既弘扬至爱和牺牲又彰显万般的残忍和无尽的自我中心主义。"[①]毕巧林苦苦挣扎在这迥然不同的两极之间，时而高贵又时而卑劣，时而神性又时而魔性。这也许就是毕巧林形象的艺术魅力之所在。

在毕巧林的性格中，"冲动"与"救赎"又是通过对"自由"的追求来实现的。别尔嘉耶夫指出："自由，首先是自由，——这是基督教哲学的灵魂，这为其他任何抽象和唯理论哲学所不能领悟。"[②]毕巧林无论是追逐情感的满足，还是厌弃得到的爱情，皆是缘于对自由的渴望，前者是为

① ［俄］H. A. 别尔嘉耶夫：《人的奴役与自由》，徐黎明译，贵阳：贵州人民出版社，1994 年，第 3 页。
② ［俄］H. A. 别尔嘉耶夫：《创作的意义》，莫斯科：艺术出版社，1989 年，第 22 页。

了获得欲望的自由，后者则是为了摆脱社会伦理的羁绊。毕巧林自己曾表白："不论我怎样热爱一个女人，只要她使我感到我应该跟她结婚——那末，再见吧，爱情……我可以一连二十次把自己的生命甚至名誉孤注一掷，可是决不出卖自己的自由。"① 当爱情、自由和生命相互冲突之时，毕巧林毅然选择自由，也唯有自由才能给他带来生命的真正价值，克服人性本身所具有的孤独感，从而实现自我和他人的"救赎"。毕巧林形象的意义再生机制就是由追求自由连接的、"人性"与"神性"相融合的"聚和性"艺术构造。

毕巧林这一人神合一的艺术形象构造及其所形成的意义再生机制，也不可能不打上历史文化的烙印，最直接的时代和环境记忆无疑来自作家莱蒙托夫本身，很大一部分来自作家的高加索情结。不少文学史中都记载着莱蒙托夫被流放至高加索地区服役，以此来表明沙皇专制对作家的迫害。其实，莱蒙托夫在被流放前就曾经随外祖母去过高加索，那里的风土人情让作家为之感叹。这种大自然天地合一的景象，深刻影响着作家艺术形象塑造的人神合一。邦达连科在《天才的陨落——莱蒙托夫传》中明确写道："依旧让人惊讶的是，作为山地苏格兰人的血裔，还在长途跋涉到高加索之前，在开始他的军旅生活之前，他就热衷于山民为争取自由而斗争的主题。"② 高加索远离城市的喧嚣和上流社会的交际，对莱蒙托夫孤傲个性的成长和《当代英雄》主人公毕巧林桀骜不驯性格的创作，都有着不可估量的积极影响。如果说苏格兰基因是遗传赋予莱蒙托夫的天性，那么高加索情结则是后天给予作家的恩惠。这两种因素，都对莱蒙托夫的性格和

---

① ［俄］М. Ю. 莱蒙托夫：《当代英雄》，草樱译，上海：上海译文出版社，1978 年，第 137 页。

② ［俄］В. Г. 邦达连科：《天才的陨落——莱蒙托夫传》，王立业译，北京：新星出版社，2016 年，第 127 页。

创作起着至关重要的作用。

然而，自然环境的作用又是与社会环境息息相关的，有时甚至水乳交融，难以区分。19世纪俄罗斯社会的独特历史文化环境，也是小说《当代英雄》及其主人公艺术构造生成的重要因素。这种最为直接的关联，无疑就是19世纪俄罗斯社会的东正教文明，可以说东正教造就了19世纪俄罗斯文学的灵魂。

19世纪的欧洲文学是以批判现实主义为主潮的，即通过典型环境中的典型人物的命运来看待文学或者社会的发展，通常情况下一位优秀的人物，例如"多余人"悲惨的命运，是由环境造成的，此时作品往往通过人物苦难的经历、悲惨的命运来批判现实环境，这也是批判现实主义力量之所在。然而，19世纪俄罗斯文学明显不同于欧洲现实主义文学，在普希金之后，俄罗斯文学走上了另一条"救赎"的宗教之路。东正教不同于天主教、新教等，不再认为上帝是外在的，而认为上帝是内在于"自我"的。正如别尔嘉耶夫所说，俄罗斯文学"探索真理，并教示实现真理。俄罗斯文学不是产生于个人和人民的痛苦和多灾多难的命运，而是产生于对拯救全人类的探索。这就意味着俄国文学的基本主题是宗教的"①。

因此，在毕巧林这个"人神合一"的艺术形象身上，既有来自作家本人的遗传基因和爱好天性，更留有19世纪东正教文明与俄罗斯文学交融的历史文化印记，这其中"聚和性"意识起着极其重要的作用。可以说，以"弥赛亚"为代表的救赎意识使得俄罗斯文学具有了很强的东正教性质，而以"聚和性"为特征的包容、博爱精神则成为了俄罗斯文学的灵魂，使得俄罗斯文学更具魅力。

---

① ［俄］H. A. 别尔嘉耶夫：《共产主义起源和意义》，莫斯科：科学出版社，1990年，第8页。

第三节　宿命与自由：体验式的叙述结构

在小说《当代英雄》的创作中，意义再生机制不仅表现在毕巧林形象的艺术构造上，而且还体现在小说体裁的形式结构中。从渊源上来看，《当代英雄》的五篇故事情节大多来自于俄罗斯文学经典和西欧文明的影响，例如《贝拉》中男女主人公的爱情源自于西欧文明人与野蛮女的浪漫爱情下的浪漫主义体裁，马克西姆·马克西梅奇式小人物性质源于普希金的《驿站长》，而几个故事汇集在一起也借鉴了普希金的《别尔金小说集》等。①

然而，《当代英雄》的叙述结构又明显受到19世纪俄罗斯社会历史环境和东正教思想的影响，尤其是"聚和性"意识的影响，存有鲜明的时代历史文化烙印。19世纪30年代，经过十二月党人起义洗礼的俄国进步贵族青年的孤傲、忧郁和反叛精神，深深感染了青年莱蒙托夫，并且与作家心灵痛苦的悲观绝望情绪、火一般的叛逆激情融化在一起。这也使得小说《当代英雄》的现实主义创作散发出积极的浪漫主义气息，促使莱蒙托夫将叙事体小说、日记体以及自由体小说相互融合、相互渗透和相互影响，并且在叙事机制中融合了抒情手法以及内心独白等。小说呈现出一种独特的内心体验式的叙述结构。

莱蒙托夫并没有按照故事情节发生的时间先后顺序来结构整部小说，而是由客观的故事叙述，到人物的观察和体验以及主人公自我解剖的递进深入来设计的，从而形成整部小说的体验式叙述结构。这种独特的体验式小说结构更便于实现东正教的"聚和性"思想，在心灵体验中把不同的，甚至相悖的因素，和而不同地"聚集"在一起。

---

① 顾蕴璞：《莱蒙托夫研究——纪念伟大诗人诞生200周年》，北京：北京大学出版社，2014年，第78页。

在第一篇《贝拉》中，首先"我"作为听众，此时毕巧林是马克西姆·马克西梅奇叙述的主体，是马克西姆·马克西梅奇口述的爱情故事中外部构建的一个形象，其中穿插着马克西姆·马克西梅奇本人的看法和"我"客观的感受。小说的叙述基本上是客观的，读者读到的仅仅是一个主人公毕巧林与贝拉之间的爱情悲剧故事。在第二篇《马克西姆·马克西梅奇》中，整篇都在描述"我"眼中真实的毕巧林，包括他的外貌、气质、形象，都有一个非常深入的刻画，当然其中也渗透着马克西姆·马克西梅奇的情感抒发，以及他与毕巧林之间微妙的关系，从而丰富了小说中"我"眼中毕巧林的形象构建。尽管以上两篇均是通过叙事主体从外部来构建毕巧林的形象，但两者之间存在着明显的递进关系，经历了一个由浅入深的过程，由一开始外部人员口中描述的对象过渡到亲身接触"毕巧林"形象。随后的三篇《塔曼》《美丽公爵小姐》和《宿命论者》均是毕巧林的日记，是主人公对自我心灵的解剖。莱蒙托夫直接以日记体的形式直触毕巧林的内心深处，通过他本人内心的对话与独白，让他自我剖析、自我反思。这种逐渐走向主人公的心灵深处，形成一个由浅入深的自我心灵探索，从而展示主人公性格特征的写法，不能不说是19世纪上半期俄罗斯社会环境对作家的巨大影响所产生的。

同时，小说《当代英雄》的这种体验式艺术构造，除了社会时代的历史缘由，与东正教对作家本人的影响也是密不可分的。这主要是源于东正教的"聚和性"意识，即包容和博爱的精神，而要达到这一目的的唯一途径则是东正教的"弥赛亚"意识，即以救赎为核心的自我或他人的拯救意识。读者不难发现，小说《当代英雄》的主人公毕巧林身上几乎时时刻刻都体现出这种救赎的思想。当然，毕巧林的自我救赎往往处于矛盾和痛苦之中，他一方面千方百计地追求自我和他人的自由，另一方面又感叹命运的不可抗拒，即宿命。具体在小说中，毕巧林既渴望爱情的自由，但又惧怕陷入爱情不能自拔，既不满足于现有的生活，不断地追求新的生活，探寻生命的意义，却又无法摆脱命运的羁绊。他在自己的人生旅程中，时而热情，时而又冷漠和残酷；时而孤傲，时而又渴望友情和认同；时而游戏人生，时而又自责和反省；时而酷爱生命，时而又自毁和玩命；时而理性聪慧，时而又非理性地感情用事；时而潇洒人生，时而又无法摆脱世俗的束缚。总之，在"自由"和"宿命"之间，毕巧林奋力挣扎和拼搏，其手段就是救赎自我和他人，而内驱力就是东正教的"聚和性"意识。

显而易见，19世纪上半期的社会历史时代背景、作家的创作个性与俄罗斯东正教的文化精神相互作用，形成了莱蒙托夫小说《当代英雄》的文本意义再生机制，并且使得这一机制烙上了历史文化的记忆。这一机制与文化记忆具体表现为，"个性"与"精神"相融合的"三位一体"的艺术形象塑造、"善恶"与"救赎"融于一体的"神人合一"的艺术表现方式以及"宿命"与"自由"矛盾交织的"体验式的叙述结构"。而构成这一切的决定性因素则是东正教的"聚和性"意识。莱蒙托夫小说《当代英雄》艺术结构的东正教解读，可以为我们从宗教的视角重读经典提供有价值的阐释途径。

第六章
果戈理："聚和性"与作家的创作理念[*]

　　果戈理（1809—1852）出生在乌克兰波尔塔瓦省密尔格拉德县的一个村庄，自幼深受乌克兰民间文化熏陶，所以早在中学时期，就博览群书，迷上了俄罗斯文学创作，酷爱普希金的诗作，甚至一度想成为一位诗人。同时，由于受到法国启蒙作家的影响，而当地乡村生活又为他的创作提供了重大素材，他创作出一些颇具浓厚乡村气息的作品。而成年后，他创作出《狄康卡近乡夜话》《密尔格拉得》《塔拉斯·布尔巴》《钦差大臣》《死魂灵》等系列脍炙人口的不朽佳作。通过这些作品，人们可以感受到他丰富的伤感主义和些许的孤芳自赏，以及国际视野与民族情怀的交织。他在个性气质与生活品位上与其他俄罗斯作家大相径庭，说他是一位独具风格的俄罗斯作家毫不为过。

　　1832 年，他发表了短篇小说《狄康卡近乡夜话》并出版了以这篇作品的题目命名的短篇小说集。他也因此一举成名，获得普希金和别林斯基的盛赞。普希金在给《现代人》编辑部的信中写道："我刚读完《狄康卡近乡夜话》，叫我大吃一惊。这是真正的欢乐，诚挚和自觉的欢乐，毫无矫揉造作，不见鬼脸怪相！它包含着多少诗情画意！这一切都是我国文学

---

[*]　本章主体发表于《深圳大学学报》2016 年第 6 期。

中的新鲜事物，叫我望尘莫及！"① 而别林斯基在《论俄国中篇小说和果戈
理先生的几部中篇小说》（1835）中写道："果戈理先生中篇小说的突出特
征，就在于构思的简洁、人民性、完全的生活真实、独创性以及那总是被
深刻的忧伤和苦闷所抑制的喜剧精神。所有这些特色的来源只有一个：果
戈理先生是一位诗人，一位真实生活的诗人。"② 他认为："这些希望是很大
的，因为果戈理先生具有非同寻常的、有力的和崇高的天赋。至少是在当
今，他是文学的先锋，诗人的先锋；他站在普希金留下的位置上。"③ 他们
认为，俄国文坛从此进入了果戈理时代，而果戈理当之无愧是俄国现实主
义文学的奠基人。

1836 年，他根据普希金提供的素材，创作出了五幕喜剧《钦差大
臣》。同年，这部喜剧在彼得堡亚历山大剧院首演，引起巨大反响，但却
立即引起了俄国当局的不满。果戈理感到了巨大的心理压力，于是，1836
年 6 月，果戈理离开俄国，开始了长达六年的侨居生活。六年间，他游历
了德、法、意等国，到过柏林、巴黎、罗马、耶路撒冷和那不勒斯等地，
长期定居在法国和意大利，所以他有开阔的国际视野，对俄国社会在文明
进程中的落后有着更为深刻的认识。19 世纪的俄国专制落后，腐败成风，
社会生活残缺庸俗，似乎到处都充斥着"死魂灵"。这一切均让果戈理深
恶痛绝，所以他要用尖锐的嘲讽来唤醒人们。但是，远在异国他乡的他又
发疯似的眷念着俄罗斯。离祖国越远，他越是处于世界情怀与民族情结之
间的交织与纠结。对俄罗斯，他是爱恨交加。他爱俄罗斯的一草一木和淳

① Пушкин А. С. Рецензия на ВЕЧЕРА НА ХУТОРЕ БЛИЗ ДИКАНЬКИ（Издание второе）. *Современник*, 1836, Т. I. Москва: Изд.: Полн. собр. соч.（в одном томе）, С. 1249.

② Белинский В. Г. *Собрание сочинении в трех томах*. М., Художественная литература, 1948, т.1, С.125.

③ 同上。

朴的人民，爱其文化传统和民族精神，却又痛恨其官僚主义和封建落后。他的生活方式很西方，但他又不是赫尔岑那样纯粹的西方主义者；他眷念俄罗斯，但又不像陀思妥耶夫斯基那样，是绝对的斯拉夫主义者。他选择以自己的方式来针砭俄国社会弊病，批判道德堕落。

果戈理虽然多愁善感，但善良幽默。他希望俄罗斯实现社会进步，人民生活充满美好，因而旨在通过讽刺庸俗的社会心理和病态的人格来批判俄罗斯社会的黑暗面。他与契诃夫一样，是一位讽刺大师，但他的风格比契诃夫更为辛辣尖锐。尽管如此，他并没有忘记"聚和性"精神和"博爱"的教养，他更愿意改良，而非像他在欧洲所见的人与人之间的你死我活的"流血"的斗争。他说："在我国，人们的兄弟结义甚至比血缘的兄弟情谊还要亲近，在我国还没有一个阶级对另一个阶级的不可调和的仇恨，没有在欧洲常见的那些给人们的团结和人们的兄弟友爱设置不可逾越障碍的恶毒凶狠的党派。"① 可以说，他性格上的矛盾正是源于他的善良。在他生命的最后阶段，他通过出版《与友人书信选》，表现出强烈的东正教"聚和性"意识，尤其主张人们之间的宽容与友爱，主张热爱本民族语言，崇尚诗歌创作的"崇高精神"。果戈理时代，正是俄国斯拉夫派与俄罗斯西方派长久论战的阶段。在果戈理看来，斯拉夫派只见森林而不见树木，西方派则反之，这都是不全面的。当时他身处于西欧，却心怀"东方"的祖国。这封书简遭到了别林斯基的猛烈抨击。别林斯基在信中写道："一位伟大的作家，他曾以其惊人的、非常真实的艺术创作有力地促进了俄国自我意识的觉醒，让俄国有可能像照镜子一样审视自我，可这位伟大的作家如今却出了一本书，在书中他借着基督和教会的名义教导野

---

① 《果戈理全集》（书信卷），第8卷，李纹楼译，合肥：安徽文艺出版社，1999年，第248页。

蛮的地主如何更多地榨取农民的金钱，教导他们更多地辱骂农民……这难道还不足以引起我的愤怒吗？"①针对果戈理，他还写道："您要么是病了，那您就应该赶紧去治病，要么……我简直不敢说出我的想法！"在别林斯基看来，果戈理简直是神经错乱了。的确，也有不少人像别林斯基一样，认为这是果戈理在背叛自己的初衷，向沙皇和斯拉夫派妥协。可见他们并不了解彼时果戈理的心情。

对于果戈理的审美和创作技巧，米尔斯基（Д.П.Мирский，1890—1937）曾指出："果戈理风格最为持久的主要特征，即其语言表现力。他写作时的着眼点似乎并非作用于听众耳朵的声学效果，而是针对接受者发声器的感官效果……果戈理之天赋的另一主要特征，即其十分锐利鲜活的视力。他眼中的外部世界与我们通常所见并不一致。他之所见是经过浪漫主义变形的世界，即便他与我们目睹同样细节，那细节在他眼中亦会变换比例，显示出全然别样的意义和体量。"②从这段话可见果戈理的灵动、包容和创作特色。

纳博科夫曾高度评价果戈理的感受力："在他和普希金出现之前，俄国文学处于半盲状态。它所感受的形式是由理性指导的轮廓：它没有纯粹地看到颜色本身，而是盲目的名词与狗样的形容词的陈腐的组合，那是欧洲从古代继承下来的。天空是蓝的，黎明是红的，树叶是绿的，漂亮的眼睛是黑的，云朵是灰的，等等。第一次真正看到黄色和紫色的是果戈理（他之后是莱蒙托夫和托尔斯泰）。日出时的天空可以是淡绿色的，晴朗无云的日子里，雪可以是深蓝色的，这些对你们所谓'古典'作家来说，听

---

① 刘文飞：《俄国文学的有机构成》，北京：东方出版社，2015年，第99页。
② ［法］德·斯·米尔斯基：《俄国文学史》上卷，刘文飞译，北京：人民出版社，2013年，第205页。

上去像是异教的胡言乱语，因为他们习惯的是 18 世纪法国文学学派那种严格的、传统的色彩设计……我怀疑是否有哪个作家（当然不是）此前曾注意到树下的地面上光与影的花样，或阳光与树叶玩的色彩花招。"[①]

"聚和性"作为俄罗斯文学中一个跨越时空的概念，霍米亚科夫把它阐释为"在许多方面的统一"[②]和人们的"自由的统一"[③]。他指出，教会并不是简单的人的集合体，而是完整的、受圣灵影响的精神的现实体现；"聚和性"的力量不在于一个个的个人聚合成许多人的统一，也不在于许多人的力量的简单相加与结合，而在于圣灵的作用下形成的文化所赖以发展的道德与精神的统一。[④]在他看来，教会具有"聚和性"不是因为它把自己的影响扩散到整个世界，而是因为它通过自由、和谐与爱把整个世界团结为一个整体，所以"爱"是"聚和性"的根本内涵，也是东正教的最根本的原则。而"爱"就是理解、包容、宽恕、友爱和团结。俄国哲学家弗兰克（С. Л. Франк）也崇尚"聚和性"，在他那里，"爱"的原则就是"我们生活所属于的，真正包罗万象的原则"[⑤]。因此，他所理解的"聚和性"首先是一种以"我们"的统一为基础的"和"，即和谐。然而，"聚和性"又是"和而不同"，即在强调博爱与统一时，又主张包容与宽恕，求大同存小异。长期以来，"聚和性"作为东正教的核心教义和"根植于信仰之物"[⑥]一直萦绕着俄罗斯文学，成为许多经典之作主题的精神依托。果

---

① ［俄］B. B. 纳博科夫：《尼古拉·果戈理》，刘佳林译，桂林：广西师范大学出版社，2010年，第 87 页。

② Хомяков А. С. *Сочинения в 2 томах, Т.2.* М., Московский философский фонд 《Медиум》, 1994. С.243.

③ 同上，С.238.

④ 同上，С.206.

⑤ Франк С.Л. *Духовное основы общества.*М., Республика, 1992. С.59.

⑥ 同上。

戈理的创作正是这样一种典型。

　　作为俄国 19 世纪上半期最有影响的作家、剧作家和思想家，果戈理
"站在普希金留下的位置上"①，继承并发展了普希金的民族性传统，开创
了俄罗斯文学的"果戈理时代"。他的创作对其后的陀思妥耶夫斯基和托
尔斯泰等世界级文学巨匠产生了深远的影响，而他的代表作《死魂灵》和
《钦差大臣》始终被视为俄罗斯文学中的经典之作，在不断为世人所熟悉
的同时，成为俄罗斯文学中许多创作的重要源头。众所周知，俄罗斯是一
个宗教的民族，宗教在其社会生活中占有相当重要的地位。正如别尔嘉耶
夫在论述俄罗斯民族精神文化的特点时所指出的那样："俄罗斯民族按其
类型和灵魂结构来说，是一个宗教的民族，即便是非教徒，也固有一种宗
教的不安。俄罗斯的无神论、虚无主义、唯物主义具有宗教色彩。来自人
民和劳动阶层的俄罗斯人，甚至当他们脱离了东正教以后，仍在继续寻求
神和神的真理，探索生命的意义。"②的确，俄罗斯文化的一个重要的特点
就是其浓厚的宗教因素。这样的因素使得人们更多地倾向于心灵的探索，
即以宗教道德的立场探索社会和人生的重大问题，而知识分子忧国忧民的
意识也更多地同他们的宗教精神结合在一起。因而"所有伟大的俄国文学
家同时又都是宗教思想家或寻神论者"，几乎所有的思想家或文学家的思
想又都或多或少地被打上了东正教的烙印。果戈理也不例外。其创作并非
如别林斯基和我国学界长期以来所认为的那样，是一种纯粹的批判现实主
义，而是自始至终贯穿着对俄罗斯东正教的求索，所以，"果戈理不仅属
于文学史，而且属于俄国宗教史和宗教—社会探索史"③。而"聚和性"作

---

① Белинский В. Г. *Собрание сочинений в трёх томах*, Т.1. М., ОГИЗ, 1948. С.125.

② Бердяев Н. А. Русская идея//*Вопросы философии*. 1990（2）. С.8.

③ 同上，С.16.

为东正教核心教义和"根植于信仰之物"，① 则仿如镶嵌在其中的珍宝，在其不同时期的创作中熠熠生辉。

第一节 "聚和性"——果戈理创作中的"博爱"之根

果戈理，这位一经登上世界文坛就被冠以"现实主义"的作家，其作品素以揭露和嘲讽社会黑暗著称。也正因为如此，别林斯基视其为俄国现实主义文学的奠基人，② 我国学界长期以来也持这一观点，并认为《死魂灵》是"果戈理批判现实主义创作的顶峰"。③ 然而，正如别尔嘉耶夫所言，在普希金之后俄罗斯文学的艺术性越来越退居次要位置，取而代之的是作家们越来越强烈的自我拷问、越来越深刻的道德性，这种过程就始于果戈理的创作。④ 并且"从果戈理开始的俄国文学成为一种训诫的文学。它探索真理，并教诲实现真理。俄罗斯文学不是产生于个人和人民的痛苦及其多灾多难的命运，而是产生于对拯救全人类的探索"⑤。

的确，考察果戈理不同时期的创作，可以发现，贯穿其创作的与其说是一种与其东正教信仰密切相关的道德求索，倒不如说是"聚和性"的深沉意蕴。果戈理的创作深受民间文学影响，他总是致力于细节的刻画和生活的写真。他借嘲讽手法，始终心无旁骛地探索"善"与"爱"的精神和灵魂的救赎问题。而这一切恰恰都是"聚和性"的集中体现。

其早期作品《塔拉斯·布尔巴》尽管描绘了大量的战场杀戮的血腥，

---

① Франк С.Л. *Духовное основы общества*. Москва: Республика, 1992. C.58.

② Белинский В. Г. *Собрание сочинений в трёх томах*, Т.1. М., ОГИЗ, 1948. C.125.

③ 曹靖华：《苏俄文学史》（第一卷），郑州：河南教育出版社，1992年，第79页。

④ 任光宣：《俄罗斯文学简史》，北京：北京大学出版社，2006年，第164页。

⑤ Бердяев Н. А. *Истоки и смысл русского коммунизма*, Москва: Наука, 1990. C.8.

但歌颂的都是以坚守俄罗斯东正教信仰为基调的爱国精神。在这部历史题材的小说中，主人公塔拉斯·布尔巴一生的夙愿就是"勇敢地打仗，永远保持骑士的荣誉，永远维护基督的信仰"[①]。他的崇高气质和英勇气概都来自于"俄罗斯东正教信仰"，以至在落入敌军之手备受折磨时，他还发出了"帝王将从俄罗斯升起，世界将不会有任何力量胆敢不向他表示屈服"的呐喊。[②] 果戈理正是这样通过笔下人物来表达自己深层思想的。他对当时俄国"乱七八糟""一切都不可靠""处于病入膏肓的不健康的时代"的社会现实极为不满，因而很为俄国的前景担忧，认为应该拯救俄罗斯。当时，关于俄罗斯何去何从的问题，甚至产生了著名的斯拉夫派与西方派之间的"大论战"。果戈理试图超越这两个派别，他认为，斯拉夫派是看到了整体而未见局部；西方派则相反，是只见树木而不见森林。而在西方与东方的问题上，较之于西欧派，他认为，俄国是充满着救赎希望的，俄国的东正教亦日益显示出其较之于西方教会的优越。[③] 但是，他骨子里对俄国村社制度的眷恋、对俄罗斯民族宗教性和"弥赛亚"意识的高度认同，以及对东正教的十分热爱和敬奉等，恰恰是典型的斯拉夫派的特点。因此，别林斯基认为，他即便不完全属于斯拉夫派，也或多或少是斯拉夫派的同情者。这一倾向在其发表《与友人书信选》后更为鲜明。[④] 果戈理在把自己深沉的东正教信仰嵌入作品时，总能自然流露出他对"伙伴精神"和"博爱"（即"兄弟般的爱"）的主张。这恰恰是俄罗斯东正教核心教义"聚和性"所规定的，可见俄罗斯东正教对他的影响之深。在《塔拉斯·布尔

---

① Гоголь Н. В. *Собрание сочинений в девяти томах*. Т. 2., Москва: Русская книга, 1994. С.4.

② 同上，С.33.

③ Гоголь Н. В. *Собрание сочинений в семи томах*, Т. 6. Москва: Художественная литература. 1994. С.251.

④ Белинский В. Г. *Собрание сочинений в трёх томах, Т.1.* Москва: ОГИЗ，1948. С.722.

巴》中，正是具体体现为"伙伴精神"和"博爱"的东正教理念深入到每一个哥萨克的心灵，成为他们奋不顾身、浴血拼搏的动力与精神支柱。

　　长篇小说《死魂灵》和剧本《钦差大臣》是果戈理的重要代表作，前者开辟了俄罗斯文学的散文时代，后者让俄罗斯喜剧具有了世界意义。在这两部作品中，果戈理也表现出了对东正教的"博爱""兄弟般之爱"的强烈呼唤。他认为："上帝对人的爱是无边无际的，永恒的……爱是万能的力量……"①，"只有通过对兄弟们的爱，我们才能获得对上帝的爱……到大众中去吧，并请先具有对兄弟们的爱。"②亦即上帝之爱折射在人身上即为仁爱，这种爱不是纵容，而是感化改造，让人弃恶从善。由于"聚和性"是一种"和而不同"，③所以，尊崇这一原则的果戈理创作在宣扬"爱国"和"统一"的同时，还总是散发着"宽容"与"救赎"之光。

　　长篇小说《死魂灵》展示俄国社会的种种弊端是从揭示人身上的"恶"开始的。该作品的第一部《地狱》正是通过形形色色的地主、官吏身上的恶行陋习来表现俄国这座"地狱"里人的种种邪恶欲念和人性之恶的。投机者乞乞柯夫是贯穿《死魂灵》的中心人物，他在官场混迹多年，练就了投机钻营、招摇撞骗等诸多伎俩。为了中饱私囊，他收买尚未在户册上注销的死农奴，企图向救济局申请抵押，骗取巨款。事情败露后，流言四起，他不得不仓皇逃遁。除此购买死魂灵的荒诞罪恶，果戈理还塑造了一个又一个地主的丑恶形象：柯罗博奇卡的愚昧贪财，马尼洛夫的懒散，诺兹德列夫的嗜赌成性，索巴凯维奇的顽固粗鲁，守财奴泼留希金的

---

① Гоголь Н. В. *Иллюстрированное полное собрание сичинений Н.В.Гоголя в восьми томах, Т.6.* Москва: Книга, 1912—1913. C.309.
② 同上。
③ 张百春：《当代东正教神学思想——俄罗斯东正教神学》，上海：上海三联书店，2000年，第76页。

爱财如命，等等。

在讽刺喜剧《钦差大臣》中，果戈理以卓越的现实主义手法，淋漓尽致地嘲讽了当时俄国的官僚阶层，将整个俄国的丑恶都暴露出来了：整个剧中没有一个正面人物。主人公赫斯达科夫是彼得堡有名的花花公子，因赌博而穷困潦倒，在酒店过着赊账的日子，"连无聊的人也称他为最无聊的家伙"，但他是个吹牛王，能吹得天花乱坠，最后连他自己都相信自己的谎话是真的了。他不过是因偶然的巧合而被误认为是钦差大臣，却坦然地利用了大家的慌乱，在自己编织的谎言中逼真地演了一场戏。剧中的市长是典型的老奸巨猾的官僚形象。他坦言自己为官三十年来骗过三个省长，连骗子中的骗子都被他骗过。他惯于巧立名目，从不放过任何敲诈勒索百姓的机会，而城里的官吏也没有一个是好东西：法官一贯贪赃枉法；慈善医院的院长阴险狡猾，欺下瞒上；教育局长嗜酒成命，每天喝得酩酊大醉；邮政局长专爱偷看别人的信件。这些"渣滓"形象使《钦差大臣》具有极强的社会批判性，它们使人们看到，贪官腐败几乎成了官吏天性的一部分。而果戈理试图揭示的是，这些陋习正是人性之恶。他希望通过对它们进行嘲笑和鞭挞使人们认识到问题的严重性，从而走上厌"恶"向"善"之路。

除了这两部作品，果戈理还创作了许多中、短篇小说。其中充满了对"小人物"的同情与"博爱"。在小说《外套》中，他塑造了小公务员巴施马奇金的凄惨形象；在《狂人日记》中他也塑造了一个本应过上正常人的生活，却因社会腐朽而只能依靠幻想度日的彼得堡的小公务员波普里希钦的形象。这些都是受权势压榨而变态的小人物形象，都是果戈理创作中的经典。果戈理借助对他们所表示的深深的同情，宣扬了东正教的"博爱"精神，即"聚和性"意识。他认为，这种爱的力量恰恰是在一种前所未有的同情的力量的呼唤下产生的，但这种爱还只是观念或思想，而非实际行动；只有视爱所有人为必然的法律，才能拥有这种完整的爱。^①所以，在果戈理那里，博爱不是抽象的，而是极为具体的，这就是，要爱身边的每一个人，爱世界的每一个人，无论他地位如何、职业如何。这是他一生恪守的原则，难怪在《与友人书信选》中他写道："没有卑鄙的人，也没有下贱的人，所有的人都是同一家庭的兄弟，并且人与人是兄弟，而不是其他什么关系。"^②正如他本人所说的："我降生人世，完全不是为了开辟文学领域的一个时代……我的事业——是心灵和人生的永久事业。"^③这一事业就是"博爱"，即爱"上帝"和"邻人"，爱祖国和人民。这种爱已化作果戈理在作品中的抒情："俄罗斯，你是一片多么光辉灿烂、神奇美妙、至今未被世间认识的异乡远土啊……俄罗斯，你不也像勇敢的、不可超越的三套马车一样飞驰吗？"^④当然，果戈理的胸怀还不止于此：爱世界，爱人类，爱造物主给予这个世界的一切——这才是他的"博爱"！

第二节 "聚和性"——果戈理笔下通向灵魂复活的"天梯"

果戈理似乎总是以辛辣的讽刺手法，淋漓尽致地暴露俄国当时的社会现实，狠狠地揭批社会中的丑陋与阴暗，连别尔嘉耶夫都指出："基督教的作家果戈理是俄国作家中人道精神最少的，是人道精神最强的文学中最

---

① Гоголь Н.В. *Иллюстрированное полное собрание сичинений Н.В.Гоголя в восьми томах*, т.6., Москва: Книга, 1912—1913. С.309.

② Гоголь Н.В. *Собрание сочинений в семи томах, Т.6.* Москва: Художественная литература. 1994. С.250.

③ Гоголь Н.В. *Иллюстрированное полное собрание сочинений Н.В.Гоголя в восьми томах*, Т.6. Москва: Книга, 1912—1913. С.306.

④ 同上，С.107-108.

少谈及人道精神的。非基督教徒作家屠格涅夫、契诃夫比基督徒果戈理更富人道精神。"① 其实，这是对果戈理的误读！果戈理的创作深受俄罗斯东正教的"聚和性"影响，其作品亦不同程度地体现出"聚和性"的情怀。

　　的确，果戈理是在无情地鞭挞社会的黑暗面，但果戈理的目的更在于，通过这种讽刺与鞭挞，使人们认清人性之恶（人类的原罪），从而通过忏悔与道德上的自我净化，走上弃恶从善的道路，即变"死魂灵"为"活魂灵"。他擅长以其独特的戏剧家的幽默和艺术家的灵感来生动刻画各种人物形象，并以此击中人性和社会的弱点和阴暗面。"人们更为他的艺术世界之中的怪诞图景吸引，至于它的深沉内涵，远不是一目了然，也不太为人们深究。"② 可以说，这既是果戈理创作的艺术技巧，也是他的"聚和性"意识使然。"聚和性"意识使他具有"博爱"精神——爱邻人，爱祖国，爱人类，爱造物者给予这个世界的一切。也正是出于这种爱，他把忧国忧民视为己任，时刻关心着祖国和人民的命运与前途。即便是在《死魂灵》这种取材于社会底层，通过讥讽锋芒直指社会陋习的作品中，果戈理也没有忘记对俄罗斯的赞颂："俄罗斯啊！俄罗斯，我看得见你，我从美丽奇妙的远方眺望着你……是一种什么样的力量不可理喻地暗中吸引着我，使我心中充满对你的无限向往？"③ 而且，他用一部小说《死魂灵》已揭出俄国的病苦，显示出他对祖国的未来既担忧又满怀殷切的希望："俄罗斯啊，你到底要飞向何方？回答我吧。"④"不是为了消灭和破坏，而是要

① Бердяев Н. А. Русская идея//*Вопросы философии*. 1990. №. 2. С.159.

② 金亚娜：《果戈理别样"现实主义"及成因》，载《外语学刊》2009 年第 6 期，第 178 页。

③ Гоголь Н. В. *Иллюстрированное полное собрание сичинений Н.В.Гоголя в восьми томах*, Т.6. Москва: Книга, 1912—1913. С.107-108.

④ 同上，C.150.

像上帝本人一样使万物向善"①的东正教信仰和创作目的，在果戈理的作品中体现为一种"发现恶（人的原罪）—忏悔（自我净化）—心灵复活（走向天堂）"的宗教"救赎"三部曲。果戈理为长篇小说《死魂灵》设计的创作结构（第一部《地狱》、第二部《炼狱》、第三部《天堂》）很典型地与之呼应。按照果戈理的理解，社会之恶首先源于人性之恶，而芸芸众生只有在"聚和性"光芒的照耀下，才可能从"地狱"进入"天堂"，亦即戴罪之人必先在人间"地狱"中受苦受难，发掘"恶"的根源，再经过"炼狱"的洗礼，以"博爱"之心忏悔，不断净化灵魂，除恶向善，最终才能进入"天堂"。所以，在《死魂灵》第一部中，果戈理把黑暗腐朽、弊端万种的俄国社会作为一座人间"地狱"展示出来，刻画了其中乞乞柯夫之类罪人的"恶"嘴脸；但又深信这些恶人身上也隐藏着"善"，是可以改造好的。也正因为如此，他的《死魂灵》第二部计划表现的就是乞乞柯夫之类贪官污吏是如何醒悟，如何在"炼狱"中进行刻骨铭心的忏悔和道德改造的；第三部拟写乞乞柯夫之类"经过忏悔弃恶从善，灵魂登上通向天国的阶梯"②。可惜的是，果戈理未能完成这一宏伟的计划。他觉得第二部手稿"没有能力像白天一样清楚地给每个人指出通向崇高和美的路"③，所以将其烧毁。

就对灵魂复活的探索而言，果戈理创作的深度是随着时间的推移而不断加深的。在《狄康卡近郊夜话》《塔拉斯·布尔巴》《密尔格拉得》和《彼得堡的故事》时期，他虽已充满东正教情怀，但尚未达到他后来在《死魂灵》《与友人书信选》里那种对心灵的震撼人心的探索。在他最早期

---

① 同上，C.150.

② 金亚娜：《果戈理别样"现实主义"及成因》，载《外语学刊》2009年第6期，第180页。

③ Гоголь Н. В. *Собрание сочинений в девяти томах. Т. 2.* Москва: Русская книга, 1994. C.201.

的作品《五月的夜》中，果戈理借圣经《创世纪》典故中的"阶梯"，谈到了道德复活的途径，认为这个梯子就是从原罪到美德的不断的道德提升，是连接人世与天堂的。[1] 在其后一系列作品里，不仅有魔鬼的恶行、人的堕落，还有堕落者的忏悔，譬如，《肖像》里为了赎罪而出家的画家虔诚地描绘着圣像，以此忏悔自己因替放高利贷的老头儿绘制了肖像，而使其邪恶力量得以在人间继续肆虐而犯下的罪孽。

《外套》则描写了一位地位卑微、灵魂渺小、信仰缺失的小官吏阿卡基·阿卡基耶维奇的形象。在东正教的观念里，他这类人的灵魂若不经过忏悔就无法得到上帝的救赎，也就进不了天堂。难怪他死后便就化作恶鬼，要疯狂地抢回他的外套，以此报复那个残酷的现实社会。

《死魂灵》中，主人公乞乞柯夫是以一个欺上瞒下、投机钻营、专门收购死魂灵的卑鄙形象出场的。但果戈理希望把他塑造成经过忏悔和道德净化而弃恶从善、灵魂得以登上通向天国的天梯的"复活者"。其实，他的《与友人书信选》《祈祷仪式沉思录》与《死魂灵》一样，都试图劝谕人们通过自己的道德提升而使自己的灵魂得到救赎，从而走近圣灵，以拯救俄罗斯和人类。这一切证明了巴拉巴什的论断，即《死魂灵》第一部的"标题本身的二律背反性中已包含了关于活的、复苏的、重生的灵魂的思想"[2]。

果戈理认为，喜剧的真正的教育意义在于，观众应该明白，剧中人其实就是自己的写照，是镜子中的自己，所以他指出："没有深刻的内心忏悔，没有基督式的原罪意识，没有在自己的眼中夸大原罪，我们就无

---

[1] 金亚娜：《果戈理别样"现实主义"及成因》，载《外语学刊》2009年第6期，第180页。

[2] Мережковский Д.С. В тихом омуте: Статьи и исследования разных лет. Москва: Советский писатель, 1991. С.15.

力超越它们，无力在心灵中超越生活中的渺小！"① 这与俄罗斯东正教主要创始人霍米亚科夫的观点是一致的。霍米亚科夫认为，不经过忏悔，"人的精神就无法从奴役的状态和罪恶的自负中净化出来"②。按照果戈理的构思，《钦差大臣》中的各种戴罪之人正是应该按照这一逻辑，从"恶"向"善"，攀登通向"天堂"而复活灵魂的"天梯"。

当然，在果戈理那里，灵魂复活的终极目标更在于全人类的共同向"善"。③ 而在这点上，强调"许多方面的统一"和"自由的统一"的东正教"聚和性"起了至关重要的作用。

第三节　"聚和性"——果戈理创作中"含泪之笑"的美学之源

称果戈理为幽默讽刺文学大师，这一点没错！果戈理的幽默讽刺在《死魂灵》和《钦差大臣》里得到了集中展示。讽刺喜剧《钦差大臣》更堪称俄国戏剧史上的里程碑，对俄罗斯和世界喜剧的发展产生了极为重要的影响。该剧 1836 年先后在彼得堡和莫斯科上演，获得了巨大成功。从此果戈理也便作为讽刺喜剧的天才而举世闻名。

《钦差大臣》上演时，连观看演出的沙皇也笑得前仰后合。剧中谎话连天的花花公子、满脑肥肠的市长、贪赃枉法的法官、狡诈恶毒的慈善医院院长，还有嗜酒成瘾的教育局局长等反面人物无不以滑稽荒诞的丑陋形

---

① 金亚娜：《果戈理别样"现实主义"及成因》，载《外语学刊》2009 第 6 期，第 180 页。

② Хомяков А. С. *Сочинения в 2 томах, Т.2.* Москва: Московский фонд Медиум, 1994. С.15.

③ Мережковский Д.С. В тихом омуте: Статьи и исследования разных лет. Москва: Советский писатель, 1991. С.90.

象呈现在舞台上，令人捧腹大笑。果戈理称这种笑为"含泪之笑"，因为他认为，喜剧的力量不仅在于让观众嘲笑舞台上的角色，而且在于让观众连同自己一起嘲笑，要"扪心自问""笑出眼泪"来，正如他那句脍炙人口的经典台词："你们笑什么？笑你们自己！"[1] 这就是果戈理"含泪之笑"的美学。

果戈理的天才还表现在，他的创作并非源于他本人真实的生活实践。正因为如此，纳博科夫（В. В.Набоков）认为，它们是"梦幻剧"[2]也是可以理解的。《死魂灵》和《钦差大臣》两部杰作的题材都是著名文学家普希金（А. С. Пушкин）提供的，正如巴赫金（М. М. Бахтин）所言："果戈理并不是以现实本来有的那样去描绘现实。他所描绘的生活，并不是他看见的那种生活。他对现实进行了天才的实验……果戈理之伟大，正在于他将精神的空虚无聊与污秽腐败展示成客体化的东西。他拥有这样一种天才的本领：不仅仅对自己的灵魂加以剖析，而且将它客体化，从而看出内在的空虚无聊如何表现出来。在这里，时代的印记、时代的外罩也是容易脱落的，而果戈理塑造的那些人物，则是溜来溜去，无处不在。"[3]他秉持特有的审美观和艺术灵感，通过"艺术的笑"，把自己源于"博爱"的忧国忧民的责任感和灵魂救赎意识潜移默化地推广出去。这也就是他在《新喜剧演出后散场记》里所阐释的"艺术的笑"所具有的奇特的疗效吧——

① Гоголь Н. В.*Собрание сочинений в семи томах, т.6.* Москва: Художественная литература. 1994. С.425.

② Alexandrov Vladimir E., ed. *The Garland Companion to Vladimir Nabokov.* NewYork and London:Garland, 1995, p.427-428.

③ 巴赫金：《俄国文学史讲座笔记》，载钱中文主编《巴赫金全集》（第七卷），钱中文译，石家庄：河北教育出版社，2009 年，第 322—323 页。

"既讽刺丑恶又拷问灵魂"①。难怪巴赫金称之为"能战胜一切的""高品位的笑"。在巴赫金眼里,他远非狭隘的讽刺作家,而是"比讽刺作家要广要博的"②。的确,对于果戈理来说,让人发笑不是目的,他是要把舞台当作广告台,宣扬善与正义。像写作《外套》《死魂灵》一样,正是因为爱得深切,才痛下针砭;正是因为热爱正义,追求真理,才施以嘲讽,让人在笑声中惊醒——这就是果戈理创作的真正立意。溯流探源,可以发现,这些立意无不源于东正教"快乐的痛"的美学和果戈理内心的"爱"。前者是直面不理想的现实时,所表现出来的乐观主义;而后者是一种爱人类,爱世界,希望全人类共同向善的"博爱"精神——这恰恰是"聚和性"的光辉之所在。

---

① Гоголь Н. В. *Собрание сочинений в семи томах, Т.6.* Москва: Художественная литература. 1994.С.212.

② Бахтин М. М. *Собрание сочинений, Т. 2.* Москва: Русские словари 2000. С.422.

第七章
屠格涅夫：社会转型时期人物形象的
"聚和性"

　　屠格涅夫（Иван Сергеевич Тургенев，1818—1883），19 世纪俄国著名诗人和作家，享有"现实主义艺术大师"之誉。其早期诗作有《帕拉莎》《地主》等，1852 年发表的《猎人笔记》为其成名之作。其后代表作还有长篇小说《罗亭》（1856）、《贵族之家》（1859）、《前夜》（1860）、《父与子》（1862）、《烟》（1867）、《处女地》（1877）和中篇小说《阿霞》（1858）、《初恋》（1840）等。

　　屠格涅夫是第一位在生前便已享有世界性声誉的俄罗斯作家。他是那种看起来很现代，但骨子里却依然很传统的人。他又是 19 世纪俄国作家中被认为是最西方化的人，因为他整个后半生都在法国度过，他的作品大多也是从西欧派的观点出发。因此，他的一生其实就是最典型的"聚和性"写照。

　　屠格涅夫生于世袭贵族之家，1833 年进入莫斯科大学文学系，一年后转入彼得堡大学哲学系语文专业，毕业后到德国柏林大学攻读哲学、历史和希腊与拉丁文。1838 年，屠格涅夫前往柏林大学学习黑格尔哲学。在那里他见到了比俄罗斯现代化得多的社会制度，也受到当时先进的西欧思想的影响，因此成为"欧化"的知识阶层中的一员，主张俄国向西方学习，废除包括农奴制在内的一切落后制度。1843年春，屠格涅夫和他的第一任导师的叙事长诗《帕拉莎》发表，成为他从浪漫主义转向现实主义的标志，也因此受到别林斯基的好评，从此二人成为至交。屠格涅夫从1847年起为《现代人》杂志撰稿，而其成名之作《猎人笔记》发表后，因其中反农奴制的倾向触怒了当局，当局以屠格涅夫发表追悼果戈理文章违反审查条例为由，将其拘捕，放逐。在拘留中，他写了反对农奴制的短篇小说《木木》。19世纪50—70年代是屠格涅夫创作的旺盛时期，他的许多名著就是在这期间发表的。从19世纪60年代起，屠格涅夫长居国外，结交了左拉、莫泊桑、都德等作家和艺术家。19世纪70年代，定居法国的他创作了一系列"回忆的中篇小说"，如《草原上的李尔王》《普宁与巴布宁》和《春潮》等。他还参加了在巴黎举行的"国际文学大会"，被选为副主席（主席为维克多·雨果）。1877年他发表了最后一部长篇小说《处女地》。在生命的最后几年里，远离祖国的屠格涅夫在病榻上写了83篇散文诗，表达了他暮年的情怀。这是他整个生命和艺术的总结，又是他人格的写照。可以说，他在异国他乡度过了半生，却永远还是一个俄罗斯人，对祖国魂牵梦绕。至于他留下的许多作品，其中不少塑造了1861年俄国社会转折时期具有划时代意义的人物形象。与其说是这些作品表现出了他们对农奴制的反抗和对新生活的追求，倒不如说是反映出东正教"聚和性"精神与俄罗斯民族主流价值观的同构。

第一节　另类"多余人"：秉持现代理性主义抑或回归人文传统？

"多余人"作为俄罗斯文学中一种特定的人物形象，早在普希金时代就已经出现。他们是 19 世纪俄国文学中贵族知识分子的典型。他们出身贵族，生活条件优越，有文化有理想。他们不满现状，却总是缺乏行动力；他们满怀救世情怀，却又远离人民，只能在愤世嫉俗中白白地消耗自己的才华。他们因此而郁郁不乐，成为时代的"多余人"。这类"多余人"在屠格涅夫的《罗亭》《贵族之家》中都得到了栩栩如生的刻画。《罗亭》中的罗亭和《贵族之家》中的拉夫列茨基作为典型的贵族知识分子形象，他们行动上的犹豫看似是性格问题，其实却与其骨子里的东正教文化信仰有关。罗亭们热爱真理，崇尚理想，愿意服务社会，他们"已经尽力而为，一直坚持奋斗"[①]，对他们来说，离开了对他人的爱和造福社会的愿望，生活便没有意义。而且，总体而言，他们身上的忏悔意识和苦修意识在道德层面上也都体现出"聚和性"的蕴意。

在屠格涅夫笔下，还有另类"多余人"——"新人"的形象。屠格涅夫的这一开拓首先得益于对当时落后俄罗斯农奴制社会的哲学反思。人们往往只知道屠格涅夫是一位作家、诗人，却少有人知道，他还是一位哲学家。青年时期，屠格涅夫去德国柏林大学留学，研究的是古典哲学和语文。最先令屠格涅夫沉迷的就是叔本华哲学。从叔本华那里他读到了公正和仁爱，找到了与农奴制斗争的基本精神依托。屠格涅夫自幼目睹母亲瓦尔瓦拉对待农奴的专横暴虐和对待身边人的蛮横霸道，由此留下了阴暗回忆，所以对奴役和农奴制深恶痛绝，对底层的农奴受到的苦难而感同身受。这促发了他刨根问底，试图找到消灭奴役的最佳途径。此时屠格涅夫深厚的哲学素养起了作用。

屠格涅夫的青年时代，恰逢彼得大帝改革后西方思想涌入俄国之时。

---

① 《屠格涅夫文集》第二卷，磊然译，北京：人民文学出版社，2001 年，第 145 页。

当时整个俄国社会发生着西方派与斯拉夫派的对峙。保守的斯拉夫派强调俄国社会发展的民族性，却没有顾及现代化进程应有的客观规律。知识界也长期就东西方之争的问题展开着激烈的讨论。于是俄罗斯历史上的现代知识分子，即平民知识分子应运而生。他们不像贵族知识分子那样出身贵族，也耽于不切实际的精神遨游，而更多的是把个人的实际境遇与对祖国命运的探讨结合起来。他们在人文情怀和文化底蕴上比不上贵族知识分子，但他们乐于接受近代西方文明并且深受其理性主义价值观的影响。这就是"新人"的形象。尽管他们与贵族知识分子有许多不同，但在忧国忧民的情怀和对社会的批判上，他们与贵族知识分子是一样的。而且，最关键的是，他们同样无力改变现状，所以只能做怀才不遇的"多余人"。

屠格涅夫长期生活在西欧，也因此以"坚定的西欧主义者"自称。但是，正因为谙熟叔本华的理性主义，他善于从西欧现代性文明的视角分析俄国前景问题。他指出，"我们应该走一条跟那些本质上相当发达的西欧民族有所不同的道路，这是无可怀疑的事"①，"我并不以为我的西欧主义会使我完全失去对俄国生活的好感，失去对它的特色和需求的理解力"，而"有些关心国事甚至满腔热情却学识浅陋的爱国者，硬要在俄国和西欧之间划一条不可逾越的界限，我从来都不承认。因为血统、语言和信仰把俄国和西欧紧密地联系在一起"。②他深谙理性主义，但他更推崇人文主义。在他看来，"人对爱或尊重的需要和对真理的需要完全一样，都是神圣的。'纯'科学的价值比'人本主义'科学的价值并不更多些"③。

① Тургенев И. С. *Полное собрание сочинений И.С. Тургенева*.Т.10, Москва: Государственное издательство художественной литературы.1956, С.262.

② Janet Mullane & Robert Thomas Wilson, Nineteenth-century Literature Criticism, Vol.21, Gale Research Inc., 1989, p.374.

③ ［美］马斯洛：《动机与人格》，许金声等译，北京：华夏出版社，1987年，第3页。

　　在屠格涅夫看来，极端理性主义导致的恶果就是人的自私自利和功利心膨胀，它是与俄罗斯民族传统道德价值观相悖的。这在他的长篇小说《前夜》《父与子》《烟》和《处女地》中都有集中的体现。

　　《前夜》发表于1860年，反映的是1861年农奴制改革"前夜"这一转折关头的俄国社会生活。小说中男主人公英沙罗夫是一个为解放自己国家保加利亚而奋斗的青年。他不是出生在贵族之家，他定居俄国是为了把自己的国家从土耳其控制下解放出来。作为"新人"的典型，英沙罗夫积极果敢、言行一致、外表羸弱却有勇有谋、坚韧不拔，始终不忘初心地对待自己所要从事的事业。在他眼里，祖国的利益高于一切，因而他随时准备为祖国牺牲自己的生命。在他身上，集中了那个时代先进人物的几乎所有优点：高尚无私、英勇正义、智勇双全。也正是这些优秀品质，吸引了来自俄罗斯贵族家庭的姑娘叶琳娜。叶琳娜的表弟舒宾是爱着她的。因为这个缘故，他很不喜欢"情敌"英沙罗夫，于是多次故意用夸张的行为试探英沙罗夫，想让他出丑，可没想到英沙罗夫一直泰然自若。甚至有一次，贵族姑娘安娜携众人去察里津诺游玩，途中遭遇一群醉酒的德国军人骚扰，舒宾以贵族的方式，礼貌地劝解对方，却遭到蛮横无赖的醉酒德国兵的无视。此时，英沙罗夫挺身而出，将一个德国军官扔进了水里。贵族势力在当时俄国已逐渐走向衰落，难以承担起救国救民的重任，在这种局势下，英沙罗夫这样的"新人"对于探索俄国新道路不啻是一种很好的补充。英沙罗夫并非俄罗斯人，但他来到了俄国，不仅汲取了俄罗斯优秀的精神养分，而且视野开阔，思想兼具东西方特征。他的道德情操却是符合俄罗斯民族道德观的。这种人物刻画是屠格涅夫内心深处的"聚和性"意识使然。

　　1861年，屠格涅夫的又一部长篇小说《父与子》面世。在这部小说中，主人公巴扎罗夫作为"新人"的代表，被作家赋予了有平民背景的新一代民主主义者所具有的那种自信、坚强、充满革命性等精神特征。他出身平民，家乡在农村，但他从不避讳自己的出身。屠格涅夫不仅赋予他阳光自信的崭新外表，还给他塑造了不同于以往贵族精英的性格。他说起话来"懒洋洋的，可是声音响亮"，他的脚步"坚定、快速、勇敢"。通过这样的刻画，展现出一位崭新的平民知识分子的形象。

小说是从阿尔卡季大学毕业后归家的情节展开，以阿尔卡季父辈的两个家庭为背景，穿插巴扎罗夫的家庭情况，来探讨家庭伦理和社会问题。从作家的叙述中，可见其对俄罗斯民族传统家庭观的坚守。在阿尔卡季家，父亲尼古拉与年轻的费涅契卡虽然情投意合，真心相爱，一个是在费涅契卡身上寻找去世了的前妻玛莉雅的影子；另一个说，"人世间我只爱尼古拉·彼得罗维奇一人，而且爱他一辈子"①。但由于两人尚未走进婚姻殿堂，尼古拉在儿子面前始终感到羞愧与不安。由此可见，若不是骨子里有传统的婚姻道德观，那么，父亲尼古拉也无须忍受这样的煎熬。而在巴扎罗夫的家庭中，其父亲瓦西里与母亲阿丽娜这对老夫妻完全是俄罗斯传统婚姻的典范："阿丽娜……应当生活在两百多年前的莫斯科时代。她笃信上帝，非常敏感，迷信一切可能的预兆……"，而老军医"瓦西里笃信上帝丝毫不亚于妻子"②。这段描写体现出作家对俄罗斯传统家庭伦理的渲染和对人间亲情的重视。显然，在屠格涅夫的笔下，西欧文明与俄罗斯传统有机地"聚和"在一起。

这种背景映衬下的巴扎罗夫是一位"虚无主义"者。他站在西方中心主义角度看问题，所以，在他眼中的俄国传统文明或现存一切，全都一文

---

① 〔俄〕И. С. 屠格涅夫：《父与子》，张冰、李毓榛译，北京：中国画报出版社，2016年，第204页。

② 同上，第151页。

不值、该被彻底否定。没错，他对"虚无主义"的追求也是一种自由意志和批判精神的体现，可以被看作是挑战权威、否定不平等、对抗专制的武器。但是，巴扎罗夫受19世纪50年代西方实证主义在俄国传播的影响，崇尚科学，满怀社会抱负，希望献身医疗事业，以此服务他人和社会。可见，他既否定人文事业，却又要从事关乎人文性的事业。这也许应验了纳博科夫的话："在巴扎罗夫的性格中，在他的傲慢、意志力和冷酷思想的暴力背后，有着一股天生的年轻人的热情，巴扎罗夫很难把这种热情与他将要成为的那个虚无主义者所应有的冷酷结合起来……具有普遍性的青春逻辑总是超越高度理性的思想体系——虚无主义逻辑的。"①巴扎罗夫是俄罗斯文学中第一个虚无主义者，也是当时平民民主主义启蒙思想家的典型代表。

可以说，最后的那场父与子的喜剧性决斗，是父辈人物巴维尔和子辈人物巴扎罗夫玩世不恭的罪孽的清算。从"聚和性"视角看，可以被理解为是一场"救赎"体验。而决斗之后，巴扎罗夫"整理好行装，放掉了所有的青蛙、昆虫和飞鸟"，离开了基尔萨诺夫家，回到了父母身边。宏大的历史远去，贵族父辈的思想旗帜落下，在一种相对稳定、固化的社会结构中，主人公精神漂泊无依的无根状态，情感缺失、虚无人生之旅的终结，一一得到了充分的展示。②这一切不是预示着对传统和家庭的回归吗？它也可以看作是对巴扎罗夫所接受的西方思想的解构。但是，仅仅解构，而没有重新建构，并突然从激进的顶端一下子跌落到无所作为的末端，完全处于脱离社会的状态——这是更为危险的。其实，思想才是这部小说的

---

① ［俄］В.В.纳博科夫：《文学讲稿》，申慧辉、丁俊、金绍禹等译，上海：上海译文出版社，2018年，第88页。

② 参见张建华：《家庭、青春、代际鸿沟——屠格涅夫长篇小说〈父与子〉的三个维度》，载《中国俄语教学》2019年第3期，第42页。

真正主人公。我们不无惋惜地看到巴扎罗夫的思想曾一次次占上风，却又最终落得溃败的现实。可以说，割裂了与历史和社会的联系，曾经气壮山河的革命青年巴扎罗夫很快便销声匿迹，甚至生命也走到了尽头。这也恰恰是屠格涅夫矛盾心理的写照。农奴制改革后，屠格涅夫一方面在平民知识分子身上敏锐感觉到了俄国新生力量的崛起；另一方面对这些新生力量能否承担社会历史使命又充满了担忧。在屠格涅夫看来，只有密切联系俄罗斯人民、俄罗斯乡土和俄罗斯文化，俄国新生力量才可能取得成功。而以巴扎罗夫为代表的平民知识分子们在崇尚民主与理性的同时，却总是脱离了俄罗斯现实社会的真实生活。所以作家笔下其结局只能是灭亡。可以认为，屠格涅夫更倾向基于俄罗斯传统文化的思想重构。这体现出一种多样性统一的理念，即"聚和性"意识的核心特征。

在1867年出版的《烟》中，屠格涅夫反映了"俄国虚幻如烟、人生如烟"的主题。这是一部以1861年农奴制改革为背景的小说。通篇都是围绕着如何看待农奴制改革的出路问题。当时的改革是俄国在1856年克里米亚战争失败后，战争的失败让俄罗斯人普遍感受到一个强大而具有压迫性的西方。如何理解这样一个西方与俄罗斯的关系，实际上成了改革的关键。[①]屠格涅夫本人既为农奴制的废除而高兴，又不希望进行激进的革命。但由于这场自上而下的改革具有很大的欺骗性，农民因为改革而失去了土地，却实际上还得依附于土地，所以阶级矛盾更加尖锐起来。屠格涅夫敏锐觉察到这些问题，但他又苦于找不到拯救祖国的正确出路。他从叔本华那里了解到了科学主义和理性主义，思想产生了危机。《烟》正是在这种情况下产生的。

---

① 津科夫斯基：《俄国思想家与欧洲》，徐文静译，上海：上海三联书店，2016年，第110页。

　　故事的发生地是巴登，当时屠格涅夫客居的德国城市。俄国青年李特维诺夫乘出国学习之机，去德国旅游。他正在一个旅游胜地等待未婚妻塔吉杨娜时，遇见了自己曾经热恋过的美女伊莉娜。他们热恋了十年，但是伊莉娜由于贪图虚荣，狠心地抛弃了他。现在她已是一位将军的夫人。两人重逢使她重新燃起了爱火，李特维诺夫经不起诱惑，残酷撕毁了与未婚妻的婚约，要携伊莉娜私奔。但伊莉娜已习惯了上流社会慵懒的生活，所以又一次抛弃了他。李特维诺夫悲伤地回到国内。但他从国外学到的知识，也不知道猴年马月才能有用武之地。这趟出国之旅留下的创伤终有可能被抚平，只是需要足够的现实感和一种不是消极顺从，而是"积极的、百折不挠的忍耐"①。

　　该故事中的男主人公的悲观心境映射了屠格涅夫本人的心境。他客居异国，看不清俄国改革的真面目，所以在小说中，他凭借图波金之口，发出了这样的声音："现在人人都成了自然科学的奴隶。"②"俄罗斯民族在文化方面……又不懂得方法而好走极端。"③屠格涅夫对西方的唯科学主义、唯理主义持保留意见，认为它对人文价值具有破坏作用，所以反对仅以是否有理性或实用价值来判断俄罗斯民族的优劣，探寻民族发展的出路问题。在他看来，回归俄罗斯民族人文传统是在俄国实施理性主义的前提。

　　《处女地》（1877）是屠格涅夫最后一部长篇小说。小说中的主人公是一批现代平民知识青年。他们有理想有抱负，大公无私，自觉投身改革的革命洪流。但是，由于他们本身接受了西方科学主义思想，秉持理性主

---

① Малышева Л. Г. Германия в творчестве И. С. Тургенева: 1840–50-х годов. // *Вестник ТГПУ* 8（2010），С. 48-52.

② Тургенев И.С. *Полное собрание сочинений И.С. Тургенева.Т.10,* Москва: Государственное издательство художественной литературы.1956, С.403.

③ Бердяев Н.А. Русская идея // *Вопросы философии.* 1990. No. 1, С.8.

义，就以为广大农民也跟他们一样，擅长理性思维，所以寄希望于靠宣讲真理来发动农民。而问题是，事实与他们想象的完全不同。俄国农民大多没有文化，思想觉悟低下，无法接受他们传播的真理。面对这种状况，主人公之一的涅日达诺夫百思不得其解，由此怀疑自己的能力和所从事的事业，最后因绝望而自尽；而另一主人公马尔凯诺夫则对农民和解放农民的事业充满了毕生的信心，可是最后却遭到了他最信任的农民的背叛和出卖。这里反映出激进的民粹主义运动自身的矛盾性，即试图采用西方的理性主义来解决俄国本土具有东方色彩的农民问题。

"屠格涅夫是代表着西方的，换句话说也就是欧洲的因素，这种因素在现代俄国已经相当强大。"①但同时屠格涅夫又有着斯拉夫派的些许情结。他既深刻理解西方理性主义对于俄国的意义，也明白斯拉夫主义于俄国的重要性。但是他又不同于斯拉夫派对整个西方文化的彻底否定。斯拉夫派更多的是道德评价，同时也是基于对自身利益和地位的自恋，是一种情感的要求，而不是历史的认识。而屠格涅夫是在对近代文明有深刻体验、对传统文化有明确理解的基础上，站在由传统到现代过程中的人文精神价值的高度，来理解西方近现代文化及其对俄国现代化意义的，因而他对俄国民族发展之路的思考是很有意义的探索。②正因为如此，在屠格涅夫笔下，崇尚西方理性主义的平民青年知识分子才是他眼中符合俄罗斯民族传统主流价值观的"新人"。他们被塑造成那个时代的新英雄，体现出精力充沛、自尊自律、积极勤奋、意志坚强，具有大无畏奉献精神的正面形象。

显而易见，东正教的"聚和性"意识成为了屠格涅夫创作的内驱力，不同文明的"和而不同"交织共生，频频反映在他的文学创作之中，使得

①　［俄］Н. А. Бердяев. О России и русской философской культуре. М.: Наука, 1990. С.83.

②　同上，С. 42.

其笔下的人物形象栩栩如生。

第二节 "新女性"形象及其伦理取向

屠格涅夫擅长塑造人物形象。早在《帕拉莎》《地主》《阿霞》《初恋》及其成名作《猎人笔记》中，他就塑造出各种农民和地主的形象；后来，在他的《罗亭》和《贵族之家》中，他塑造出贵族知识分子的"多余人"形象；在《前夜》《父与子》《烟》《处女地》等长篇小说中，又塑造出平民知识分子的"新人"形象。当然，自始至终，他的每部作品里都少不了女性形象。关于这些形象，国内外学界已有不少专门的研究，也有许多成果。但19世纪中叶（1861年前后）俄国社会进行的农奴制改革正是屠格涅夫最为关注的事件，因而最能反映这一时期俄国社会现状的屠格涅夫作品中的女性形象尤为值得研究。

1861年，沙皇亚历山大二世宣布废除农奴制。但是，具体的改革是由农奴主来实施的。他们为了最大限度地维护自己的利益，对农民更是巧取豪夺。农民的处境进一步恶化，导致暴动不断。这种社会现象引起了远在异国他乡却心系祖国的屠格涅夫的关注与思考。他的目光也因此而由俄罗斯传统女性转向了时代"新女性"，塑造出一批性格鲜明、行动力强、道德高尚的"新女性"形象。

在"俄罗斯第一部描写新人的小说"——《前夜》中，女主人公叶琳娜是近现代俄罗斯优秀女性的典型代表。这是一位集美貌与才华于一身、出身高贵、心地善良且格局远大的年轻女性。她自幼生活在贵族家庭，不仅拥有"真正的斯塔霍夫血统"和世袭贵族的头衔，而且其家族富可敌国。按理说，来自于这样一个贵族阶层的姑娘，她绝对不可能不维护其自己及其家族甚至她所在的阶级的利益。她的一举一动，包括爱情观和爱情，都应该如此。但恰恰相反的是，叶琳娜并未依仗这些优越的先决条件来赢取人生的辉煌。在她身上体现出来的是对爱情的忠诚不渝和为正义事业而奋斗的心路历程。

在这里，屠格涅夫通过对叶琳娜优秀品行的刻画，向人们展示出一种"心系大众"的无私的精神。这种精神正是长久以来俄罗斯民族东正教文化所弘扬的，是"聚和性"精神的核心。正如别尔嘉耶夫所说的那样："出于自私的心理是无法创造任何东西的，不能专注于灵感，不能想象出最好的世界。"① 屠格涅夫本人就是一个无私的创作者，所以他格外欣赏叶琳娜并非空穴来风。

屠格涅夫的优雅、明快、细腻、向善的理念也正是通过他笔下的女性形象传递出来的。读他的作品，感受他笔下叶琳娜这样的女主人公们，人们往往不禁为她们的高贵、优雅、大气所折服，也为她们崇高的理想境界和高尚的道德情操而赞叹不已。《前夜》中关于叶琳娜的笔墨是最多的，所有的情节都是围绕着她命运的起伏而展开。

叶琳娜是 19 世纪中叶的一名女性。当时，随着资本主义在欧洲的进一步发展，资产阶级关于"平等、博爱"的民主思潮波及俄国，生活在各种专制压迫下的广大女性也逐渐觉醒，不断表达要求尊重女性权益，实现男女平等的愿望。在这种背景下，叶琳娜是以当时新型女性的形象出现在读者面前的：她不仅具有那个时代的"新人"的一般特点，而且追求男女平等，敢于表现自己的爱憎。

叶琳娜在莫斯科大学就读时，遇见了来自保加利亚的学生英沙罗夫。

① ［俄］H. A. 别尔嘉耶夫：《论人的使命》，张百春译，上海：学林出版社，2000 年，第 175 页。

两人有着共同理想，志趣相投，在心灵上息息相通，不久便陷入爱情。但现实造成了他俩生活中的一切都是对立的：叶琳娜从小就生活在强大的俄罗斯，而英沙罗夫则来自备受外来侵略的小国；叶琳娜出身于俄罗斯帝国的斯塔霍夫家族，有着高贵的贵族血统的光环，同时也有着万贯家产的继承权，而英沙罗夫从小是个孤儿，如今身无分文地客居俄国。显然，两人分属两个不同的阶级，这是架设在两人之间的一道无形的屏障。叶琳娜反叛自己的阶级，意味着要付出巨大的"牺牲"代价。可是，她心甘情愿作出牺牲，她也做到了。英沙罗夫激起了她心底的爱。她在日记中写道："我整夜睡不着觉，头痛，为什么还要写呢？他走得那么快，我还想跟他再谈，他好像在躲着我，是的，他在躲着我……答案终于找到了，太阳的光芒照亮了我！上帝，怜惜我吧……我恋爱了。"[①] 这段话十分生动地描绘出了刚刚陷入爱情的叶琳娜当时内心的喜悦之情，她关注着英沙罗夫的一举一动，决心要向英沙罗夫表白爱意。而当她的表白得到回应，并最终决定与英沙罗夫一起将自己奉献给一项不图回报的伟大事业后，她"两颊各显出一团小小的红晕，唇边含着掩饰不住的微笑，两眼微含醉意，半开半闭，也在微笑着，她疲倦得很，几乎抬不动脚，而这疲倦让她愉快，一切都让她感到愉快"，而她内心世界的感受则更加鲜明："跟所有这一切我马上就要告别了……真奇怪：我心里一点也不害怕，不留恋，不惋惜……也没有舍不得妈妈哟！"[②] 为了自己心目中的"知音"，她可以义无反顾地抛弃养育自己的家庭，尤其是有深厚感情的母亲，还有自己原本拥有的一切！这种对女性人格尊严的追求，以及敢爱敢恨的自我独立性的表现，正

---

① ［俄］И. С. 屠格涅夫：《俄苏文学经典译著·前夜》，丽尼译，北京：生活·读书·新知三联书店，2010 年，第 91 页。
② 同上，第 94 页。

是那个时代觉醒中的新女性的标志。另一方面，由于当时毕竟还处于农奴制社会，等级制度森严，一切旧礼仪也仍未打破。作为出身贵族世家的年轻姑娘，叶琳娜如此勇敢地追求自我独立性，势必与当时的社会传统和道德观念发生矛盾。但她以坚毅的性格和坚强的战斗力，抗衡传统的道德枷锁。所以她又是以一个社会叛逆者的形象出现的。

在小说中，叶琳娜从小就养成了积极主动的个性。长大后，她无论出现在哪儿，也总表现出极大的独立性和主动性，甚至在她与英沙罗夫的爱情之间。可是，现实的残酷在于，在这场跨国恋中，英沙罗夫不可能为了爱情而留在俄国，他始终不忘初心，立志回国参加革命，以拯救他的祖国。投身反对土耳其奴役的民族解放运动才是他的人生追求，所以当叶琳娜鼓起勇气向他表白爱情后，他最初是采取了回避态度。作为一个孤儿，英沙罗夫早已习惯了浪迹天涯，他不想连累养尊处优的叶琳娜，更何况两人的爱情也遭到了叶琳娜父母的强烈反对。令他们百思不解的是，一个上层贵族、家里的独生女竟如此大逆不道，非要嫁给来自与俄国打仗的保加利亚的穷学生，况且男主人公还身体孱弱，一副难以给他们女儿幸福的样子。但是，他们的女儿叶琳娜依然顶住了来自社会和家庭的沉重的精神压力，我行我素地嫁给了英沙罗夫，愿意追随他并为他付出一切。后来，英沙罗夫在回国途中病逝，她又义无反顾地继承丈夫的事业，投入保加利亚的民族解放斗争中去。

回顾叶琳娜的成长历程，可以发现，她成年后能成为一个在各方面都能发挥主观能动性的“新女性”，是与她自幼所处的俄罗斯东正教文化环境和所受的传统教育分不开的。“她自小渴望行动，渴望做善事，一些贫穷的、饥饿的、病弱的人常常令她牵挂、令她不安、令她苦恼，她常常梦见他们，向自己所有的熟人打听他们，她给人以周济，备含关心，怀着不由自主的郑重，几乎是心情激动。凡是被虐待的动物，饿瘦的看门狗，濒死的小猫，窝里跌下的麻雀，甚至昆虫和爬虫，都能得到叶琳娜的庇护和捍卫，她亲自喂养它们，毫不嫌弃它们……十岁时，叶琳娜跟小乞丐卡佳交上了朋友，偷偷地跟她在花园约会，她带好吃的东西，送她头巾和十戈币的银币……卡佳不要玩具，她跟她并肩坐在密林中荨麻丛后边的干泥地上……不过，她跟卡佳的交往没能维持多久，那可怜的小女孩患上热病，几天便死去了，叶琳娜听说卡佳死了非常伤心，好长时间里整夜不能入眠。小乞丐姑娘最后的几句话不停地在她耳边回响着，她觉得，那声音在呼唤她……"① 这段对叶琳娜童年时期生活的描写，表现出她孩提时代对流浪儿卡佳的同情以及对小动物的爱护。成年后的叶琳娜为人坦率，不计较阶层落差，敢于向来自异国的孤儿表白爱情；婚后的叶琳娜在丈夫病逝后勇赴异国，成为一名国际主义战士……所有这一切，看似发自"自觉的英雄主义"，但其实与东正教文化的"聚和性"意识所蕴含的"平等"意识、"博爱"精神和"弥赛亚"情结有着密不可分的关系。东正教的基本生活准则是在上帝面前人人平等。东正教最终的目标是使每个人的灵魂得到拯救。若不是这样，叶琳娜对小动物，对流浪儿就不会有爱心；在与她心心相印的英沙罗夫因不得不面对现实而逃避她的爱情时，她也就大可不必去力挽狂澜。凭着她高贵的社会地位、优渥的生活环境以及身边众多的贵族追求者，她完全可以在帝都过着养尊处优的日子。可是，叶琳娜所为恰恰与此相反。她表现出的是对弱者的同情和关爱，是一颗善良的心。可以说，善良是使叶琳娜成为"新女性"的根本之所在。离开了善良，叶琳娜作为女性的伟大及其人格魅力就无从展示。叶琳娜来自俄罗斯贵族家庭，

---

① ［俄］И. С. 屠格涅夫：《俄苏文学经典译著·前夜》，丽尼译，北京：生活·读书·新知三联书店，2010 年，第 15 页。

而这种家庭往往是东正教文化氛围浓厚的国度俄罗斯的精英代表，所以她不可能不受到家庭的熏陶和良好的相关教育。再者，贵族豪门出身的她，在气势上是有优越感的，所以在与人交往中，往往都是由她掌握主动权。这也就使她的"积极主动"成为顺理成章的了。正是"博爱"精神和"弥赛亚"意识成为她在爱情上敢于冲破阶级鸿沟和蔑视社会习俗的基石，并保持了善良的本性。

第三节　"他者"形象与"救赎"情怀

19世纪中叶的俄罗斯，社会正处于前所未有的转型之中，新旧势力的交锋十分激烈，欧洲工业革命的影响日益加深，而国内废除农奴制度的运动正如火如荼地展开。在这一历史情境中，屠格涅夫作为一名对社会转型极为敏感的作家，也刻画出一批具有现代主体精神，但又具有俄罗斯传统文化情怀的"他者"形象。

巴扎罗夫是屠格涅夫在小说《父与子》中成功刻画的一个"他者"形象。巴扎罗夫是尼古拉·基尔萨诺夫先生家的儿子阿尔卡季的大学同窗好友。首先，他是作为基尔萨诺夫贵族之家的"他者"出现的。小说也正是从尼古拉家的空间展开。这天，尼古拉在省城客栈迎接大学毕业回家的阿尔卡季。经过五个小时的等候，父子终于见上了面。随阿尔卡季而来的还有巴扎罗夫。基尔萨诺夫家族是传统的俄罗斯贵族家庭，有着自己的规矩和考究的"英式"生活风格。然而，随着巴扎罗夫这位"他者"的到来，这一家庭的稳定与安宁突然被打破，家庭内部的矛盾随之暴露出来，父与子代际的鸿沟得以展现。

随后，巴扎罗夫又带着阿尔卡季回到他家，探望三年未曾谋面的父母亲。他家坐落在一个偏远、落后的小乡村。这里充满田园风光，一片世外桃源的感觉，似乎大都市里正在酝酿的轰轰烈烈的改革跟这里一点也不沾边。但是，在外待了三年的儿子巴扎罗夫，现在是作为这个传统家庭的"他者"了。他的出现，打破了他父母宁静的生活，暴露出"父与子"潜藏着情感裂痕。

基尔萨诺夫家族有两兄弟尼古拉与巴维尔。两人已年逾不惑，是这个贵族家族的两个长辈。他们富有涵养，风度翩翩，充满了对其他社会阶层的优越感，又是贵族传统的忠实卫道士，固守贵族身份和贵族价值观体系，唯恐社会变革引起生活的变化。长篇小说《父与子》体现了屠格涅夫关于婚姻、家庭建构的美学观。

《父与子》有着作者原生家庭的影子。其中尼古拉映射作者的父亲。少年时代他的父亲谢尔盖·尼古拉耶维奇是一位英俊的军人，他与比他大的妻子结婚，他们的婚姻并不美满，他只管享乐，不问家事，与妻子关系冷淡。他与周围人的交往是严肃而冷淡的，几乎是孤傲、客气和矜持的。孩子们渴望父亲对他们表示哪怕是短暂的温柔，但那样的时间是十分难得的。他曾对儿子说："你能怎么玩就怎么玩，你是属于自己的——人生在世就是这么回事。"屠格涅夫的母亲专制蛮横，性情暴戾。屠格涅夫曾经说："我的童年没有什么值得回忆的……没有一点愉快的回忆。我怕母亲就像怕火一样，为一点小事，我经常受罚，一句话，就像是新兵受训似的。"屠格涅夫的《初恋》就是对过去的一段生活的重现。[①] 所以，正如作者在自传性小说《初恋》中所描写的那样，"我"出生于一个贵族地主家庭。"我"的童年也是不幸的，眼见父母关系对立而束手无策，忧愁不安

---

① 郑体武：《俄罗斯文学辞典·作家与作品》，上海：复旦大学出版社，2013年，第453页。

使"我"在心理上过早成熟。封建意识下当时理想的贵族婚姻是要求门当户对、富有财产与高尚的社会地位。小说中父亲和母亲的婚姻就不是以爱情为基础，而是奠定在金钱与地位之上。"我"父亲"为了财产的缘故跟母亲结了婚，母亲比父亲大十岁。因为没有感情基础，父母亲之间的关系不和谐，甚至很冷淡。母亲是不幸的，父亲也是不幸福的"①。父亲不仅对孩子冷淡，对家庭冷漠，还心有别属。父亲抵抗不了人的感情本能，他爱上了齐娜伊达，正如同齐娜伊达同样深爱着父亲一样，齐娜伊达放弃众多狂热地追求她的男性，作为一位年轻的公爵家的小姐，明知道"我"父亲是一个结过婚的人，但是并不害怕与有妇之夫相恋会毁掉她的整个前途。他们不顾当时的社会道德与舆论，遵从心灵的声音，堕入爱河。就这一点来说，父亲是一个叛逆的贵族知识分子形象，齐娜伊达是一个叛逆的贵族女子形象，他们要反抗的是整个贵族阶级不合理的道德与秩序。然而，父亲虽然也深爱着齐娜伊达，但还是向社会屈服，狠心地抛弃了齐娜伊达。这里，从社会道德伦理观来看，与其说是不合理的婚姻，不如说是对他们有悖民族主流价值观的行为的一种惩罚，所以小说《父与子》也给了故事悲惨的结局。

在《父与子》中，让身为父亲的尼古拉在儿子面前感到羞愧的是他与年轻的费涅契卡的情人关系。但是这一对老少恋的男女之情不是鄙俗邪恶的，而是满怀真情的。尼古拉说，他与费涅契卡一起生活，"并非我一时的轻浮和冲动"。费涅契卡也非常真诚地说："人世间我只爱尼古拉·彼得罗维奇一人，而且爱他一辈子。"尼古拉在费涅契卡身上寻找的是前妻玛莉雅的影子，是他复活青春生命的记忆，是他以爱为底色的人生昭示。两

---

① ［俄］И. С. 屠格涅夫：《屠格涅夫文集（第五卷）》，巴金等译，北京：人民文学出版社，2001年，第98页。

人结成夫妻的圆满结局给人以回归家庭传统的道德感。尼古拉的兄弟、另一位父亲角色巴维尔却在与一位毫无道德感的公爵夫人 P 的畸形爱恋中经受了无穷的身心的双重打击，昭示不讲道德所招致的恶果。而巴扎罗夫的父母瓦西里与阿丽娜长久以来相亲相爱，是宗法俄罗斯婚姻爱情的典范。"阿丽娜……应当生活在两百多年前的莫斯科时代。她笃信上帝，非常敏感，迷信一切可能的预兆"，而"瓦西里笃信上帝丝毫不亚于妻子"。这些描写展示出半辈子生活在欧洲、深受西方现代性影响的屠格涅夫骨子里眷念传统文化的一面，也是东正教"聚和性"在屠格涅夫创作中的具体体现。

对于基尔萨诺夫一家，巴扎罗夫这位"他者"的到来真是场灾难。巴扎罗夫是一个"虚无主义者"。也许，"虚无主义"的否定精神具有革命意义，可以看作是批判一切权威，摒弃一切旧礼教的有力武器。他否定社会制度、沙皇与上帝，乃至人类文化遗产，否定等级原则。总之，他否定前人的所制定的一切规则和所拥有的一切抽象的特征。在这个意义上，他是一个思想上的革命者。他接受了西方的现代主义和科学主义，满怀社会抱负，坚信只要有了科学知识和科学实践，就能了解和解释自然、社会、人类的疾病和现代社会的弊端，所以追求科学，立志献身于医疗事业，为他人服务。在这个意义上，他又是一个人道主义者。在他的虚无主义中，夹杂着对社会存在的重新理解和建构。但是，作为一个虚无主义者，他一味反叛、无视其他的缺陷导致他走向日益迷茫和混沌，只能依靠本能与欲望生存。他没有职业与志趣，百无聊赖，"始终处于一种孤独与飘忽的精神状态，行尸走肉般地活在空洞的思想争论之中。他无意于在性格与命运之间，在信仰与行动之间，建立起必然的逻辑关系，进而形成了他浮萍般的无力感与无所归依的疏离感。巴扎罗夫青春生命的困窘、何去何从的思考是屠格涅夫青春思考的一个重要视点"①。在巴扎罗夫看来，"理想主义的爱情……浪漫主义的爱情实在是胡说八道，不可饶恕的愚蠢"，可是他在现实生活中却是一个"猎取美貌女性的高手"。②一见到年轻寡妇安娜·奥金佐娃的"两只好看的肩膀"，他就有些魂不守舍，"就热血沸腾"，就"向她投去贪婪的目光"，连他自己也发现了"各种各样可耻的念头，仿佛有个魔鬼在戏弄他"。③最糟糕的是，在见到尼古拉的漂亮小情人费涅契卡时，更是虚无得不顾伦理，居然在做客的同窗好友的家中，向她发起调情和疯狂的兽行。可怜可鄙的巴扎罗夫，竟然道德沦丧到了如此地步！

对于自己的父母亲，巴扎罗夫毕业后的回家也是噩梦的开始。只有在经历那场"弑父"闹剧，激情消退后，这位"他者"才不得不承认，"我的父母，整天忙碌，从不为自己的卑微而担忧……然而我……我却只是感到无聊和怨恨"，而现在"只有在打喷嚏的时候他才会仰望星空……我得以生存的这段时间，对于不曾有我的过去和不将有我的未来的永恒，都是微不足道的"。④似乎一下子明白了原先的自己有多么荒唐，多么渺小！

巴扎罗夫的结局自然不好，他在一次偶然的医疗事故中走向了死亡。作家笔下，一个不可一世的"革命者"，竟有如"半死的蛆虫"那样，最终消弭在自己的虚无主义之中，一点也不高尚，可怜而可恨！由此发人深省的是，该如何对待新思想和传统文化。在我们看来，对于生命的载体来说，不该仅有解构而无根基，换言之，即如作者所昭示的那样，唯有不忘

---

① 张建华：《家庭、青春、代际鸿沟——屠格涅夫长篇小说〈父与子〉的三个维度》，载《中国俄语教学》2019年第3期，第40页。
② ［俄］И. С. 屠格涅夫：《父与子》，张冰、李毓榛译，北京：中国画报出版社，2016年，第115页。
③ 同上，第116页。
④ 同上，第159页。

民族的精神传统，恪守民族主流道德观，才能扬起生命的风帆，真正践行富有意义的生命实践。而这显然有着"聚和性"意识所弘扬的灵魂救赎的意蕴。

在小说《前夜》中，英沙罗夫是俄国的"他者"。他是保加利亚商人的儿子，没有贵族门第的光环，而且自幼失去双亲，成为孤苦伶仃的孤儿。他来莫斯科大学求学，受到西方理性主义启蒙影响，笃信科学，愿意通过科学救国，为他的祖国和人民贡献一切。他的意气风发、学识渊博和勇敢睿智深深吸引了俄罗斯贵族女子叶琳娜。然而，作者在小说中安排他在归国途中病逝，让他的新婚妻子叶琳娜继续奔赴保加利亚，去完成他未竟的事业。英沙罗夫和叶琳娜都是新思想的化身，但毕竟后者自幼生长于俄罗斯，受到过很好的传统教育，所以这一安排实际上象征着屠格涅夫虽然看到了西方理性主义对俄罗斯的意义，但对于它在俄国的走向以及它最终能否给俄国带来光明却还把握不定，尤其是在西方派和斯拉夫派频繁论战的语境中。西方思想早在 18 世纪彼得大帝改革时期就传入了俄罗斯，西方的启蒙理性精神也随之影响了俄罗斯。19 世纪的俄国处在经济现代化推进时期，而文化现代性仍处于过渡阶段，启蒙现代性的倡导与传统文化之间存在着激烈的矛盾。这一时期的西方派知识人崇尚德国理性，熟读康德、费希特、谢林等德国哲学家的著作，把理性奉为最高原则。这对俄国思想文化界产生了广泛影响。俄国知识分子纷纷效仿，沉湎于抽象理性，否定一切。但 19 世纪后半期，俄国社会的"欧洲中心主义危机"渐露端倪，社会思想由早期自我否定式地照搬西方，逐渐回归俄罗斯文化。这一时期大多数著名的俄罗斯思想家、文学家纷纷转回民族主义。在他们看来，强调"聚和性"的俄罗斯"村社"制度能使"平均和剥削、民主与专制得到田园诗般的和谐"①。此时，远离俄国政治文化中心的屠格涅夫也开始反思西方现代文明与俄罗斯传统文化的关系。屠格涅夫笔下的"他者"形象的塑造与他对东西方文化相互关系的审视和思索紧密相连，反映出面对西方理性主义强劲的西风东渐，作家对民族自身发展的积极探索。这一切均是作家屠格涅夫有意识或无意识地受到东正教"聚和性"意识的影响，也体现了在此基础之上形成的人道主义思想。

---

① 金雁：《俄罗斯村社文化及其民族特性》，载《人文杂志》2006年第4期，第98页。

第八章
陀思妥耶夫斯基：复调艺术与对话思想的"聚和性"

陀思妥耶夫斯基（О. М. Достоевский，1821—1881）是俄罗斯文学"白银时代"的重要代表人物，也是俄国迄今为止为数不多的享有世界级声誉的天才代表之一。他的作品，对世界文艺界和哲学界都产生了巨大的影响。而且，更重要的是，近一个多世纪以来，人们对他的兴趣始终不曾减弱。他独特深邃的思想和艺术创作特色为他带来了世界性的声誉。他的创作更是一个取之不尽的思想宝库，不仅为后世学者们留下了广阔的研究空间，更成为一个文学创作的永恒典范。

陀思妥耶夫斯基生长在一个虔诚的东正教家庭，自幼受东正教教义所规定的苦难意识、博爱意识、救赎意识等影响甚笃。在他成长过程中，他也从听到的许多俄罗斯民间故事中感受到了俄罗斯人民诚挚的精神信仰。在青年时期，他又广泛涉猎来自西欧的哲学、宗教学等方面的书籍知识，因此他视野开阔，深受当时西欧思想影响，把宗教看作一种主要对人类生活有实践功能的知识体系。透过陀思妥耶夫斯基的作品，不难看到康德、施莱尔马赫、费尔巴哈、黑格尔等人的影子。但另一方面，俄罗斯东正教传统和斯拉夫派的思想对陀思妥耶夫斯基思想的形成也起到了关键作用。

譬如，陀思妥耶夫斯基在作品中也常通过对俄罗斯东正教圣像的描写来表现他的宗教观；而基里耶夫斯基、霍米亚科夫等斯拉夫派人物的许多思想也都在陀思妥耶夫斯基笔下人物的观点中表现出来。

长期以来，世界学界对陀思妥耶夫斯基予以极大的关注。有人称陀思妥耶夫斯基为"残酷的天才"[①]，又有人认为他是一个心理学家；有人在陀思妥耶夫斯基的作品中看到了扭曲的人性和犯罪故事，更有人在他的作品中看到了人心灵的解剖和矛盾。不少人在他的作品中看到了残酷的社会现实，而有的人却在他的作品中看到了俄狄浦斯情结，还有读者在他的作品中看到了宗教情结，每个人在陀思妥耶夫斯基的作品中都能得到不一样的收获，也许伟大作家的作品总是存在着巨大的可阐释空间，能引起不同人的共鸣。尽管其作品的文学价值、作者的文学天赋和贡献在国内外的发现与承认经历了一番曲折，但不可否认的是，他的成就得到了其后不同时代东西方人文学界著名学者们的高度评价。

俄罗斯白银时代著名哲学家罗赞诺夫（Василий Васильевич Розанов，1856—1919）、舍斯托夫（Лев Исаакович Шестов，1866—1938）、别尔嘉耶夫（Николай Александрович Бердяев，1874—1948）和当代世界级思想家、人文学家巴赫金（1895—1975）均深入研究过陀思妥耶夫斯基，对他的思想和学术给予了深刻的评价。

罗赞诺夫终身迷恋陀思妥耶夫斯基。早在19世纪90年代，他就完成了论著《费·米·陀思妥耶夫斯基的宗教大法官传说》，而晚年完成的《转瞬即逝》也深入研究了陀思妥耶夫斯基。在罗赞诺夫看来，"陀思妥耶夫斯基的本质在于其无限的隐蔽性……陀思妥耶夫斯基是一位最隐秘、最

[①] Михайловский Н.К. Жестокий талант// Полное собрание сочинений Ф. М. Достоевского. Томы II и III. СПб.（1882），С.1.

内在的作家，因此阅读他，似乎并不是在阅读别人，而像是在倾听自己的灵魂，不过比通常的倾听更深入"；读者往往会"感觉到在他自己和在陀思妥耶夫斯基身上飘绕着同一灵魂"。① 也就是说，对于读者而言，"陀思妥耶夫斯基不是'他'，像托尔斯泰和其他所有作家那样，陀思妥耶夫斯基是'我'，是有罪的、愚钝的、懦弱的、堕落的和正在崛起的'我'"②。的确，罗赞诺夫极具洞察力，因为正如他所理解的，在陀思妥耶夫斯基那里，犯罪与堕落是走向苏醒和复活的前提。

舍斯托夫著有系列评述陀思妥耶夫斯基的著作，如《陀思妥耶夫斯基与尼采》《开端与终结》《在约伯的天平上》和《克尔凯郭尔与存在主义》。舍斯托夫把陀思妥耶夫斯基一生的创作分为两个阶段——从《穷人》到《死屋手记》为第一阶段，从《地下室手记》到纪念普希金的演说为第二阶段，并认为这两个阶段反映出他的信念从诞生、发展到蜕化的变化历程。在舍斯托夫看来，如果说康德是思辨哲学最伟大的代表，那么陀思妥耶夫斯基则拥有比这位大哲学家更为深邃的洞察力，他创作的哲学意义就在于突破了思辨哲学的一般规律，即理性所规定的善与恶、现实与幻想之间的界限，大胆地挑战理性原则和永恒真理之类的至高无上的权威地位。舍斯托夫认为："《死屋手记》和《地下室手记》是陀思妥耶夫斯基后来全部作品的滋养源。他的长篇小说《罪与罚》《白痴》《群魔》《少年》和《卡拉马佐夫兄弟》，都是对其早期作品《手记》的广泛注释。"③ 这些小说中的许多情节，如存在主义哲学家克尔凯郭尔所说，都是"《约伯记》主

---

① Розанов В. В. Чем нам дорог Достоевский? // *О писательстве и писателях*. Москва. Издательство «Республика», 1995. С.533. 535-536.

② 同上。

③ ［俄］Л. И. 舍斯托夫：《悲剧的哲学——陀思妥耶夫斯基与尼采》，张杰译，桂林：漓江出版社，1992年，第79页。

题的翻版"①。舍斯托夫把陀思妥耶夫斯基称为"克尔凯郭尔第二",因为他和克尔凯郭尔一样,都下决心使圣经的启示和思辨真理相对立,都"把战胜作为欧洲思想发展集大成者的黑格尔哲学体现的思想体系,看成是自己的使命"②,都离开黑格尔而走向了特殊的思想家约伯。

舍斯托夫还揭示出陀思妥耶夫斯基和列夫·托尔斯泰的不同特点。在舍斯托夫看来,托尔斯泰在很多方面和陀思妥耶夫斯基有着鲜明的对照。"托尔斯泰伯爵作为最伟大和最崇高的真理而描写的东西,对于陀思妥耶夫斯基来说,却是可耻、丑陋和讨厌的虚伪。"③但他又认为,陀思妥耶夫斯基继承了果戈理的某些传统,其《地下室手记》就是果戈理的不同时期作品(从早期的描写乌克兰风俗"夜话"到后来的《钦差大臣》《婚事》和《死魂灵》)的延续。

别尔嘉耶夫也极为关注陀思妥耶夫斯基。他在《陀思妥耶夫斯基的世界观》(1923)、《陀思妥耶夫斯基创作中对人的发现》(1918)等专著和论文中充分肯定了陀思妥耶夫斯基对于他自己和他所属的那一代人的意义,认为,这位伟大作家反映了俄罗斯精神的全部复杂矛盾,根据其人其作可以探测俄罗斯人的独特精神建构。在《陀思妥耶夫斯基的世界观》一书中,别尔嘉耶夫力图揭示作为思想家的陀思妥耶夫斯基的特点。他指出,在这位天才作家的所有作品中起着核心作用和绝对作用的是思想,是激发着俄罗斯人并显示出其精神特点的思想。陀思妥耶夫斯基创作的母题是人和人的命运,由它又派生出自由、恶与罪、爱等主题。这些主题似乎

---

① [俄]Л. И. 舍斯托夫:《开端与终结》,方珊译,昆明:云南人民出版社,1998年,第132页。
② 同上,第125页。
③ [俄]Л. И. 舍斯托夫:《悲剧的哲学——陀思妥耶夫斯基与尼采》,张杰译,桂林:漓江出版社,1992年,第76页。

为世界各国文学所共有，但陀思妥耶夫斯基在对于这些主题的独特处理中显示出纯粹俄罗斯精神。他甚至说："陀思妥耶夫斯基的思想是须臾不可离的精神食粮。"①

对陀思妥耶夫斯基宗教哲学思想的阐释，可以说是别尔嘉耶夫为厘清20世纪初俄国知识界宗教哲学探索的思想来源所做出的一种必要的努力。经由这一梳理，从弗·索洛维约夫、列昂季耶夫到罗赞诺夫、梅列日科夫斯基、舍斯托夫、别尔嘉耶夫，再到维·伊万诺夫、安德烈·别雷、勃洛克等人，在俄国思想文化史上的地位及其前后继承关系，就有了一种可据以把握的参照。②

"陀思妥耶夫斯基热"是"白银时代"最先表现出来的文学和哲学现象之一。这一时期，俄国完整的宗教哲学的首创者索洛维约夫在经历虚无主义、民粹主义运动、马克思主义运动之后，放弃"革命"的"精神偶像"，回归传统，信仰东正教。其思想有力地影响了一大批20世纪俄国知识分子。而"白银时代"始于索洛维约夫把陀思妥耶夫斯基阐释为具有俄国特色的宗教大思想家。可以说，正是在陀思妥耶夫斯基和索洛维约夫的影响下，19世纪末至20世纪初的俄国社会思潮整体转向了信仰问题。于是，才有了一大批宗教哲学家——别尔嘉耶夫、梅列日科夫斯基、罗赞诺夫等的为阐释陀思妥耶夫斯基著书立说。在他们看来，陀思妥耶夫斯基的宗教精神是显而易见的。别尔嘉耶夫就曾这样描述过陀思妥耶夫斯基："在他的乌托邦里，教会吞没了全部国家并且建成一个自由与爱的王

---

① Бердяев Н. А. *Миросозерцание Достоевского: Философия творчества, культуры, искусства.* В 2-х томах. Т. 2. Москва: Издательство «Искусство», 1994. С.74.

② 汪介之：《俄罗斯现代文学批评史》，北京：中国社会科学出版社，2015年，第82页。

国。"① 当时，年轻的巴赫金正在彼得堡大学学习，他积极参与了在彼得堡，由梅列日科夫斯基主持的宗教哲学论坛。这个宗教哲学论坛由一大批围绕在索洛维约夫思想遗产周围的知识分子和象征派诗人组成，其主要抱负是广泛阅读并研讨这个时代的宗教哲学著作，并根据东正教传统，重新思考所有现代思想范畴。所以，巴赫金的宗教思想主要是受到了这批知识分子的影响，而他对陀思妥耶夫斯基的研究同样也是时代使然。②

巴赫金是从研究陀思妥耶夫斯基发现"对话"精神的，但他与陀思妥耶夫斯基的关系，并非仅仅是研究者与被研究者的关系，确切地说，"陀思妥耶夫斯基在很大程度上塑造了巴赫金的思想。同样，巴赫金的陀思妥耶夫斯基专论的命运也影响了巴赫金本人的命运，这强化了陀思妥耶夫斯基作为巴赫金生活秘密伙伴的地位"。③ 根据陀思妥耶夫斯基夫人的回忆，她和陀思妥耶夫斯基"在国外生活了四年后，发生经济困难，苦闷，这么长时间的离群索居，对陀思妥耶夫斯基原有的基督教思想感情的表露以及进一步的发展，都产生了有益的影响"④。

在巴赫金看来，陀思妥耶夫斯基小说的最大特点在于"复调"结构。而这一概念实际上恰恰源于作为俄罗斯精神之根基和俄国生活"合唱原则"的"聚和性"原则，它在坚持众声"合唱"的前提下，并不排斥个人和个性的自由。巴赫金在探讨陀思妥耶夫斯基创作的"复调"成因时，辨析了多位批评家的观点，如维亚切斯拉夫·伊万诺夫的宗教体验说、格罗

---

① ［俄］H. A. 别尔嘉耶夫：《俄罗斯思想》，雷永生、邱守娟译，北京：生活·读书·新知三联书店，2004 年，第 123 页。
② 萧净宇：《超越语言学——巴赫金语言哲学研究》，上海：上海人民出版社，2007 年，第 11 页。
③ 安娜·陀思妥耶夫斯卡娅：《陀思妥耶夫斯基夫人回忆录》，李明滨译，北京：北京大学出版社，1996 年，第 207 页。
④ 同上。

斯曼的戏剧形式说和卢那察尔斯基的社会因素说，但他认为这些观点都对复调成因做了错误的推论。为此，他另辟蹊径，首先是以历史诗学的研究方法，追溯陀思妥耶夫斯基复调思想的来源。毫无疑问，谈论这一问题是不该绕开陀思妥耶夫斯基所处的俄罗斯民族文化背景的，但是巴赫金却刻意回避了。原因是，谈论俄罗斯文化就不可避免地要涉及东正教问题，而在当时的政治背景下，"宗教"是一个禁忌的话题。所以，俄罗斯学者叶萨乌洛夫说："陀思妥耶夫斯基诗学中的东正教'符码'是如此显而易见，在我们考察的范围里不能不产生这样一个无法回避的问题：为什么复调小说理论的创立者在其印行了两版的著名著作中，恰恰是在对陀思妥耶夫斯基诗学的研究中，却对其宗教范畴未加阐明呢？"[①]对此，叶萨乌洛夫引述了巴赫金的发现者之一 С. Г. 鲍恰罗夫（Бочаров С. Г.，1929—2017）对巴赫金晚年谈话的记录，说明其不得不仅限于"文体研究"的苦衷，巴赫金曾谈到，在当时"不自由的天空之下"，他只能"将形式从主干中剥离出来，仅仅是因为不能谈那些主要的问题……那些哲学思想，以及毕生都折磨着陀思妥耶夫斯基的问题——上帝的存在。我不得不始终绕来绕去，不得不克制自己……甚至对教会加以遮责"。[②]美国学者卡特琳娜·克拉克和迈克尔·霍奎斯特也在《米哈伊尔·巴赫金》中指出，对巴赫金影响最大的应该是以索洛维约夫和陀思妥耶夫斯基等为代表的宗教哲学。[③]

　　总之，无论这些学者是立足于哪个角度来研究陀思妥耶夫斯基的，他

---

① Есаулов И А.: *Категория соборности в русской литературе*, М., Петрозаводск, 1995, С.130-132.

② Бочаров С. Г.: Об одном разговоре и вокруг него // *Новое Литературное Обозрение* 1993, №. 2, С.73

③ 萧净宇：《超越语言学——巴赫金语言哲学研究》，上海：上海人民出版社，2007 年，第 12 页。

们的研究都不应绕过陀思妥耶夫斯基及其创作的东正教根源。这也是陀思妥耶夫斯基创作中的"聚和性"之所在。而陀思妥耶夫斯基创作的"聚和性"集中表现在其"二律背反"与精神救赎的"聚和"、现实空间中各种思想的"聚和"、"微型对话"与"大型对话"的"聚和"等几个方面。

第一节　"二律背反"中的精神救赎

在巴赫金看来，"辩证关系也好，二律背反关系也好，在陀思妥耶夫斯基笔下的世界中，的确都存在。他的主人公的思想，有时的确是辩证的或自相矛盾的"①。可以说，正如别尔嘉耶夫所言，在陀思妥耶夫斯基身上具有非常典型的两重性，即"二律背反"的特征："一方面，他是坚决的普遍主义者，是俄罗斯的弥赛亚意识最卓越的表述者；另一方面，他又具有明显的民族主义倾向，他不能容忍犹太人、波兰人、法国人。陀思妥耶夫斯基反映了俄罗斯民族的两面性，这种两面性在他身上结合为对立面。"②一方面，他不能容忍这个以无辜者的苦难为基础的世界；另一方面，他也不能容忍既没有痛苦又没有斗争的世界。他不希望世界没有自由，也不希望天堂没有自由。应该说，巴赫金在阐述"对话"概念时所用的"两面性""复调"等术语，不仅正是来源于陀思妥耶夫斯基本人的矛盾心态和他笔下的主人公们思想的"两面性"，而且更深层次地受到东正教"聚和性"文化的影响。也许正是在这个意义上，别尔嘉耶夫指出："陀思妥耶夫斯基最好地表述了俄罗斯本质的全部矛盾和俄罗斯问题的异常紧迫

---

① ［俄］M. M. 巴赫金：《巴赫金全集》（第五卷），白春仁、顾亚玲等译，石家庄：河北教育出版社，1998年，第8—9页。

② ［俄］H. A. 别尔嘉耶夫：《俄罗斯思想》，雷永生、邱守娟译，北京：生活·读书·新知三联书店，2004年，第68页。

性。"①

陀思妥耶夫斯基以惊人的洞察力成功地描绘出俄罗斯民族自我意识蓬勃发展的过程。他清楚地看到，当这一意识与其他民族的意识交锋时，就会产生激烈的运动。但要与其他民族的意识进行对话，首先就需要有自己独特的民族文化、自己民族的声音和语言、自己民族的世界观和哲学。同时，西方思想一经接触到俄罗斯民族自我意识，便也具有了新的色彩。这是一个漫长的、充满矛盾的过程。它反映在具体的人身上，就是内心充满矛盾与挣扎。所以说，陀思妥耶夫斯基不愧是一位"残酷的天才"②，他笔下的主人公都是一些内心充满矛盾而饱受特殊的精神折磨的地道俄国人，他们在思想上都经历着分裂，都具有两面性。其实，他们每一个人就像一滴水反映太阳的光辉那样，反映着整个俄罗斯民族的思想——这就是陀思妥耶夫斯基笔下主要的，也许是唯一的主人公吧，所有的人都围绕着它，思考它、期盼它、追求它。陀思妥耶夫斯基的魅力也许正在于此。

小说《地下室手记》中的主人公——"地下室人"就是这样一个典型的人物形象：四十多岁的退休公职人员，生活在一间"城市边缘"的"又小又破"的地下室中，自认为是个病人、凶狠的人和"不讨人喜欢的人"。他明明知道自己有病，却宁愿忍受疼痛也不去医治；虽然有着很多的想法，却因为懦弱躲避在地下室中不敢发表言论；还总爱在心里不停地暗自与人较劲。他本身极度自我，却又是堕落的，他的贫穷和卑微让他逐渐失去了反抗，就连别人给他一记耳光，他都可以获得"绝望的快感"，其原

---

① ［俄］H. A. 别尔嘉耶夫：《俄罗斯思想》，雷永生、邱守娟译，北京：生活·读书·新知三联书店，2004年，第158页。

② ［俄］M. M. 巴赫金：《巴赫金全集》（第五卷），白春仁、顾亚玲等译，石家庄：河北教育出版社，1998年，第70页。

因是"非常强烈地意识到自己的处境毫无出路"。这种因绝望而生的堕落使他兼具自卑和自负的双重性格特征。因而，尽管他"比所有人都更聪明，比所有人都更有修养，比所有人都更高贵"，但在遇到羞辱的时候，他强大的自尊心暴露无遗，在和军官的冲突事件中，他把自己比作"一只遭受所有人侮辱、遭受所有人欺凌""给所有人让路"的"苍蝇"，内心矛盾又痛苦。但是，这么一位"怪人"却是一个十足的思想家，同时又是一个率真的人。他的工作是思考，这构成了他生活的全部。在这个过程中，他能够直面自己的病态，对自己的卑鄙丑恶的一面刻画得淋漓尽致，他不回避，反而把自己的伤疤揭露给这个世界。"地下室人"是对当时彼得堡的广大社会阶层的反映。

这从另一个侧面也体现出陀思妥耶夫斯基的东正教救赎情怀。他善于通过对"小人物"命运的描写来表现对他们的关爱和怜悯。而他笔下的根基人物就是精英阶层以外的城市各阶层人民。正如别尔嘉耶夫所言："他是描写来自城市知识分子阶层，或者来自小官吏和小市民阶层的人民的作家。在人民的生活里，主要是彼得堡市民的生活里，在脱离了人民之根基的公民的灵魂里，他揭示了独特的发展变化，发现了人性的本质的边缘……引起他兴趣的是具有强烈的根基主义情结的人们，是大地的人们，过日常生活的人们，忠实于具有根基特色的、日常生活传统的人们。"[①]

小说中，这位"地下室人"还遇到了一位与他在性格上形成鲜明对比的妓女丽莎。丽莎与"地下室人"同样都是这个社会的底层人物，不同的是，丽莎活成了一个"活生生的人"的状态。他身上丝毫不见"地下室人"面对生活中种种不幸的那种懦弱和堕落感。"地下室人"始终把对话

---

① Бердяев Н. А. Откровение о человеке в творчестве Достоевского//*Смысл творчества: Опыт оправдания человека*. М., АСТ, 2002. C.360.

者丽莎看作敌人和掌控对象。而丽莎珍藏着大学生的信，在"地下室人"谈论过种种教诲后取来，"将它视为自己的珍宝、自己的骄傲和自己的辩护"，从精神上战胜了"地下室人"，让他感到"惊讶""失败"和"彷徨"。由此展现出同样身处社会底层的人的不同灵魂。正如鲁迅所评论的那样："陀思妥耶夫斯基是人类灵魂的伟大审问者，他把小说中的男男女女，放在万难忍受的境遇里，来试炼他们，不但剥去表面的洁白，拷问出藏在底下的罪恶，而且还有拷问出藏在那罪恶之下的真正洁白来。"① 而陀思妥耶夫斯基创作的立意，更在于东正教"聚和性"所弘扬的"博爱"精神，其中最为突出的是人道主义的救赎情怀。

在长篇小说《卡拉马佐夫兄弟》中，伊万是卡拉马佐夫家的二儿子。他年轻聪明，遇事沉着冷静，受过良好的教育，关心社会时事，还能说会写，在新闻圈小有名气，堪称绅士小青年。当他目睹社会的急剧变化给平民百姓造成的不安和痛苦时，他甚至怀疑至善上帝的存在，于是他内心常常进行着天使与魔鬼的较量，陷入矛盾和精神分裂中。现实中的恶使得他认识到：既然存在恶，就无所谓上帝，因为上帝是万能至善的，不应该允许恶的存在，而无所谓上帝，人就不会因为作恶而得到惩罚，也就可以无所不为了。他多年来一直暗暗地爱着卡捷琳娜，但苦于卡捷琳娜是自己大哥德米特里的未婚妻而无能为力。在得知德米特里迷恋上格鲁申卡时，他也暗暗希望德米特里能够如愿与格鲁申卡在一起，这样他就能得到卡捷琳娜。而在德米特里因与父亲老卡拉马佐夫争夺格鲁申卡而扬言要杀了父亲时，他竟鬼使神差地希望父亲与德米特里的矛盾加剧，最好德米特里还能实施弑父的计划，这样德米特里因为犯罪而入狱，他不仅能够得到卡捷琳

① 鲁迅：《再论雷峰塔的倒掉》，载林非主编：《鲁迅著作全编·坟》第1卷，北京：中国社会科学出版社，1999年，第108页。

娜，还能使丢人现眼的父亲顺利消失，从而获得多一份的父亲遗产。对家人的算计所显现之"恶"，与其对社会的关心所展示之"善"形成强烈反差，塑造了一个典型的分裂人格。

伊万是欧洲思想的典型代表，是一个虚无主义者。而小说《卡拉马佐夫兄弟》则是一个欧洲没落的故事。在陀思妥耶夫斯基眼里，卡拉马佐夫一家的变态，正是因为俄国的社会发生了变异，其中非常重要的是家庭形态发生了变化，即出现了一种新的家庭形态——偶合家庭。这种家庭的产生，正是脱离了俄罗斯东正教精神的结果。在偶合家庭之中，男女主人一般是情人关系，因此家庭的结合也有太多偶然性，一切关系都没有根基，所以是不牢固的。老卡拉马佐夫的家庭就是这样。他和两任妻子的婚姻都是私奔达成的，没有经过父母、社会和法律的承认，因此是没有合法性的。在偶合家庭里，更多的只有欲望，孩子与父母之间的关系也变成了欲望关系、利益关系，所以家庭成员都很变态。身为父亲的老卡拉马佐夫甚至跟儿子争夺情人。而这种精神气质都不是俄罗斯的。陀思妥耶夫斯基认为，这样的家庭是欧洲现代资本主义社会的产物，是以人与人的欲望和诱惑为根基建立的。它们出现在俄罗斯，给这个社会带来了极端的不稳定因素。但这与西欧派崇尚西方有关。陀思妥耶夫斯基本人，是在经历过西欧思想的洗礼后又返回俄罗斯大地的，他看清了西化的弊端，所以成为坚定的土壤派或者根基派，坚决反对偶合家庭现象，所以，他把小说的结局设为：老卡拉马佐夫被亲生儿子杀死；真正的弑父凶手、老卡拉马佐夫的私生子斯麦尔佳科夫畏罪自杀；伊万因良心的内疚而精神错乱；只剩信仰宗教的小儿子阿辽沙离家远行。在小说中，他让读者看到希望的就是卡拉马佐夫一家的小儿子阿辽沙。阿辽沙不同家庭中其他任何人，他有坚定的东正教信仰。当伊万跟他侃侃而谈，在他面前质疑上帝，说得他完全没有办法回嘴的时候，他就哭着走出教堂，跪在地上亲吻泥巴、亲吻土地。他亲上帝亲不到，但是他可以亲上帝留在人间的泥土和大地。这就是他脚踏实地的爱，也是真正的俄罗斯人的精神救赎的根基。

小说的精神救赎意义还体现在：伊万在法庭上"认罪"时请求说："你们有水吗，给我点水喝，看在基督的份上！"①在东正教文化里，水具有洗礼、重生的意思，伊万此刻要水的表现正象征着他渴望精神得到洗礼从而实现复活。可以说，正是这场由他自己作孽而起的磨难为他的灵魂救赎创造了条件。

长篇小说《卡拉马佐夫兄弟》也体现出辩证法的思想。小说的卷首引用了《新约》中的一段话："我实实在在地告诉你们：一粒麦子落在地里，不死，仍旧是一粒；若是死了，就结出许多子粒来。"②难怪罗赞诺夫认为，陀思妥耶夫斯基的这部长篇小说的哲学意义在于确认生与死的不可分离性：死的不可避免使生成为可能。因此，罗赞诺夫称陀思妥耶夫斯基为"辩证法的天才，在他那里几乎所有正题都转化为反题"。③

小说《白痴》中的梅什金和阿辽沙有相似之处。他们最大的共同就是，他们都是有信仰的、纯洁的人。只有信仰，信仰之美，才能拯救人。可以说，这才是陀思妥耶夫斯基创作的根本目的，体现了他对于人类终极出路的思考与探索。

巴赫金把陀思妥耶夫斯基的作品比作一个可以容纳各种不同人和互不融合的心灵的教堂："如果一定要寻找一个为整个陀思妥耶夫斯基世界所

---

① ［俄］C. M. 陀思妥耶夫斯基：《陀思妥耶夫斯基全集》（第16卷），陈燊等译，石家庄：河北教育出版社，2010年，第1060页。

② ［美］伏斯特：《约翰福音》（今日如何读新约），冷欣、杨远征译，上海：华东师范大学出版社，2011年，第12章第24页。

③ Розанов В. В. *Собрание сочинений. Том 1. Среди художников.* Москва: Республика, 1994, С.12

向往而又能体现他本人世界观的形象，那就是教堂，它象征着互不融合的心灵进行交往。"① 在陀思妥耶夫斯基那里，"复调"式的对话发生在"我"与"他人"的相遇之处，而"他人"是有着性质的差别的："善"的"他人"可以给"我"以爱和信任，能积极地对待"我"的存在，因而"我"遇到"善"之"他人"时，就会得到来自他（她）的肯定，才可能与之发生积极有意义的对话，譬如在陀思妥耶夫斯基的小说《白痴》中，当纳斯塔霞遇到了善良的梅什金公爵时，才产生了真正的有建设性意义的对话；而"恶"的"他人"只能对"我"产生威胁，令"我"感到厌恶，甚至扭曲"我"的心灵，所以，"我"和"恶"的"他人"之间即使有对话，也不可能是积极有益的，如纳斯塔霞身处各种精于算计和侮辱她的人中，和这些人的对话几乎占了她生命的全部，严重扭曲了她的自我认识，导致了她最终以自我毁灭来表示反抗。②

综观陀思妥耶夫斯基的作品，可见《地下室手记》关于人的心灵救赎的主题在从《被侮辱的与被损害的》到《罪与罚》《群魔》《白痴》，再到《卡拉马佐夫兄弟》中得到了延续，而且这一主题也随着作者思想认知的变化而变化，在陀思妥耶夫斯基的创作中呈现一个越来越清晰、越来越深刻的过程。尤其是最后几部长篇小说，虽然没有明确统一的思想，但都是关于人的精神状态，都涉及信仰的问题，从拉斯柯尔尼科夫到德米特里、卡拉马佐夫都有着从犯错到纠结再到获得精神上的救赎过程。可以说，陀思妥耶夫斯基在描写"对话"时营造了一个特定的语境，这个大的语境是

---

① ［俄］M. M. 巴赫金：《巴赫金全集》（第五卷），白春仁、顾亚玲等译，石家庄：河北教育出版社，1998年，第12页。

② 萧净宇：《超越语言学——巴赫金语言哲学研究》，上海：上海人民出版社，2007年，第129页。

在作者对世界的独特认知下创造出来的，也必然受俄罗斯传统文化和作者经历的影响。

　　作为伟大作家，陀思妥耶夫斯基的作品是既反映了现实，又高于现实的。其笔下人物的那些具有哲学性质的对话，正是他在当时的社会条件下矛盾心理的再现。在经历了人生的戏剧性变化以后，陀思妥耶夫斯基关注底层人民生活有十年之久，面对西方文明和理性主义在俄国泛滥的现状，及其造成传统的俄罗斯民族思想和道德的缺失，他开始高举"根基主义"的旗帜，强调俄罗斯东正教精神的救赎和感化作用。他的创作就承载着他对现实的批判精神。

第二节　现实空间中思想的"聚和"

　　"聚和性"的实质就是"多样性的统一"，和"在自由基础之上的统一"，把这一理念用在文学创作领域的主要代表首推陀思妥耶夫斯基。

　　巴赫金指出："陀思妥耶夫斯基是复调小说的首创者。"① 他正是从陀思妥耶夫斯基的"复调"入手来研究他的"对话主义"的。"复调"本是音乐上的一个术语，巴赫金以音乐上的复调比喻陀思妥耶夫斯基小说的特点。他说："复调的实质恰恰在于：不同声音在这里仍保持各自的独立，作为独立的声音结合在一个统一体中，这已是比单声结构高出一层的统一体。如果非说个人意志不可，那么复调结构恰恰是几个人的意志结合起来，从原则上便超出了某一个人的意志范围。可以这么说，复调结构的

---

① ［俄］M. M. 巴赫金：《巴赫金全集》（第五卷），白春仁、顾亚玲等译，石家庄：河北教育出版社，1998 年，第 5 页。

艺术意志，在于把众多意志结合起来，在于形成事件。"①陀思妥耶夫斯基在其作品中，把不同的声音结合起来，从对话的角度，将不同人的各种声调、语体、行话、方言等言语材料组织在一起，将不同的声音汇聚在一起，形成一种"众声合唱"的"复调"。巴赫金认为，这是不同的声音用不同的调子唱同一个曲目。这也正是揭示生活的多样性和人类情感的多层次的"多声"现象。②"复调"的"和而不同"其实就是东正教"聚和性"意识在陀思妥耶夫斯基小说创作艺术形式上的积极反映。

陀思妥耶夫斯基笔下的小说几乎都是典型的"聚和性"小说。这种"聚和"在小说中首先体现在多种不同的思想的"复调"，即"多声部"式的共存中。

一方面，这种共存表现为不同主体的思想在"共时性"空间中的"聚和"。在研究陀思妥耶夫斯基的作品的过程中，巴赫金提出了"共时性"这样一个重要的概念，认为"共时性"是陀思妥耶夫斯基创作艺术形式的一个重要特点。巴赫金认为："陀思妥耶夫斯基艺术观察的一个基本范畴，不是形成过程，而是同时共存和相互作用。他观察和思考自己的世界，主要是在空间的存在里，而不是在时间的流程中。由此便产生了他对戏剧形式的深刻爱好，所有他能掌握的思想材料和现实生活材料，他都力求组织在同一个时间范围里，通过戏剧的对比延伸地铺展开来。"③

长篇小说《卡拉马佐夫兄弟》的创作是多种人物思想、多个不同世界在统一空间中的辩证统一，因而具有"共时性"的特点。小说中的主人公

---

① ［俄］M. M. 巴赫金：《巴赫金全集》（第五卷），白春仁、顾亚玲等译，石家庄：河北教育出版社，1998年，第27页。

② 同上，第58页。

③ ［俄］M. M. 巴赫金：《陀思妥耶夫斯基诗学问题》，白春仁、顾亚玲译，北京：生活·读书·新知三联书店，1988年，第59页。

各有各的世界，各有各的思想，甚至很多思想都互相矛盾，也存在着大人和孩子的两个世界，明明是互相矛盾或毫无关系、相差千里的，为什么这些矛盾思想和不同的世界都能在同一部小说中和谐共存呢？这就是因为"聚和性"意识，即博爱，在爱面前，所有这些一切都是平等的，因为平等，才有了互相对话的机会。也是爱给予了这些互相矛盾的思想存在的自由。伊万因为爱世人，看到世人和孩子受苦，才会怀疑上帝是否存在，才会觉得人可以为所欲为，但也因为爱，让他自己忍受为所欲为的后果——"弑父"的心理痛苦；因为爱，卡捷琳娜才会一面对德米特里好，想要一生一世陪伴他；另一面又恨他的背叛，想要报复。也正是因为爱，佐西玛长老才嘱咐阿辽沙一定要帮助家庭里的成员渡过难关。阿辽沙在小说中就代表着对上帝的信仰，一言一行实践着上帝爱的箴言，是阿辽沙用爱将孩子们，将德米特里、格鲁申卡、卡捷琳娜、伊万等人慢慢凝聚在一起。可以说，《卡拉马佐夫兄弟》是各种思想在爱的指引下，在同一空间结构中达到的一种和谐对话。爱和信仰，让这些不同主体的思想"聚和"在了一起。

小说的一开头交代各种人物关系，故事开始之前，小说的主人公都过着各自的生活，互相几乎没有联系，每个主人公都有着自己的世界，这些世界互相没有交集。老卡拉马佐夫一直生活在"我县"，大儿子德米特里辗转被多户人家收养，后来去到高加索服役。二儿子伊万和小儿子阿辽沙被叶菲姆·彼得罗维奇收养，虽然两个孩子生长在同一个家庭，关系也并不亲密，少交流，伊万还在十三岁的时候离开了叶菲姆·彼得罗维奇的家。斯麦尔佳科夫虽然一直生长在"我县"，按照血缘来说也是卡拉马佐夫家庭中的一员，但是却一直被视作下人，被忽视。卡捷琳娜更是原本远离"我县"居住，跟卡拉马佐夫家族毫无交集。然而，这些主人公都因为各种不同的原因，在同一时间聚集到了"我县"，于是他们原本孤立的世界、各自的思想，互相开始碰撞、交织，互相影响，并有了后面的故事情节发展，有了每个人的内心独白展现和人物之间的对话。是陀思妥耶夫斯基特意为这些人物的相遇，为故事情节的发展安排了一个共同的舞台。

在这个共同舞台的基础上，陀思妥耶夫斯基把故事情节分割成一个个场景，如同戏剧一样，一幕一幕安排，并把他们最大限度地压缩到一段极有限的时间段中展开和完成。小说中整个故事发生的时间有两个多月，但作者仅仅仔细描述了其中五天的事情，这描写的仅仅五天时间中间还穿插了很多回忆，很多之前发生的事情。例如小说中德米特里在花园里对阿辽沙的坦诚，他与卡捷琳娜的故事；又如伊万在中间两个月的经历，他与斯麦尔佳科夫的谈话等。这些都是在现时的故事中不断地往前追溯。可以说，这部小说就像是一个一个场景的叠加，就如同戏剧中的一幕一幕，每一幕都有几个主角登场，主要由阿辽沙的视角将这一幕一幕串联起来。在"每一幕"中，作者描绘的重点也并非是故事情节，而是每个人物的眼中的世界，所以在每一个故事情节里都是在场的人物角色大量的对话和内心独白。除了小说的戏剧化特点之外，还可以看出，这五天中每一天的故事情节其实都并不复杂，但所占篇幅却很长，原因就是作者更注重的是人物的内心世界，而不是故事情节，作者致力于将多个人物角色聚集到一个共同平等的"舞台"集中描写。《卡拉马佐夫兄弟》就是一个聚集了多种思想的舞台。在这个舞台上种种思想在同一时间、同一空间既对话、争论，又互相交融、互相影响。这种描写方式使得小说的空间意义被放大，时间意义被缩小。从这个角度来说，小说《卡拉马佐夫兄弟》是多种思想的同时共存和相互作用，是多种思想的"复调"式的"聚和"。

作者与主人公的关系实质上也是一种主体间的思想关系。巴赫金认为，在作者与主人公的关系问题上，陀思妥耶夫斯基所采用的"复调型"创作原则或者对话思维，就是在艺术构思的范围内，把主人公看成与作者处于平等的地位的思想之人、独立的个体和活生生的意识："在陀思妥耶夫斯基小说中，作者讲到主人公，是把他当作在场的、能听到他（作者）的话、并能作答的人。"① 的确，"陀思妥耶夫斯基的主人公，整个地、全身心地投入世界性的对话中：他用自己的语言，自己的行为，自己的面容、眼睛、躯体、每一个手势，自己的沉默，甚至是自己的死……这一点也决定了陀思妥耶夫斯基独特的表现力。这是一种对话性的表现力"②。所以，陀思妥耶夫斯基"没有把对主人公的任何一个重要的评价，把主人公任何一个特征，任何一个细小的特点留给自己，亦即仅仅留在自己的视野内。他把一切都纳入主人公的视野，把一切都投入主人公自我意识的熔炉内；而作为作者观察和描绘对象的主人公自我意识，以纯粹的形式整个地留在作者的视野之中"③。这样，在陀思妥耶夫斯基笔下，主人公不再是作为作者意识的附庸而存在，不再是表现作者意识的工具，而是一种独立意识的代表，他对世界、对自己的评价已经与作者本人在小说中所作的评价有了同等的价值和分量。这也是一种主体间思想的"聚和"。可以说，是博爱和信仰使得这些思想在同一空间结构中"聚和"在了一起。

另一方面，这种共存表现为同一主体不同思想在"历时性"空间中的"复调"。这种"复调"在陀思妥耶夫斯基笔下也有不少体现。"翻开陀思妥耶夫斯基的小说，读者感受最深的也许是扑面而来的众多人物形象的相

---

① ［俄］M. M. 巴赫金：《巴赫金全集》（第五卷），白春仁、顾亚玲等译，石家庄：河北教育出版社，1998年，第84页。

② 同上，第62页。

③ 同上，第84页。

互对峙的思想和生活感受。在长篇小说《罪与罚》中，穷大学生拉斯柯尔尼科夫与妓女索尼娅的不同处世态度就构成了小说的框架，前者不顾犯罪也要以暴力手段来抗恶，通过杀死放高利贷的老太婆，用得到的钱来拯救自己和受苦受难的穷人；后者则坚持要以一颗善良的心去对待一切，无论如何都不能够采取暴力的手段，犯了罪就要接受惩罚，用受苦受难来净化自己的灵魂，忏悔自己的罪过，从而达到自我完善。"①

在长篇小说《卡拉马佐夫兄弟》中，伊万是一个最复杂、最矛盾的角色，年轻好学、聪明、有远大抱负。他关注社会问题、人类命运，也希望世界能够美好有序。但是伊万在看到无辜的孩子们受苦之后，理性让他对生活产生了种种失望和厌恶，于是心中对上帝至善的理论产生了怀疑，在父亲的家里讨论时，伊万坚决地说出没有灵魂不灭，没有上帝，在与阿辽沙对话时，也说出了宗教大法官的故事，故事中宗教大法官对上帝的质问其实也是伊万对上帝的质问。其实，能够产生对上帝存在的质疑，也是因为伊万心中对无辜孩子的爱，这也是一种善。伊万的内心常常有多种思想在斗争和挣扎。为了揭露伊万的复杂思想，作者不仅通过伊万与阿辽沙等人的对话，让伊万直接地表露了自己的内心，还通过斯麦尔佳科夫来分析了掩藏在伊万内心深处的矛盾。斯麦尔佳科夫觉得与伊万是在同一个世界的人，于是对伊万产生好感，向伊万靠近。而伊万也因为隐隐感觉到这一点，而在内心对斯麦尔佳科夫感到厌烦。斯麦尔佳科夫清楚知道伊万对金钱的欲望、对卡捷琳娜的情欲、对父亲的憎恨，于是试探伊万，让伊万去外地。而在伊万三次拜访斯麦尔佳科夫时，斯麦尔佳科夫更是一次次越来越深入地对伊万内心深处的欲望层层分析。"天知道为什么斯麦尔佳科夫

---

① 张杰：《陀思妥耶夫斯基小说创作艺术的"聚和性"》，载《外国文学研究》2010年第5期。

显然认为自己和伊万·费尧多罗维奇在某方面是一伙的，所以说话总是带着这样的口吻，仿佛他俩之间已存在某种得到双方认可的密约，这种默契只有他俩知道，而他们周围的芸芸众生根本不懂。"① 可以说，斯麦尔佳科夫就是伊万的一面镜子，伊万的内心其实是矛盾分裂的，一方面不承认上帝的存在，认为人可以无所不为，而斯麦尔佳科夫正是这种思想的继承者和实践者；另一方面伊万的内心又有另一个声音告诉他，人不能为所欲为。所以伊万与斯麦尔佳科夫的对话，就像是在与另一个自己对话，是他内心两种思想的交锋。这是两种相对立的思想在同一个人身上的辩证统一。

小说中还有一段关于一颗炽热的心的自白描写得相当精彩。按德米特里所说，当卡捷琳娜来找他时，他的第一个念头是"卡拉马佐夫式的"，他的心就像是被"蜈蚣"所蜇了，想要将卡捷琳娜这样为父亲做出牺牲的高尚的美人紧紧搂在自己手里，而"可就在这同一秒钟"，"突然有一个声音向他耳语，不要去提亲，心里有一个声音对他说卡捷琳娜美丽高尚，而另一个声音又对卡捷琳娜满怀仇恨而从那份恨到爱，到最最疯狂的爱，只有一根头发丝儿的距离"。② 一个声音唆使德米特里对卡捷琳娜进行报复，而另一个声音又促使德米特里掏出钱财帮助了卡捷琳娜，并对她深深地鞠了一躬。再如卡捷琳娜一面因为德米特里的帮助而尊敬他，另一面鄙视德米特里用这种卑鄙的手段；一面痛恨德米特里背叛自己，另一面出于骄傲和同情想要照顾德米特里一生，用爱感化他；一面爱着伊万，另一面又折磨伊万，否认自己的这份感情。这种体现在同一主体身上的不同意识的此

---

① ［俄］Ф. M. 陀思妥耶夫斯基：《卡拉马佐夫兄弟》，荣如德译，上海：上海译文出版社，2006年，第294页。

② 同上，第145页。

起彼伏的交错融合，恰恰是同一主体众多意识的"复调"。

第三节 "微型对话"与"大型对话"的"复调"

巴赫金认为："在陀思妥耶夫斯基艺术世界中居于中心位置的，应该是对话……陀思妥耶夫斯基在自己的宗教乌托邦的世界观方面，把对话看成为永恒，而且永恒在他的思想中便是永恒的共欢、共赏、共话……在陀思妥耶夫斯基的长篇小说中，一切莫不归结于对话，归结于对话式的对立，这是一切的中心。一切都是手段，对话才是目的。单一的声音，什么也结束不了，什么也解决不了。两个声音才是生命的最低条件，生存的最低条件。"[①] 在巴赫金看来，"对话性"不仅是陀思妥耶夫斯基的复调小说的本质，而且是人类生活和人类语言的本质。

在关于《陀思妥耶夫斯基诗学问题》一书的修订文中，巴赫金系统地把陀思妥耶夫斯基作品做了三大总结：一是陀思妥耶夫斯基创作的主人公是独立于作家的有生命的东西，作家与主人公处于平等地位。作者无力完成他们。二是思想成为艺术描绘的对象。思想不是从体系方面（哲学体系、科学体系），而是从人间事件方面揭示出来。三是在地位平等、价值相当的不同意识之间，对话性是其相互作用的一种特殊形式。[②] 他进而把陀思妥耶夫斯基小说看成是由许多"大型对话"和"微型对话"交织呼应而成的充满多声部的合唱。

所谓"大型对话"，其实就是陀思妥耶夫斯基小说中作者和主人公、

---

① ［俄］M. M. 巴赫金：《巴赫金全集》（第五卷），白春仁、顾亚玲等译，石家庄：河北教育出版社，1998 年，第 340 页。

② 胡经之：《西方文艺理论名著教程》（第三版）（下），北京：北京大学出版社，2016 年，第 552 页。

主人公和主人公的对话性，它反映的是在作家艺术构思的范围内，作者与主人公、主人公与主人公平等自由的交往关系。巴赫金认为，在作者与主人公的关系问题上，陀思妥耶夫斯基所采用的"复调型"创作原则或者对话思维，就是把主人公看成是与作者处于平起平坐的地位的思想之人、独立的个体和活生生的意识："在陀思妥耶夫斯基小说中，作者讲到主人公，是把他当作在场的、能听到他（作者）的话、并能作答的人。"巴赫金认为，作者对每一个主人公应始终保持确定和稳定的观察优势和认识优势，即作者应"极力处于主人公一切因素的外位：空间上的、时间上的、价值上的以及涵义上的外位"①。这就是巴赫金说所"外位性"原则。巴赫金指出："处于这种外位，就能够把散见于设定的认识世界、散见于开放的伦理行为事件（由主人公自己看是散见的事情）之中的主人公，整个地汇聚起来，集中他和他的生活，并用他本人所无法看到的那些因素加以充实而形成一个整体。"②因此，他把这种原则看作是处理作者与主人公之间关系的最基本的创作或审美原则。在确立作者与主人公之间的对话性关系的同时，巴赫金也确立了主人公与主人公之间的对话性关系。他认为，陀思妥耶夫斯基笔下的主人公是以平等身份参与他的小说中大型对话的角色③，他们每个人都有着自己的生活立场和"惊人的内在独立性"。④他们之间的对话性关系既体现了人作为独立个体的自主性和主体性，也体现了人与人之间的平等性和主体间性。

　　所谓"微型对话"，是"大型对话"在复调小说话语中的具体体现。

① ［俄］M. M. 巴赫金：《巴赫金全集》（第五卷），白春仁、顾亚玲等译，石家庄：河北教育出版社，1998 年，第 110 页。
② 同上，第 110 页。
③ 同上，第 97 页。
④ 同上，第 14 页。

它主要建立在人与人的对话关系和人的自我意识的两面性之上。在陀思妥耶夫斯基小说中，"微型对话"主要表现为大量双声语和杂语。这也是陀思妥耶夫斯基小说的一大特色。在巴赫金看来，双声语是一种潜藏着对话的话语，它代表着两个地位平等的意向和态度，既针对自己的思想而发，又针对别人的思想或言语而发。巴赫金认为，陀思妥耶夫斯基小说的双声语，集中体现了语言的对话性本质。而"杂语"是其关于陀思妥耶夫斯基诗学研究的一个重要概念，指的是语言在现实存在中所表现出的言语杂多现象，以许多不同的声音代表各个不同个人的具体意识。巴赫金认为，小说（主要是长篇小说）"正是通过社会性杂语现象以及以此为基础的个人独特的多声现象，来驾驭自己所有的题材、自己所描绘和表现的整个实物和文意世界"①。因而，杂语充分体现了小说的对话性——杂语中的一切语言，不论是根据什么原则区分出来的，都是观察世界的独特视点，是通过语言理解世界的不同形式，是反映事物涵义和价值的特殊视野，它们全能形成对话式的对应关系。②

    在复调小说中，陀思妥耶夫斯基往往运用对位法把融入一部长篇小说中的中篇及其不同情节联系到一起。这在由三部分组成的《地下室手记》中表现得尤为突出。而在《罪与罚》中，拉斯柯尔尼科夫犯罪后的情节线索发展是一种平行结构，这种情况便是大型对话（复调）在结构上的表现。巴赫金认为，陀思妥耶夫斯基小说中的主人公具有独立的自我意识，是可以和作者平等对话的，但同时他又认为，主人公独立的自我意识是"在艺术构思范围内的自由"。例如，拉斯柯尔尼科夫躲避房东太太的

---

① ［俄］M. M.巴赫金：《巴赫金全集》（第三卷），白春仁、晓河译，石家庄：河北教育出版社，1998年，第41页。

② 同上，第72页。

一段描述就夹杂着叙述主体的变化:"他不是胆小怕事,他压根儿不是这样的人,但是从某个时候开始,他动不动就发火,情绪紧张,仿佛犯了忧郁症似的。他常常深思得出神,爱孤独,甚至怕见任何人,不仅仅怕见女房东。贫困压得他透不过气来;可是近来连这种贫困境况他也不觉得苦恼了。他再也不做自己日常生活中必要的事务,他没有心思做了。"这是作者的声音在叙述或者介绍着主人公,作者在揣度着主人公的心理,也试探着他的反应。我们从作者所言的"他毫不害怕女房东,不管她想出什么主意来对付他",同时又可以得出结论:主人公是害怕女房东的。而主人公的心理反应果真如此吗?看看接下来的叙述就知道了:"可是站在楼梯上听她噜苏一些与他风马牛不相及的日常琐事,避逃房租、威吓、诉苦,他就得敷衍一番,抱歉几句,说些鬼话——那不行,倒不如学猫儿的样,乘机逃下楼去,溜之大吉,免得让人看见。"从"可是"二字便可窥见相反的意思。随之主人公的声音打破了作者的声音,又由叙述者表达出了相反的态度:他很害怕女房东。不然怎么会如同猫儿般溜之大吉呢?由此可见,作者与主人公之间的关系也是"同意或反对、肯定和补充、问和答"的对话性关系,只有听出了双方的声音,才能明白就里。

一般认为,《地下室手记》是陀思妥耶夫斯基创作的一个转折点,其主人公的"地下室人"也开辟了其后的《罪与罚》《白痴》《群魔》和《卡拉马佐夫兄弟》等小说的主人公自私丑陋的形象。而这些形象更多的是以"微型对话"的形式刻画出来的。以长篇小说《罪与罚》为例,陀思妥耶夫斯基通过细腻的心理描写展示了主人公拉斯柯尔尼科夫的分裂人格。而其所有的心理描写都离不开人物间的对话关系。其中各种自我对白和与他人对话中的对话均体现出其思想的变化。正是通过这种多重的对话关系,作家充分显露出拉斯柯尔尼科夫内心的矛盾与分裂。

对话中的双语现象是"微型对话"的另一特点。双语过程由主人公在对话中揭示"他者"隐藏于内心的思想来完成，表现出一种充满暗示但内心却充满矛盾的特点。这在拉斯柯尔尼科夫和波尔费利警官的对话中表现得尤为典型："'昨天您好像对我说过，您想要……正式地……就我和那个……被杀害的人是怎么认识的展开询问，是不是？'拉斯柯尔尼科夫说完这话，心里忽然闪电般闪过一个念头，'我为什么要说好像呢？'他转念又想，'说了好像又怎么了？我着什么急呢？'突然，他的心头又飞速地闪过了另一个念头。""'如果一个人总是幻想着自己从窗口或者是钟楼上跳下去的话，有时这种幻想会对人产生非常大的诱惑力，您拉铃也是这样……这是一种病态的心理……罗吉昂·罗曼诺维奇，这是病态的呀！您对自己的病情实在不够重视。'就在这一瞬间，拉斯柯尔尼科夫觉得周围的一切都在他的身边旋转起来。'难道说，难道说，'一个想法在他的脑子里飞快地一闪，'他此刻说的还是谎话吗？不可能，不可能！'他竭力排除了这个想法，而且他事先就已经感觉到，这个想法一定会使他怒不可遏，说不定他真的会因此而发疯的。"[1]此处，这种双声技巧达到了炉火纯青的地步。两位主人公在此的对话展现出其各自心怀鬼胎：波尔费利表面夸大其词，实则对拉斯柯尔尼科夫进行迂回敲打，而拉斯柯尔尼科夫的疑神疑鬼的病态心理更为显著。虽然这件事因意外的插曲而背离原先的计划，但此次谈话对拉斯柯尔尼科夫影响甚大，由此间接引出其接下来对索尼娅的坦白。

索尼娅安静温柔，但她的身上有一种极其坚决、强烈的力量。这个力量就是对东正教的信仰，是神赐的力量，她坚信"神是一切，没有上帝她

---

① Достоевский Ф. М. *Собрание сочинений в 15 томах*. Ленинград: Наука. Ленинградское отделение, 1989-1996, C.263.

将无法生存"。她"追求善良，远离罪恶"，怀着对周围人、对世界的爱，
她尽管身份"特殊"，家庭关系复杂，却依然扛起家庭的重担，默默奉献。
当她知道拉斯柯尔尼科夫的杀人事实后，她没有因爱而包庇他，而是劝他
走上正路。她给拉斯柯尔尼科夫读《圣经》关于拉撒路复活的一段："耶
稣说道：'我就是复活！我就是生命！相信我的人，就是死了，也会复活过
来。而活着相信我的人，将永远不会死去。'索尼娅仿佛痛苦地喘了一口
粗气，接着清清楚楚地用力读了下去，就好像是在公开承认自己的信仰
似的。'天，我相信！我相信你就是基督，你就是上帝之子，是我们期待
已久，到这个世上来的救世主！'"[①]这一段也是拉斯柯尔尼科夫命运转折
的一段，引向其生命复活的一段。拉斯柯尔尼科夫投河自杀未遂，跟索尼
娅吐露犯罪事实，这一切都显示出《圣经》对他的潜移默化的作用。而索
尼娅在得知他杀了人后发出的"您有权杀人吗"的诘问恰恰彰显出"聚和
性"关于人与人平等的道德观。

　　小说《罪与罚》的结局具有心理和行为的双重意义，一是从内在的心
理层面，坚持要以暴力抗恶的主人公拉斯柯尔尼科夫，无论如何都难以接
受索尼娅的"忍耐"和"受苦受难"的思想，他与索尼娅的对话形成了小
说独特的"复调"结构，不同思想的共存无疑是东正教"聚和性"意识使
然；二是从外在的行为上看，曾经视任何信仰、法律和道德为粪土的虚无
主义者拉斯柯尔尼科夫，因为爱情缘故最终还是在行为上服从了索尼娅，
以忏悔之心承受一切苦难，在索尼娅的陪伴下，走上了"受罚"的"服苦
役"之路。这从表面上看是索尼娅爱情的作用，其实是以"聚和性"为核
心的东正教博爱精神的作用。陀思妥耶夫斯基在自己的小说创作中，对东

---

① Достоевский Ф. М. *Собрание сочинений в 15 томах*. Ленинград: Наука. Ленинградское отделение, 1989–1996, C.308-309.

正教信仰的坚定是显而易见的。

长篇小说《罪与罚》的力量还不仅仅在于表现东正教信仰对索尼娅、拉斯柯尔尼科夫等人物所起的作用，更在于反映这一信仰对整个俄罗斯民族的重要性，正如美国学者弗兰克（Joseph Frank，1918—2013）所言："如果说俄罗斯人民确实拥有陀思妥耶夫斯基如今在他们身上发现的那种非常的道德能力，这些能力却对他而言非常显然，对他童年的宗教感情发生了净化的影响；它们与东正教信仰有着紧密的不解之缘"①。

当然，"微型对话"与"大型对话"是相对而言的，二者之间存在着辩证统一的关系，在一定条件下，可以互相转化。当内部的思想矛盾突破双声语阶段分裂为两个人的意识时，思想矛盾便成为作品的结构形式，而且自始至终贯穿整部作品中，这时的内部对话就成为"大型对话"。同时大型对话也包含着"微型对话"。"微型对话"是"大型对话"在情节结构的组织下的对话对文本言语的内在渗透，从而使二者能够更好地结合生成在一起，构成复调小说理论。而"大型对话"在一定程度上是以"微型对话"为基础的，没有多层次的"微型对话"的此起彼伏，作品也就无法显出其"大型对话"的结构。从实质上看，"大型对话"与"微型对话"就是从宏观与微观的角度对对话做出的不同界定。"大型对话"在巴赫金那里，虽然指的是陀思妥耶夫斯基作品在结构上呈现的内部与外部的对话关系，但是由于其宏观的研究角度，在文本中的"大型对话"相对于陀思妥耶夫斯基的整个创作来说，则又成为一种"微型对话"或曰"小对话"，而"微型对话"由于涉及两种不同声音之间的冲突，在范围的扩展下，又可以由两种声音上升为多种声音的共鸣，成为一种"众声喧哗"的局面，

---

① ［俄］Л.C. 弗兰克：《陀思妥耶夫斯基：受难的年代，1850—1859》，刘佳林译，桂林：广西师范大学出版社，2016 年，第 179 页。

这就变成另一种"大型对话"，从而达到不同对话主体之间的相互理解与沟通。"内部对话原则很特别，当它仅仅处于双声语阶段，用双声形式来表明思想矛盾的时候，属于微型对话，但是当内心矛盾已经发展分裂为两个人的时候，思想矛盾就变成了作品结构的形式，而且这种悬而未决的思想矛盾贯穿整个作品，这时，内部对话就不是微型对话，而成为大型对话了。"① 可以说，在陀思妥耶夫斯基的创作中，"微型对话"与"大型对话"的复调也是其"聚和性"的一种表现形式。

---

① 刘康：《对话的喧声——巴赫金的文化转型理论》，北京：中国人民大学出版社，2011年，第32页。

第九章

列夫·托尔斯泰："聚和性"——创作的灵魂

列夫·托尔斯泰（Лев Николаевич Толстой，1828—1910）是俄罗斯一直引以为荣的世界级文学巨匠。他博学多才，不愧是一位天才思想家和全能型作家：能写诗，写散文，写戏剧，而写起小说和评论来更有如行云流水般得心应手。

托尔斯泰出生于莫斯科南部图拉省的名门望族，一岁半丧母，九岁丧父。尽管如此，他自幼接受了良好的教育，1844年考入喀山大学，深受卢梭、孟德斯鸠等哲学家影响，迷恋道德哲学。俄土战争爆发后，他于1851年随在军中服役的长兄奔赴高加索。服役两年半后，于1854年加入多瑙河部队。克里木战争开始后，自愿调赴前线。在战火纷飞之中，他写出了《塞瓦斯托波尔纪事》。此后，自传体小说《童年、少年、青年》（1855—1856）的问世使他声名鹊起。1856年末，托尔斯泰退役，次年初首次出国，游历了法国、瑞士、意大利、德国等西欧国家。1857年，他发表短篇小说《卢塞恩》，对此次西欧之行的所见所闻做了批判性的描述。1860—1861年间，托尔斯泰再次出国，考察了西方教育制度。回国后他创办了教育杂志《亚斯纳亚波良纳》（1862—1863），开办了平民子弟学校。此后，托尔斯泰的创作迎来了一个高峰。1863 年，他发表中篇小说《哥萨克》；1868—1869 年，发表史诗性巨著《战争与和平》；1875—1877 年，他又发表长篇小说《安娜·卡列尼娜》。另一部长篇小说《复活》则是托尔斯泰晚期最重要的代表作。

罗曼·罗兰曾经指出："我们时代最宽广的心灵就是托尔斯泰的心灵。在他的心中，我们，一切民族和一切阶级的人是彼此相爱的。"① 的确，在托尔斯泰那里，人类的一切活动都具有道德性，因此"我们必须对真和善抱有极大的真诚和极大的爱"。②"善是真正的艺术的标志。一般艺术的标志是新颖、明晰、真诚。真正的艺术的标志是新颖、明晰、真诚的善。"③ 在托尔斯泰的创作中，"包容"与"爱"始终是一条主线，他始终把面向真、善、美这"三位一体"的伦理叩问置于核心地位。但在他看来，善高于美，也高于真，具有最根本的意义："要说这三位一体中的第一个组成部分——善是人的高级活动的基础和目的……真是善的必要条件之一，因为善只有在真是真实存在的条件下才能完善，但真本身既不是科学的内容，也不是科学的目的……美是善的条件之一，可怎么也不是善的必要条件，只是有时偶然与善一致，却经常同善相反，怎么也不是人的活动的独立的基础和目的。"④ 这一理念在他的一系列创作中得到了充分的体现。托尔斯泰始终在追求真理中显示出"爱"——爱他人，爱世界上该爱的一切。所以说，他是以仁慈之心在写作。"包容"和"爱"正是俄罗斯民族

① ［法］罗曼·罗兰：《托尔斯泰传》，傅雷译，北京：商务印书馆，1995 年，第 19 页。
② ［俄］列夫·托尔斯泰：《列夫·托尔斯泰文集》（第十五卷），冯增义、宋大图等译，北京：人民文学出版社，1989 年，第 315 页。
③ ［俄］列夫·托尔斯泰：《列夫·托尔斯泰文集》（第十七卷），陈馥、郑�译，北京：人民文学出版社，1991 年，第 145 页。
④ ［俄］列夫·托尔斯泰：《列夫·托尔斯泰文集》（第十四卷），丰陈宝等译，北京：人民文学出版社，1989 年，第 120 页。

传统的东正教"聚和性"精神的体现，而它们又是以"善"为根基的。由此可见，托尔斯泰尽管被东正教会革除了教籍，但这并不妨碍他把"聚和性"深深烙刻在自己的灵魂中。为此他尤其强调以"善"为出发点的道德意义。这正是他重要的审美取向之一。

当然，托尔斯泰创作中强大的道德性力量并未削弱其作品的艺术性，相反，对伦理道德和精神力量的重视，使得他的美学与伦理学合二为一。"正是这点给他的全部艺术以充满生气的热情。"① 对此，契诃夫也赞叹道："他通体和谐而美丽……托尔斯泰既是艺术家中的哲学家，又是哲学家中的艺术家……这是完整得惊人的性格。"②

第一节 巴赫金视阈中的托尔斯泰

20世纪世界著名文艺理论家、思想家米·米·巴赫金在研究陀思妥耶夫斯基的复调艺术时，曾将托尔斯泰的创作作为对比。他把文艺创作风格划分为独白型和对话型两类，并将托尔斯泰的艺术表现称为"独白型世界"，即"所有艺术内容构成因素，均在作者的统辖之中，人物的性质、立场，都被嵌入作者的话语框架之内"③，在这个世界中"不出现第二个同等重要的声音；因此也就没有多声部组合的问题，没有用特殊方法处理作者观点的问题。托尔斯泰独白式的直率观点和他的议论到处渗透，深入到

---

① ［英］艾尔默·莫德：《托尔斯泰传》（第一卷），宋蜀碧、徐迟译，北京：十月文艺出版社，1984年，第436页。

② ［俄］А. П.《契诃夫论文学》，汝龙译，北京：人民文学出版社，1958年，第430页。

③ 王志耕：《托尔斯泰历史小说的独白叙事》，长沙：湖南社会科学出版社，2011年，第159—163页。

世界和心灵的各个角落，将一切都统辖于他自己的统一体之中"①。在巴赫金看来，托尔斯泰的作品缺少对话性，他追求的是完全的话语权，喜欢在自己的作品中设置一个叙述者来展示自己的分析和评价，即在托尔斯泰那里，作者和主人公、主人公和非主人公间的关系是不平等的——非主人公受制于主人公；而主人公受制于作者。当然，巴赫金是基于叙事声音的视角来看待托尔斯泰的创作艺术的。

　　巴赫金对托尔斯泰的评论固然有一定的道理，但托尔斯泰本人对自己的创作有着独到的见解。在谈到《安娜·卡列尼娜》的创作体验时，托尔斯泰曾对朋友斯特拉霍夫说："在我所写的全部作品中，差不多是全部的作品中，我必须把那些为表现自己而互相联系着的思想搜集起来，就是这种必要性在领导着我……这联系的本身（我觉得）并不是由思想，而是由另外一种什么东西构成的，所以不能够直接用言语去反映这种联系的基础，只可以在描写人物、行动、场景时，一边用言语去间接地表现它。"②由此可见，托尔斯泰本人对艺术形象化的尊重和反对在作品中用思想观点的直接倾诉代替形象的描写。通过对这些形象的刻画，托尔斯泰展示出他们的灵魂和精神面貌，揭示出思想乃至一些超越思想的存在。

　　作为"19世纪最清醒的现实主义作家"，托尔斯泰非常清楚自己要表达的思想。从这个意义上看，托尔斯泰的创作的确具有"独白型"的特征。但由于作为研究对象的文学是极其复杂和多面的，所以纵然托尔斯泰作品中贯穿着一个主导思想，这种"独白"也并非一种单一声音的表述，而是一种充满着"聚和性"精神的"独白"。在托尔斯泰十分看重的伦理

---

① ［俄］M. M. 巴赫金：《陀思妥耶夫斯基诗学问题》，白春仁、顾亚铃译，北京：生活·读书·新知三联书店，1998 年，第 94 页。

② 智量：《论 19 世纪俄罗斯文学》，上海：复旦大学出版社，2009 年，第 313 页。

道德中，"博爱"是最为核心的宗旨。在"博爱"的旗帜下，他的创作表现出的各种观点和思想是互相敞开、互相包容的。一个典型的例子是，在长篇小说《安娜·卡列尼娜》中，托尔斯泰虽然赞赏列文和吉蒂的婚姻，但并未赋予他们一帆风顺。反之，在他笔下，他们婚后的生活是充满矛盾和痛苦的，列文的精神探索也并未因短暂的幸福而停滞，而是心灵的矛盾愈演愈烈。而安娜奋力冲破了贵族阶级的囚笼，与渥伦斯基私奔，看似得到了梦寐以求的自由，可这种自由因其本身就带着"罪恶"，所以它带来的所谓幸福也是脆弱得不堪一击的，甚至把安娜逼向了自我毁灭的绝境。这种矛盾交错的思想几乎贯穿于托尔斯泰的每一部作品。相形之下，如果说陀思妥耶夫斯基的创作也是基于"爱"的思想，那么，托尔斯泰的"爱"是完整而统一的，它与陀思妥耶夫斯基的分裂的爱是不同的。

道德因素在托尔斯泰创作中占据极为重要的地位，但是创作艺术对于托尔斯泰来说，也从来不是无足轻重的。在托尔斯泰心目中，艺术是神圣而庄严的，是与整个人类生活密切相连的伟大事业。只是，托尔斯泰是把作品的可理解性视为艺术创作的首要条件："伟大的艺术作品之所以伟大，正是因为他们是所有人都能接受和理解的。"[1] 在他看来，越是能很好地表达情感，带给人们求取幸福所需的情感的作品，就越具有生命力。而艺术所表达的情感，主要是一种博大的"爱"的情感。这种人性化的、高级形态的情感，不仅是艺术的表现内容，还是艺术获得巨大感染力和深远影响力的巨大源泉。"精神上的爱是最共同的，又是最合乎一切人的天性的情感，因此它从来就是而且将来还是真正艺术的内容。"[2] 对于托尔斯泰这样

---

① ［俄］列夫·托尔斯泰：《列夫·托尔斯泰文集》（第十四卷），丰陈宝等译，北京：人民文学出版社，1989年，第228页。

② 同上，第118页。

一位跨世纪的伟大作家，他的创作历程展示出的不仅是巴赫金的"长远时间"理论对于文学文本的意义，而且还是托尔斯泰本人的崇高的"爱"的情感表达。从其早期作品《童年、少年、青年》《战争与和平》到中期的《安娜·卡列尼娜》，再到晚期的《复活》，尤其是作家完成于1904年的最后一部重要作品《哈吉·穆拉特》，无不体现出对人道主义的弘扬，无不闪现着对人和大自然的关怀、慈悲、怜悯、同情和宽容的光辉。正如托尔斯泰在致罗曼·罗兰的信中提到的那样："我应该遵循我的理性的规律——爱别人甚于爱自己……维系着生活的不是残杀，而是生物之间的相互同情，这同情在我心中表现为爱的情感。"① 这种爱的情感正是东正教"聚和性"意识在托尔斯泰创作艺术中的反映。

第二节　　"聚和性"之于托尔斯泰

托尔斯泰既是一位伟大的艺术家，也是一位睿智的思想家。艺术性与思想性在他的作品中得到了高度的统一。作为现实主义作家，他一生始终关注社会现实问题，了解群众喜怒哀乐，其作品反映社会现实，但始终充满了对人类幸福的向往和对残酷现实的超越。其核心是平等与博爱的精神，是"善""爱"和"自我牺牲"精神，具体表现为"勿以暴力抗恶"和"全人类普遍的爱"。所以，"聚和性"意识在托尔斯泰艺术创作中尤为显见。在创作中，托尔斯泰尤重道德信仰和精神探索的因素，这又恰恰体现出他向善、救赎的"聚和性"意识。

"托尔斯泰出生在一个贵族地主家庭里。但他自幼热爱劳动，在与农

---

① ［俄］列夫·托尔斯泰：《列夫·托尔斯泰文集》（第十五卷），冯增义、宋大图等译，北京：人民文学出版社，1989年，第316页。

民和大自然的接触中初步形成自己世界观中某些重要的基础。"①托尔斯泰家族具有仁慈和爱的传统,其祖父对农奴仁慈宽容,他的父亲、母亲及其他亲人也是爱人如己。托尔斯泰继承了这一"爱"的传统,并将它发扬光大。这是托尔斯泰期望拯救不幸之人,为他们创造幸福生活的"博爱"思想的根源。托尔斯泰在亚斯纳亚波良纳庄园中度过了一生大部分的时光,他在庄园中生活、思考、创作,直至长眠。在庄园中,他也接触到农民和平民,经常为他们排忧解难。他也亲自喂养马匹,耕地植树。身为贵族,他却想平民百姓乃至底层人物所想,急之所急,非有伟大的格局是做不到这点的!这也为其伟大作品埋下了"聚和性"的渊源的种子。

托尔斯泰在晚年因维护正统的东正教教义而与当时东正教会的最高管理机构发生矛盾,并因此被该机构革除了教籍,但这并不影响他自幼形成的对俄罗斯东正教的笃信和东正教对他的潜移默化的影响。东正教作为俄罗斯民族的总体文化信仰和民族性特征,在俄罗斯文学中有着广泛的反映。而倡导"博爱""包容""宽恕""平等"的"聚和性"理念,对于积极探索基督教原始教义的托尔斯泰而言,正是一种强大的精神依托,为其小说独特的创作艺术,提供了坚实的东正教思想基础。托尔斯泰通过对俄国社会问题的观察,认为无论是来自何方、性质如何的暴力手段,都难以彻底解决俄国社会存留已久的矛盾和苦难。在托尔斯泰看来,解决俄国社会问题和人生意义的根本途径应该是非暴力的,而宗教就是其中非常重要的一种:"宗教对于我,就像感到自己就要溺死的人抓住了什么东西,以免于灭顶之灾一样。宗教成为我心目中的救星。"②这种思想在其不同时期

---

① 智量:《论 19 世纪俄罗斯文学》,上海:复旦大学出版社,2009 年,第 261 页。
② [俄]А.Л.托尔斯泰娅:《父亲:列夫·托尔斯泰的生平》,长沙:湖南人民出版社,1985 年,第 373 页。

作品中均有明显的体现。可见其"聚和性"思想与"非暴力抗恶"的诉求具有一致性。

托尔斯泰终生都以探寻"为人类造福的真理"为己任，而现实总是有着诸多的不如人意，所以他总是处于美好理想与残酷现实的矛盾冲突之中。如果说托尔斯泰的矛盾在童年时期就已萌芽，那么随着他的成长，经历的丰富，他对社会现实有了更为深刻的认识，对一些"恶"的现象也有了深入的思考。这也反过来加深了他内心对东正教原始教义"爱"的领悟，从而使"聚和性"的理念愈发清晰。

"聚和性"意识在托尔斯泰不同时期的重要作品都得到了不同程度的体现。早期长篇小说《战争与和平》广泛描绘了19世纪初俄国社会生活的方方面面，既有对战争中的人民保家卫国和沙皇争夺欧洲霸权的反映，也有对和平时期平民百姓日常生活的描绘；既有真实的历史事件和人物，也有虚构的场景和人物。但无论如何，托尔斯泰通过向人们展现如此浩大和完整的俄国社会图景，表达了自己的人道主义情感和对和平的渴望。

与《战争与和平》不同，长篇小说《安娜·卡列尼娜》没有直接描写重大历史事件，而是聚焦俄国普通家庭的生活。然而，综观全书，托尔斯泰表达的内容与思想却远远超越了这一范畴。作品以小见大地展现了当时资本主义冲击下的俄国各个社会阶层的生活。小说通过对众多人物的命运的描写，反映了时代基本特征和历史发展轨迹，表现了农奴制废除和资本主义兴起所带来的重大变化，以及这些变化对社会精神和物质等各方面的影响。

托尔斯泰通过对主人公安娜的性格及命运辗转的刻画，一方面表达了他对当时俄国社会旧秩序的不满，另一方面又表现出对资本主义入侵所带来的一系列冲击传统伦理道德的后果的担忧。他既谴责安娜，又想要拯救安娜。可是，这种思想矛盾发展到最后，无法在现实中得到解决，所以只能让安娜通过肉体的"死亡"来获得灵魂的"复活"。这一创作方法，实际上也是沿袭了果戈理、陀思妥耶夫斯基等经典作家们书写"聚和性"精神的传统路径。

长篇小说《复活》主要围绕着男主人公涅赫留多夫和女主人公马斯洛娃的关系而展开。就广度和深度而言，这部小说毫不逊色于《安娜·卡列尼娜》。小说从审判马斯洛娃的法庭切入，随着涅赫留多夫为女主人公昭雪而四处奔走——从莫斯科到彼得堡，从城市到农村，从监狱到官署，从贵族沙龙到苦役犯的转接站——现实的生活场景和各色人物汇成一幅19世纪末期俄国社会生活的广阔图景。其中，马斯洛娃和涅赫留多夫看似来自不同阶层，一个是居高临下的陪审员、贵族，另一个是居于社会底层的妓女，但是在托尔斯泰笔下，二者都是"戴罪之人"，他们在基督面前的地位是平等的，因为在基督面前，他们都是有罪的，都"逊色于"基督，所以他们都值得同情、爱和尊重，这也是创作中的"聚和性"意识反映。也因为如此，俄罗斯文学中也才会有那种普遍的对穷人、傻子、卑微者和服苦役囚徒的怜爱。作者们"怜悯"不幸之人，希望他们受到惩罚不是因为罪过，而是因为他们自己脱离了与他人的"聚和"的统一。所以，在托尔斯泰笔下，长篇小说《复活》最终的结局并非惩罚，而是男女主人公在彼此宽恕之后，共同实现精神复活。

托尔斯泰的三部长篇小说揭示了半个世纪俄国的历史轨迹，反映出整个19世纪的俄国历史，描绘出一幅俄国社会历史发展的巨幅画卷。因此高尔基认为，托尔斯泰的创作是"整个19世纪俄国一切经验之总结"①。

今天，列夫·托尔斯泰的名字响彻世界，他的作品有着超越时空的价

---

① ［俄］Горький М. Очерк «лев толстой». воспоминания и заметки о великом русском писателе. （Электронные ресурсы）http:// www.maximgorkiy.narod.ru.

值。但如果不能理解构成托尔斯泰力量之根基的思想价值，则无疑无法认识托尔斯泰创作的深刻意义和艺术价值。

托尔斯泰对社会发展和历史变革具有敏锐的洞察力。他凭借创作成为了"俄国革命的一面镜子"。列宁在评价托尔斯泰的创作时曾这样写道："托尔斯泰在自己的作品里能以提出这么多重大的问题，能以达到这样大的艺术力量，他的作品在世界文学中占了一个第一流的位子。"[①] 的确，从批判深度和广度来说，同时代的任何作家都无法与之相比。我们不禁存惑，为何他要站在本阶级的对立面，大胆地暴露专制制度的腐朽、资本主义的残酷和东正教教会的虚伪？他又因何并且如何了解广大百姓的生活及其愿景？这就不得不叩问他创作的灵魂——"聚和性"意识。正是这一意识，使得他基于"爱"而关注并探索人性，进而基于真、善、美的原则，拿起批判的武器，勇敢地揭露社会中的假、恶、丑。但是，他在针砭旧制度的"恶"时，不忘弘扬其"善"，在看到资本主义创造的文明和进步时，也对其给精神世界造成的危机深恶痛绝。于是他将大笔挥向了《复活》中"春色迷人的早晨"和充满"和平协调、互爱之美"[②] 的世界。

托尔斯泰思想中包含了对人性的关爱和希冀"众生平等"的平民化社会理想。由于青年时代深受哲学家卢梭影响，他把社会不平等视为罪恶的源头。他自知身为贵族，在名望、经济、地位等方面已经处于社会的上层，给众多平民造成了莫大压力，所以自身戴罪。为了赎罪，他资助身边的贫困农民，放弃稿税费，兴办农民子弟学校。当这一切收效甚微时，他又放弃贵族地主的生活，以自身的简朴为法则，穿粗布衣，下田地，吃粗茶淡饭。眼见只靠一己之力并不能改变整个俄国社会的状况，他开始上书

① ［苏］В. И. 列宁：《列宁全集》（第16卷），北京：人民出版社，1959年，第321页。
② ［俄］列夫·托尔斯泰：《复活》，汝龙译，北京：人民文学出版社，2005年，第3页。

沙皇，呼吁统治阶级放弃专制，而革命阶级"勿以暴力抗恶"，结果遭到了双方的敌视与嘲笑。这更加剧了托尔斯泰心中的矛盾和痛苦。然而，无论如何，托尔斯泰都首先是从自己身上找原因，他痛恨自己的财富与地位，认为它们是造成自己罪恶的根源。所以，在晚年他不仅要分土地给农民，还要离家出走，自我隐遁。有人认为这是悲剧结局，而其实，与其如是说，倒不如说是他的宗教情怀使然。

托尔斯泰看到了社会的问题，但是，他试图摆脱困境的途径是回归"自然"，亦即人们所说的"道德自我完善"。而托尔斯泰要回归"自然"的思想，其实反映出的是他深刻的宗教意识，而不是一个单纯的"道德自我完善"的伦理问题。别尔嘉耶夫指出："托尔斯泰的宗教意识没有被充分深入地研究，很少有人从本质上、而非从功利主义的观点上对其加以评价。一些人带着战术上实用的目的赞赏托尔斯泰，认为他是真正的基督徒；另一些人带着同样的战术上实用的目的诅咒他，认为他是反基督的仆人。在这些情况下，托尔斯泰是被作为为自己目的服务的工具而加以利用。这样，人们就侮辱了这位天才人物。"[①] 其实，一方面，在托尔斯泰那里，强调个人主义的西方价值观是遭到否定的，而托尔斯泰的"聚和性"意识弘扬集体主义，强调个体消弭于集体之中，认为人类是自然之子，理当回归自然；另一方面，宗教情怀使托尔斯泰倾向于通过"苦修""漂泊"乃至以死亡为前提的"复活"，来获得精神救赎。这是一种很高贵的精神品质。

阅读列夫·托尔斯泰的作品，人们总感觉如雨露滋润心田，不会滋生那种"愤青般"的恨意，却往往可以怀着爱心，从容地戳破社会阴暗面的幕帷，追求真善美的人性之光辉。

---

① Бердяев Н. А. Л. Толстой // Типы религиозной мысли в России. Собрание сочинений. Т. III. Париж：1989. С.119.

托尔斯泰笔下的人物都产生于特定的时代，但是他们又都不仅仅属于他们的时代。他们的情感和追求往往令我们感到似曾相识。他们的形象往往是对当今社会现实的清晰诠释。小说《安娜·卡列尼娜》塑造了一个美丽活泼的贵族女性形象安娜·卡列尼娜。她仪态万方、美丽动人，充满着成熟女性的魅力。她因为追求自由而背离了婚姻道德和伦理常规，因而被整个上流社会所唾弃。但她在不同场合所表现出的对他人的爱——对儿子阿辽沙的母爱、对情人渥伦斯基的情爱，都体现出她不仅具有爱他人的能力，而且她的爱是基于善良的心地。可以说，这是"聚和性"在她身上的体现。通过对安娜因"爱"而引出的一系列事情的描写，这部作品反映了一个"刚刚翻了一个身还没有安顿下来"的俄国社会。其实，小说的一系列矛盾正是对当时新生的资本主义力量与农奴制传统势力冲突的映射。尽管它没有直接地写明社会问题，却引导着我们去思考，去超越现实，追求真善美。早在长篇巨著《战争与和平》中，托尔斯泰的论述就已经超越了家庭、阶级、国家和民族的现象，转向深层次的道德根基问题。"他把库图佐夫的伟大归因于这位将军天性善良，而拿破仑的渺小则是由于他的'恶性'。当我们从托尔斯泰的道德理想与现实生活的矛盾中考察他的创作活动时，我们既可以看到现实，又可以感受到别林斯基所说的那种超现实的'人的内在的美和抚慰心灵的人情味'①，从而挖掘出托尔斯泰创作的思想内涵及力量所在。"②

---

① ［苏］В. И. 列宁：《列宁全集》（第16卷），北京：人民出版社，1959年，第321页。
② 姚子涵著（张杰指导）：《列夫·托尔斯泰创作中的"聚和性"意识》，南京师范大学硕士论文，2012年，第52页。

第三节　托尔斯泰笔下的"聚和性"精神

列夫·托尔斯泰以"爱"为主线，使"聚和性"意识贯穿于创作的各个阶段。尽管在创作的不同阶段中"爱"的表达不尽相同，如《童年、少年、青年》中"爱的能力"的萌芽和成长、《战争与和平》《安娜·卡列尼娜》和《复活》中所体现的"博爱""宗教之爱""家庭之爱""婚外之爱"等各种形式的爱，但可以说，托尔斯泰的每一部小说都表达了"爱"，即爱自己周围的一切，爱他人的能力。这种爱就是俄罗斯东正教文化传统的核心精神——"聚和性"意识的根基，离开了这种爱，就谈不上人与人的平等，更谈不上"包容"和"多样性的统一"。

被称为列夫·托尔斯泰自传体三部曲的《童年、少年、青年》生动地刻画了一个孩子逐渐成长的漫长心路历程。在这三部曲中，托尔斯泰旨在阐明客观现实生活对人物世界观的影响，体现"爱"的意识与能力是如何渐渐在主人公尼古拉身上萌芽与发展的。

《童年》塑造出一个多愁善感的善良孩童形象：主人公小尼古拉因家庭教师卡尔伊凡内奇打苍蝇而惊醒后产生了一系列心理活动："'就算我小吧，'我想，'可是，他为什么偏偏要惊动我呢？他为什么不在沃洛佳的床边打苍蝇呢？你瞧，那边有多少啊！不，沃洛佳比我大；我年纪最小，所以他就让我吃苦头。他一辈子净琢磨着怎么叫我不痛快。'我低声说：'他明明看见，他把我弄醒了，吓了我一跳，却硬装作没注意到的样子……讨厌的家伙！连棉袍、小帽、帽缨，都讨厌死了！'"[1]"然而，当卡尔伊凡内奇'和颜悦色'地唤我起床时，我便难过，'也替卡尔伊凡内奇难过；

---

① ［俄］列夫·托尔斯泰：《童年、少年、青年》，谢素台译，北京：人民文学出版社，1984年，第3页。

我又想笑，又想哭，心里很乱'，因为我发现'他多善良，多喜欢我们，可是我却把他想得那么坏'，'我'甚至为此'惭愧'得'泪如雨下'"。①小尼古拉在睡梦中被老师因打苍蝇而惊醒，原本满肚子不高兴，但一想起老师的善良和爱心，他在内心就与老师和解了，不仅"宽容"了老师，而且反倒体谅起老师来。可见小尼古拉幼小的心田里已经有了"爱"的萌芽，他已经会基于爱心去观察他人、理解他人了。当然，这与小尼古拉天性善良不无关系。在他天性中，还有一种追求人与人平等的意识。穷人家的女孩儿一句"你家有钱，我们穷"，就让小小年纪的小尼古拉羞愧万分，并产生负罪感。实际上，这种负罪感甚至伴随了托尔斯泰的一生。

小说中还有对东正教巡礼者格里沙的描写。他对宗教的执着追求给小尼古拉留下了深刻印象。当小尼古拉在黑暗中目睹格里沙的祷告后，这样回忆道："从那时起，多少年华流逝了，多少往事的回忆对我失去了意义，化成了模糊的梦，就连巡礼者格里沙也早已完成了他的最后一次朝拜；但是，他给我的印象，他所引起的情绪，在我的脑海里却永远也不会消逝……你（格里沙）的信心是那么坚定，使你感到了上帝的临近；你的爱是那么强烈，话语会自动地从你的嘴里流出来……"②格里沙的举动，让年幼的小尼古拉明白了什么叫虔诚，但与此同时，小尼古拉也开始展露出对当时东正教的疑惑。

然而，母亲的去世"仿佛使我第一次明白了沉痛的真理，使我心里充满了绝望"③，葬礼上小尼古拉用孩童的眼光观察每一个来吊唁的人，他发

---

① ［俄］列夫·托尔斯泰：《童年、少年、青年》，谢素台译，北京：人民文学出版社，1984年，第4页。

② 同上，第42—43页。

③ 同上，第106页。

现众人之中，"在大厅远远的角落里，跪着一个屈身弓背、白发苍苍的老妇人，几乎是躲在餐室敞着的门后。她合着手，举目望天，她没有哭，只是在祈祷。她的心灵飞到上帝身边，请求把她和她在世界上最爱的那个人结合在一起，她确信这一点不久就会实现。'这才是真正爱她的人！'"① 这时候，年幼的小尼古拉生平第一次体验到升华了的"爱"——宗教之爱。那是一种能震撼他的心灵，使他心神向往的"爱"。

小说的现实主义色彩体主要体现在，当小尼古拉第一次离开他那个用"幸福"、用"爱"来包围他的庄园，前往莫斯科的时候，他发现"世界上还活着别的人们，这些人跟他、跟他的亲人、跟他周围的奴仆都完全不相同"②。小尼古拉看到了别样的生活——生活在底层的人们的生活。这给他纯洁的心灵蒙上了一层阴影，使他不得不开始思考幸福面纱背后的真相。为此作者后来写道："读者，我不知道你们是否有过这种情形：在一生中的一定时期，你们突然发现自己对事物的看法完全改变了，好像你们以前所看到的一切事物，突然把它的另一面，你还不知道的一面转向你们。这种精神上的变化，在我们旅途的期间初次在我心里发生，我认为，我的少年时代就是从此开始的。"③ 这趟莫斯科之行似乎使小尼古拉一下子成熟起来。

进入少年期后，小尼古拉的兴趣已超出了家庭范围，他逐渐认识到生活的复杂性与多面性，批判意识也开始觉醒。这使得他对许多事物的看法完全改变了，其中最显著的改变之一，就是他开始对身边玛莎这类仆人为何低人一等的身份产生了疑问："她长着这么明亮的蓝眼睛，粗大的褐色

---

① 〔俄〕列夫·托尔斯泰：《童年、少年、青年》，谢素台译，北京：人民文学出版社，1984年，第105页。

② 同上，第125—126页。

③ 同上，第131页。

发辫和高高的胸脯，为什么不一生下来就是个小姐呢？"① 从玛莎对生活的诅咒、瓦西里对主人的反抗中，小尼古拉看见了阶级对立。因此，他开始明白地位和阶级，甚至因为社会地位的不同而对所爱的人产生了矛盾的情感，比如他觉得"卡尔伊凡内奇是个可笑的老保育员，我从心眼里爱他；但是在我对社会地位的幼稚的理解中，我依旧认为他比我低"②。

进入青年时代后，小尼古拉已被称为伊尔捷尼耶夫。他常常对自己进行严肃认真的反省，而且对探寻现实矛盾的根源有着强烈的愿望。所以，在这一阶段，作者的创作与前两部有很大的不同，表现在更侧重于主人公的主观体验和自我解剖。作者通过主人公的口吻提出"道德完善"的思想："我确信人类的使命在于力求道德完善，这种完善是容易的，可能的，永远要进行的。"③ 主人公生平第一次为做忏悔祷告而彻夜未眠。这是主人公真正明白自我修养的写照，也是意味着"聚和性"的"爱"来不得半点虚伪，是需要施爱者从一点一滴做起，不断修为而来的。

显然，在《童年、少年、青年》里，主人公对他身边的人，无论是宗教狂热者，还是忠诚的仆人，抑或是平民同学，都给予了深深的同情与怜悯，可以看出，"爱"是贯穿小说的主线，这也是托尔斯泰"聚和性"思想的出发点。而随着主人公的成长和生活环境的变迁，主人公原本"真诚的爱"开始夹杂着思想的矛盾和对成长的焦虑，"聚和性"意识也渐渐渗透到主人公的思想中。

长篇小说《战争与和平》是托尔斯泰的一部鼎盛之作。尽管这部包罗

---

① ［俄］列夫·托尔斯泰：《童年、少年、青年》，谢素台译，北京：人民文学出版社，1984年，第 178 页。
② 同上，第 175 页。
③ 同上，第 209 页。

万象、气势磅礴的史诗般巨作不同于《童年、少年、青年》里的个人成长史，描绘的是 1805 年至 1820 年的俄国社会，但它的"和平"线索仍是"家庭"，即对四大家族的描写。一边是展现战争的残酷和血腥，另一边是超越战争，展示了人性中的美好与博爱，使强大的人道主义精神成为了作品的一道亮丽的风景线。

斯特拉霍夫对小说《战争与和平》曾有一段精彩的评价："近千个人物，无数的场景，国家和私人生活的一切可能的领域，历史，战争，人间一切惨剧，各种情欲，人生的各个阶段，从婴儿降临人间的啼声到气息奄奄的老人的感情的最后迸发，人所感受到的一切欢乐和痛苦，各种可能的内心思绪，从窃取自己的同伴的钱币的小偷的感觉，到英雄主义的最崇高的冲动和领悟透彻的沉思——在这幅画里应有尽有。"[①] 在这部长篇巨著中，可以看到安德烈负伤时的感受："'怎么了？我倒下了？我的腿不听使唤了。'他想着，仰面倒在地上……他的眼前什么也没有，只有一片天空，——这高原的天空并不明朗，却依然高远……它多么安静、肃穆、庄严啊，完全不像我的奔跑，安德烈公爵想，'不像我们这样奔跑、叫喊、搏斗……我为什么先前没看到这高远的天空呢？我此刻终于看到它了，我是多么幸福啊！是的！除了这高远的天空，一切都是空的，一切都是欺骗。除了它之外，一切都不存在，一切都不存在。'"[②] 还可以看到安德烈和皮埃尔在渡船上的交谈："您说您在人间看不见善和真的王国。我也看不见。如果把我们的生命看成是一切的终结，就不可能看见它。在人间，在

---

① Страхов Н. Н.: Литературная критика // Вступит. статья, составл. Н. Н. Скатова, примеч. Н. Н. Скатова и В. А. Котельникова.--М.: Современник, 1984（Б-ка "Любителям российской словесности"）. С. 17.

② 刘文飞：《俄罗斯文学读本》，北京：东方出版社，2014 年，第 257—258 页。

这片土地上，没有真理，只有谎言和罪恶。但是在世界，在整个世界，还是存在一个真理的王国，我们现在是大地的孩子，但是永恒地看，我们却是整个世界的孩子。我就是这个巨大、和谐整体的一部分……"①这里，安德烈公爵的意识流跃然纸上，他发出的"一切都是谎言"和"在人间，在这片土地上，没有真理，只有谎言和罪恶"的感慨，正是托尔斯泰借笔墨对社会黑暗面的揭露，而他自认为是整个世界之子的想法正是"聚和性"意识的流露，但毕竟他认为在整个世界还是存在真理的。这也说明作家笃信宗教之爱与善。别尔嘉耶夫在评论托尔斯泰时曾坦言："我的一个很早的信念就是，文明的基础是谎言，在历史中有原罪，整个周围社会就建立在谎言和不公正上。这一信念与列夫·托尔斯泰有关。"②在他看来，托尔斯泰最大的功绩就是，揭示了世界与历史是建立在谎言与不公正的基础上的。而"谎言"一词在别尔嘉耶夫和托尔斯泰这里都是指被包装成高大上的伪善思想和规范等，它们往往可以鼓动人们为之而互相结仇，甚至残杀。同时我们也可以看到作家细腻的笔触饱含着托尔斯泰珍视人的生命以及反对战争的人道主义。

列夫·托尔斯泰在这部巨著中仍采用了稳健而舒缓的叙事风格。巴赫金说：在陀思妥耶夫斯基那里，时间"本质上是瞬间的"，而托尔斯泰则喜爱"持续，即时间的延展"③。在最具史诗风范的长篇巨著《战争与和平》中尤其体现了这种时间的延展性。在托尔斯泰笔下，历史人物与虚构人物纷繁穿梭在"战争"与"和平"里。从中可以看到托尔斯泰"博爱"宗旨

---

① 刘文飞：《俄罗斯文学读本》，北京：东方出版社，2014年，第258页。

② Бердяев Н А. О рабстве и свободе человека // Опыт парадоксальной этики. Москва，2003. С.430.

③ ［美］克拉克、霍奎斯特：《米哈伊尔·巴赫金》，语冰译，北京：中国人民大学出版社，1993年，第340页。

之下的矛盾心理。一方面，爱国主义情感和军人的荣誉感鼓励积极参战杀敌；另一方面，人道主义的思想又要求反对战争，主张和平，这种矛盾始终贯穿着全书。有些读者指责小说缺少时代特征。对此托尔斯泰曾在《关于〈战争与和平〉一书的几句话》里写道："（我）在研究信件、日记和传说时……在那个时代也有爱情、忌妒、对真理的追求、德行以及对情欲的贪恋；也有深奥的精神生活。"[①]在小说中，和平时期主人公们对幸福和真理的追求是对战争残酷的反衬，小说叙事空间——莫斯科和彼得堡之间的转换，既体现出民族战争的胜利结果和主人公收获幸福与归宿的愿景，又体现出一种精神的升华。小说《战争与和平》中的"聚和性"更多地表现为托尔斯泰对于人类的博爱和人性关爱的思想。小说以历史事件为背景，包含了多样化甚至看似冲突的观点，在"博爱"的思想中"此起彼伏"，有如音乐上的"复调"，显示出托尔斯泰作品的"聚和性"特征。小说所蕴含的对人性的关怀和对和平的颂扬是世界文学永恒的主题，小说所表现出的爱国热情和英雄主义精神，以及其中闪烁着的哲学思辨和人生智慧，更是超越文学价值之所在。

列夫·托尔斯泰最初创作长篇小说《安娜·卡列尼娜》的构思，是一本关于家庭的作品，但这个构想在创作中发生了变化。随着19世纪初俄国社会的发展，资本主义悄然抬头，"一切都翻了个身"，经过新的热情探索和矛盾探源后，托尔斯泰增添了肯定传统价值观的部分，也改变了安娜的精神面貌，加强了列文的线索，从而使托尔斯泰的"聚和性"意识在《安娜·卡列尼娜》中也得到了充分的体现。小说最终的结局是，安娜卧轨自杀，寻求自我救赎；而列文也最终在保持了宗法制的传统环境里找到

---

① ［俄］列夫·托尔斯泰：《战争与和平》，娄自良译，上海：上海译文出版社，2011年，第1421页。

了"出路"，与妻子吉蒂过上理想中的庄园生活。托尔斯泰的"博爱"似乎终于有了令人满意的归宿。但是，列文与吉蒂的婚后生活却并未能延续幸福。对于列文，婚后两个月，"他时刻感到以前的梦想破灭了……婚后没有几天，他们竟突然吵嘴了……冲突甚至发生得更加频繁，而且往往是由于一些意想不到的小事引起的"。对于蜜月，列文的感觉则是"他们一生中最委屈痛苦的日子"①。显而易见，即便合法的婚姻生活也不可能永远诗情画意，实际生活总是离不开柴米油盐的。相形之下，这或许可以给安娜的婚外爱情追求提供了一个合理的解释。然而，托尔斯泰身上的艺术家和道德家气质的交锋正是其内心"聚和性"的根源。托尔斯泰对待安娜这个形象的态度是纠结的，无比矛盾的：作为艺术家的托尔斯泰，从文学审美艺术的角度出发，对安娜产生了爱惜和怜悯之情，所以塑造出美丽动人的安娜形象；但是，身为道德家的托尔斯泰则试图用道德评判来影响艺术性，那就是，当他把安娜的行为与刚刚在俄国兴起的西方现代性相联系的时候，他认为，安娜其实就是要埋葬传统伦理的资本主义在她身上的体现，所以他是谴责安娜的。正如评论家戈罗梅卡所说："'对活生生和宽容的上帝的感觉'无法与安娜的残酷命运相协调。"②由于实在没有更好的办法安置安娜，小说的结局只能是让她自杀。这也暗示让作为戴罪之人的安娜通过死亡而重获新生，即通过以死亡为代价而完成精神上的自我救赎，走向"复活"。

小说中，初尝爱情甜蜜的安娜被渥伦斯基的爱情燃烧着，为了与他在

---

① ［俄］列夫·托尔斯泰：《战争与和平》，娄自良译，上海：上海译文出版社，2011 年，第 460—463 页。

② Громека М.С., Кртитический этюд по поводу романа «Анна Каренина». 5-ое издание, М., 1893. С.52. [цит. из] Гродецкая А.Г., Ответы предания: жития святых в духовном поиске Льва Толстого. Санкт-Петербург, Издательство «Наука», 2000. С.112.

一起，不惜抛弃家庭、孩子和上流社会的生活，她心中只剩下爱情，如她自己表白的那样：自从她爱上渥伦斯基那天起，一切都发生了变化。对她来说天下只有一样东西，就是渥伦斯基的爱情。只要有了它，她就觉得自己很高尚，很坚强，而且对她来说，没有什么事是屈辱的。①但同时，安娜又充满母爱，无法割舍可爱的儿子。她深受折磨，却难以抉择，一边是唤起她对生活美好希望、深爱着的情人，另一边则是含辛茹苦带大的儿子。这是渥伦斯基无法体会和理解的，他没有想到，安娜之所以不与丈夫离婚，而愿意忍受自欺欺人的艰难处境，主要原因就是她说不出口的"儿子"这个词。②

安娜进退两难，痛苦无比，而上流社会也很快将她排除在外："多数妒忌安娜的年轻妇女，对于人家说她'清白无辜'早已非常反感，如今眼看舆论开始变得合乎她们的心意，就十分高兴，巴不得把轻蔑的情绪尽量往她身上发泄。她们已在准备大量泥块，一旦时机成熟，就好向她身上扔去。"③安娜完全是依靠着渥伦斯基对她的爱情生活，她实在担心，万一渥伦斯基不爱她了，那下场将会怎样。正因为如此，她把全部希望寄托在爱情上，而且变得愈加敏感。以至于当后期的渥伦斯基对安娜的态度稍有冷漠时，她便感到十分委屈，终因内心不堪折磨而走上绝路，就连死亡在她看来，也是"促使他恢复对她的爱情、惩罚他、让她心里的恶魔在同他搏斗中取得胜利的唯一手段"④。

托尔斯泰借助安娜的悲剧，谴责了当时俄国社会对人性自由的扼杀。

---

① 参见［俄］列夫·托尔斯泰：《安娜·卡列尼娜》，草婴译，上海：上海文艺出版社，2008 年，第 306 页。
② 同上，第 188 页。
③ 同上，第 172 页。
④ 同上，第 517 页。

他剖析安娜矛盾的爱，肯定了人类对真爱和自由的追求，也对安娜的悲剧寄以同情和怜悯。然而，托尔斯泰正是由于"聚和性"意识的观照，才能毕生寻找真理、渴望平等博爱，主动关心人民生活和社会发展，也才可能写出《安娜·卡列尼娜》和《战争与和平》这样的世界名著。

托尔斯泰的"聚和性"意识还体现在小说的艺术构思上。在长篇小说《安娜·卡列尼娜》中，安娜对爱情的追求和列文的婚姻形成两条关于家庭伦理的叙述主线，交相辉映，赋予作品交响乐般的和谐美；在长篇巨著《战争与和平》中，也是两条主线——战争的主线与和平（四大家族）的主线，双线交织起庞大的时空，展现出一幅卷帙浩繁的19世纪俄国历史画卷。而在这两部小说的双线中，托尔斯泰又穿插入一系列内嵌着精神必然性的场面和细节，同时关注着人类的生存以及广大人民对幸福的追求。可以说，无论是对家庭生活的细微刻画，还是对历史上重大战争的宏观描绘，托尔斯泰笔下的人物本身都具有矛盾性，都能引起读者的深思和怜悯。

1899年，托尔斯泰三部曲中的最后一部长篇小说《复活》问世。成书时，托尔斯泰年事已高。数十年的观察，使老人感慨于俄国人民悲惨命运，悲愤于俄国腐败的官办教会，坚信通过宣扬人性中的"善"和"博爱"可以引导人性中神性的复归。所以在《复活》中，托尔斯泰用简洁明了的教诲式手法，以"最清醒的现实主义"阐明了宗教之爱。他认为人在失足后可以重新站起来并获得道德上的新生的观点在这部小说中得到了尤为明显的体现。

相比于前两部长篇小说《战争与和平》《安娜·卡列尼娜》，《复活》的结构简单了许多，线条也是单一的，描述了贵族青年涅赫留多夫忏悔过去，完成自我救赎，最终皈依宗教的过程。托尔斯泰反对立足于基督教原始教义，视宗教为一种道德学说和行为规范体系，旨在让人们能在尘世中获得幸福。他认为，生命分成肉体生命和灵魂生命两种，肉体是人类蒙受苦难的深渊，人应该通过爱和善努力，克服肉体欲望，走向精神生命。这种思想在《复活》中就反映在男主人公涅赫留多夫和女主人公马斯洛娃的精神复活上。

涅赫留多夫本来是一个能够"领悟到人类活动全部意义"的"精神之人"，但在进入军营之后，却因为糜烂生活的腐蚀，道德堕落，变成了一个享乐成癖的"兽性之人"。一次，他诱奸了少女马斯洛娃，后又始乱终弃，致使马斯洛娃沦落为风尘女。

小说从马斯洛娃受审的场景入手，讽刺性地让当年诱奸她的涅赫留多夫坐在审判席上充当陪审员，展现出侮辱人的、有罪的人审判被侮辱的、无罪的人，揭露出俄国官僚社会和法律制度的腐败。马斯洛娃出场时，身着囚服，脸色"惨白"，由士兵押着。同一时刻，"正当马斯洛娃随着押解兵走了很长的路，累得筋疲力尽，快要走到地方法院那所大厦的时候，她养母的侄子德米特里·伊万诺维奇·涅赫留多夫公爵，当初诱奸过她的那个人，正躺在一架高大的、铺着羽绒褥垫的、被单已经揉皱的弹簧床上，穿着干净的、胸前皱褶熨得很平的荷兰细麻布睡衣，敞开领口，吸着纸烟"①。这一鲜明而沉重的对比使小说从开头就进入剧烈的矛盾之中。

托尔斯泰通过"心灵辩证法"，全面展示了涅赫留多夫的内心变化：他刚开始认出马斯洛娃的时候，因为羞愧引起的害怕让他渴望尽快摆脱这件案子，"他生出一种近似在打猎的时候不得不把一只受伤的飞禽弄死的心情：又是厌恶，又是不忍心，又是懊恼。那只没有断气的飞禽在猎物袋

---

① ［俄］列夫·托尔斯泰：《复活》，汝龙译，北京：人民文学出版社，2005年，第4页。

里不住地扑腾：又讨厌，又可怜，使人不由得想赶快弄死它，把它忘掉才好"①；之后，在陪审员休息室的回忆和对马斯洛娃无辜获罪的同情，使他开始走向"神性"的苏醒，他忏悔道：我是个无赖，对她犯了罪，我要尽可能减轻她的痛苦……我要去见她，要求她饶恕我……我将像孩子一样要求她的饶恕。最后，在为马斯洛娃奔走上诉和追随她流放的过程中，他彻底认清了自己的罪恶和整个社会的黑暗，将对世人的拯救看成是自己一生的事业，从而完成了真正的"精神之人"的复归。

小说中，涅赫留多夫的形象是复杂的。他有自私的一面，但是他至少有羞耻心和罪恶感。这一刻画为他后来的精神复活埋下了伏笔。然而，精神复活的道路是艰难的：涅赫留多夫在法庭上明知马斯洛娃是冤枉的，并由此意识到自己当年的诱奸导致她悲惨命运的罪责，但他首先想到的却是如何自保，低下头生怕被认出来。而当听到她被错判四年苦役时，又产生了一种可以借此避开她的卑劣念头。两种自我冲突的力量在他内心相互推拉，一种是道德、良心，另一种是自私、自保。这两种力量的竞争不是简单的此消彼长，而是纠缠不清。经过不断的纠结和挣扎后，他的道德和良心终于战胜了自私的意念。这一心理描写细腻真实，深刻地展现人物形象的多面性。从整体上看，涅赫留多夫的精神复活还是一个螺旋发展的向上态势。而"忏悔"是呈现在涅赫留多夫精神复活过程中思想活动的中心。通过这一心理描写，托尔斯泰充分展现了人物道德上的自我完善以及作家的"宽恕""博爱"的思想，"聚和性"意识特征也在这部作品中更为突显。

可以说，托尔斯泰在《复活》中对主人公的刻画反映的正是自己的精

---

① ［俄］列夫·托尔斯泰：《复活》，汝龙译，北京：人民文学出版社，2005年，第76页。

神探索历程。这种探索有人称之为"托尔斯泰主义",它主要包含三个方面的内容:第一,关于人与人平等的问题:从其早期的《一个地主的早晨》到晚期的《复活》,都有地主涅赫留多夫分土地给农民的影子,表达了托尔斯泰认为对农民不仅应有同情和怜悯,还应给予财产资助,使之成为平等的人,以减少社会矛盾,实现"人人平等"的理想;第二,关于人生价值观:《安娜·卡列尼娜》中的安娜奋不顾身地追求婚外爱情,列文不忘初心地探索生命的意义,以及《战争与和平》中安德烈公爵在战场上杀敌立功后,对功名之虚和对人生目的的顿悟……这一切都揭露了托尔斯泰所深恶痛绝的所谓现实中的"谎言",说明了人生的意义在于道德的自我完善和精神的升华;第三,关于宗教意识:这主要是就实践层面而言。《童年、少年、青年》中的小尼古拉天性善良,自幼爱心满满,《安娜·卡列尼娜》中的安娜和列文也都以各自的方式去爱他人,而《战争与和平》中的皮埃尔和《复活》中的涅赫留多夫都在灵魂的自我净化中得到了自我救赎,获得新生的力量。总之,贯穿"托尔斯泰主义"的是"自我完善道德""爱人人""勿以暴力抗恶"的要义,而这些都是"聚和性"精神的具体体现。

托尔斯泰毕生从事创作,不断进行精神探索,但他始终立足于他所生活的俄国大地,密切关注社会现实。他的作品描绘了19世纪整个俄国社会生活,闪耀着时代精神和"聚和性"精神之光。正如苏联文艺理论家米·赫拉普钦科所言:"生活和它的不可遏制的强有力的巨流不仅造成作家创作思想的变化,而且对它的全部思想、美学观点的发展产生深刻的影响。艺术家的世界观并不是什么静止不变的东西;它在起变化,而且变化往往是很大的。"①"聚和性"意识在托尔斯泰不同时期的创作中也呈现出一个动态发展的过程。从其早年的自传三部曲小说《童年、少年、青年》到晚年的《复活》，这一意识经由"温柔的萌芽"到最后波澜壮阔的多种场景的汇聚和多种声音的"复调"，得到了有力的升华。

在不少人眼里，托尔斯泰也许就是世纪之交的堂吉诃德。但托尔斯泰的真正用意是在于建立人与人之间的道德秩序，以实现"人人平等"和"博爱"的理想。其实，道德秩序永远是人们美好生活的必要保障。从这个意义上看，托尔斯泰创作中体现的"聚和性"思想具有不朽的价值。

---

① ［俄］М. Б. 赫拉普钦科：《作家的创作个性和文学的发展》，满涛译，上海：上海人民出版社，1982 年，第 18 页。

第十章
列斯科夫：《大堂神父》中"聚和性"精神的"弥赛亚"艺术表达方式[*]

尼古拉·谢苗诺维奇·列斯科夫（Николай Семенович Лесков，1831—1895）是俄国19世纪经典作家，出生于莫斯科腹地、有"作家诞生地"美誉的外省小城奥廖尔。作家人生经历丰富，曾在奥廖尔法院任职，后投身商业，因工作需要奔走于俄国大地，熟悉各地风土民情，深入人民中去，广泛汲取了民间文学的营养，30岁时迁居彼得堡，全心从事文学活动。19世纪60年代起开始短篇小说的创作，如《姆岑斯克县的麦克白夫人》《一个农妇的一生》等，小说聚焦俄国不同阶层现状，生活气息浓厚。1862年作家因写就《无路可走》《麝牛》等作品，表达了对俄国未来发展道路的忧心态度，不被当时的进步阵营所看好，因而长期被文学评论界冷落和排斥，处于二流作家地位。70年代以后，作家的思想有所转变，开始在作品中寻找美好的情感和正义的化身，塑造了一系列虔诚正直、心灵纯净的"义人"形象，他们往往来自民间，敢于与不公做斗争，意志坚强、乐观积极的生活态度极大地鼓舞了民众因克里米亚战争失败后

---

[*] 本章主体发表于《外语与外语教学》2019年第4期。

颓废的心绪，代表作有《着魔的流浪人》《大堂神父》等。列斯科夫之所以塑造这一类人物，其实也表达了自己一贯的政治主张：俄国社会中的"恶"可以通过教化和道德的完善得到改造。80—90 年代，列斯科夫的创作达到了绝对的成熟期，短篇小说的技艺可谓炉火纯青，此时创作的作品如《左撇子》《巧妙的理发师》和《岗哨》等，无论是在主题还是艺术表达方式方面，一直以来都是文学批评界研究列斯科夫的热点。1895 年 3 月，列斯科夫因病去世，安葬于彼得堡的文学家栈桥墓地。

列斯科夫小说创作题材广泛，涉及俄国社会的方方面面，仿佛是折射 19 世纪俄国社会生活的"万花筒"。作品结构多元，擅长故事体小说的写作，像说书人讲故事一样娓娓道来，使人读时有身临其境之感。列斯科夫将民间语言和文学语言巧妙融合，作品层次分明，语言独具魅力。可以说，列斯科夫是一位不折不扣的经典作家，在语言的精妙程度上可以与托尔斯泰、屠格涅夫、冈察洛夫等比肩。可以说，东正教"博爱"的"聚和性"精神一直是列斯科夫创作的核心思想，而这一思想的艺术表达，则是通过"弥赛亚"意识的"救赎"精神来具体实现的。在这一艺术创作的过程中，其文本意义的艺术再生机制则起着十分重要的作用。

《大堂神父》是列斯科夫最具代表性的长篇小说之一。历年来，研究者们往往更侧重于探讨东正教对小说主题的作用，更多地从文学对现实生活的反映来剖析作品，很少探讨东正教对小说创作艺术构成的作用，缺乏研究创作本身对东正教教义的形象化阐释与传播。其实，列斯科夫创作与东正教之间一直以来就是相互影响的。东正教的"聚和性"精神、"弥赛亚"意识深刻地造就了长篇小说《大堂神父》的艺术表达方式。同时，小说创作的独特艺术形式也使得东正教的思想更加具体化、形象化，变得栩栩如生，更富有艺术魅力，容易为广大读者所接受。

应该说，东正教思想是纷繁复杂的。在列斯科夫的小说创作中，作家为了弘扬东正教的"聚和性"意识，具体描绘了体现"博爱"精神以及追求自我和他人"救赎"的"弥赛亚"意识，而这一切造就了其长篇小说《大堂神父》的独特艺术构造。这便是本章要重点研究的任务，以便揭示这部独具魅力作品的艺术表现形式，即文本的意义再生机制。俄语中"弥赛亚"（Миссия）一词源于拉丁语"missio"，该词起初有"膏油"之意，东正教教义讲到，如为某人涂上膏油，则该人成为上帝选民，负担神与人之间的中介者使命，因此"弥赛亚"逐渐被定义为"使命"。"弥赛亚"意识是东正教精神中的核心概念之一，是俄国宗教思想的精髓所在，更是"聚和性"实现的必要思想武器。

通过一代一代的俄罗斯哲学和宗教学家的不断理解和磨合，"弥赛亚"所传导出的"救赎"观念，已在历史进程中逐渐成为具有世界意义的价值，也是达到"聚和性"目的的必由之路。

长久以来，"弥赛亚"意识早已成为属于俄罗斯民族的独特精神，也是俄罗斯文学创作的主要根源之一。俄罗斯作家多从东正教立场出发来阐释俄罗斯的社会现实生活，哲学家则将俄罗斯的希望和未来寄托在东正教身上。在作家笔下，人道主义关怀也是灌注了东正教色彩的。俄国作家在作品中直接或间接地探讨宗教的社会意义，表现人与上帝、与人、与自我的关系，借用《圣经》中的人物、情节、教谕来构建作品。有"俄罗斯良心"之称的 A. 索尔仁尼琴就曾说："保存在我们心灵、习俗和行为中的东正教巩固了我们的精神内涵。这种精神内涵比种族范畴更为牢固地把俄罗斯人联结在一起。如果在未来几十年内，我们还要丧失国土，人口继续锐减，甚至连国家也不复存在，那么至少还有一个永不磨灭的事物：东正教信仰，以及从中而来的崇高的世界观。"①

　　19 世纪以降，在与俄罗斯社会的对话与碰撞中，东正教一方面极大丰富和提升了俄罗斯文学经典的思想内涵，另一方面也深刻影响了小说创作的艺术外壳。同时，俄罗斯文学在创作上也不断促进东正教思想的传播与发展。有学者提出："俄罗斯文学经典的创作，也在很大程度上，不断丰富着东正教的内涵和表现形式，拓展了东正教文化的阐释空间，促使着东正教文明的发展。这种精神与现实、思想与艺术之间的对话与交融，形成了俄罗斯文学文本与艺术性的意义再生机制。"②

　　阅读长篇小说《大堂神父》，会感到扑面而来的外省气息，几个饱满的神父形象，以及他们的生活场景，仿佛是一幅幅带有情节的圣像画，它们的出现触动着读者的情感世界，唤起内心共鸣，构建起读者无限的想象与阐释空间。高尔基在评价列斯科夫的创作时指出："列斯科夫为俄国建立了一面由圣人和义人画像组成的圣像画壁。"③列斯科夫研究者渥伦斯基有同样观点："列斯科夫可能是俄国文学中唯一的圣像画家，是一位最精确的人。"④这些文学化以后的东正教思想形象，即使枯燥且复杂的教义变得具象化和情感化，润物细无声般滋润读者的心灵；同时又促进了文学文本的意义再生机制，以其独特的艺术结构，不断给读者大脑以刺激，激发丰富的想象力，为文学解读留下了无限的可阐释空间。

　　《大堂神父》19 世纪 70 年代问世，这时的俄国历经克里米亚战争的

---

① Солженицын А. И. *Россия в аблаве*. М.: изд. «Русский путь», 1998. С.187.
② 张杰：《民族精神的铸造：东正教与俄罗斯文学》，载《江海学刊》2017 年第 4 期，第 191—197 页。
③ Горький М. *Собр. соч. в 30 томах*. М.: Художественная литература, 1949-1956гг. С. 231.
④ Фетисенко О. Н. С. *Лесков: классик в классическом освещении: А Волынский. Н. С. Лесков. А. Измайлов. Н. С. Лесков: его жизнь и сочинения*. СПб.: Владимир Даль. 2011г. С. 150.

失败和农奴解放运动，俄国民众处境相当艰难，同时面临着严重的思想危机。作为一位具有强烈民族使命感的俄罗斯作家，列斯科夫同当时的文学家、思想家皮谢姆斯基、列夫·托尔斯泰均认为，特定的历史条件下，社会经济层面和暴力革命并不能决定社会走向，能够促进社会改良的是永恒的社会道德观，是以东正教"聚和性"为核心的"博爱"和"包容"精神。这其实就是专属于俄罗斯民族的自我救赎与拯救他人的精神道路，而"弥赛亚"意识则是这一道路的坚实路基。在《大堂神父》中，作家艺术地呈现了个人的道德理想以及密切相关的"弥赛亚"意识，同时针砭时弊，对当时教会、政府的消极与不作为进行了猛烈的批判，全方位让读者体悟到东正教思想的真谛所在。长篇小说《大堂神父》通过作家构想的外省风景画描摹、"三位一体"的神父形象群像构建以及饱含救赎意识的日记体自述，构筑了文本独特的意义再生机制。这不仅催生了新型的艺术呈现形式，为俄罗斯文学宝库增添了新宝藏，而且使复杂的"弥赛亚"意识得到了更加形象化的阐释，延展了东正教的内涵和表现形式，增强了东正教思想的艺术感染力。

第一节　构建想象空间：一幅幅俄罗斯外省的风景画

对生活的真实写照或反映，常常被视为是文学创作的重要任务之一。通常作家对自然风光或社会环境的描写，总是以现实为依据的，甚至要以某一原型或社会事件为素材。然而，在列斯科夫的创作中，作家对环境的描摹在很多情况下是出于作家的主观愿望与想象，长篇小说《大堂神父》的创作就遵循了这样的原则。这部小说是列斯科夫创作的三部关于外省小城斯塔尔哥罗德（Старогород）的"纪事"小说中的第二部作品，也是传播范围最广、受欢迎程度最高的。另外两部名为《普洛多玛索沃村的往年时光》（Старые годы в селе Плодомасове）和《没落家族》（Захудалый род）。这三部作品所涉及情节的发生地——斯塔尔哥罗德就是一座假想的城市，意味"老城"，这座想象中的城市便是作家唤起读者各种情感因素的意义再生机制。

在整部小说中，列斯科夫经常用大段描述性的文字构建"想象"中的俄国外省小城景象，那里断然毫无都城彼得堡的光鲜亮丽，但却更能勾起读者各种复杂触觉或情感的交织。读者仿佛可以感触俄国外省生活的单调与沉闷，如："旧城的一个夏日的黄昏。太阳早已落下去了。尖顶高耸入云的大堂所在的左岸区披着苍白的月光，而静静的右岸区却沉没在温暖的昏暗之中。偶尔有一个人影从连接旧城左右两岸的福桥上走过。他们走得匆忙；在这座安静的小城里，黑夜早早地就把人们赶回家去。一辆邮车叮叮当当地摇着铃儿，从铺在桥上的一块块木板上碾过去，仿佛弹过一列琴键，然后一切又都岑寂了。"①这种生活的寂静交织着压抑、倦怠、瞌睡，让读者身临其境地体会到俄罗斯外省的落后、空旷和寂寥。这座假想中的"旧城"到处充溢着作者主观的情感，如"昏暗""苍白""岑寂"，都给人一种没精打采的感觉。

当然，作为一位杰出的俄罗斯经典作家，列斯科夫在无聊的外省生活中还能看到风云变化和勃勃生机。他用寥寥数笔便描绘出乡村生活独有的欢愉："从瓜田那边又传来孩子的欢笑声，河水的溅击声，然后是一双孩子的赤脚踩过浮桥上的木板发出的啪啪的声音，还有一只活蹦乱跳的狗汪汪叫的声音。这些声音听起来都那么近，惹得一直凭窗静坐的大司祭太太

---

① ［俄］H. C. 列斯科夫：《大堂神父》，陈馥译，北京：外国文学出版社，1984年，第26页。

连忙站起身来，伸出两只手。她觉得这个跳跳蹦蹦、嘻嘻哈哈的孩子似乎就要扑到他的膝头上来了。"①这种欢快的场景显然与死气沉沉的小城形成了鲜明的对比。

小说中的"旧城"虽然为作者臆想出的城市，但所呈现的景色却是俄国外省的真实生活。作品中不仅客观地呈现了俄国外省图景，更表现了作家的心灵情感体验和生动的映射。列斯科夫亲切地描绘了内心世界里俄罗斯外省小城景象，这一切也源于他对外省的了解。针对这一点，米尔斯基写道："列斯科夫对与俄国生活有更为宽广的认识，且与当时典型的有教养贵族的感受迥然不同……他们的生活知识并非以拥有农奴为基础，不受法国获得过大学的种种理论所支配，如屠格涅夫和托尔斯泰那样，而源于实际、独立生活的感知。"②

在《大堂神父》中，作家向读者展示了一幅幅不同的俄罗斯外省小城图景，既有沉闷的黄昏，又有生气勃勃的人声；既有看似客观的情景描摹，又有主观的情感直抒。这种独特的小说文本结构，充分唤起读者的内心感受，赋予读者相当大的可想象空间，让作家的构想与读者的想象空间充分融合，使小说文本传导的意义无限延伸。

列斯科夫将着眼点放在自己所熟悉的外省小城，使俄国外省的风光像画卷般展开，美丽的景色、淳朴的民风以及深厚的感情跃然纸上，体现了作家精妙的创作技艺和对祖国和故乡的热爱。列斯科夫将如此多的笔墨和感情用于外省描摹，其心理机制主要在于论证俄罗斯的独特魅力，并从东正教思想中汲取营养，试图用道德感和良知激发民众的善意，摒除当时西

---

① ［俄］H. C. 列斯科夫：《大堂神父》，陈馥译，北京：外国文学出版社，1984年，第27页。
② ［法］德·斯·米尔斯基：《俄国文学史》（下卷），刘文飞译，北京：人民出版社，2013年，第28页。

欧派所推崇的一切向西方看齐的做法，从而增强本民族的自我救赎意识，即"弥赛亚"意识，最终达到"聚和性"的目的。在描绘自然风光的同时，作家看待俄国社会问题的态度也摆脱了虚无主义大潮的捆绑，坚持从俄国实际出发，发展自己的道路。出于浓烈的家国情怀，作家不偏不倚自成一派，未曾加入西方派或斯拉夫派中，从东正教立场出发，对俄国现状进行客观论断，因此被认为是"俄国作家中最俄国化的一位"①。

　　东正教"聚和性"所倡导的道德教育和伦理观是列斯科夫创作的精神根源，但是在《大堂神父》中，作家没有用大量文字去描绘旧城神父们的布道过程，他营造的始终是一种平和、真实的生活场景。如他在小说开头分别介绍了萨韦利神父、扎哈里亚神父，还有助祭阿希拉的生活全貌。列斯科夫不断强调旧城的平静和单调的生活，与繁华虚无的彼得堡形成了鲜明对比。善良的神父试图打破这种旧城的百无聊赖，唤醒民众的意识，于是在后文中顺势展开了萨韦利神父给家里添置了八音盒，阿希拉助祭在颂诗会上动情的演唱情节。神父们在小城中不仅教化他人，他们身上还带有东正教中的隐忍、顺从、救赎和博爱的精神，俄国人民是他们存在的根基，为了恢复民众的信仰，他们不惜自我牺牲，追寻真理。同时，他们具有最为纯粹的爱国主义情怀，面对德国霸权和波兰人入侵时所表现出的勇敢和坚强，不能不令人感动和敬佩。

　　列斯科夫的童年在奥廖尔度过，奥廖尔恬静和淳朴的民风给作家提供了源源不断的创作灵感。在小说中常常可以见到奥廖尔的生活片段，足以见得作家对故乡的眷恋之情。后来，由于工作关系，年轻的作家足迹遍布俄国大地，对俄国人民和生活场景有着最为亲切的接触："我大胆地，或

---

① ［法］德·斯·米尔斯基:《俄国文学史》，刘文飞译，2013年，北京:人民出版社，第37页。

许可以说胆大包天地想，我了解俄国人的最隐秘之处，而我一点也不把这当作什么功绩。我不是靠和彼得堡的马车夫谈话来了解人民的，我是在人民中长大的……夜里，我与他们同睡在有露水的草地上，同盖一件厚厚的羊皮袄……因此，不管是把人民放在高跷上，还是踩在脚底下，我认为都是可耻的。”① 列斯科夫对俄国的认识全部来自于生活本身，他没有得到过多文学方面的教育和熏陶，因此他的小说和随笔有十分鲜明的个人特点，成为俄国文坛上的一个具有特殊意义的存在。

第二节 “三位一体”的形象塑造：性格迥异的神父群像

瓦尔特·本雅明（Walter Benjamin）在随笔《讲故事的人——关于尼古拉·列斯科夫作品的随想》中谈及宗教信仰和生活经历对其创作的影响，并认为列斯科夫依然保有个人的写作特色，用最平时的笔触描绘生活中的具有美好品质的普通人：“然而，讲述神秘的传奇故事，并不是列斯科夫最擅长的。尽管他有时会描写很多的期间，不过，即使是在对信仰最虔诚的时刻，他还是愿意恪守自然、客观的写作个性。在精于世道然而又不为世俗所羁绊的人中，他找到了自己所欲描写的典型形象。”②

在创作《大堂神父》时，列斯科夫巧妙运用东正教基本信条之一的“三位一体”思想，只不过他的艺术呈现不再是“圣父、圣子、圣灵”，而是强调“神、魔、人”的“三位一体”，使文本具有一种特别的机制，给予读者无限的理解和可阐释性，从而通过“弥赛亚”意识，实现“聚和

---

① Петров.С. Н. С. *Лесков. Повести и рассказы.* Москва: Московский рабочий. 1954г. С. 425-426.

② ［德］瓦尔特·本雅明：《单向街》，陶林译，南京：江苏文艺出版社，2015年，第111页。

性"的目的。列斯科夫在《大堂神父》中有意塑造了三位神父的形象，分别是大司祭萨韦利神父、助祭阿希拉神父以及扎哈里亚神父。三位神父的形象鲜明各异，分别对应着"神、魔、人"中的一位，但三者在整体上又是有机的统一。神父的形象仿佛是一个组合好的三棱镜，透过它的映照可以观察到外省旧城中教士生活图景。在作品中，列斯科夫对三位神父的描绘，从不同侧面展现了人性之复杂和多元，使人物形象变得更加立体。如在萨韦利神父身上可以看到他的基督心理，怜悯众生，救济贫寒；而阿希拉神父则好打抱不平，做事冒失鲁莽不计后果，勇敢好斗；扎哈里亚神父心地善良，谨小慎微，按部就班做每一件事。小说中神父形象所构成的"三位一体"对应了东正教的伦理道德准则。他们都在为了东正教的"聚和性"精神，努力实现着"弥赛亚"意识的救赎，他们与旧城中的不公与官僚主义斗争，拯救苦难的民众，是正义之士的代表，情节具有很强的宗教感染力。精妙的艺术构造使小说在人物刻画上完整鲜明，三种性格的相互交织，摆脱了单一的线条，使人物从平面到三维。小说中三个独立的个体其实构成了一个整体，是"神、魔、人"的有机融合。这个多棱镜的构造仿佛为读者提供了多角度折射的视域，也同时形成了小说文本意义再生的又一机制。

　　长篇小说《大堂神父》文本中的"三位一体"的意义再生机制不单是神父群像构建的基础，同时也是主人公个性形象塑造的机制。作家在助祭阿希拉一个人身上就同时加入神性、魔性、人性的特点，我们认为，这样复杂的人物性格构造在俄国文学作品中也是值得特别赞赏的。作家本人十分偏爱阿希拉这个人物形象，即使他偶尔冒失，经常出差错，身上有许多缺点，在行文中也经常用包容和调侃的语气去宽谅他，并且大力肯定他的正义和善良。此处举例说明："阿希拉一看到这梯子，立刻向扎哈里亚神父背后倒下去，一头栽在县医的肚子上，爆发出一阵抑制不住的大笑，笑得打滚抽筋。"① 称阿希拉的鲁莽做法只是因为他是一个爱说爱笑的人，且"高兴起来没有分寸"②，并不断肯定阿希拉的优良品质"继承了乐天知命、英勇豪迈的性格，以及其他许多哥萨克人的美德"③。阿希拉一直乐观处事，给他人提供帮助，把拯救他人于水火视为上帝赋予的使命，因此"弥赛亚"意识在他身上得到了完美的体现。

米尔斯基高度评价了阿希拉的人物形象构造："助祭阿希拉几乎可以认为是列斯科夫笔下最伟大的性格塑造，是整个俄国圣像画廊中最出色的形象之一。这位助祭心胸开阔，活力四射，无心无肺，完全像个孩子，他可笑的恶作剧和无意间的捣乱，他因其行为不断遭图别罗佐夫神父责骂，皆为每一位俄国读者所熟知，阿希拉因之备受大众喜爱。"④

助祭阿希拉的形象可以很自然联想到俄国的骑士精神，他们身上兼具"神、魔、人"的元素，做事虽不免冒失，但是为人真诚友善，行为有时让人觉得可笑，甚至无法理解，如在小说开头，阿希拉咒骂付瓦尔纳瓦·普列波坚斯基教习，于是他愤怒地"扭过脸去，一只手捏紧拳头捶着另一只手的掌心说：'哼，圣饼司务的儿子，这事可饶不了你！我要不当众把这个教习瓦尔纳夫卡揍扁，我就真的是该隐，不是助祭了！'"⑤但是他同时又具有多愁善感，或者是感性的一面："说到这儿，一股热泪已经涌上助祭的心头，最后他呜咽着说：'他竟想出这种卑鄙手段来对付我：不吭声！不管我说什么，他总是不吭声……你干吗不吭声啊？'助祭提高

① ［俄］Н.С.列斯科夫：《大堂神父》，陈馥译，北京：外国文学出版社，1984年，第17页。
② 同上，第4页。
③ 同上，第6页。
④ ［法］德·斯·米尔斯基：《俄国文学史》，刘文飞译，北京：人民出版社，2013年，第33页。
⑤ ［俄］Н.С.列斯科夫：《大堂神父》，陈馥译，北京：外国文学出版社，1984年，第25页。

了嗓门，忽然哇的一声哭起来，同时举起两只手朝他想象中大司祭神父家所在的方向挥舞着。"①阿希拉那种在常人看来近乎愚蠢的善良着实令人感动，在大司祭萨韦利被当局抓走时，阿希拉主动搬去上了年纪且体弱多病的主教夫人家中，一边照料她，一边又成为她心灵的慰藉和支柱，一次次前往省城请愿，四处打探萨韦利神父的近况。在小说中，作家动情地描绘了助祭阿希拉在搬到主教夫人家后，心系主教的焦灼心情和天马行空的骑士想象，神话色彩浓厚："啊，看在上帝的面上，赶快为萨韦利神父说句话吧！"在梦中，他梦到他来到了萨韦利神父身边："还在这些酣睡着的人身上轻轻推一把，对他们说：'别欺负萨韦利神父，要不有你们受难的日子，谁也跑不掉。'"②后面作家又加入一段叙述性的文字，加强了阿希拉梦境的感染力："不过在我们这个时代这样的事情也只有穿上千里靴、戴上隐身帽才能办到，好在阿希拉即使想到了它们，而且预备下了。只有依靠它们，助祭才能穿着黄色土布僧袍走进一处金碧辉煌的殿堂，那灿烂的光芒令人目眩，他竟后悔不该到这里来。"③在最后一次和大司祭萨韦利祷告的时候，阿希拉似乎感到了大地的震动，作家用动情的笔触描述了这个场景："在夜半庄严的静穆中，在月光照耀下的洁白空园里，他跟着大司祭有节奏地把他滚烫的前额叩在冰冷的雪地上，并且发出一声声长叹和欣喜的呼求：'上帝啊！求你洗除我的罪，并赦免我。'……阿希拉的感叹响彻旧城上空，经久不息。他生性令人快活，无论他颂赞还是欢呼，人人爱听。如今他犯了罪，也来祈祷，为自己并为世人恳求止息他加之于我们的

① ［俄］Н. С. 列斯科夫：《大堂神父》，陈馥译，北京：外国文学出版社，1984年，第24页。
② 同上，第318页。
③ 同上，第319页。

义愤！"①

小说中的三位神父群像和个体主人公的"三位一体"艺术构建，使得小说内涵的点线面清晰呈现在读者面前，彼此相映成趣，既可探寻其中的隐秘宗教符号，也体现了作家高超的技艺，从结构上深化了作品的艺术魅力。

第三节　内心的叩问：《蓝皮历书》中的自我救赎

上帝存在于自我心中，是俄罗斯东正教信仰的一大特征。因此，在"弥赛亚"意识的传播和影响下，俄罗斯民族所认为的救赎思想，不只意在保家卫国、救助他人，更重要的是对自我灵魂的救赎，这种解脱和超越是作用于自身的。列斯科夫塑造的神职人员首领、大司祭萨韦利神父是他笔下最成功、最高尚的正人君子形象。大司祭萨韦利有着最纯正的信仰，道德高尚、为人正直，秉持诚实的灵魂，终其一生在完成用东正教信仰救赎的使命，实践着"聚和性"的"博爱"精神，也不断在追寻自己灵魂的超脱和洗礼。

作品中最有特色的章节，是第五章关于萨韦利神父日记《蓝皮历书》内容的介绍。日记内容包括神父的生活、爱情、日常布道等。众所周知，相较其他文体，日记是最能够彰显形象内心世界的体裁。作家将这一章内容单独呈现出来，安排在整部小说的前部，使萨韦利神父的人物性格和内心感受得以细致和深刻的体现。通过阅读萨韦利神父的《蓝皮历书》，读者能够清晰地了解大司祭的工作日常，如布道、弥撒和教习等，更重要的则是可以感受萨韦利神父对自己灵魂的叩问，对百姓苦难的同情和疾

---

① ［俄］H.C.列斯科夫：《大堂神父》，陈馥译，北京：外国文学出版社，1984年，第381页。

呼，甚至能看到他不经意的自嘲与自我批评、反省，一切都是真实的记录。该历书的时间跨度长达35年之久，记录了萨韦利神父从一个意气风发的正教中学毕业生，到一个年迈之人的心路历程，从黑发到白发的变化，使读者对人物心灵的真实洞悉和性格透视得到更直观的感受。小说通过日记不断强调萨韦利神父的正直，以及对祖国的热爱和担忧、控诉当局的不作为："我涉水过河如履旱地，逃脱了埃及的灾祸，在我有生之年，我要歌颂我的上帝。我究竟经历了什么，我忍受了什么，又是怎样克服种种障碍重见天日的……莫非像你这样的匡正世风者竟不屑一顾人们的实际生活，只想作空话连篇的教训？你是否了解俄国神父这个'无用的人'过的是什么生活……你是否知道，这个神父的卑微的生活并不贫乏，而是充满了危难和曲折？或许你以为这个喝蜜粥的人没有高尚的情操，因此不会觉得痛苦……或许你想的是，我行将就木，因此对生了你我并且养育了你我的国家没有用处了……"[①]萨韦利神父有时也有自己的私心，他对助祭阿希拉有独特的偏爱和友情，对好打小报告的谢尔盖却一直心存不满："九月二日。诵经士谢尔盖今天向我报告，助祭夜间常常带枪出去打猎，打到两只兔子。我对谢尔盖说，这话我不相信，事后我却把助祭狠狠训斥了一顿。"[②]"九月十四日。诵经士谢尔盖装作来拿木桶去浇白菜，又似乎是无意间向我报告，今晚阿希拉助祭要去砖砌堆房看走江湖的魔术师表演大力士和巨人。这个谢尔盖真是个有仇必报的小人。"[③]萨韦利神父和妻子娜塔莉亚恩爱非常，互敬互爱，他的历书中经常用"可爱""圣女""女善人"这样的字眼形容妻子，两人无比希望可以养育一个孩子，但是始终未能如愿，

---

① 　［俄］Н.С.列斯科夫：《大堂神父》，陈馥译，北京：外国文学出版社，1984年，第71页。
② 　同上，第74页。
③ 　同上，第85页。

妻子甚至想问问萨韦利神父是否有私生子，想找到并养育，于是萨韦利神父表达了他对妻子的怜爱，并联系到神性之美："她不仅想寻找这个小宝贝，而且已经把他当作一个羽毛未丰的小鸟那样疼爱他了！我实在按捺不住，便紧紧咬着我的胡子跪在了她的脚下，一面叩头一面放声大哭，这样的恸哭是时间的语言无法描绘的。的确，通观各个时代、各个民族，除了我们神圣的罗斯以外，还有什么地方产生过象我的女善人这样的妇女啊！是谁教她的呢？除了你，至善的上帝，还有谁能教育她，并且把她赐给你的一个不肖的仆人，让这个仆人更深切地体会到你的伟大和仁慈啊！"①

日记的形式使萨韦利神父基督般的仁爱、对真理的不懈追求得到了完整的呈现，也为之后萨韦利神父面对社会中的道德丧失时，他的控诉和痛心进行了铺垫："摩西杀死了虐待犹太人的埃及人，在某些訾议爱过人情的自由派看来，这岂不是应该非难么？买主的犹大因为'守法'而出卖了被当局追捕的福字，在'盲目守法者'眼中难道不该受奖么？我们的一生同样是暧昧的：企鹅则对于暗藏国贼的阴谋不无偏袒之心者。对祖国的福利极不关心，最后一例是藐视民族节日的祈祷，把它变成单纯的形式。"②在历书中列斯科夫表现了萨韦利神父心怀悲悯、为人正直谦和、一生坚持正义和光明的性格特点，但也真实地表现了他的英雄迟暮。萨韦利神父自我牺牲精神令人无不钦佩，他对底层人民的疾苦感同身受，常为劳苦大众奔走申诉，同腐朽的政府和官方教会斗争到底。在《蓝皮历书》中，读者能看到的并不只是一个道德楷模或精神领袖，而且是一个渴望为国家和民族牺牲自我的正义之士。他具有高尚的道德情操，同时爱憎分明，也会因为无知、嫉妒或是偏爱犯错，这些特点使人物形象无比贴近真实，符合生

---

① ［俄］H. C. 列斯科夫：《大堂神父》，陈馥译，北京：外国文学出版社，1984 年，第 48 页。
② 同上，第 312 页。

活的逻辑。

　　第五章的日记体与整部小说彼此融合，以内观的形式更加透彻地反映了萨韦利神父的性格特点，由内而外地关照人物形象。在日记中写尽了萨韦利神父的快乐和痛苦，他用"弥赛亚"的精神一次次与痛苦和解，寻找出路，完成自我救赎。萨韦利神父在遭遇噩运时说："生命已经结束，现在《行转》开始。"①这意味着他从此以后将像圣徒一样去行动，拯救苍生。萨韦利神父用行动证明，他具有圣徒的坚强意志，在他身上体现了俄罗斯人性格中的顺从与忍耐、坚韧与善良的品质。萨韦利神父始终与俄国人民站在一起，与不公的现状斗争。在第五章中作家转换了叙述主体，将讲述人身份隐没，赋予萨韦利神父发声的权利，透过主人公第一视角观察"旧城"的生活事件。叙述主体的灵活切换是列斯科夫小说创作中的亮点，这种类似复调纪事的叙述结构使小说层次丰富，叙事形式也更为多元。

　　《大堂神父》不仅在主题上体现了列斯科夫希望从本土出发，从俄国宗教信仰的优势出发，走改良道路的政治理想，在艺术构造上作家也做了精细的设计，不断提升文学思想内涵。列斯科夫通过外省风光的描绘、"三位一体"的人物形象塑造和日记体叙事结构的艺术表现手法，深入地刻画了三位神父的义人形象，不断加强民族自豪感，从家国情怀，到拯救他人直至自我救赎，"弥赛亚"意识逐层深化，既弘扬了东正教的核心思想"聚和性"，更使得"弥赛亚"的救赎意识得到形象化的阐释，提升了东正教思想的艺术感染力。与此同时，这部小说的艺术形式在东正教道德和伦理思想的双重影响下，形成了特殊的意义再生机制，为读者提供了无限的可阐释空间。

---

①　［俄］Н. С. 列斯科夫：《大堂神父》，陈馥译，北京：外国文学出版社，1984年，第317页。

第十一章
契诃夫：民族文化定型机制与"聚和性"
——以《套中人》为例

　　契诃夫（А. П. Чехов，1860—1904）是俄国文学史上继普希金、莱蒙托夫、果戈理、屠格涅夫、陀思妥耶夫斯基、托尔斯泰之后又一个重要的里程碑，也是俄国 19 世纪末期最后一位批判现实主义文学巨匠，堪称俄罗斯黄金时代的最后一座高峰。其短篇小说成就斐然，可与法国莫泊桑和美国欧·亨利相媲美；其戏剧也具有广泛的世界影响和声誉。其实，他的作品，无论是中、短篇小说，还是戏剧，都紧凑精练，发人深省。其中，短篇小说《胖子和瘦子》《小公务员之死》《站长》《谜一样的性格》《胜利者的得意洋洋（一位退休的十四品文官的故事）》奠定了他在俄国文坛的地位。而他那些脍炙人口的小说，诸如短篇小说《变色龙》《猎人》《凡卡》《跳来跳去的女人》《挂在脖子上的安娜》《套中人》《醋栗》《约内奇》，中篇小说《第六病室》《草原》和四幕戏剧《瓦尼亚舅舅》《海鸥》《三姊妹》《樱桃园》，则对 19 世纪末及其后的世界文学创作产生了重要影响。

　　不同于普希金、陀思妥耶夫斯基、托尔斯泰等其他文学巨匠，契诃夫出身平民，没有贵族身份。然而正是这一点，使他比他们更善于体察民间疾苦和表白社会日常生活百态。而且，由于来自一个笃信俄罗斯东正教的原生家庭，他在精神世界中经历了"聚和性"的洗礼而成为一个善良、淳朴、高贵的人，因而比起许多"贵族"来，更具贵族精神。可以说，这不啻是造就他高度自律与克制、谦逊诚恳而又悲天悯人品格的一个重要因素。难怪著名俄罗斯作家库普宁（А. И. Куприн，1870—1953）曾经指出："对于年轻的新作家来说，契诃夫总是富有同情心、细心和深情……他和那类把自己的主题说得比自己写的要好得多的作家相比，真有天壤之别……契诃夫的这种态度是由于天性拘谨和特别的谦逊。"[1] 尽管也有人不喜欢契诃夫，把他与普希金和陀思妥耶夫斯基对立起来，认为在契诃夫的世界里"没有英雄和受难者，没有深度，没有黑暗，没有精神高度"[2]，但是，一个不争的事实是，任何贬损都无法掩盖契诃夫文学成就的耀眼光芒！

在契诃夫生活的年代，工业革命浪潮席卷西欧，俄国农奴制改革为资本主义发展开辟了道路，现代主义、民粹主义、象征主义等思潮亦蜂拥来袭。作为莫斯科大学医学系毕业的高才生和一个以忧国忧民为己任的知识分子，契诃夫不可能不受到这些思潮的影响。而这一切在他的创作中都或多或少地有所体现。

契诃夫的创作是别具一格的，但他继承了黄金时代作家们的民族性根基——"聚和性"精神，尤其是继承了普希金、果戈理、陀思妥耶夫斯基集中体现"聚和性"理念的创作衣钵——深入社会、体恤民生、叩问灵魂。而从某种意义上看，契诃夫创作中的"聚和性"正是通过其作品中的民族文化定型机制而体现出来。

---

[1]　Под общей редакцией С.Н.Голубова, В.В.Григоренко, Н.К.Гудзия, С.А.Макашина, Ю.Г.Оксмана: *Чехов в воспоминаниях современников*. Москва: Художественной литературы, 1986. С.549-550.

[2]　Курт, Р. Гость из будущего // *Литературное обозрение*, №. 6, 1989, С.77.

民族文化定型研究与文学研究具有相辅相成的意义。文学文本研究是民族文化定型研究的基础，但民族文化定型研究的意义并不仅仅局限于文学文本，而更在于了解和阐释超文本的现象和意蕴。目前，关于民族文化定型的界定和研究方法有多种，涉及文化学、人类学、社会学、心理学、民族学、语言学、文学、政治学、心理语言学、区域学、哲学等学科，所以民族文化定型已经成为一个跨学科的概念。但无论哪种研究，都指向其民族性、文化关联性、稳定性、可重复性、模式化等特征。而民族文化定型为某个特定民族所固有的指征，是该民族文化特征的缩影。

《套中人》是契诃夫的短篇小说代表作，发表于 1898 年。俄罗斯民族文化定型在这部小说中得到了典型的运用。通过对这些定型的分析，可以管窥契诃夫创作中所体现的东正教"聚和性"意蕴。

第一节 文化定型：概念界定与内涵特征

"文化定型"的概念是在"定型"概念的基础上生发而成的。"定型"涉及不同领域，可以从不同层面进行界定。"定型"一词源于印刷领域，在 18 世纪曾用于指代印刷品的形式。后来，随着社会各民族各领域间互相交流与影响的加深，美国社会学家和政治评论家利普曼（Walter Lippmann，1889—1974）于 1922 年首次将这一用语引入学术领域。他提出了"社会定型"概念，认为所谓社会定型，是指人脑中有序的模式化的由文化决定的世界图景，能够帮助人们认知复杂的社会课题，并维护其自身的整体地位和权利。在这个最为宽泛的定义中，既有文化学的成分，又有心理学的成分，利普曼进一步指出，周围客观世界过于纷繁复杂和瞬息万变，为了应付这种局面，就必须按照更为简单的模式对其进行重构。①20
世纪初，美国出现了一批研究定型理论的作品及代表性观点，如社会学家
彼得·伯格（Peter. Berger，1929—）把定型称作"最大公分母"，根据其
观点，定型的存在可以帮助人们正确地分析复杂的政治环境。②

我国学者胡文仲则认为"定型是对于某些个人或群体属性的一套信念，
这些信念可能是正面的，也可能是负面的，并且现在使用这个词一般都带
有贬义"③。但后来的许多学者则认为定型是一个中性概念，正如范捷平指出
的那样："定型在社会学中是一个中性的概念，主要指人们对思维模式、信
息、外部世界和行为特征的判断方式。"④现在，定型更是早已成为一种普遍
的人类认知方式，而且是作为一个中性的概念存在于人们心目中。

近年来，对定型的研究有增无减，某些国家还有学科间独立的研究方
向，主要研究定型的产生、功能及其对社会形态的影响等。由于学者们的
研究视角不同，即使相同学科也会有不同的理解与解释。俄罗斯学者们
在"定型"问题上也有不少研究。B.A.雷日科夫从社会语言学角度界定
了"定型"概念，认为："所谓定型，就是在民族文化共同体个体的意识
中，在心理语言层面上，能够根据一系列语义评价特征唤起最少相似联想
反应的语言单位。"⑤在他这里，"定型"与现实世界图景有关。普罗霍洛

---

① 参见 W. Lippmann: *Public Opinion*. New York: McMillan. 1922, p.3-9。

② Berger. P. L. *Invitation to sociology: A humanistic perspective*. New York: Anchor Books. 1963,
p.37.

③ 胡文仲：《跨文化交际学概论》，北京：外语教学与研究出版社，1999 年，第 118 页。

④ 范捷平：《论"Stereotype"的意蕴及在跨文化交际中的功能》，《外语与外语教学》2003
年第 10 期，第 27—28 页。

⑤ Рыжков В. А. Особенности стереотипизации, необходимо сопровождающей социализацию
индивида в рамках определенной национально-культурной общности // Языковое сознание:
стереотипы и творчество. Москва: Институт языкознания АН СССР, 1988. С. 13.

夫（Ю.Е. Прохоров）从跨文化交际角度所做的阐释——定型是"某民族文化成员心智语言复合体，刻印有民族文化标记的单位，它以对该文化标准交际情景规范的基本想象形式体现在言语交际中"①。马斯洛娃（В.А. Маслова）从语言文化学的角度对定型下的定义——定型"是一种语言和言语现象的稳定因素，它一方面能储备和传承文化主导构素，一方面又能在"本源中显现自己、同时识别自我"②。克拉斯内赫（В. В. Красных）从心理语言学角度出发，认为"定型"是民族文化空间的最重要单位，其中包括"包含着民族文化共体成员现有的和潜在可能有的关于文化现象的全部认识"③，而且定型"首先是现实的某种意象以及从'天真'日常意识角度的现实的片段，每个语言单位都蕴含有定型、定型形象"④。

当然，对"定型"的理解与社会感知特点有关，民族心理层面上的社会感知是建立在大量定型的基础之上的，而定型的宗旨就是在于把人们看作自己民族的个体，而其他共同体则有相应的文化成分。民族定型的总体功能就在于首先区分出了"异己的""他人的"，与此同时，肯定了"自己的"和"自己的出类拔萃的"等特点。⑤ 在克拉斯内赫看来，人们都生活在特定的文化空间中，而文化空间语境中的定型可分为"社会定型"和

---

① Прохоров Ю. Е. *Национальные социокультурные стереотипы речевого общения и их роль в обучении русскому языку иностранцев.* Москва: Педагогика-пресс, 1996. С.101.

② Маслова В. А. *Лингвокультурология: Учеб. Пособие для студ. высш. учеб. Заведений.* Москва: Издательский центр «Академия», 2001. С.110.

③ Красных В. В. *Виртуальная реальность или реальная виртуальность?*（Человек. Сознание. Коммуникация）. Монография. Москва: Диалог-МГУ, 1998. С.124.

④ 同上，С.128.

⑤ Бобнева М.И. *Психологические механизмы регуляции социального поведения: Сб.Статей,* Москва: Наука, 1979. С.39.

"文化定型"两大类。①

　　社会定型从心理学与交际学的研究角度又分别可划分为"思维定型"和"行为定型"。"思维定型"又称"心智定型""意识定型"等，被俄罗斯学者马斯洛娃、克拉斯内赫和普罗霍洛夫分别阐释为："人的心智图像，对事物或情景固定的民族文化认识。"②"某种固定的、最低限度的恒量，是受民族文化特点制约的有关事物或情景的认识。"③"是客观事物反映在人头脑中的超稳定和超固化的东西。"④"行为定型"又称"交际定型""言语交际定型"等，俄罗斯学者克拉斯内赫和雷日科夫分别将其阐释为"以某种方式对社会群体、民族及民族文化具体的实际需要进行言语固化的符号。"⑤"通过对社会认可的需要进行表征，从而能对个体意识施加类型化影响的民族交际单位。"⑥

　　社会定型不仅表现为思维定型的形式，还表现为个体的行为定型。他以自发的感受和情感为基础，但依旧取决于固化在集体意识中的人类发展的自然和社会条件。交际环境是一种至少两种意识的相互作用机制，是交际的最简单形式，是相互影响和文化张力的结果，而这些因素又同时表征

---

① Красных В. В. *Этнопсихолингвистика и лингвокультурология: Курс лекций*. Москва: ИТДГК «Гнозис», 2002. С.206.

② Маслова В. А. *Лингвокультурология: Учеб. Пособие для студ. высш. учеб. Заведений*. Москва: Издательский центр «Академия», 2001., 2001. С.110.

③ Красных В. В. *Виртуальная реальность или реальная виртуальность?*（*Человек. Сознание. Коммуникация*）. Монография. Москва: Диалог-МГУ, 1998., 1998. С.127.

④ Прохоров Ю. Е. *Национальные социокультурные стереотипы речевого общения и их роль в обучении русскому языку иностранцев*. Москва: Педагогика-пресс, 1996., 1996. С.75.

⑤ Красных В. В. *Этнопсихолингвистика и лингвокультурология: Курс лекций*. Москва: ИТДГК «Гнозис», 2002., 2002. С.177.

⑥ Рыжков В.А. *Регулятивная функция стереотипов // Знаковые проблемы письменной коммуникации. Межвузовский сборник научных трудов*. Куйбышев, 1985. С.16.

个体社会化的程度。社会意识定型始终受社会制约，其发挥作用的基础是一定的社会规约。定型的转化和社会意识的定型化一样，是集体信念的转换，而集体信念是决定整个社会团体的生活发生质变的集体行为的结果。

　　思维定型是从日常的意识角度，从"朴素"角度，对现实及其组成成分的印象。在民族语言学中，"定型"首先是指语言和文化的内容方面，也就是说，主要指"心智定型"，并与"素朴的世界图景"相关。波兰学者巴尔特明斯基（Bartminski J.，1939—）从认知语言学出发，认为语言世界图景和语言定型是整体和部分的关系，语言定型是对语言外世界特定客体的判断，是由主观决定的对事物的印象作为认知模式框架内对现实进行解释的结果，这种印象中并存着描写和评价的成分。在巴尔特明斯基的理论中，"语言定型"可以属于外部世界的任何客体，并作为其形象和"社会观点"而存在。而独特的"语言世界图景"与其说属于集体意识的心智范畴，不如说属于语言语义范畴。①

　　文化定型又称"民族定型"或"民族文化定型"。俄罗斯学者马斯洛娃将其定义为"对形成某民族典型特点的概括性认识"②，即某群体或民族对本群体或民族以及他群体或民族共同认可的价值或行为的概括性表达。文化定型按照所指涉的对象可为"自定型"（一个社会和文化群体对于自己本身的固定看法）和"异定型"（对另一社会和文化群体的价值观和行为特征的固定看法）。至于文化定型的特征，克拉斯内赫指出："定型永远

① J. Bartminski（ed.）: *Slownik stereotypow i symboli ludowych*. Tom 1. Kosmos.1996, p.171.
② Маслова В. А. *Лингвокультурология: Учеб. Пособие для студ. высш. учеб. Заведений*. Москва: Издательский центр «Академия», 2001. C.108.

是民族性的。"① 马斯洛娃很明显非常支持她的观点。② 这方面的一个例子是，一提起俄罗斯，其勇敢善战的民族特色立即使我们想起"战斗民族"。但民族与文化不可分，所以定型还具有文化关联性，正如马斯洛娃所指出的，人们把民族文化定型视为必须符合的范例，以使"人们不笑话我们"，而"我们都生活在文化强加于我们的定型世界中"。③ 定型又是特定民族文化共同体代表的某种标志，但不能将某个个体在某个时候的某些观点或行为视为某个民族或文化群体的定型，因为定型必须是代代相传的，"即便是面对现实经验的颠覆，定型也被认为是超级固定的和超级稳定的"④。定型会对个人产生影响，并在人的社会化过程中不断重复。一个人一旦接受了某种定型观念，就会在一定情况下重复使用它们，以节省精力和时间。文化定型还具有模式化的特点，譬如五星红旗是中国国旗，让中国人想起祖国；奥运五环让人想起奥运会。所以，总体而言，文化定型具有民族性、文化关联性、稳定性、可再现性和模式化等五大特征。

文化定型不仅有利于了解一个民族的文化特征，对于俄罗斯民族来说，可以深入了解俄罗斯信仰的东正教及其核心概念"聚和性"的重要作用，更能够进一步理解俄罗斯文学经典文本的深层内涵。

第二节　民族文化定型与文学文本

根据克拉斯内赫的理论，文化空间亦称"民族文化空间"，通常指

---

① Красных В. В. *Этнопсихология и лингвокультурология: Курс лекций.* Москва: ИТДГК «Гнозис», 2002. C.178.

② Маслова В. А. *Лингвокультурология: Учеб. Пособие.* Москва: Academia, 2001. C.208.

③ Маслова В.А. *Когнитивная лингвистика*, Минск: ТетраСистемс, 2005. C.58-59.

④ Прохоров Ю. Е.（ред.）: *Россия. Большой лингвострановедческий словарь.* 2003. C.73.

"人的意识中的文化存在形式"或"由民族文化决定的情感信息场",而"文化定型"是文化空间语境中的一种定型,①由此,民族文化定型就是"民族文化空间"语境中的一种定型。

一直以来,对空间就有着不同的划分。基于人类中心主义和世界的语言图景,空间可分为内部空间和外部空间。外部空间被视为一个对象世界,一个人们生活和发展的真实的物质空间;而内部空间是人的意识的虚拟空间(包括情感)。正如克拉斯内赫所言,现实空间经过人工处理已经"被人化"了,因此它是"虚拟的现实";尽管对现实的认知是指人的心理活动,但它与外部世界紧密相连,因此它是"真实的虚拟性",这就是文化空间的本质特征。

文化空间(也称民族文化空间)是人类意识中文化存在的一种形式,并且是意识所体现的文化。克拉斯内赫等学者们把大众意识视为文化空间,其中包括民族语言文化共同体成员之间关于文化现象的共同意识以及所有现有的和可能的观念。民族文化空间是一个信息情感("民族")领域,是一个虚拟的,同时又是真实的空间。②

认知空间在某种程度上被理解为语言个体,即每个说话人所拥有的知识和概念的聚合。实际上它是一种虚拟的心智空间,它包含在文化空间中。克拉斯内赫划分出认知结构中民族文化空间的三个层面:个人认知空间、集体认知空间和认知基础。个人的认知空间是任何人都拥有的知识和概念的聚合;集体认知空间是某个社会共同体中所有人所拥有的知识和与

---

① Красных В. В. Этнопсихолингвистика и лингвокультурология: Курс лекций. Москва: ИТДГК «Гнозис». 2002. С.206.

② Красных В. В., Гудков Д. Б., Захаренко И. В. Теоретические положения. Принципы описания. // Русское пространство: лингвокультурологический словарь. Москва: Изд. Гнозис, 2004. С.10-11.

概念的聚合；认知基础是特定民族语言文化共同体的必要知识和民族决定性思想。① 而且，文化空间在外部与认知基础相关，在内部与认知空间（个人和集体）相关，也就是说，该空间包括认知基础的所有要素以及民族语言文化共同体所有代表的所有个体和集体空间。②

俄罗斯著名文艺理论家、莫斯科—塔尔图学派符号学家洛特曼（Ю.М. Лотман，1922—1993）从符号学视阈研究了文化空间问题。洛特曼把文化与韦尔纳茨基（В.И. Вернадский，1863—1945）的"生物圈"概念结合起来。在他看来，"文化是产生信息的设备"，就像借助太阳能的生物圈将非生命转化为生命一样，依靠周围世界的资源，文化也将非信息转化为信息。③ 洛特曼认为，关于文化和信息，文化本身具有集中和储存维持生命的手段的可能性，即信息的积累。考虑到这种特殊性，文化一般被定义为"所有非遗传信息、其组织和存储的方法的总和"④。此外，文化本身就是一种交际体系，并具有交际功能。在这个意义上它具有三个主要功能：存储和传输信息（具有交际和记忆的机制）；按正确转换这些信息的要求进行算法运算；创建新消息。

与此相关的是，如果文化与符号和符号系统（语言）的概念相关，那么它就被认为是以某种方式组织的符号系统。⑤ 洛特曼指出文化的两个特征：其对多种语言的追求和它在非文化背景下和与它的复杂的关系中都无

---

① Красных В. В. *Виртуальная реальность или реальная виртуальность?* (*Человек. Сознание. Коммуникация*). Монография. Москва: Диалог-МГУ, 1998. С.45.

② Красных В. В. *Этнопсихолингвистика и лингвокультурология: Курс лекций.* – Москва: ИТДГК «Гнозис», 2002. С.206.

③ Лотман Ю. М. *Избранные статьи в трёх томах.* Том 1. Статьи по семиотике и топологии культуры. Таллинн: «Александр», 1992. С.9.

④ Лотман Ю. М. Семиосфера. Культура и взрыв // Внутри мыслящих миров // Статьи по типологии культуры // Статьи и исследования // *Мелкие заметки, тезисы*. СбП.: Изд. Искусство-СПБ, 2000., С.395.

⑤ 同上，С.396.

法涵盖所有的现有文本，这决定着文化的工作机制是人类集体和整个人类的信息储存库。

因此，可以把洛特曼这里的文化理解为一种特殊的符号系统和生成信息的机制，即"一种构成复杂的而灵活的认知机制"[1]。洛特曼将文化分为语言文化和文本文化。语言文化研究文本，以提取语言的机制，从而生成新文本；文本文化聚焦于原始文本。同时，他发现自己研究文化的焦点是在文本上。

在洛特曼提出的文化符号学概念中，文本是一个关键范畴，被认为是文化的首要要素。此外，文化本身被视为生成文本的机制，是文本发挥作用的空间。所以，要了解洛特曼的独特文化概念，就必须了解他的文本概念。

洛特曼认为文本是具有整体意义和整体功能的载体。[2]他尤为关注诸如文本内结构与文本外因素、文本的构建原则、作者与读者、文本空间与界限等的关系问题。他认为，艺术文本各组成部分之间通过相互影响产生美学效果，所有"他人"语言渗入文本结构的现象均为"文中文"现象。在分析普希金的《叶甫盖尼·奥涅金》时，他指出"文中文"现象的特点是"他人"语言以各种方式进入文本：它可以是主人公与斜体字（在普希金时代起引号的作用）之间的对话；也可以通过间接引语来表达。他人语言文本、短诗、作者的注释和叙述中的对话形式也同样起着"他人语言"

---

[1] Лотман Ю. М. Семиосфера. Культура и взрыв // Внутри мыслящих миров // Статьи по типологии культуры // Статьи и исследования // *Мелкие заметки, тезисы*. СбП.: Изд. Искусство-СПБ, 2000., С.395.

[2] 同上，С. 507.

的作用。① 在洛特曼那里，文化不是文本的无序积累，而是复杂的、层次分明的工作系统；文化被视为符号系统的层次结构、文本的总和以及与它们相关的功能集和生成这些文本的某种设备。洛特曼的"符号圈"就像"生物圈"一样，是一个空间，在它之外不可能存在符号学含义和阐释。

洛特曼在符号圈理论的形成中非常重视文本。皮亚基戈尔斯基指出，"文本"使洛特曼得以从文学转向文化，从而使文化成为符号学的普遍对象。②

文化的文本化（即文化被视为文本）是符号圈理论的主要思想之一。文本和文化总是相互联系的，并且在它们之间揭示出某种结构上的同一性。首先，两者都具有传输信息的功能；其次，两者都携有"我—他"和"我—我"两个交际模型；再次，文化是集体的非继承性记忆的总和，文本具有记忆功能，从某种意义上说，是文化记忆的结晶。

符号圈本身就是空间。从这个角度来看，文本具有"空间建模机制"。通过这种方法，假定文本具有建模功能，并且将能够在有限的空间中描绘无限的现实世界。而且，现实是世界的图景。他还指出，符号圈似的空间图景在文学文本的镜像中的反映尤其具有指示性。因此，要研究和描述一种文化，文本世界就必须沉浸在空间的帷幕中。符号构成文本，文本构成文化，文化构成符号圈。

可见，在克拉斯内赫等语言文化学家们那里，文化空间是由民族文化决定的信息和情感领域；而洛特曼所指的文化空间是一个符号圈，是所有文化的文化。它们之间存在着某些重叠之处。

由于文化空间的语言文化概念是关于文化现象的所有概念的集合，而

---

① 萧净宇：《洛特曼符号学－美学阐释中艺术文本的特色》，载《俄罗斯文艺》2005年第2期，第57页。
② см. Пятигорский А. М. *Избранные труды*. Изд. Языки русской культуры, 1996. С.54-55.

洛特曼的文化空间概念是由不同类型和不同层级组成的符号学形式的连续体，因此可以说，在某种意义上，文化空间可以包含在大众意识中起作用的文本中模拟现实的分层机制。

可以说，文学文本的认知应该置于民族文化的空间，俄罗斯文学的认知必然应处于俄罗斯文化的语境之中，也只有如此，才能够深入揭示俄罗斯文学创作的文化渊源，发掘其深刻的东正教"聚和性"精神的内涵。

第三节 《套中人》中民族文化定型机制与"聚和性"

按照洛特曼的观点，文化被视为文本，从而获得了记忆。而元文本就是"文中文"，其意义在于，"没有任何一种文化可以脱离元文本而起作用"。[①]从特定文化的角度来看，文化空间可被视为一种文学文本，这种特征使我们可以将文学文本定义为文化定型研究的"试验场"；另外，文化定型的特征也使我们有可能在文学文本中研究文化定型。文化文本是现实的抽象模型。因此，可以将其定义为特定的文化世界图景。文学文本是对现实和世界图景建模的一种解释。文学作品中的世界是真实世界的一面镜子。因此，文化文本就像文学文本一样，具有对世界图景进行空间建模的机制。文学文本在文化空间中可充当元文本和文化文本。

契诃夫的《套中人》是一部世界级文学经典名篇，其自发表至今，已经过去一个多世纪了。尽管它反映的是一百多年前沙皇亚历山大二世时期俄国的社会现实，但迄今它的魅力经久不衰。人们一提起这部小说，总会首先想起那个"装在套子里的人"别利科夫的形象。可以说，"套中人"

---

① Лотман Ю. М. *Статьи по семиотике культуры и искусства*. СПБ.: Гуманитарное агентство «Академический проект», 2002. C.61.

的形象已家喻户晓。的确，这一形象就是一个"定型"，确切地说，就是一个俄罗斯民族文化的定型。首先它完全符合"文化定型"（也称"民族文化定型"）的几大特征要素。

作为俄罗斯民族文化定型最典型的作品之一，小说《套中人》不仅运用夸张、讽刺手法和"文中文"结构，而且其标题本身就是一种对社会的概括。换言之，"套中人"一词已成为一个反映"套中生活"的公认的表述。主人公别利科夫是希腊语的老师，并且他所教的古代语映射了为他提供躲避现实生活的一个密闭空间和一把雨伞，甚至"别利科夫也试图在套中隐藏自己的思想"，很可能出于恐惧"某些事情可能不会奏效"。

契诃夫的《套中人》令人惊叹于它篇幅如此短小，艺术概括力却如此之强。在短小精悍的作品中，契诃夫展现了主人公一生的生活，反映出其内心变化。他将具有普遍意义的问题置于具有普遍意义的作品的中心。他的作品具有客观性，似乎是他当代的剪影，而"套中人"形象也正是时代背景的产物。这就是他的作品及其人物形象之所以成为经典的原因。

文化定型既属于理想的范畴，又属于现实的范畴，它们反映在语言体系中，并体现在与文艺风格有关的文本中。通过拆解"小三部曲"文本中定型的方法，可以还原"套中人"定型的特点。它们主要体现在以下方面。

首先，是民族性层面。这里的民族性是指其俄罗斯民族特性，即仅与俄罗斯文化环境相关的现象或形象。正如俄国文学批评家斯卡宾切夫斯基（А.М. Скабичевский，1838—1911）所指出的那样，这种现象（别利科夫现象）"就是环境本身"，而故事的人物则"是契诃夫先生的奇妙艺术展示；其中一类就像奥布洛莫夫或乞乞柯夫，表达了整个社会环境或者时代精神"①。"套中人"是 19 世纪 80—90 年代俄罗斯社会生活中的典型现象，是当时的具体政治和生活状况的缩影。当时在俄国，到处都有各种各样的禁令和镇压，于是人们变得小心翼翼，害怕一切，甚至把自己的思想都藏起来。更确切地说，是藏在"套"中。《套中人》写就于这样的时代，反映出这样的现实。别利科夫就是这样一个"套中人"典型：成天躲在保护自己的外套里，喜欢秩序，喜欢明确和准确的禁令……其实这就是躲在思想的外套里。可以说，特定时代的这么一个装在套子里的人揭示了特定时代中俄罗斯民族的特点。这些都说明了"套中人"的民族性。

其次，是稳定性层面。"套中人"作为定型在契诃夫的创作遗产中占有很重要的地位，而且经受了时间的考验。现在，在词典中，可以查到关于"套中人"的词条，主要解释为：性格内向的人；害怕一切新事物的人；②在狭小的、苟安的利益中封闭自己的人，害怕任何革新。③一方面，词典中的这些解释显示出，并在一定程度上确保了作为定型的"套中人"的稳定性，因为字典可以作为有价值的物质和文化记忆，可以代代相传，并且是集体意识的一部分；另一方面，这两种解释恰恰阐释了"套中人"的主要特征，它们在含义上具有稳定性，迄今未变，且将沿用下去。但是"套中人"的内涵也会随着时间的变化而变化。当然，这在某种程度上又反过来证明了"套中人"这一定型的稳定性。这一定型现在正在增添一些无关契诃夫小说本义的新内容，但它们与契诃夫笔下的角色相去甚远。

---

① Чернец Л. В. Человек в футляре: литературный тип и его вариации// *Русская словесность*. Москва: Изд. Шк. пресса, 2014, №. 2., 2014. C.26.

② см. Ожегов С. И., Шведова Н. Ю. Толковый *словарь русского языка*. Москва: Изд. "Азъ", 1992.

③ 同上。

　　稳定性还涉及可复制性（即可重复性），是指在某些情况下使用频率较高。"套中人"概念最初出现于契诃夫小说《套中人》中，但它在当代俄罗斯形势下又有了新意，不再仅仅局限于契诃夫笔下的人物或故事。作为定型的"套中人"是具有可复制性的。历史上，列宁、斯大林、赫鲁晓夫和其他苏联领导人都套用过"套中人"定型。列宁在1918年第一次苏维埃国民经济代表大会上的一次讲话中说："凡是因指出明显的实力悬殊而回避发生在俄国的社会主义革命的人，就像一个被冻在套子里，看不见自己鼻子的人，他忘了，没有任何一个历史转折关头是可以离开一系列实力悬殊的情况的，无论这一转折有多大。"[1]另一个例子是，斯大林在第十六届党代会上针对反对派领导人的讲话："害怕新事物，无法以新方式解决新问题……套中人的这些特征也在阻止右翼反对派的前领导人真正与党融合。在遇到困难和地平线上出现最小的乌云时，他们的这种套中人的特征是特别可笑的。"[2]此外，当人们想强调一个人孤僻、顾虑重重或者保守时，往往也很乐意使用"套中人"来形容他。"套中人"一词也出现在互联网的一篇文章中，针对竞选俄罗斯联邦总统的梅德韦杰夫。[3]伊琳娜·哈卡玛达（Ирина Хакамада，1955—）在回答关于"普京，他是什么样的人？"的采访问题时，回答道："好吧，谁也无法说，因为他非

---

① Ленин В. И. Речь на I съезде Советов народного хозяйства // *Ленин В. И. Полн. собр. соч. Т. 36.* Москва: 1962. С. 382–383

② Сталин И. В. Заключительное слово по политическому отчету ЦК XVI съезду ВКП（б）// *Сталин И. В. Соч. Т. 13.* Москва: 1951. С. 14.

③ См. репортаж Фалконбриджа Г. Фалконбридж Г. Медведев: кремлевский властитель или марионетка Путина? — http://news.tut.by/104113.html.

常守秘密，可以说是在套中的。"①《套子中的市长》②"套中的内心圈子"③
——这些是有关莫斯科市长索比亚宁的文章名。关于弗拉德科夫先生的文章也被冠名为《套中人》。④ 契诃夫"小三部曲"的另外两部《醋栗》和《爱情故事》更是大量运用"套中人"定型。可见，在文学和现实生活中，"套中人"具有很高的可重复性。

对"套中人"的认知内容潜藏在俄罗斯民族文化和俄罗斯人民的感知中。在《套中人》中，这一定型是对 19 世纪 80—90 年代及其后时期的社会和意识形态现实的反映。"套中人"形象的出现在大众之间引起巨大共鸣和许多联想。显然，这一形象以活动的形式出现在人们认知水平上。它一方面反映了一个时代的现实；另一方面，它具有情感与道德评价色彩。

"套中人"定型可被视为一种特定的模型。其核心要素是"套"，即封闭的"空间"。换言之，即"空间"观念是该文化定型形成机制的核心要素。而将"空间"的观念引入对"套中人"的定型形成机制的考察是基于这样一个事实，即文学文本能够在有限的空间中构造一个完整的无限空间，从而模拟世界图景。由于作品模拟了无限的对象（现实），其空间不仅显示了现实的一部分，而且显示了"全部生命"，因此这种空间建模具有普遍意义。在这个意义上，研究《套中人》文本中的空间实质上就是研究文化定型观念"生存"的环境。

对"套中人"定型的空间建模可沿两条路径：文化符号学路径和语言文化学路径。就前者而言，我们把该定型观念生存的文化空间视为某种符

---

① 见. интервью Хакамады Хакамада И. Интервью. http://www.gordon.com.ua/tv/hakamada.

② Проскурнина О., Письменная Е., Рожкова М.: Новый хозяин Москвы // *Ведомости*. Интервью 15 октября 2010.

③ Лебедев В.К.:"Человек в футляре"и"футляры"Чехавав// *Мир русского слова*, 2012, No. 1, С.48.

④ Лукьянова И.: Человек в футляре // *Профиль*. 19.11.2002.

号，即“套”是某种符号，并将其构成因素看作特定的符号链，那么，这一链条上有套鞋、伞、外套、眼镜、运动衫，而房间本身构成了一个大套子的空间。

小说的文本是从场所空间的边界展开的：“在米罗诺西茨村边，在村长普罗科菲的堆房里……”[1]叙述不是由作者主导，而是由叙述者讲述主角之外第一个套子的存在：“有些人生性孤僻，他们像寄居蟹或蜗牛那样，总想缩进自己的壳里，这种人世上还不少哩……”这里用寄居蟹或蜗牛的外壳映射狭小空间“套”，然后才开始讲述主角别利科夫的故事。

小说文本中，与主人公相关的描述集中在三类文本，正是它们构成了主人公别利科夫的象征性空间——“套子”：对别利科夫平日穿着特征的描述；揭示别利科夫思想的情节；房间中的内部位置。

第一类从文本叙述者角度做出评判并罗列出空间中的物品：“他只要出门，哪怕天气很好，也总要穿上套鞋，带着雨伞，而且一定穿上暖和的棉大衣。他的伞装在套子里，怀表装在灰色的鹿皮套子里，有时他掏出小折刀削铅笔，那把刀也装在一个小套子里。就是他的脸似乎也装在套子里，因为他总是把脸藏在竖起的衣领里。他戴墨镜，穿绒衣，耳朵里塞着棉花，每当他坐上出租马车，一定吩咐车夫支起车篷。总而言之，这个人永远有一种难以克制的愿望——把自己包在壳里，给自己做一个所谓的套子，使他可以与世隔绝，不受外界的影响。”[2]这里，这些日常特征的描写揭示出各种不同类型和程度的“套子”是别利科夫平日生活所在的不同空间。其中核心词是“套子”，因为主要事件围绕它展开。与之最为相关的是套头衫、雨伞、外套、衣领、墨镜、运动衫、绒衣等七个词，一共一起

---

[1] 《契诃夫短篇小说选》，童道明译，上海：上海三联书店，2009 年，第 2 页。

[2] 同上。

出现了四次，成为文本与主题呼应的符号链。此外，使用对比手法来强化读者的认知，譬如描绘出主人公在非常好的天气中竟然都在套头衫里，打着伞，因此看起来很奇怪，甚至很痛苦。

第二类具体化了别利科夫的思想空间，其中只放置了通知函和各种禁令，体现了他的恐惧，描述了一种紧张的心理状态："别利科夫把自己的思想也竭力藏进套子里。对他来说，只有那些刊登各种禁令的官方文告和报纸文章才是明白无误的。"

第三类提供了观察到的空间外部图景："在家里也是那一套：睡衣，睡帽，护窗板，门闩，无数清规戒律，还有那句口头禅：'哎呀，千万不要惹出什么事端！'斋期吃素不利健康，可是又不能吃荤，因为怕人说别利科夫不守斋戒……他不用女仆，害怕别人背后说他的坏话……""别利科夫的卧室小得像口箱子，床上挂着帐子。睡觉的时候，他总用被子蒙着头。房间里又热又闷，风敲打着关着的门，炉子里像有人呜呜地哭，厨房里传来声声叹息，不祥的叹息……"在这类文本夹叙夹议，更有利于读者发挥想象空间。

沿另一条路径，可以基于语言文化互动的视角来考察定型的形成机制，即主要基于观念层面来考察。俄罗斯著名语言文学学家斯捷潘诺夫（Ю.С. Степанов，1930—2012）将观念视为："人的意识中文化的聚合、以文化形式进入人的心智世界的现象……是人的心智世界中文化的基本内核。"[1]为此，借助于"空间"观念，可以分析《套中人》的文本片段中的文化空间即文化定型机制。

在《套中人》中，"套子"这一观念空间构成了"套中人"对世界的

---

① Степанов Ю. С. *Константы: Словарь русской культуры: Опыт исследования*. Москва: Языки русской культуры, 1997, С.47.

基本态度，并在其语言和行为上得到体现。他生活在一个很狭小的空间里，外表模糊，一直处于对现实的恐惧状态。

在小说文本中关于空间的信息主要有三类：可以感知的物体占据的空间，如城市的街道、农舍、卧室、床、公园；相对封闭空间的有限区域，如壳、套鞋、小套子、车篷；无边界的区域，如："向右边望去，可以看到整个村子，一条长街伸向远处，足有四五俄里。""在这月色溶溶的深夜里，望着那宽阔的街道、街道两侧的农舍、草垛和睡去的杨柳，内心会感到分外平静。""田野一望无际，一直延伸到远方的地平线。沐浴在月光中的这片广袤土地，同样没有动静，没有声音。"①由此给读者展现出一个辽阔的空间，任读者去想象。

观念域中，核心是具有空间语义的词"套"，围绕着该核心，可以出现表示空间出现原因、空间具体表征和空间属性的词。这样的空间建模实质上是一种语义空间的构建。所以可以理解为，在《套中人》中，以"套"为核心的语义空间是由含"包裹住""罩住"之意的词和含"隔离""保护"之意的词，以及由它们引发的联想构成的：前者如"套""壳""衣""伞"；后者如紧闭的"门""被子""窗帘""盒子""包厢"。"套中人"就一直藏在他那小屋子里，他瘦小，佝偻，"那张小脸像黄鼠狼的脸"，出门到哪儿的话，"倒像是让人用钳子夹到这里来的"。

作者进而把"套"引申至精神层面，如："他在她（瓦莲卡）身旁坐下，甜蜜地微笑着，说：'小俄罗斯语柔和，动听，使人联想到古希腊语。'"在这段的描写中，别利科夫在赞美古希腊语，可是，古希腊语也是一种"套"。还有别利科夫对婚姻的看法。当同事们想撮合他和瓦莲卡

---

① 《契诃夫短篇小说选》，童道明译，上海：上海三联书店，2009年，第4页。

的婚姻时，结婚的决定使他像得了一场大病：他消瘦了，脸色煞白，似乎更深地藏进自己的套子里去了。在他看来，婚姻就是一个"套"，不仅如此，他还发现了婚姻所致的在其他方面的"套"。他说："不，结婚是一件大事，首先应当掂量一下将要承担的义务和责任……免得日后惹出什么麻烦。这件事弄得我不得安宁，现在天天夜里都睡不着觉。老实说吧，我心里害怕：他们姐弟俩的思想方法有点古怪，他们的言谈，您知道吗，也有点古怪。她的性格太活泼。真要结了婚，恐怕日后会遇上什么麻烦。"[①] 对他来说，他所想象的未来可能产生的麻烦都是会让他失去自由的"套"。

接着，作者又把笔触伸向了更为广阔的空间，即别利科夫以外的人及与他们有关的空间，从中也发现出不少"套中人"。他们身上都有别利科夫的影子。"全城的人战战兢兢地生活了十年到十五年，什么事都怕。他们不敢大声说话，不敢写信，不敢交朋友，不敢看书，不敢接济穷人，不敢教人念书写字……虽然我们埋葬了别利科夫，可是这种装在套子里的人，也许还有很多，将来也还不知道有多少呢！"通过别利科夫这个俄罗斯民族文化中的"套中人"定型，作者描绘出一幅当时俄国社会令人鄙夷的生活画卷。

总之，在《套中人》的空间建模，即文化定型机制中，主人公别利科夫是空间的对象，而伞、套鞋、墨镜、绒衣、卧室、车篷等是空间存在的体现。无论用哪种方法构建空间文化模型，"套中人"定型都是基于人的精神世界与物质世界而对该模型的阐释，它将人本身及其周围的各种因素都囊括在内。这实质上体现了一种"万物统一"的思想，即俄罗斯东正教文化传统的"聚和性"意识所弘扬的"多样性的统一"的思想。虽然在契诃夫小说中运用了夸张、讽刺手法，而且最后让"套中人"别利科夫死

---

① 《契诃夫短篇小说选》，童道明译，上海：上海三联书店，2009年，第4页。

去，但作为读者，我们见到的不是作者的恨，相反，是一种怜悯，一种希望他笔下主人公"灵魂重生"的"救赎"情怀。可以说，这也是俄罗斯文学经典"复活"主题的一种体现。

第十二章
布尔加科夫：三重时空中的玛格丽特

布尔加科夫（Михаил Афанасьевич Булгаков，1891—1940），俄罗斯著名小说家和剧作家，曾长时间被埋没的"白银时代"文学大师，也是世界文坛独树一帜的经典作家。其代表作《大师与玛格丽特》（又译《撒旦起舞》）被誉为"魔幻现实主义小说的代表"和"20世纪世界文学的经典"，不仅给作家带来迟到的声誉，更是在世界文学版图上标识出20世纪俄罗斯文学的重要的一席之地。

《大师与玛格丽特》的创作历经12年。其间由于政治环境等客观原因，多次修改并八易其名，但仍然不得问世。最终《大师与玛格丽特》的修改定格在1940年，因为那一年布尔加科夫病逝。小说于1966年起在俄罗斯的《莫斯科》杂志上连载，引起了巨大轰动。苏联作家康·西蒙诺夫（Симонов К.М.，1915—1979）盛赞它"达到了讽刺、幻想、严格的现实主义小说的顶峰"[1]。英国学者卡提斯（Paul Katis）认为它是"包罗万象的杰作，在俄罗斯和西欧文学中很难找到一部作品可以与之媲美"[2]。

---

① 温玉霞：《布尔加科夫创作论》，上海：复旦大学出版社，2008年，第148页。
② 转引自郑体武：《新中国成立以来的外国文学教学与研究》，上海：上海外语教育出版社，2011年，第306页。

这部小说集圣经故事、魔幻情节和现实镜像于一体，创作手法新颖。其表达的主题一直是世界学者和评论家们关注的焦点。较之于同时代同类作品，其独特之处主要在于超越了那个时代的政治氛围，似乎站在一个旁观者的角度，观察到了别人看不到的，或者不愿看到的东西，并采用魔幻现实主义的手法将它写了出来。

故事发生在 20 世纪 30 年代的莫斯科，一位流浪青年诗人伊凡与一位老作家柏辽兹正在街头交谈时，一个操德国口音的陌生人加入了他们的谈话。那人自称沃兰德，并且预言一名年轻的女共青团员会要了老作家的命。两人不屑一顾，因为受无神论教育的他们压根不信这个似乎神乎其神的说法。蹊跷的是，在与陌生人不欢而散后，老作家在经过铁路时，竟踩到一瓶打碎的油，滑倒在铁轨上，而年轻的女司机没有刹住火车……年轻的诗人见此大惊失色，陌生人之前的预言令他毛骨悚然，于是发疯似的在河里游了一圈儿泳，然后径直拿着蜡烛和圣像冲进作家协会，向其他人描述他所经历的一切，却被当成神经病送进了精神病院。在精神病院，伊凡认识了隔壁的一位病人，这名病人无名无姓，自称"大师"，跟他讲述了他的恋人以及他的一部用心写了的却一直不被认可的作品。大师为人真诚，极具才华，执着地追求艺术真谛，他是因害怕遭受莫须有的迫害而躲进精神病院的。他的女友则要勇敢得多，她敢爱敢恨，大胆追求自己的理想，并最终追随大师，获得了他们所期待的自由而和谐的生活。

小说视角独特，意蕴丰富，为后人留下了充分的阐释空间。在小说中，作家创造了一个由现实时空—魔幻时空—神性时空构成的"三位一体"的巨大的时空系统。女主人公玛格丽特的千面形象在这三个时空中得以展现，并在各个层面上与大师相呼应：在现实时空中，她是大师的女友，始终以真诚的爱追随大师；在魔幻时空中，她为了与大师再次相遇，与恶魔沃兰德签订了合同，变成了巫婆，在审判日，她成为撒旦舞会女王和撒旦的助手；在神性空间，她是智慧女神索菲娅的化身，守护着大师的创作活动，她也拥有可以拯救世界的神圣力量。

在小说中，现实时空—神性时空—魔幻时空中的玛格丽特各自独立又互相交融，体现为人性—神性—魔性"三位一体"的生动的形象。这是一种充满爱与怜悯的、体现了多样性统一的"聚和性"精神的形象。它反映了社会现实，又超越了现实时空，表达了启迪人们以良知和理性看待世界的愿望。

这部小说的创作首先离不开作者的"聚和性"情结。布尔加科夫从小生活在俄罗斯东正教文化氛围浓厚的家庭，他的父亲是神学院副教授，母亲是一位有东正教信仰的中学教师，所以他骨子里具有"聚和性"意识也就不足为奇。不仅如此，他的小说还有俄罗斯神秘主义文学的痕迹，其中圣经传说成为创作的主要原始方式。俄罗斯民族自古以来就有一种强大的神秘主义精神，并在文学作品中得到了反映。例如普希金的《黑桃皇后》、茹科夫斯基（В. А. Жуковский，1783—1852）的民谣《柳德米拉》和《斯维特兰娜》、古米廖夫（Л. Н. Гумилёв，1912—1992）的短篇小说《黑迪克》，等等。果戈理、莱蒙托夫和屠格涅夫的小说也不乏神秘色彩。按目前学界的观点，其中以果戈理和莱蒙托夫对布尔加科夫创作的影响最甚。

一方面，在创作手法上，布尔加科夫的魔幻怪诞风格颇有果戈理的怪诞现实主义的影子。在某种意义上，果戈理也的确是布尔加科夫的老师。布尔加科夫的朋友、俄罗斯著名学者波波夫曾写道："九岁的布尔加科夫就已经读完了果戈理的作品，果戈理是他的楷模。他和萨尔蒂科夫一样，在俄罗斯文学经典中最喜欢的作家就是果戈理。作为一个男孩，米哈伊尔·阿法纳西耶维奇 ① 特别喜欢《死魂灵》，他后来把《死魂灵》改编成剧目在自己工作的剧院里上演。"② 许多与布尔加科夫关系密切的人都纷纷认可，果戈理是他最喜欢的作家。根据叶尔莫林斯基的回忆，布尔加科夫"特别热爱果戈理"。③《大师与玛格丽特》与果戈理的《死魂灵》里的某些情节也十分相似，如作家焚毁自己的手稿的情节。而果戈理的《狄康卡近乡夜话》《死魂灵》对五彩缤纷的"夜晚"到色彩模糊的"死去的灵魂"的转变，这种比喻人物情绪从愉悦跌入悲怆的描摹方式也是布尔加科夫的楷模。在《大师与玛格丽特》中，布尔加科夫也正是通过光怪陆离的魔幻环境的描写，来衬托人物心情的变化的。

　　另一方面，莱蒙托夫作品中的"聚和性"意识和神秘主义也对屠格涅夫的创作产生了影响。他在《阿霞》《初恋》《罗亭》《贵族之家》《前夜》《父与子》《处女地》等作品中塑造的一系列被称为"屠格涅夫家的姑娘"的女性形象，迄今仍是俄罗斯文学经典中一道亮丽的风景。其中善良温柔、充满博爱和牺牲精神的女性形象无不是"聚和性"意识的化身。而早在《北方的妻子》（1829）中，他就塑造出一位美丽神秘而又令人崇拜的圣母形象，在他后期的诗歌《塔玛拉》（1841）中，一个梦幻般"全能魅力"的女性形象又跃然纸上。该形象的神秘主义色彩对布尔加科夫有很大启发，激发了他对女性的诗性想象。莱蒙托夫的奇幻诗《恶魔》《死神》《死亡天使》也不乏神秘主义故事。在他看来，内心世界是无穷无尽的，

---

① 指布尔加科夫。

② Булгаков М. А. Собрание сочинений в пяти томах. Т. 1. 1989, Москва: Художественная литература. С.555.

③ Ермолинский С.А. Из записок разных лет. Михаил Булгаков. Николай Заболоцкий. Москва: Искусство.С.68.

不可能用理性来理解它。①其实，莱蒙托夫塑造的"恶魔"形象，给包括布尔加科夫在内的后世俄罗斯文学中的"魔鬼"形象带来了深刻影响。例如，他曾写到，作为"天国的流浪者"的恶魔，他"强悍有力、威武不屈、虽败犹荣，在某种程度上可以认为是高傲而孤独的诗人自况"。②《大师与玛格丽特》的魔鬼沃兰德就是这一形象的模拟与发展。

作者赋予了玛格丽特永恒的女性气质。这可以通过"玛格丽特"一词的含义来确认。小说中可以确认的来源是歌德的《浮士德》中的玛甘泪（玛格丽特）和15世纪、16世纪的两个法国女王。鲍里斯·索科洛夫编撰的《布尔加科夫百科全书》充分阐释了它们之间的神秘联系。③《浮士德》中"金马掌"小酒店与魔鬼沃兰德送给玛格丽特的金马掌有着某种关联，而作者从波罗伽乌兹和埃夫伦百科全书中，选出的关于玛格丽特·波旁王朝和玛格丽特·瓦卢阿的文章摘要，被保存在《大师与玛格丽特》终稿的准备材料中。历史上的两个玛格丽特都是永恒女性的象征，是诗人作家的守护神。④在小说中，作者还反复提醒读者关于玛格丽特与法国女王之间的联系。当卡维洛夫举着魔灯将玛格丽特带到50号屋的魔幻空间时，对她说"您自己也是有王室血统的人"⑤，是一位法国王后的"曾孙的曾孙的曾孙的曾孙女"⑥。当玛格丽特飞往撒旦去参加魔鬼晚会时，她的女仆娜塔

---

① 〔俄〕М. А. 布尔加科夫：《大师和玛格丽特》，钱诚译，北京：人民文学出版社，2016年，第257页。

② 同上，第265页。

③ Соколов Б. В. *Булгаковская энциклопедия*. Москва: Локид-Миф. 1998. С.264-265.

④ 参见梁坤：《布尔加科夫小说的神话诗学研究》，北京：北京大学出版社，2016年，第276—277页。

⑤ 〔俄〕М. А. 布尔加科夫：《大师和玛格丽特》，钱诚译，北京：人民文学出版社，2016年，第257页。

⑥ 同上，第258页。

莎在变成魔女后骑着猪穿过沉睡的森林上空，呼喊着"我的法国女王"。

"在俄罗斯文学中，女性形象主要循着两条轨迹被塑造出来：一条是绝对形而上的轨迹，承载着作家诗人们的宗教哲学思考，另一条则更偏重关注女性的现实社会际遇。存在这一现象的原因在于俄罗斯文化传统对待女性态度的双重性：一面是作为完美的神的形象来膜拜，另一面是女性在社会中"东方式"的无权地位……俄罗斯文化传统却可以包容这截然对立的两极，并且更多地执着于形而上的层面，对女性的现实境遇很少给予应有的重视。"①尽管布尔加科夫描述女性的时候并不多，但在他的作品中，具有这种双重轨迹的女性形象仍体现得较为明显。其中最耀眼的形象当数《大师与玛格丽特》中的玛格丽特。布尔加科夫对玛格丽特的出场做了极大的渲染和铺垫，从书名也可见该女性人物的重要地位。亚诺夫斯卡娅（Л.М.Яновская，1926—2011）写道："小说中的玛格丽特是美丽、超凡、浪漫的女子。并且，这个形象超越了小说所讽刺性的日常世界（即莫斯科），体现了活泼、原始、炽热的爱……"②《大师与玛格丽特》如此的经久不衰，还在于其耐读性。除了小说平行而又交叉的独特的时空结构、诙谐幽默而又庄严肃穆的叙事风格、怪诞神秘而又浪漫的抒情手法，还有人物的刻画。而其中，以圣魔合体的形象最为吸引读者。

第一节　现实时空中的永恒女性气质

小说中，女主人公玛格丽特具有人、女神、魔女三重属性，而人性是

---

① 梁坤：《布尔加科夫小说的神话诗学研究》，北京：北京大学出版社，2016年，第250页。

② Яновская Л. М. *Творческий путь Михаила Булгакова*. Москва: Советский писатель, 1983. С.123.

其中最重要的部分。一方面，玛格丽特是以主人公——"大师"的女友身份而出现，有助于情节的发展；另一方面，对玛格丽特的描述始于现实世界。大师对玛格丽特的回忆，也就是玛格丽特第一次实时出现在读者面前的场景。大师第一次见到玛格丽特时，她穿着黑大衣，手里捧着一束黄花，眼神里包含着不安、痛苦和孤寂，那时她正一心想要自杀。从她的苦闷中可以看出，她被丈夫和家庭置于"无权"地位，压抑和不幸福感笼罩着她。优渥的家庭环境弥补不了她的空虚感，生活如同一潭死水，让她没有任何可以发挥的余地，甚至想以死来解脱。所以说，玛格丽特在现实空间中的形象是其整体形象的基础。

在现实时空中，玛格丽特是一位 30 岁的已婚女性。她冰雪聪明、美丽动人，总是穿得很得体。她 19 岁结婚，丈夫是一个善良、有教养而富有的人，而且他非常爱玛格丽特。但是玛格丽特并不爱他，她对他不满意。玛格丽特不用工作，也无须为家务操心，因为她有一个很好的管家。然而，尽管玛格丽特生活富裕清闲，但她仍郁郁寡欢，充满孤独和压抑感，似乎不见天日。可自从她爱上了大师，她的生活就被照亮了。她温柔地陪伴大师，为大师做早餐，反复阅读大师所写的东西，还为大师缝制小圆帽，擦拭书架，而这在她先前的生活中都是无须自己动手的；她一直鼓励大师创作，说他前途无量，为大师的遭遇变得形容枯槁。她慷慨地将所有的爱都献给了大师，一直扮演着大师可靠伴侣的角色，在困难与喜乐中紧紧跟随着大师。为了大师，她已经做好了一切准备，甚至准备失去她享有盛名的丈夫和养尊处优的生活。当大师处于困境时，她坚定地说："我愿和你一起毁灭。"[1]现实时空的玛格丽特具有高贵、优雅、善良、坚定、

---

① Михаил Булгаков, *Мастер и Маргарита*. Москва: Изд. «Вече», 1998. C.316.

勇敢等特征。她不畏艰难困苦，愿意时刻为爱而牺牲自己。

在我们看来，以上特征是与生俱来的，因为这些特征可以在许多俄罗斯诗人和作家笔下的一系列女性身上找到，譬如普希金的塔季扬娜、丽萨、娜塔莉娅，屠格涅夫的叶琳娜，奥斯特洛夫斯基的卡捷琳娜，陀思妥耶夫斯基的纳斯塔西娅·菲利波芙娜和索尼娅……也许，就像陀思妥耶夫斯基长篇小说《少年》中的安德烈·维尔西洛夫所说的那样："一个俄罗斯女人一旦爱上你，她就会立刻献出一切——就在此时此刻，献出她的整个命运、她的现在和将来；她们不会束缚自己，不会离开房间，她们的美丽会很快在他们所爱的人身上消耗殆尽。"①在这一点上，玛格丽特毫不例外。所以有人据此认为，她是继承了俄罗斯传统女性的美德。在大师失踪后，玛格丽特向丈夫隐瞒着她爱上了大师的事实，她甚至还暗自庆幸她没有透露这个秘密。有人也认为，这表明玛格丽特的理智，也说明她或多或少地遵循了世俗道德规范，因为她并没有因为感觉不幸就随便闹离婚。但是，从另一个角度看，故事发生的时间是在 20 世纪初，那时的社会背景不同于以往俄国社会的是，又增添了现代性转向色彩和十月革命的历史事件，从而吹来了女性解放的思想之风，鼓励新时期女性大胆追求幸福，勇于为理想奉献自己。所以，与其说现实时空中的玛格丽特是俄罗斯女性传统美德的化身，倒不如说她体现的正是俄罗斯传统女性特质与现代女性张扬个性的结合。否则，作为一个结婚已经十年的女性，在婚内出轨后还要欺骗自己的丈夫，这即便在今天看来，也是有违道德规范的。

正如我国学者梁坤所指出的那样："玛格丽特首先作为爱神为大师而存在，她首先是女性、美、为爱而自我牺牲的象征。如果说大师书写的是

---

① 　Достоевский Ф. М. *Подросток*, Москва: Художественная литература, 2020, C.177.

人类真理的篇章，那么，她追随和守护的便是人类最高的道德理想，即智慧本身。从柏拉图在《会饮篇》中提出的两个阿佛洛狄忒式的观念观之，[①] 可以见出玛格丽特的选择从一开始便含有属灵的成分。"[②] 的确，玛格丽特愿意抛弃英俊的专家丈夫和优渥的家庭生活，义无反顾地追随因落难而穷困潦倒的大师，足见她与大师的爱情是以心灵相通和大师的事业为基础的。"在阿尔巴特街那间地下室，玛格丽特悉心照料着孤独写作的大师，以她的爱慕与柔情鼓励、鞭策大师完成小说创作，自言'她的全部生命就寓于这部小说中'。"[③] 她的一举一动完全证明，她追随大师，实际上就是追求超越世俗欲望的"非尘世"之爱。也正是这份执着的、高层次的"爱"，赋予了玛格丽特"智慧女性"和"永恒女性"的象征意义，也是东正教"聚和性"意识的独特显现。

第二节　神性时空中的"索菲亚"化身

玛格丽特执着地追随大师，不仅照顾、鼓励他，还一直充当他的第一个读者与评论者。如果说大师是写了关于人类真理的章节，那么可以说，玛格丽特就遵循并捍卫了人类最高的道德理想，她本身也就是智慧的化身。在宗教哲学的诠释中，智慧与爱是不可分割的，二者是相辅相成的。在"玛格丽特"一章的开头："布尔加科夫向读者展示了玛格丽特与大师之间崇高、纯洁和非凡的爱情。玛格丽特似乎完全忽略了物质方面：她对大师的热爱是基于他的创造力。大师的工作是人类精神文化传统的传

---

① 参见梁坤:《布尔加科夫小说的神话诗学研究》，北京: 北京大学出版社，2016 年，第 278 页。
② 同上。
③ 同上。

承，也是智慧的体现。玛格丽特……也宣布她的全部生命就寓于这部小说中。"①

大师因在《圣经》的福音书中重写彼拉多和耶稣的历史而受到压制和批评。心灰意冷时，他将手稿扔进了炉膛，是匆忙赶到的玛格丽特从炉膛中抢救出这些书稿。但她仍然感到懊悔，因为她没能事先留下来陪伴大师。在大师失踪的日子里，她不止一次地读了被焚烧后剩下的残缺不全的小说，为那些故事而哭泣。与大师团聚后，她因大师的痛苦而痛苦地哭泣："啊，我的，我的这颗饱经风霜的脑袋。看，你这双眼睛成了啥样子了！眼里一片荒芜……而你肩上，肩上却负着沉重的担子……他们摧残了你，把你毁了！"②玛格丽特的眼泪是为文明之死而流的。

在小说的结尾，玛格丽特和大师摆脱了喧嚣，来到了永恒的时空，找到了永恒的和平，她与大师终于获得了新生活。此时"大师觉得，玛格丽特的话就像流过的小溪一样潺潺流淌，窃窃私语"③。大师是玛格丽特的精神偶像，但他自己也正是从玛格丽特那里获得了自身无法获得的精神力量。玛格丽特把慈悲与爱心都给予了弱者和不幸的戴罪者：在撒旦晚会上，玛格丽特遇见了弗莉达，弗莉达在咖啡馆做服务员的时候，被老板引诱而产下婴孩，她却把小婴儿带进树林，自己用手帕闷死了孩子。弗莉达因此被判了长期徒刑。弗莉达"不过二十来岁，体态苗条，容貌动人，非同寻常，但那双眼睛却透着惶惶不安和乞哀告怜的神情"④玛格丽特非常同情她，所以帮她向沃兰德求情；在要向陷害大师的拉通斯基挥出复仇之

---

① 参见梁坤：《布尔加科夫小说的神话诗学研究》，北京：北京大学出版社，2016年，第278页。

② Булгаков М.А. *Мастер и Маргарита*. Москва: Изд. «Вече», 1998. C. 403.

③ 同上，C. 531.

④ ［俄］М. А. 布尔加科夫：《大师和玛格丽特》，钱诚译，北京：人民文学出版社，2004年，第274页。

剑时，因突然看见在场的小男孩而立即住手。傲世出尘后的玛格丽特也仍旧是一副悲天悯人的古道热肠。在见到在悬崖边忏悔的彼拉多时，她又一次动了恻隐之心，为他向沃兰德求情："为了某年某时的一个满月而付出一万二千个满月的代价？不是太过了吗？"① 此外，玛格丽特曾两次以女神的形象出现在无家可归者面前。第一次是她陪着大师去医院跟伊凡说道别时，她俯身对伊凡说："现在，我要在你额头上亲一下，一切都会恢复如初……你相信我吧，我已经看到了一切，全都知道了。"② 在玛格丽特第二次进入伊凡梦境时，她已展现出了超现实的意义："这时，月光河中忽然凝聚出一位秀美绝伦的女子，她挽着一个满脸胡茬、惶惑地四下张望的男人向伊凡走过来。"③ 这样一位玛格丽特，带着神圣的爱，来到了这个寒冷而混乱的世界，成为救赎的力量，为世界带来了舒适和温暖的光芒。

经历了魔幻时空炼狱般洗礼的玛格丽特终于获得了重生。她是智慧女神、人类智慧的守护者、永恒女性气质的象征，是拥有救赎力的爱神——"索菲亚"女神。

人类对"索菲亚"的渴望和赞美可以追溯到古希腊时代。"索菲亚"一词在古希腊语中具有"智慧"的含义。"索菲亚"是上帝在犹太教和基督教中奇妙智慧的体现。19 世纪末，俄罗斯宗教哲学和神学的奠基人所索洛维约夫（В. С. Соловьёв，1853—1900）成为这一学说的代表。由于他毕生致力于永恒女性现象这一事实，人们普遍认为他的"哲学体系应被

---

① ［俄］М. А. 布尔加科夫：《大师和玛格丽特》，钱诚译，北京：人民文学出版社，2004 年，第 274 页。
② 同上。
③ 同上。

称为永恒女性主义哲学"。①在索洛维约夫的影响下，索菲亚学说在俄罗斯受到了前所未有的关注。

索洛维约夫的"索菲亚"是上帝的最高智慧，是神学的最新发展，也是世界观与"万物统一"的创造力的总和，因为"索菲亚"是世界的灵魂，是完美的存在，是宇宙的起源和宇宙观的基础，也是绝对之神的形式，②与"聚和性"理念相通。从这个意义看，玛格丽特也是"聚和性"意识的一种化身。

第三节　魔幻时空中的"圣魔同体"形象

对魔幻时空的描写是《大师与玛格丽特》这部小说的一大亮点。这一时空因为结构复杂和层次繁多而引起大量关注。而时空中的重点人物就成为对这一时空进行阐释的依托。玛格丽特作为重点人物之一，她的形象串起了小说各个层面之间的联系，为阐释作者意图提供了很好的素材。

在魔幻时空中，玛格丽特是一个与魔王订立契约的人。人与魔鬼之间的契约是魔鬼学说的主要发展之一，在欧洲有着悠久的宗教和文化传统。"上帝和魔鬼是基督教神话中两个互为补充和依存的概念，是许多二元对立的具体体现，例如善与恶，美与丑，精神与肉体，光明与黑暗，肯定与否定。"③当人与魔鬼订立契约后，人就会表现出神和魔的双重特征。

人与魔鬼之间的所谓契约意味着人们出于自私的欲望，通过与魔鬼

---

① ［俄］H.O.洛斯基：《俄国哲学史》，贾泽林等译，杭州：浙江人民出版社，1999年，第264页。
② 乐峰：《东正教史》，北京：中国社会科学出版社，1999年，第237页。
③ 梁坤：《"撒旦起舞"的奥秘——俄罗斯文学传统中恶魔主题的原型与发展》，《长江学术》2008年第1期。

签订契约，来试图获得撒旦的非凡能力。根据协议，人们用灵魂交换财富、权力、爱情，以及恢复原状、隐形以及其他只能通过这种方式获得的东西。合同完成后，人类灵魂将永远下地狱。魔女的传说可以被看成是魔鬼与人之间缔约历史的来源之一。魔女本身的意思是"妇女与魔鬼订立合同"，而与魔鬼订立合同是她的故意所为。最能反映魔女和魔鬼之间关系的事件是"女巫党"，该党是崇拜撒旦的男魔女师的聚会。与会者骑着扫帚去参加会议，扫帚上覆盖着含有幼儿脂肪的魔术膏。巫师还可以骑着动物或人，和魔鬼参加聚会。

在人与魔鬼之间的契约神话中，最常见和最有影响力的契约是浮士德和魔鬼之间的契约。浮士德是中世纪欧洲传奇中的兼神话与现实于一体的人物。他可以成为一个巫师。据说他已经与魔鬼签订了为期34年的合同，卖掉了自己的灵魂，并享有各种人类的欢乐。他死后，他的灵魂被恶魔抢夺到地狱。

在《大师与玛格丽特》中，布尔加科夫再次重构了这种神话原型，将玛格丽特变成了《浮士德》的女性版，作为人与魔鬼契约情节的一部分。如果说神圣性主要是由于在宗教传统中追求索菲亚的永恒女性气质，那么玛格丽特的魔性也植根于深厚的神学和历史哲学传统。魔鬼神话的重建集中在《撒旦晚会》一章中。然而，布尔加科夫的玛格丽特与传统的女魔鬼有很大的不同。布尔加科夫详细描述了借助各种神话元素妖魔化玛格丽特的过程，但他也清除了女魔鬼的神话，并在原则上修正了魔鬼的行为："如取消了对圣地的公开侮辱和渎神行为，如女性与恶魔结成肉体联盟，做撒旦的情人和儿童祭品的主题，如摒弃了中世纪魔女身上惯有的血腥残暴的主题而代之以温柔慈悲。"① 小说将圣灵的核心包裹在魔鬼神话的外壳中，因此已成为女魔鬼的玛格丽特仍保持着圣洁的灵魂。玛格丽特是复仇女神和儿童保护者，她的疯狂包含着正义和人道的力量。

在布尔加科夫笔下，玛格丽特的妖魔化过程沿袭了以上程式。在文学传统中，女魔鬼经常喝童子血，按照合同杀人。孩童被杀害后通常被用作宗教祭祀品和魔术膏脂，而且，特别是喜欢用"受洗前死去的孩子的身体"② 来熬制膏脂。在小说中，玛格丽特抹上了膏脂，变成了魔女。尽管给她送来的膏脂是由魔女熬制的，但它散发出沼泽中藻类和植物的芬芳。这表明玛格丽特的魔力来自大自然，与自然同在具有合理性。在她这里，儿童不是受害者。她本想替大师报仇，可是，当她找到诬陷大师的评论家拉通斯基的住所，刚发起疯狂扫荡，就一眼瞥见受到惊吓的小男孩，于是立即停止了行动。她轻轻地安慰这个男孩，直到他入睡。疯狂的复仇情绪和温柔的善良相互对照，生动展现出玛格丽特的整体形象，也使得"聚和性"得以形象的休现。

在撒旦舞会上，玛格丽特看见弗莉达用手帕把儿子勒死了。在得知弗莉达已经受了三十多年的忏悔和焦虑之后，玛格丽特向沃兰德请求对她的宽大处理。为此她甚至拒绝了与大师团聚的机会。毋庸置疑，在成为魔女后，对于玛格丽特来说，魔力，即魔鬼力量就是她的第一力量了。这种力量的破坏力远远大于其防御力，也给她提供了利用这一力量帮助地狱空间里的各种向善的灵魂。按理说，她本可以先找到复仇对象，痛快淋漓地伤害甚至消灭他们，可她没有这么做。她所做的是，放弃复仇，不惜代价地

---

① 梁坤：《布尔加科夫小说的神话诗学研究》，北京：北京大学出版社，2016 年，第 288 页。

② Шпренгер Я., Инститорис Г. *Молот ведьм*, C.184//см.: Палюс. *Практическая магия*.Т.2. Москва: 1992. C.358.

帮助那些经过地狱的洗礼后已经灵魂得到净化的角色。她之所以有如此崇高的行为，其答案可以在小说本身中找到。在小说的标题页上，作者引用了歌德《浮士德》中的一句话："吾乃彼神力量之部分，恒欲为恶，永司善举。"[①] 这句话最能说明玛格丽特的行为。玛格丽特后来在与大师的对话中愉快地承认："我是魔女，对此感到很满足！"[②] 的确，正是因为玛格丽特成为魔女，她才有机会帮助魔幻空间中灵魂的受难者，也才终于有机会找到自己的幸福。这也是小说的浪漫主义和怪诞风格之所在。

巴赫金指出："在浪漫主义的怪诞风格中，双重性往往变成了强烈的静态对比或僵化的反比。"[③] 玛格丽特正是这种双重性的典型。如果说现实时空中的玛格丽特是传统俄罗斯妇女形象与新女性形象的"聚和"体，在神性时空中她是智慧的守护神，那么，在魔法时空中，她就是叛逆女性和复仇女神的化身。但是，这一化身也是对邪恶的惩罚和对向善力量的帮助的象征。作者使用玛格丽特恶魔般的形象，以便给这个困惑的世界以灵性和希望。而她的愤怒和复仇具有保护真理和正义的特性。

布尔加科夫在长篇小说《大师和玛格丽特》中，把"善"与"恶"、"美"与"丑"、"真"与"假"、"圣神"与"妖魔"等因素交织"聚和"在一起，既充分体现了东正教"聚和性"意识对作家创作的影响，同时也使得"聚和性"概念得以形象化的再现。

---

① Булгаков М.А. *Мастер и Маргарита*. Москва: Изд. «Вече», 1998. С.187.

② 同上。

③ ［俄］М. М. 巴赫金：《佛朗索瓦·拉伯雷的创作于中世纪和文艺复兴时代的民间文化》导言，见《巴赫金全集·拉伯雷研究》，夏忠宪译，石家庄：河北教育出版社，1998 年，第 48 页。

第十三章
纳博科夫：游戏与神性——《斩首之邀》的审美精神探索*

俄裔美国作家弗拉基米尔·弗拉基米洛维奇·纳博科夫（Владимир Владимирович Набоков，1899—1977）是 20 世纪最具影响力的世界级文学大师之一。回望纳博科夫的人生历程，他出生于沙俄勋贵之家，父母出身高贵，富有教养，他们给予纳博科夫物质上绝对安逸富足的童年以及世代传承的精神财富：得体的克制、高贵的隐忍、敏锐的感受和独立的人格；他成长于"白银时代"的鼎盛时期，象征主义、阿克梅派、未来主义和俄国形式主义竞相登场，百家争鸣。纳博科夫深受"白银时代"文化浸淫，这使他具有更广阔的艺术格局、更丰富的审美联想和更细致的情感把握；他成熟于风云变幻的历史洪流中，离家去国，远渡重洋，数十年的流亡生涯对纳博科夫而言既是人生悲剧，又是创作契机。直觉主义、存在主义、弗洛伊德主义、英美"新批评"等文艺理论都直接或间接地影响着他的创作观念。

纳博科夫的创作生涯始于俄罗斯"白银时代"，随后几乎涵盖了 20 世

---

* 本章主体发表于《外语与外语教学》2019 年第 4 期。

纪 70 年代以前世界文学发展进程的所有重要阶段。"正是 B. 纳博科夫的创作保证了俄罗斯当代文学与 20 世纪初文学的延续性，而就其对俄罗斯文学以及 20 世纪后 30 年世界文学的文体演变的影响程度来看，B. 纳博科夫堪称是最现代、最具美学影响力的艺术家之一。"① 纳博科夫从未因革命、战乱、困顿等客观因素放弃写作，相反，他文思如涌，成果颇丰，著有 18 部长篇小说、60 余篇短篇小说、400 余首诗歌以及诸多译作和剧本。其代表作《洛丽塔》《微暗的火》《斩首之邀》等在世界文学版图中留下了不可磨灭的印记。他的艺术人格特立独行，痴迷于构建精密结构，寻找精当词汇，捕捉精巧细节，兼具"诗的精确与纯科学的欣喜"。② 作为一位跨越文化空间，打破语言界限的双语作家，纳博科夫浸透着俄罗斯文化骨血，兼备欧美文学眼界。其风格鲜明的俄语作品和英语创作相得益彰，大放异彩，是人类文明殿堂无可替代的文化瑰宝。

除了文学创作，纳博科夫在文学翻译、文艺批评甚至是昆虫学鳞翅目研究领域都颇有建树。纳博科夫多年侨居海外，始终不遗余力地向西方译介普希金、莱蒙托夫、果戈理、丘特切夫等俄罗斯经典作家的优秀作品；他的《文学讲稿》享誉世界，是文学评论者的必读书目。他启发读者采用全新的阅读方式，动用头脑、心灵和脊椎骨去体会"审美狂喜"与"美学幸福"；他把艺术审美的视角带入自然科学的圣殿，又将科学思维嫁接艺术创作，结合感性与理性认知以获得完整知识，追寻非功利的乐趣和喜悦。作为跨语言写作的典范、跨文化交流的楷模、跨学科研究的标杆，"毫无疑问，纳博科夫是自成一家的。像他热爱的普希金一样，他不傍前

---

① ［俄］B. B. 阿格诺索夫：《20 世纪俄罗斯文学》，凌建侯译，北京：中国人民大学出版社，2001 年，第 370 页。
② ［俄］B. B. 纳博科夫：《独抒己见》，唐建清译，杭州：浙江文艺出版社，2012 年，第 10 页。

人，也无可模仿"①。

在研读了他的创作文本、体悟了他的艺术态度、追寻了他的审美探索之后，或许我们只能借用纳博科夫评价果戈理的一段话来表达内心感受："像一切伟大的文学成就一样，他的作品是一种语言现象而不是观念现象……在试图传递我对他艺术的态度时，我还是没有提出其独特存在的任何看得见、摸得着的证明。我只有扪心坚称，我没有想象果戈理。他真的写作过，他真的生活过。"②面对一部现象级的经典作品，是急于盖棺论定，匆匆确定答案，还是以一种虔敬、审慎而庄重的批评态度，在多元的、对话的、开放的和未完成的阐释过程中一步一步逼近真实，这个问题值得深思，发人深省。

第一节 《斩首之邀》——神性游戏的文学践行

文学创作通常被视为是对现实生活的反映或者是情感的艺术表现，尤其是文学经典之作更是如此。然而，《斩首之邀》这部能够集中体现纳博科夫文学观的经典之作，却被作家自称为是"自娱自乐"的游戏。纳博科夫在《斩首之邀》的前言中写道："它是自拉自娱的小提琴。"③"自拉自娱"从一定程度上表现了作家的创作立场："既是为了自得其乐，也是为了知难而上……我就是喜欢编造带有优雅谜底的谜语。"④其实，也许这种"自

---

① 转引自刘佳林：《纳博科夫研究及翻译述评》，《外国文学评论》2004年第2期，第71页。
② ［俄］В.В.纳博科夫：《尼古拉·果戈理》，刘佳林译，桂林：广西师范大学出版社，2010年，第160页。
③ ［俄］В.В.纳博科夫：《斩首之邀》，陈安全译，上海：上海译文出版社，2006年，前言第3页。
④ ［俄］В.В.纳博科夫：《独抒己见》，唐建清译，杭州：浙江文艺出版社，2012年，第16页。

得其乐"的非功利性创作，才是值得文学批评界倍加关注的，也是纳博科夫文学创作的独特性之所在。

纳博科夫的"自娱自乐"艺术观，最初在俄侨文学界引发了关于"非俄罗斯性"与"俄罗斯性"的持久纷争。阿达莫维奇（Адамович）和伊凡诺夫（Иванов）等人认为纳博科夫背离了俄国文学传统，处心积虑地使用修辞方法和陈词滥调，其作品是"非俄罗斯性"的，是华而不实、炫耀技巧的文学骗局；彼茨利（Бицилли）、霍达谢维奇（Ходасевич）、瓦尔沙夫斯基（Варшавский）等人则坚决认为，纳博科夫的创作与俄国经典文学传统一脉相承，他是"俄罗斯民族文化的承载者和继承人"①。造成这种争议的根本原因，在于这种"自娱自乐"实际上是一种神性游戏的文学践行。否定者则仅仅看到了前者，而肯定者却感受到了后者。

纳博科夫的出生与成长适逢 19 世纪末至 20 世纪初俄国"白银时代"兴盛时期，不可避免地受到历史文化氛围的影响。19 世纪初，随着西方哲学的侵入与影响，俄国思想界划分为西欧派与斯拉夫派两大阵营。前者对俄罗斯传统文化全盘否定，认为接受西方文明才是俄国的出路；而后者在对重视理性认知和逻辑演绎的西方哲学的批判中，逐步建立起具有东正教传统信仰的俄国宗教哲学阵地。在斯拉夫主义和西方主义两大思潮的碰撞之下，经受西方哲学洗礼的俄国知识分子回归信仰之维，开启宗教哲学复兴之路。988 年"罗斯受洗"事件之前，古罗斯民众主要信奉多神教；当东正教从拜占庭帝国传入罗斯大地，基督教便由表及里地对俄罗斯民族精神面貌精雕细刻。无论是多神教还是东正教，俄罗斯民族性的精髓在于其深刻的宗教意识。宗教性是俄国宗教哲学的立身之本与思想之源。宗教

---

① ［俄］B.B.阿格诺索夫：《俄罗斯侨民文学史》，刘文飞、陈方译，北京：人民文学出版社，2004 年，第4—5页。

意识的觉醒与深入是"白银时代"文艺创作和理论批评的重要基调。

纳博科夫对"白银时代"文艺理论相当熟悉，对"白银之子"别雷、勃洛克等人推崇备至；从表面上看，纳博科夫对宗教态度冷淡：他不去教堂，也不参与任何宗教团体或宗教活动。然而，纳博科夫的文学作品却囊括了以各种形式反复出现的宗教元素，如天堂、天使、魔鬼、灵魂、来生、诺斯替教义等。当被问及是否相信上帝和人类神性存在，纳博科夫答道："我知道的要比我能用言辞表达的更多，要是我知道的不多，我所能表达的那部分也会无从表达。"① 瓦尔沙夫斯基认为，纳博科夫不承认个人宗教信仰，但《斩首之邀》的主人公"辛辛纳特斯的信念源于人类心灵对个体存在与神性之爱的永恒趋向"；霍达谢维奇则把纳博科夫的这种宗教性创作特征称为"诗意的反常和狂喜"②。在论及对待艺术的态度时，纳博科夫指出："艺术是一场神性的游戏。这两个元素——神性和游戏——同等重要。艺术是神性的，因为人通过成为真正的创造者而趋近上帝；艺术是游戏，因为唯有当我们意识到艺术乃虚构，艺术才能成为艺术。"③ 那么，面对自己这部"最梦幻、最诗意的小说"④，纳博科夫又如何在神性与游戏之间获得平衡呢？

霍达谢维奇认为，《斩首之邀》建构在一场美学自治的文学游戏中。小说中呈现的是各种图案和花样糅合而成的游戏，由创作意识构建起的粉饰布景，或者说是主人公辛辛纳特斯本人的幻觉呓语。他身处梦魇之地，是此地唯一真实的存在，其他一切人物和事物都是粗制滥造的赝品和道

---

① ［俄］B. B. 纳博科夫：《独抒己见》，唐建清译，杭州：浙江文艺出版社，2012年，第46页。

② Давыдов С. 2004. *Тексты-матрёшки Владимира Набокова* [OL]. https://profilib. org/chtenie/118853/sergey-davydov-teksty-matreshki-vladimira-nabokova.php, accessed 23/09/2018.

③ Набоков В. *Лекции по русской литературе*. Москва: Независимая газета, 1996. C.185.

④ ［俄］B. B. 纳博科夫：《独抒己见》，唐建清译，杭州：浙江文艺出版社，2012年，第78页。

具。尽管纳博科夫总是"小心翼翼地使自己的身份认同和小说人物保持距离"①，但他仍旧"把自己的一些思想给了一些更有责任感的人物"②，辛辛纳特斯就属于这样一类人物。通过这个人物，纳博科夫展示了个体与群体的对峙：忽视内在体验、亵渎艺术神性的群体对个体存在自由与创作自由的扼杀就是一种"斩首之邀"。纳博科夫将个体与群体的对立跳出社会学范畴，转移到认知与艺术创作层面。他向我们展示"伪普遍现实"与"真艺术现实"的矛盾，借助主人公辛辛纳特斯的作者身份的显露与挣脱，表明主观现实论与爱的审美立场；通过对人类认知与艺术的宗教哲学隐喻，进而阐释创作主体意识的觉醒与艺术神性本质的顿悟，进而实现基督教宗教精神内省的文学践行。

纳博科夫笔下的《斩首之邀》确实是一场"自拉自娱"的小提琴演奏，或曰"自娱自乐"的文学游戏。然而，这种演奏或游戏是具有"神性"的，这就是宗教精神，是民族信仰。读者可以在这些看似文字游戏的创作中，感受精神的"神性"和信仰的力量。纳博科夫的文学创作就是在践行这种独特的文学艺术观，在文学创作中实现宗教的内省。

第二节　人的物化与物的人化——主观现实论的宗教显现

文学创作的力量也许就在于文本内在思想和精神的艺术显现。这种显现在《斩首之邀》中就表现为人与物的相互对象化以及现实的宗教表征，正是这种艺术创作方法才能够将自娱自乐的"游戏"与艺术创作的"神性"融合起来，从审美和精神上感染和打动读者。

---

① ［俄］B.B.纳博科夫：《独抒己见》，唐建清译，杭州：浙江文艺出版社，2012年，第13页。
② 同上，第18页。

《斩首之邀》的情节主线并不复杂。主人公辛辛纳特斯被判死刑，行刑前囚禁在要塞单人囚室中，监禁十九天后被拉赴刑场行刑。他受责罚的原因在于其思想的"不透明"，即他的思想太有个性，与群体统一的"透明"思想不一致，在这里纳博科夫把人的群体"物化"为一个单一的权威规则。"在人们的灵魂彼此透明的世界上，他就像一个孤零零的黑色障碍物"[①]。"不透明"个体与"透明"且"物化"群体的冲突可以从社会、政治等不同角度阐释。纳博科夫的关注视点之一在于人类认知与创作的隐喻。"物化"群体的定义是一元单义的，而个体的理解是多元多义的。"他周围的人单凭第一个字就能相互理解，因为他们所利用的字眼都不会有意料不到的结尾。"他们认为博物馆的藏品"有限而且透明，就像他们彼此之间的相互看法一样"。而辛辛纳特斯却认为它们"稀有、奇特""准备全力以赴投入古人的迷雾之中"[②]。

"物化"群体与个体的思维差异具体表现为群体和个体不同的语言载体：强势的"物化"群体的文字多是"囚犯守则"[③]、法律章程、口令公告之类的规章制度，毫无感情，不产生任何歧义，体现绝对权威。听者只需全盘接受，不容置疑，无可辩驳。与干瘪寡味的概况综述相对的是，弱势个体对他人他物丰沛诗意的细节描写，浸透着对生的眷恋和对爱的渴求。纳博科夫其实就是在通过主人公辛辛纳特斯赋予周围的客观物体以人的生命，把客观物体人格化。

小说第一章即辛辛纳特斯入狱第一天，在单人囚室的小桌上就出现了纸和笔。辛辛纳特斯几乎是本能地立即开始了书写。"他把自己写下的文

① ［俄］B.B.纳博科夫：《斩首之邀》，陈安全译，上海：上海译文出版社，2006年，第11页。
② 同上，第13、14页。
③ 同上，第3页。

字划掉，开始轻轻地涂黑；一个尚未成形的构思渐渐有了形状。"①即使银铛入狱，面对未知的死期，他依然保留蓬勃的想象力，放任意识远游，以无限柔情回忆起塔玛拉公园的美景，最大程度地将客体人格化。在辛辛纳特斯看来，一切客体皆有灵性："懒洋洋的迷人微浪"、"被月光涂上一层油"的光滑水面、哭泣的柳树林、"带着自己的小彩虹一头栽进湖里"的瀑布、"与自己的倒影挽臂而游的天鹅"、"化为抖动的阳光光斑"的幼鹿、"鸽蓝色的温柔群山"②，甚至是囚室里的物件都被他赋予了生命和情绪——滚动的铅笔、跳动的杯子、不听话的椅子、发出愤怒尖叫的桌子。正是这些人格化的客体构成了存在主体的主观现实。

然而，"透明"群体眼中的客体就像落满灰尘的古董一般枯燥乏味，因为此世只存在统一的"普遍事实"。甚至是群体本身都已然退化成了普遍公理、抽象概念、既定规则，物化成单纯客体，流水线上的批量产品、巨大机器中无意识的零件。人的物化使群体丧失了主观感知和实际体认，绝对屈从于所谓的"普遍真理"。"我们的生活多少被幽灵般的客体所包围。"③脱离个性主体的参与和审视，真理从何而来？如果将理性与感性隔离，单独抽离人类精神世界的一部分，以这种方式得来的"真理"只能是抽象的、单义的、静止的，与人纷繁复杂的具体存在无法协调。再完美的统一观念也不能涵盖实际生存的所有花样，再严密的逻辑演绎也不能拯救人类面临的困顿错愕。这就是人的理性认知与实际存在之间的断层，也正是俄国宗教哲学所反省的西方哲学危机之所在。

俄国宗教哲学思想集大成者索洛维约夫认为，内在认识和外部认识共

---

① ［俄］В.В.纳博科夫：《斩首之邀》，陈安全译，上海：上海译文出版社，2006年，第2页。
② 同上，第14—15、29页。
③ 同上，第11页。

同构成人类的完整认知观。索洛维约夫尤其重视内在认识，认为它直接把人的实体存在与外在之物联系起来，是绝对而神秘的知识，也是人类的精神本能——信仰。① 斯拉夫派认为，信仰是最原始、最真诚、最本质的思考。耶稣在福音书中宣告："我就是道路、真理、生命。"现实不能像抽象知识一样被彻底拥有，而是要求个人持续的实践与体认。纳博科夫受基督教真理观影响，将内在体验与客观事实相结合，阐发了现实主观论思想，并将其嫁接到辛辛纳特斯的精神气质中。客体现实、想象与回忆共同构成了纳博科夫重新编码、虚实结合的文本形态，同时也是主人公辛辛纳特斯个人的艺术现实。纳博科夫的宗教哲学完整认知观在辛辛纳特斯亦真亦幻、半梦半醒的意识絮语中获得了具体的文学实践。

"真实是一种非常主观的东西。我只能将它定义为：信息的一种逐步累积和特殊化。"② 真正的现实只存在于特殊个体的眼中。人们可以不断接近现实，认知水平可以无限提高，但认知过程始终是一往无前、永无止境的。真正的现实并不是人类共同达成的一致标准，而是他们个性的认知过程中最不同寻常的、最具独创性的东西。纳博科夫认为，不存在普通现实，唯一真实的现实是个体眼中的私有现实。一旦个体失去了主观体悟的能力，现实便开始腐烂瓦解。纳博科夫坚决反对文学真实地反映社会生活这种说法，这种反对包括两个方面。第一，他反对所谓"普遍真理""日常现实"的说法，不相信存在一个可以作为统一标准、一成不变的真实世界；第二，虽然他否定"日常现实"，但并不代表全盘否定物质世界的所有客观因素。如果没有这些现实根基，艺术创作就是无本之木、无源之水。艺术是人类理性认知与感性体认共同发力的自然结果：回忆和想象并

---

① 参见徐凤林：《索洛维约夫哲学》，北京：商务印书馆，2007 年，第 145—151 页。
② ［俄］B. B. 纳博科夫：《独抒己见》，唐建清译，杭州：浙江文艺出版社，2012 年，第 10 页。

存，情感与历史交融，时间与空间重叠，存在的境遇、绵长的记忆、温情的诗意共同构成创作主体对现实世界的主观建构、美学重组和宗教内省。在《斩首之邀》中，纳博科夫通过人的群体的物化与物的个人主体化的双向互动，在主观的现实表现中隐喻批判了西方文明的"物化"，体现了俄罗斯民族的宗教精神。

第三节　艺术创作——审美游戏的宗教皈依

任何文学创作都具有自身的目的。纳博科夫创作的《斩首之邀》看似审美游戏，实则是为了皈依宗教，而这一创作目的主要是通过主观现实来加以实现的。为了表现个性的主观现实，创作主体必须创造自己的语词世界。宗教哲学的完整认知观为艺术创作提供了必要素材，而表现手法就成了文本自我意识抒发的承载。

为了具象表达艺术现实，纳博科夫不断探求新的表现手法。应该说，他的文学形式实验受其表达私有现实的动机所驱使。戏仿、暗指、隐喻等游戏手段构成了文本的自反性。优秀的艺术家不会直接表现个体情绪和私人生活，而是表达人类的共通情感和转译的艺术现实。霍达谢维奇等人指出："艺术家的生命及其意识构思的生命——这就是西林的主题，他的几乎每一部作品都不同程度地展示着这个主题。"[1]综观纳博科夫的创作，为了阐释个人对艺术的看法，作家经常将人物设定为"艺术家"身份，用文本、音乐、绘画等形式记录着各自的生存轨迹。但这些人多是"伪艺术家"，而并非具有独创性的天才，用狭隘庸俗的眼光滥用一技之长。他们的贪念和私欲遮蔽了本应展现真善美的纯净之眼。正如亚历山大罗夫

---

[1]　Ходасевич В. О *Сирине*. Москва: Советский писатель.1991. C.95.

（Alexandrov）所说："人陷入了一个邪恶的物质世界，他的身体是他灵魂的牢笼。"① 同样的困境摧残着辛辛纳特斯的神经。他也是一位艺术家，内心翻腾着难以压制的书写冲动。如果说小说中反复出现的艺术主题是理解纳博科夫创作的焦点，那么辛辛纳特斯就是关于创作隐喻的关键人物。实际上，《斩首之邀》这把小提琴所奏出的曲调是哀婉的，死囚辛辛纳特斯忍受着此地"透明人"的疏离与恶意；同时，这种旋律也是饱含神性喜悦的，因为纳博科夫企盼审美活动主体能够挣脱客体束缚，创作身份获得顿悟，从而掌握艺术的狂喜本质与神性奥秘。

辛辛纳特斯在与物化的人和"透明"思想的抗争中，逐步发掘创作主体性意识，确立了大写的作者身份。在"透明"群体眼中，一个离经叛道的弱小个体的生命不值一提。刽子手是群体的代言人和领导者，是轻易决定辛辛纳特斯生死的"命运之友"②。群体中的其他人"面孔全都模糊不清""彼此很相像"，③ 通过服装、道具和化妆刻意达到相似效果，就如同要塞卫兵，"不知其名……戴一个像狗一样的面具"④。人的个性、特殊性都被"统一标准的面具"⑤ 掩盖，人成为整齐划一、千人一面的队列。就个体而言，存在即事件，是变动不居的过程，而不是一锤定音的结论。辛辛纳特斯始终在审视自己的生存状态。他承认自己矮小、脆弱、敏感、怯懦，时常在黑暗中哭泣，在恐惧中颤抖。然而，他从未怀疑自己作为存在主体的价值。"我是被煞费苦心塑造出来的一个人，我的脊椎曲率被计算得十分精确，非常神秘。我觉得自己的腿肚还很结实，在我的一生中还能

---

① Alexandrov V. *Nabokov's Other World*. Princeton: Princeton University Press. 1991, p. 85.
② ［俄］B. B. 纳博科夫：《斩首之邀》，陈安全译，上海：上海译文出版社，2006 年，第 5 页。
③ 同上，第 9 页。
④ 同上，第 3 页。
⑤ 同上，第 7 页。

跑很多历程。我的脑袋非常舒服……"①面对"透明"群体的威逼利诱,辛辛纳特斯始终坚守自己"不透明"的底线。监狱中的"幽灵、豺狼、拙劣的仿品"②与他的主观现实格格不入,而写作是他抵抗虚妄同化的唯一方式:"我有所知,我确实有所知。但是要把它表达出来却很难!不,我不能……我想放弃——但是又有一种心潮澎湃并且渐趋强烈的感觉,一种心里痒痒的感觉,如果不用某种方式表达出来,你可能会发疯。"③

　　辛辛纳特斯的喃喃自语虽不是祈祷,却具有类似祷告的特质:语词的重复、情感的挣扎、灵魂的自白与觉醒。他仿佛在向内心看不见的上帝告白,其主体身份在上帝面前得以苏醒,其存在价值在与上帝的对话中形成、生长、放大。他把心中的上帝奉为珍贵的他者,狱中的独白既是他与另一个辛辛纳特斯的意识双声语,也是他与心中的上帝——外位于自我的他者之间的精神对话。主人公的这种表达欲望源于艺术创作的宗教原动力。"太初有道,道与神同在,道就是神。"在西方宗教哲学语境中,《约翰福音》中的"道"就是"逻格斯"(Логос)。它是上帝无上的智慧,他以言辞创造世界,将万物混乱的表象(хаос)以某种隐秘的内在准则重新编排,进而成就整个和谐宇宙(космос)。艺术家同样可以启用语词的神秘力量,成为艺术微型宇宙的造物者(Творец)。④创作主体意识的萌发使人微言轻的辛辛纳特斯坚定了存在信仰:他不是一个幽灵,而是一个实实在在的人,活着的存在个体。同时,也给他的生存增添了神性理据——凡胎肉体可以消融,但精神内核会以书写为名留下痕迹。"我还是应该做

---

① ［俄］В. В. 纳博科夫:《斩首之邀》,陈安全译,上海:上海译文出版社,2006年,第10页。
② 同上,第26—27页。
③ 同上,第72页。
④ 参见 Злочевская А. Креативно-эстетическая стратегия В. Набокова и М. Булгакова. Новая русистика, 2011（1）. С.25。

记录，留下一些东西。"①他感受到神性的指引、表达的冲动、书写的欲望和创作的悸动，想借纸笔让深居大脑的具象化主观现实挣脱而出。神圣语词的力量让辛辛纳特斯听到创作活力的召唤，"身上的一切从表面上看似乎脆弱且困倦不堪，但实际上充满了极其强烈、炽热而独立的生命力"②。辛辛纳特斯已具备创作与审美所需要的灵敏感官、诗性思维和将客体人格化的能力，并且明白这些天赋与能力应该聚焦何处。"我的眼睛与众不同，还有我的听力，我的味觉——不仅是我的嗅觉像鹿一样，我的触觉像蝙蝠——而且最重要的是，我有能力把所有的这一切连接在一点上，不，天机尚未到泄露——这只不过是燧石而已——我还没有说到点火本身。我的生命。"③纳博科夫没有道出的"天机"亟待辛辛纳特斯自己参透，《斩首之邀》的创作意图也需读者从中领悟。

第四节　爱的审美——创作灵知的宗教顿悟

在叙事文学创作中，如若情节的叙述与创作的体验可以相互交融，或许是较为理想的艺术审美呈现。《斩首之邀》几乎完美地实现了这两条线索的交织。主人公辛辛纳特斯不仅是故事情节中的关键人物，也是一个文学创作者、一个在等待死亡中成长起来的作家。

当艺术家神圣的作者身份经由书写实践得以显现，创作的路径打开，艺术的生命该指向何处？主人公在狱中等待死刑的十九天里，在对虚假现实的甄别和对自身存在的审视中，他从怯懦彷徨的写作新

---

① ［俄］B.B.纳博科夫：《斩首之邀》，陈安全译，上海：上海译文出版社，2006年，第37页。
② 同上，第98页。
③ 同上，第37页。

手（Начинающий автор）成长为一个坚守信仰的大写作者（Автор-творец），始终没有放弃个体的存在尊严。辛辛纳特斯曾经担心，他时间太少，经验不足，"缺乏写作技巧、匆忙、激动、衰弱"，他觉得"写的文字既晦涩又软弱无力"，①害怕自己抓不住合适的语词言说心中所想，自我意识无法体现，不能与他者分享。所有这些创作焦虑是每一位艺术家需要面对的挫败和挑战：如何找到浑然天成的词汇，如何使脑中构思跃然纸上，如何给他人传递所见所闻所感所想？艺术创作本就是苦中作乐、迎难而上的游戏。只有当艺术家担负起与天资随行的道义和责任，他才有可能创作出真正的艺术品。

辛辛纳特斯作为审美主体的责任在于以爱的目光"审丑"。在他身边是荒诞可怖的"四不像"，故意捏造的拙劣仿品，"整个可怕的醉醺醺的世界"②。与之形成对比的是令他心驰神往的塔玛拉公园。而每一次关于公园的记忆都与马思的点点滴滴相关。在群体眼中，马思不过是一位臣服的公民、一个引起性刺激感的玩物、丧失主观意志的傀儡。而在辛辛纳特斯眼中，妻子马思是他观察与珍爱的中心，她有孩子气的任性和好奇，为滥交开脱的伪善和狡猾。他想念她"口齿不清的绵绵细语""带有野草莓气息的醉人之吻"，还有"湿润的嘴唇"轻唤的辛辛纳特斯的爱称——"嗨，辛辛纳蒂克！"③虽然马思的背叛让辛辛纳特斯忍受奇耻大辱，痛苦不堪，但在监狱中的每一天，他备受折磨的心灵依旧坚定爱慕着马思。"无论发生什么情况，我都爱你，而且将会继续爱你……总有一天，我们也许就会

---

① ［俄］В. В. 纳博科夫：《斩首之邀》，陈安全译，上海：上海译文出版社，2006 年，第 72、74 页。
② 同上，第 73 页。
③ 同上，第 14—15 页。

在某种程度上互相融合。"①他觉得冥冥中他们之间仍有联系，这是命中注定、无可救药的爱。实际上，他对马思的爱早已超越了肉体占有和男欢女爱的范畴，而是更深远更普遍的爱——对他人的神性之爱。

俄国宗教复兴运动的领袖之一别尔嘉耶夫认为："爱被认识的原则所承认，爱是宗教真理的源泉和保证。爱的交往和共同性是认识的标准。这是与权威相对立的原则。这也是与笛卡尔的'我思故我在'相对立的认识路线。"②这种爱超越了一般意义的个体本能冲动和强烈主观情绪，而是基督教的核心要义——普世之爱，即："你要尽心、尽性、尽意、爱主你的神。这是诫命中的第一且是最大的。其次也相仿、就是要爱人如己。"基督教传统中的爱是我与他者之间理想的宗教伦理关系，是我对他者（他人与他物）付诸真心的善言善行，是最大程度的感念、包容和谅解。普世之爱来自上帝对世人的劝诫，也就自然成为信仰之人的道义和责任。

包围辛辛纳特斯的怪异伪装本身不具备诗意的美感，然而它们在创造主体的存在事件中必不可少，因为它们为主人公的主体意识的顿悟和飞升，提供了他者角度的参照背景、价值体系以及阻碍他到达精神自由之境的外在环境。创作主体性在于艺术家及其作品中审美品格和诗学创造的体现，辛辛纳特斯的主体性则体现为去伪存真、变丑为美以及对存在价值和意识自由永不停止的追求。对于这个以微弱之躯披荆斩棘，抵抗乱象，践行宗教之爱的主人公，纳博科夫赋予了特别的审美期待。辛辛纳特斯的意识已经完成了挣脱肉体和灵魂飞升的过程："我的自我之框仍在约

---

① ［俄］В. В. 纳博科夫：《斩首之邀》，陈安全译，上海：上海译文出版社，2006年，第44—45页。

② ［俄］Н. А. 别尔嘉耶夫：《俄罗斯思想》，雷永生、邱守娟译，北京：生活·读书·新知三联书店，1995年，159—160页。

束我的生命，使之暗淡无光……我一层一层地脱去衣服……在逐渐脱去衣服的过程中，终于到了那看不见的、毋庸置疑的、光辉灿烂的时刻：我活着！像一枚珍珠戒指镶嵌在鲨鱼血淋淋的脂肪里——啊，我永恒的，我永恒的……"①天机已然明了，无法熄灭的火花正是艺术精神的内核，被物质表象遮蔽的"珍珠"正是人类诗性的渴求。辛辛纳特斯的存在自由也是纳博科夫艺术创作的自由。肉体死亡不是终点，而灵肉分离是一种向更高层创作意识的转向。他们的艺术生命综合了诗意柔情和神性狂喜，有机会成就不朽与永恒。当审美主体的诗性潜能得到放大，当创作行为的神性本质得以昭示，艺术灵知便冲破牢笼，呼之欲出。一枚魔镜在辛辛纳特斯手中翻转，悖谬的假象只是障眼法，爱的审美驱散了遮蔽真实的迷雾，此地的魑魅魍魉在变形扭曲的镜像中"负负得正，一切恢复正常，一切都很完美"②。

显然，在《斩首之邀》中，主人公辛辛纳特斯对艺术创作的亲身体验深刻表明，宗教精神中的"爱"是艺术创作的灵魂，也是人世间最为珍贵的情感。正是这一精神可以将万事万物统一起来，让文学创作及其表现的世界富有灵性。

自斯拉夫派宗教哲学思想发展而来的完整认知观，强调人的完整存在和生命的有机性。人的思维不仅是理性认知，而是掺杂了感性、信仰、意志和情感的复杂多维的认知。存在不是抽象概念和逻辑推理，而是需要理性分析、个人实践和主观体认的具体事件。阅读是构成人类精神存在和文化生活的重要部分，同样需要理性分析与感性体验。正如纳博科夫所说，文学都是童话，童话的精髓在于幻想的品性。梦幻和诗意能帮我们拨云见

---

① ［俄］B. B. 纳博科夫：《斩首之邀》，陈安全译，上海：上海译文出版社，2006年，第71页。
② 同上，第111页。

日，在庸俗中寻找美感，在不幸中挖掘幸福，在绝望中预见希望。然而，幻想又是基于真实世界的衍生，作家并不是真空的虚无主义者。如果创作脱离了基本事实和理性认知，就成了没有理据的无本之木、无源之水。艺术加工使作家重构了一个梦幻的审美世界，道德说教和历史明鉴让位于文本中自我记忆与文学幻想的美妙组合。因此，阅读不是急于确定结论，而是要琢磨艺术家对物质世界的提炼加工，领会特殊性的个体艺术现实，在自我与他者价值体系的参照与比对中，关注普遍的生存状态，体悟人类的共同情感。文学批评的价值不在于对艺术特色和文本意义的明确界定，而在于包含理性阐释和感性传递的意识交锋与情感对话。

时至今日，20 世纪初由俄侨评论圈开始的纳博科夫创作的"俄罗斯性"与"非俄罗斯性"之争已然淡化。纳博科夫身上烙印的俄罗斯宗教精神气质如同与生俱来的胎记，在任何一种政治流亡和文化碰撞中都无法抹去。在这种宗教文化精髓中有其文学创作的根基、艺术理念的由来与哲学思想的本源。对文学经典的传承与借鉴，对宗教哲学观念的理解与批判，赋予他更加丰富的联想空间和更加敏锐的情感把握，使他对文学创作与文艺批评产生了独到而深刻的见解，从而铸就了纳博科夫特立独行的艺术风格、审美主张和世界观念。

纳博科夫对宗教的态度是收敛的、克制的、隐忍的，正如他高尚的贵族家庭教育所教会他的那般。他作品中的宗教哲学意识不流于形式，而是隐含在对艺术创作审美狂喜本质的挖掘和探索之中。正如霍达谢维奇所说："艺术创作中确实有某些做手艺活的时刻，总有冷漠和处心积虑的刻意为之，但是创作的本质是狂喜的，艺术的本质是宗教性的，因为艺术虽不是祈祷，却类似于祈祷，表达着艺术家对于世界与神的态度。"①艺术家的责任、艺术的使命要求我们对待闪现神性的艺术家及其作品时，同样需要保持宗教性的虔敬态度。

"读经典作品似乎与我们的生活步调不一致，我们的生活步调无法忍受把大段大段的时间或空间让给人本主义者那种庄重的悠闲。"②我们要以虔诚之心重读经典，保留审慎的态度同时具有感性的激情，享受阅读的"庄重"与"悠闲"。无论是普通读者还是专业评论家，不应只是重理论，更要重情感，要感受来自"肩胛骨之间的微微震颤与酥麻滋味"。③《斩首之邀》和其他任何经典一样，作家无意于复制客观世界，而是通过认知提炼、记忆再现、文学幻想和艺术加工，以审美主体的身份、一个大写的作者身份，从一片客观混沌中创造一个和谐的微小宇宙，将刺耳的此世噪音变为悦耳的彼岸轻音。也正是这种个性的、无可复制的、审美狂喜的创造意识构建起神性的语词世界。经典文艺作品可以征服我们的感官统觉。我们应心怀理性敬畏，感受狂喜悸动，以无功利的心境反复倾听、咀嚼和感触这些真正的精神食粮。唯其如此，我们才能获得爱的能力、怜悯的能力和感同身受的能力，创作的至高意义、文学的整个生命也将会在艺术的好奇、柔情、善意和迷醉中循环往复、历久弥新。

---

① Ходасевич В. О *Сирине*. Москва: Советский писатель. 1991. С.458.

② ［意］卡尔维诺：《为什么读经典》，黄灿然、李桂蜜译，南京：译林出版社，2006年，第9页。

③ ［俄］В. В. 纳博科夫：《文学讲稿》，申慧辉等译，北京：生活·读书·新知三联书店，1991年，第98—99页。

参考文献

中文文献

1. ［俄］B．B．阿格诺索夫:《俄罗斯侨民文学史》,刘文飞、陈方译,北京：人民文学出版社,2004 年。

2. ［英］艾尔默·莫德:《托尔斯泰传》(第一卷),宋蜀碧、徐迟译,北京：十月文艺出版社,1984 年。

3. ［美］爱德华·赛义德:《文化与帝国主义》,李琨译,北京：生活·读书·新知三联书店,2003 年。

4. ［俄］M．M．巴赫金:《佛朗索瓦·拉伯雷的创作于中世纪和文艺复兴时代的民间文化》导言,见《巴赫金全集·拉伯雷研究》,夏忠宪译,石家庄：河北教育出版社,1998 年。

5. ［俄］M．M．巴赫金:《巴赫金全集》(第三卷),白春仁、晓河译,石家庄：河北教育出版社,1998 年。

6. ［俄］M．M．巴赫金:《巴赫金全集·文本、对话与人文》(第四卷),白春仁等译,石家庄：河北教育出版社,1998 年。

7. ［俄］M．M．巴赫金:《巴赫金全集·诗学与访谈》(第五卷),白春仁、顾亚玲等译,石家庄：河北教育出版社,1998 年。

8. 〔俄〕M. M. 巴赫金:《巴赫金全集·拉伯雷研究》(第六卷),李兆林、夏忠宪等译,石家庄:河北教育出版社,1998 年。

9. 〔俄〕M. M. 巴赫金:《陀思妥耶夫斯基诗学问题》,白春仁、顾亚铃译,上海:三联书店,1998 年。

10. 〔俄〕B. Г. 邦达连科:《天才的陨落:莱蒙托夫传》,王立业译,北京:新星出版社,2016 年。

11. 〔俄〕H. A. 别尔嘉耶夫:《俄罗斯思想》,雷永生、邱守娟译,北京:生活·读书·新知三联书店,1995 年。

12. 〔俄〕H. A. 别尔嘉耶夫:《俄罗斯灵魂》,陆肇明译,上海:学林出版社,1999 年。

13. 〔俄〕H. A. 别尔嘉耶夫:《俄罗斯思想》,雷永生、邱守娟译,北京:生活·读书·新知三联书店,2004 年。

14. 〔俄〕H. A. 别尔嘉耶夫:《论人的使命》,张百春译,上海:学林出版社,2000 年。

15. 〔俄〕H. A. 别尔嘉耶夫:《人的奴役与自由》,徐黎明译,贵阳:贵州人民出版社,1994 年。

16. 《别林斯基选集》第三卷,满涛译,上海:上海译文出版社,1980 年。

17. 〔俄〕B. Г. 别林斯基:《文学论文选》,满涛、艾未辛译,上海:上海译文出版社,2000 年。

18. 〔俄〕M. A. 布尔加科夫:《大师和玛格丽特》,钱诚译,北京:人民文学出版社,2016 年。

19. 〔苏〕Д. Д. 布拉果依:《普希金》,陈燊译,上海:新文艺出版社,1957 年。

20. 曹靖华:《苏俄文学史》(第一卷),郑州:河南教育出版社,1992 年。

21.［法］德·斯·米尔斯基:《俄国文学史》,刘文飞译,北京:人民出版社,2013 年。

22.范捷平:《论"Stereotype"的意蕴及在跨文化交际中的功能》,《外语与外语教学》2003 年第 10 期。

23.费孝通:《反思·对话·文化自觉》,载《北京大学学报》1997 第 3 期。

24.冯春:《普希金评论集》,上海:上海译文出版社,1993 年。

25.［俄］C.Л.弗兰克:《俄国知识人与精神偶像》,徐凤林译,北京:学林出版社,1999 年。

26.［俄］C.Л.弗兰克:《陀思妥耶夫斯基:受难的年代,1850—1859》,刘佳林译,桂林:广西师范大学出版社,2016 年。

27.［以色列］伏斯特:《约翰福音》(今日如何读新约),冷欣、杨远征译,上海:华东师范大学出版社,2011 年。

28.［俄］B.B.阿格诺索夫:《20 世纪俄罗斯文学》,凌建侯译,北京:中国人民大学出版社,2001 年。

29.［丹麦］格奥尔格·勃兰兑斯:《十九世纪文学主流》,张道真等译,北京:人民文学出版社,1997 年。

30.顾蕴璞:《莱蒙托夫》,北京:华夏出版社,2002 年。

31.顾蕴璞:《莱蒙托夫研究——纪念伟大诗人诞生 200 周年》,北京:北京大学出版社,2014 年。

32.《果戈理全集》(第六卷),沈念驹译,石家庄:河北教育出版社,2007 年。

33.《果戈理全集》(文论卷)第 7 卷,彭克巽译,安徽文艺出版社,1999 年。

34.《果戈理全集》（书信卷）第 8 卷，李纹楼译，安徽文艺出版社，1999年。

35.［法］亨利·特洛亚:《普希金传》，张继双等译，北京：世界知识出版社，1992 年。

36. 胡经之:《西方文艺理论名著教程》第三版（下），北京：北京大学出版社，2016 年。

37. 胡文仲:《跨文化交际学概论》，北京：外语教学与研究出版社，1999年。

38. 黄晓敏:《俄罗斯学界关于拜伦对莱蒙托夫的影响问题研究综述》，载《俄罗斯文艺》2013 年第 2 期。

39. 金亚娜:《果戈理别样“现实主义”及成因》，载《外语学刊》2009 年第 6 期。

40. 金亚娜等:《充盈的虚无——俄罗斯文学中的宗教意识》，北京：人民文学出版社，2003 年。

41. 金雁:《俄罗斯村社文化及其民族特性》，载《人文杂志》2006 年第 4期。

42.［俄］B. B. 津科夫斯基:《俄国思想家与欧洲》，徐文静译，上海：上海三联书店，2016 年。

43.［意］伊塔洛·卡尔维诺:《为什么读经典》，黄灿然、李桂蜜译，南京：译林出版社，2006 年。

44.［美］克拉克、霍奎斯特:《米哈伊尔·巴赫金》，语冰译，北京：中国人民大学出版社，1992 年。

45.［俄］Ю. M. 莱蒙托夫:《当代英雄》，草婴译，上海：上海译文出版社，1978 年。

46. 乐峰:《东正教史》,北京:中国社会科学出版社,1999 年。

47. 李赋宁:《欧洲文学史》(第二卷),北京:商务印书馆,2001 年。

48. 李建军:《重估苏俄文学》,上海:二十一世纪出版集团,2019 年。

49. [俄] B. M. 李维诺夫:《肖洛霍夫评传》,孙凌齐译,北京:中央编译出版社,2002 年。

50. 梁坤:《布尔加科夫小说的神话诗学研究》,北京:北京大学出版社,2016 年。

51. 梁坤:《"撒旦起舞"的奥秘——俄罗斯文学传统中恶魔主题的原型与发展》,《长江学术》2008 年第 1 期。

52. [俄] 列夫·托尔斯泰:《童年、少年、青年》,谢素台译,北京:人民文学出版社,1984 年。

53.《列夫·托尔斯泰文集》(第十四卷),丰陈宝等译,北京:人民大学出版社,1989 年。

54.《列夫·托尔斯泰文集》(第十五卷),冯增义、宋大图等译,北京:人民文学出版社,1989 年。

55.《列夫·托尔斯泰文集》(第十七卷),陈馥、郑揶译,北京:人民文学出版社,1991 年。

56. [俄] 列夫·托尔斯泰:《安娜·卡列尼娜》,草婴译,上海:上海文艺出版社,2008 年。

57. [俄] 列夫·托尔斯泰:《复活》,汝龙译,北京:人民文学出版社,2005 年。

58. [俄] 列夫·托尔斯泰:《战争与和平》,娄自良译,上海:上海译文出版社,2011 年。

59.《列宁全集》(第 16 卷),北京:人民出版社,1959 年。

60. ［俄］H. C. 列斯科夫:《大堂神父》,陈馥译,北京:外国文学出版社,1984 年。

61. 刘佳林:《纳博科夫研究及翻译述评》,载《外国文学评论》2004年第 2 期。

62. 刘康:《对话的喧声——巴赫金的文化转型理论》,北京:中国人民大学出版社,2011 年。

63. 刘文飞:《俄国文学的有机构成》,北京:东方出版社,2015 年。

64. 刘文飞:《俄罗斯文学读本》,上海:东方出版社,2014 年。

65. 刘文飞主编:《普希金全集》(十卷本)第六卷,石家庄:河北教育出版社,1999 年。

66. 刘亚丁编选:《肖洛霍夫研究文集》,南京:译林出版社,2014 年。

67. ［法］罗曼·罗兰:《托尔斯泰传》,傅雷译,北京:商务印书馆,1995 年。

68. ［俄］H. O. 洛斯基:《俄国哲学史》,贾泽林等译,杭州:浙江人民出版社,1999 年。

69. ［美］马斯洛:《动机与人格》,许金声、程朝翔译,北京:华夏出版社,1987 年,第 3 页。

70. ［苏］M. Б. 赫拉普钦科:《艺术家托尔斯泰》,刘逢祺、张捷译,上海:上海译文出版社,1987 年。

71. ［苏］M. Б. 赫拉普钦科:《作家的创作个性和文学的发展》,满涛译,上海:上海人民出版社,1982 年。

72.《莱蒙托夫抒情诗全集》,顾蕴璞译,南京:译林出版社,2006 年。

73. ［俄］B. B. 纳博科夫:《尼古拉·果戈理》,刘佳林译,桂林:广西师范大学出版社,2010 年。

74. ［俄］B．B．纳博科夫:《文学讲稿》，申慧辉、丁俊、金绍禹等译，上海：上海译文出版社，2018 年。

75. ［俄］B．B．纳博科夫:《文学讲稿》，申慧辉等译，北京：生活·读书·新知三联书店，1991 年。

76. ［俄］B．B．纳博科夫:《斩首之邀》，陈安全译，上海：上海译文出版社，2006 年。

77. ［俄］C．A．尼克利斯基:《俄罗斯文学的哲学阐释》，张百春译，合肥：安徽大学出版社，2017 年。

78. ［俄］A．C．普希金:《普希金长诗选》，余振译，北京：外国文学出版社，2015 年。

79. ［俄］A．C．普希金:《普希金论文学》，张铁夫、黄弗同译，桂林：漓江出版社，1998 年。

80. ［俄］A．C．普希金:《普希金诗选》，高莽译，北京：人民出版社，2003 年。

81. ［俄］A．C．普希金:《叶甫盖尼·奥涅金》，智量译，北京：人民文学出版社，1985 年。

82. ［俄］A．П．契诃夫:《契诃夫短篇小说选》，童道明译，上海：上海三联书店，2009 年。

83. ［俄］A．П．契诃夫:《契诃夫论文学》，汝龙译，北京：人民文学出版社，1958 年。

84. 钱晓文:《论肖洛霍夫的创作个性及形成》，载《外国文学研究》1993 年第 5 期。

85. 任光宣、刘涛、任丽明:《俄罗斯文学的神性传统——20 世纪俄罗斯文学与基督教》，北京：北京大学出版社，2010 年。

86. 任光宣：《俄罗斯文学简史》，北京：北京大学出版社，2006 年。

87. ［俄］Л. И. 舍斯托夫：《悲剧的哲学——陀思妥耶夫斯基与尼采》，张杰译，桂林：漓江出版社，1992 年。

88. ［俄］Л. И. 舍斯托夫：《在约伯的天平上：灵魂中漫游》，董友等译，北京：生活·读书·新知三联书店，1989 年。

89. 沈念驹、吴笛主编：《普希金全集》（第 1 卷），查良铮、谷羽等译，杭州：浙江文艺出版社，2012 年。

90. 苏联科学院历史研究所列宁格勒分所编：《俄国文才沙史纲（从远古到 1917 年）》，北京：商务印书馆，1994 年。

91. 孙美玲：《肖洛霍夫研究》，北京：外语教学与研究出版社，1982 年。

92. 孙美玲：《顿河哥萨克的一代史诗》，载《肖洛霍夫·静静的顿河》，桂林：漓江出版社，1986 年。

93. 童庆炳：《文学审美特征论》，武汉：华中师范大学出版社，2000 年。

94. ［俄］И. С. 屠格涅夫：《俄苏文学经典译著·前夜》，丽尼译，北京：生活·读书·新知三联书店，2010 年。

95. ［俄］И. С. 屠格涅夫：《父与子》，张冰、李毓榛译，北京：中国画报出版社，2016 年。

96. 《屠格涅夫文集》第二卷，磊然译，北京：人民文学出版社，2001 年。

97. ［俄］Ф. М. 陀思妥耶夫斯基：《卡拉马佐夫兄弟》，荣如德译，上海：上海译文出版社，2006 年。

98. 《陀思妥耶夫斯基全集》（第 16 卷），陈燊等译，石家庄：河北教育出版社，2010 年。

99. ［俄］Ф. М. 陀思妥耶夫斯基：《作家日记》（下），张羽、张有福译，石家庄：河北教育出版社，2009 年，第 946 页。

100. ［德］瓦尔特·本雅明:《单向街》,陶林译,南京:江苏文艺出版社,2015 年。

101. 汪介之:《俄罗斯现代文学批评史》,北京:中国社会科学出版社,2015 年。

102. 王志耕:《"漂泊"与"禁忌":屠格涅夫小说的基督教命题》,载《外国文学研究》2017 第 4 期。

103. 王志耕:《与大历史的"一个人的战争"》,载《外国文学评论》2012 年第 4 期。

104. 温玉霞:《布尔加科夫创作论》,上海:复旦大学出版社,2008 年。

105. ［德］沃尔夫冈·凯泽尔:《美人与野兽——文学艺术中的怪诞》,曾忠禄等译,西安:华岳文艺出版社,1987 年。

106. ［俄］М. А. 肖洛霍夫:《静静的顿河》,力冈译,南京:译林出版社,2010 年。

107. ［俄］М. А. 肖洛霍夫:《静静的顿河》,金人译,北京:人民文学出版社,1982 年。

108. 《肖洛霍夫文集》(第八卷),草婴译,北京:人民文学出版社,2000 年。

109. 萧净宇:《超越语言学——巴赫金语言哲学研究》,上海:上海人民出版社,2007 年。

110. ［俄］А. Г. 陀思妥耶夫斯卡娅:《陀思妥耶夫斯基夫人回忆录》,李明滨译,北京:北京大学出版社,1996 年。

111. 萧净宇:《洛特曼符号学——美学阐释中艺术文本的特色》,载《俄罗斯文艺》2005 年第 2 期。

112. 徐凤林:《索洛维约夫哲学》,北京:商务印书馆,2007 年。

113.〔俄〕A. Л. 托尔斯泰娅:《父亲:列夫·托尔斯泰的生平》,长沙:湖南人民出版社,1985 年。

114. 曾思艺:《俄罗斯文学讲座:经典作家与作品》,北京:北京师范大学出版社,2015 年。

115. 张百春:《当代东正教神学思想——俄罗斯东正教神学》,上海:上海三联书店,2000 年。

116. 张建华:《家庭、青春、代际鸿沟——屠格涅夫长篇小说〈父与子〉的三个维度》,载《中国俄语教学》2019 年第 3 期。

117. 张杰:《民族精神的铸造:东正教与俄罗斯文学》,载《江海学刊》2017 年第 4 期。

118. 张杰:《陀思妥耶夫斯基小说创作艺术的"聚和性"》,载《外国文学研究》2010 年第 5 期。

119. 张敏:《20 世纪俄罗斯现代主义小说研究》,哈尔滨:黑龙江人民出版社,2008 年。

120. 张铁夫:《普希金研究文集》,南京:译林出版社,2014 年。

121. 张铁夫:《再论普希金的文学人民性思想》,载《外国文学评论》2003 年第 1 期。

122 郑体武:《俄罗斯文学辞典·作家与作品》,上海:复旦大学出版社,2013 年。

123. 智量:《论 19 世纪俄罗斯文学》,上海:复旦大学出版社,2009 年。

124. 朱光潜:《美学》,长沙:湖南人民出版社,1982 年。

俄文文献

1.Агафонов О. В. *Казачьи войска России во втором тысячелетии.* М.: КОГУП Кировская областная типография, 2002.

2.Бахтин М. М. *Собрание сочинений*, Т. 2. М.: Русские словари 2000.

3.Белинский В. Г. *Собрание сочинений в трёх томах*, Т.1. М.: ОГИЗ, 1948.

4.Белинский В. Г. *Собрание сочинении в трех томах.* М.: Художественная литература, 1948, т.1.

5. Бердяев Н. А. *Духовный кризис Интеллигенции（Сборник статей）*, СПб.: ЁЁ Медиа, 1910.

6. Бердяев Н.А. *Истоки и смысл русского коммунизма.* М.: Наука, 1990.

7. Бердяев Н. А. Б. П. Вышеславцев, В. В. Зеньковский, Г. П. Федотов и др. О *России и русской философской культуре:философы русского послеоктябрьского зарубежья.* М.: Наука, 1990.

8.Бердяев Н А. Л. Толстой // *Типы религиозной мысли в России. Собрание сочинений.* Т. Ⅲ. Париж:1989.

9. Бердяев Н.А. Русская идея // *Вопросы философии.* 1990. №. 1.-2.

10. Бердяев Н.А. Душа России // *Судьба России*, М.: Советский писатель, 1990.

11.Бердяев Н. А. *Миросозерцание Достоевского: Философия творчества, культуры, искусства.* В 2-х томах. Т. 2. М.: «Искусство», 1994.

12.Бердяев Н.А. *Русская идея. Судьба России*, М.: ЗАО «СВАРОГ и К», 1997.

13.Бердяев Н. А. *Откровение о человеке в творчестве Достоевского// Смысл творчества: Опыт оправдания человека*. М.: АСТ, 2002.

14. Бердяев Н А. О рабстве и свободе человека // *Опыт парадоксальной этики*. М.: 2003.

15. Бердяев Н. А. *Философия свободы. Смысл творчества*. М.: Правда, 1989.

16.Бобневой М.И. *Психологические механизмы регуляции социального поведения: Сб.Статей*, М.: Наука, 1979.

17.Бочаров С. Г. Об одном разговоре и вокруг него // *Новое Литературное Обозрение* 1993, №. 2.

18.Булгаков М. А. *Собрание сочинений в пяти томах*. Т. 1. М.: Художественная литература, 1989.

19.Булгаков М.А. *Мастер и Маргарита*. М.: «Вече», 1998.

20.Бурсов Б. И. Лев *Толстой: Идейные искания и творческий метод*. 1847–1862. М.: Государственное издательство художественной литературы, 1960.

21.Гальцева Р. А. *Пушкин в русской философской критике. Конец* XIX—*первая половина* XX *в*. М.: «Книга», 1990.

22.Гоголь Н. В. *Иллюстрированное полное собрание сочинений Н. В. Гоголя в восьми томах, т. 6*, М.: Печатник, 1912–1913.

23.Гоголь Н. В. *Полн. собр*. соч. Т. 8. Ленинград: М.: 1952.

24.Гоголь Н. В. *Собрание сочинений в девяти томах*. Т. 2., М.:

Русская книга, 1994.

25.Гоголь Н. В. *Собрание сочинений в семи томах*, Т.6. М.: Художественная литература. 1994.

26.Гоголь Н. *В. Взгляд на составление Малороссии, часть Ⅷ //* *Арабески.* СПб.: Наука, 2009.

27.Гордин Я.А. Право на поединок. Л.: *Советский писатель*, 1989.

28.Горький М. *Собр. соч. в 30 томах.* М.: Художественная литература, 1949–1956гг.

29.Громыко М. М. Буганов А. В. *О воззрениях русского народа*, М.: Поломникъ, 2000.

30.Достоевский Ф.М. *Полное собрание сочинений.* Т. 20. Ленинград: Отдние, 1980.

31.Достоевский Ф. М. *Собрание сочинений в 15 томах.* Ленинград: Наука. Ленинградское отделение, 1989–1996.

32.Достоевский Ф.М. 1877 *Дневник писателя.* М.: Институт русской цивилизации, 2010.

33.Достоевский Ф. М. *Подросток*, М.: Художественная литература, 2020.

34.Ермилов В.О. «Тихом Доном» и о трагедии// *Литературная газета*, 1940, №. 43.

35.Ермолинский С.А. *Из записок разных лет. Михаил Булгаков. Николай Заболоцкий.* М.: Искусство, 2016.

36.Есаулов И. А. *Категория соборности в русской литературе.* М.: Петрозаводского университета, 1995.

37. Есаулов И. А. *Русская классика: новое понимание*. СПб.: Алетейя, 2012.

38. Жрмунский В.М. *Байрон и Пушкин: Пушкин и западные литературы*. Ленинград: Наука, 1978.

39. Забабурова Н. В. С брегов воинственного Дона... // *Научно-культурологический журнал*. 1999, №. 6.

40. Зеньковский В. В. *История русской философии, Т. 1, Ч. 1*, Ленинград: ЭГО, 1991.

41. Злочевская А. *Креативно-эстетическая стратегия В. Набокова и М. улгакова*. Новая русистика, 2011.

42. Карамзин Н. М. *История государства Российского*. Книга 3, Т.5, М.: Моск-рабочий, 1993.

43. *Кодекс чести казака, утвержденный постановлением Совета атаманов Союза казаков России №. 3 от 19 февраля* 2006.

44. Красных В. В. *Виртуальная реальность или реальная виртуальность?* (*Человек. Сознание. Коммуникация*). М.: Диалог-МГУ, 1998.

45. Красных В. В. *Этнопсихолингвистика и лингвокультурология: Курс лекций*. М.: ИТДГК «Гнозис», 2002.

46. Красных В. В., Гудков Д. Б., Захаренко И. В. Теоретические положения. Принципы описания. // *Русское пространство: лингвокультурологический словарь*. М.: Изд. Гнозис, 2004.

47. Лебедев В.К. "Человек в футляре" и "футляры" Чехавав// *Мир русского слова*, 2012, №. 1.

48. Лежнев И. *Михаил Шолохов*. М.: Советский писатель, 1948.

49. Лежнев И. Эпопея народной жизни// *Октябрь*, 1995– №. 5.

50. Ленин В. И. Речь на I съезде Советов народного хозяйства// *Ленин В. И. Полн. собр. соч.* Т. 36. М.: 1918.

51. Лермонтов. Ю. М. *Сочинения в 2-х томах, Т.*1. М.: Правда, 1988.

52. Лихачев Д. С. *Слово о полку Игореве и культурного времени.* СПб: Логос, 1998.

53. Лотман Ю. М. *В школе поэтического слова: Пушкин, Лермонтов, Гоголь.* М.: Просвещение, 1988.

54. Лотман Ю. М. *Избранные статьи в трёх томах.* Том 1. Статьи по семиотике и топологии культуры. Таллинн: «Александр», 1992.

55. Лотман Ю. М. *Семиосфера. Культура и взрыв.* Внутри мыслящих миров (Статьи по типологии культуры. Статьи и исследования) Мелкие заметки, тезисы. СбП.: Искусство-СПБ, 2000

56. Лукьянова И.: Человек в футляре // *Профиль.* 19.11.2002.

57. Малышева Л. Г. *Германия в творчестве И. С. Тургенева*: 1840– 50-х годов. // *Вестник ТГПУ 8* (2010) .

58. Маслова В. А. *Лингвокультурология*: Учеб. Пособие для студ. высш. учеб. Заведений. М.: Издательский центр «Академия», 2001.

59. Маслова В.А. *Когнитивная лингвистика*, Минск: Тетра Системс, 2005.

60. [США] Матич О. Христианство третьего завета и традиция русского утопизма // *Д. С. Мережковский. Мысль и слово.* М.:1999.

61. Миненков, Г. Я. *Соборность. Новейший филосовский словарь.*

Сост. А. А. Грицанов. Минск: Изд. В.М. Скакун, 1998.

62.Набоков В. В. *Лекции по русской литературе*. М.: Независимая газета, 1996.

63.Низовцева М. Б. Гастрономия как сегмен предметного мира «Повестей Белкина» А. С. Пушкина // *Вестник Череповецкого государственного университета*, 2012, №. 3.

64.Ожегов С.И.& Шведова Н.Ю. *Толковый словарь русского языка*, М.: "Азъ" , 1992.

65.Петелин В. В. *Михаил Шолохов: Страницы жизни и творчества*. М.: Советский писатель, 1986.

66.Петров.С. *Н. С. Лесков. Повести и рассказы*. М.: Московский рабочий, 1954.

67.Петров С.М. & Метченко（ред.）: А.И. *История русской советской литературы*（40-70-е гг.）, М.: Просвещение, 1980.

68.Проскурнина О., Письменная Е., Рожкова М.: *Новый хозяин Москвы* // *Ведомости*. Интервью 15 октября 2010.

69.Прохоров Ю. Е.（ред.）: *Россия. Большой лингвострановедческий словарь*. 2003.

70.Прохоров Ю. Е. *Национальные социокультурные стереотипы речевого общения и их роль в обучении русскому языку иностранцев*. М.: Педагогика-пресс, 1996.

71.Пушкин А. С. *Рецензия на ВЕЧЕРА НА ХУТОРЕ БЛИЗ ДИКАНЬКИ*（Издание второе）. *Современник*, Т. I. М.: Полн. собр. соч.（в одном томе）, 1836.

72.Пушкин А. С. *Собрание сочинений в десяти томах*: Т. 9, М.: ГИХЛ, 1960.

73.Пятигорский А. М. *Избранные труды*. М.: Языки русской культуры, 1996.

74.Розанов В. В. *Собрание сочинений. Том 1. Среди художников*. М.: Республика, 1994.

75.Розанов В. В. Чем нам дорог Достоевский? // *О писательстве и писателях*. М.: «Республика», 1995.

76.Рыжков В.А. Регулятивная функция стереотипов // *Знаковые проблемы письменной коммуникации. Межвузовский сборник научных трудов.* Куйбышев, 1985.

77.Рыжков В. А. Особенности стереотипизации, необходимо сопровождающей социализацию индивида в рамках определенной национально-культурной общности // *Языковое сознание: стереотипы и творчество*. М.: Институт языкознания АН СССР, 1988.

78.Соколов Б. В. *Булгаковская энциклопедия*. М.: Локид-Миф. 1998.

79.Солженицын А. И. *Россия в аблаве*. М.: «Русский путь», 1998.

80.Сталин И. В. Заключительное слово по политическому отчету ЦК XVI съезду ВКП（б）// *Сталин И. В. Соч.Т.* 13. М.: 1951.

81.Степанов Ю. С. *Константы: Словарь русской культуры: Опыт исследования*. М.: Языки русской культуры, 1997.

82.Страхов Н. Н. *Критические статьи об И. С. Тургеневе и Л. Н. Толстом*（1862–1885）, Киев, 1901.

83.Струве Н.А. *О соборной природе церкви, Православие и культура* （ *сборник* ）, М.: Рус. путь, 1992

84.Тамарченко Е. Идея правды в «Тихом Доне»// *Новый мир*, 1990, №. 6.

85.Толстой. Л. Н. ПСС, в 90 томах （1928–1958）. Т. 48. М.: Государственное издательство художественной литературы, 1952.

86.Трубецкой. С. Н. *Избранное*. М.: СГУ, 1994.

87.Тургенев И. С. *Полное собрание сочинений И.С. Тургенева.*Т.10, М.: Государственное издательство художественной литературы.1956.

88.Федарова О. Б. *Пушкин в русской философской критике: Конец* XIX *первая половина* XX *в.*, М.: Книга, 1990.

89.Волынский А., Измайлов А.: *Н.С. Лесков: классик в неклассическом освещении.* СПб.: Владимир Даль. 2011.

90.Франк С.Л. *Духовное основы общества*. М.: Республика, 1992.

91.Франк С.Л. Религиозность Пушкина. *Журнал "Путь"*, 1933, №. 40.

92.Ходасевич В. Ф. *"Жребий Пушкина"*, статья С.Н. Булгакова, Возрождение. Париж, 1937.

93.Ходасевич В. *О Сирине*. М.: Советский писатель. 1991.

94.Хомяков А. С. *Сочинения в 2 томах*, Т.2. М.: Московский философский фонд Медиум, 1994.

95.Хоружий С. С. Хомяков и принцип соборности // *Вестник русского христианского движения*. Париж — Нью-Йор к — М.:1999.

96.Чернец Л. В. Человек в футляре: литературный тип и его вариации//

Русская словесность. М.: Шк. пресса, 2014, №. 2., 2014.

97.Чернышевский Н. Г. *Собрание сочинений в пяти томах*, Литературная критика.Т.3. М.: Правда, Огонек, 1974.

98.Шпренгер Я., Инститорис Г. *Молот ведьм* М.: 1992.

99.Яновская Л. М. *Творческий путь Михаила Булгакова*. М.: Советский писатель, 1983.

英文文献

1.Alexandrov V. *Nabokov's Other World*. Princeton: Princeton University Press, 1991.

2.Bartminski J.(ed.), *Slownik stereotypow is ymboli ludowych*. Tom 1. Kosmos, 1996.

3.Berger. P. L. *Invitation to sociology: A humanistic perspective*. New York: Anchor Books, 1963.

4.Efraim Sicher, *Jews in Russian Literature after the October Revolution: Writers and Artists between Hope and Apostasy*, Cambridge: Cambridge University Press, 2006.

5.George Pattison & Diane Thompson, *Dostoevsky and the Christian Tradition*, Cambridge: Cambridge University Press, 2008.

6.Hugo Munsterberg, *Basic and Applied Psychology*. Trans. Shao Zhifang. Beijing: Peking UP, 2010.

7.Janet Mullane & Robert Thomas Wilson, *Nineteenth-century Literature Criticism*, Vol.21, Gale Research Inc., 1989.

8.Jostein Bortnes & Ingunn Lunde, *Cultural Discontinuity and Reconstruction: the Byzanto-Slav heritage and the creation of a Russian national literature in the nineteenth century.* Oslo: Solum forlag A/S, 1997.

9.Lippmann W., *Public Opinion.* New York: McMillan, 1922.

10.Matthew Raphael Johnson, *The Ancient Orthodox Tradition in Russian Literature*, Deipara Press, 2010.

11.Ruth Coates, *Christianity in Bakhtin: God and the Exiled Author.* Cambridge: Cambridge University Press, 2005.

附　录
俄苏经典作家、评论家简介

一、俄苏经典作家简介

1. 亚历山大·谢尔盖耶维奇·普希金

亚历山大·谢尔盖耶维奇·普希金（Александр Сергеевич Пушкин，1799—1837）是俄国著名的文学家、诗人、小说家，被许多人认为是俄国最伟大的诗人，现代俄国文学的奠基人，19世纪俄国浪漫主义文学的主要代表，同时也是现实主义文学的奠基人，现代标准俄语的创始人，被誉为"俄国文学之父""俄国诗歌的太阳"。他的作品是俄国民族意识高涨以及贵族革命运动在文学上的反映。普希金在抒情诗、戏剧、小说和文学理论等很多方面都有着巨大的成就，创作出了俄国文学中经典的"多余人"和"小人物"形象。普希金还创立了俄国民族文学和文学语言，在诗歌、小说、戏剧乃至童话等文学各个领域都给俄国文学提供了典范作品，被高尔基称为"一切开端的开端"。他的创作对俄国文学和语言的发展影响深刻，大大提高了俄国文学和语言的艺术表现力。代表作有《叶甫盖尼·奥涅金》《上尉的女儿》《黑桃皇后》《茨冈人》《高加索的俘虏》《鲍里斯·戈杜诺夫》《别尔金小说集》《驿站长》《鲁斯兰和柳德米拉》《假如生活欺骗了你》《自由颂》《致恰达耶夫》《青铜骑士》《普加乔夫历史》《致大海》等。

2. 米哈伊尔·尤里耶维奇·莱蒙托夫

米哈伊尔·尤里耶维奇·莱蒙托夫（Михаил Юрьевич Лермонтов, 1814—1841）是俄国著名诗人、小说家、剧作家、翻译家，是继普希金之后俄国又一位伟大诗人。莱蒙托夫的诗歌继承了普希金和十二月党人歌颂自由、反对暴政的光荣传统，呼唤人们为自由而斗争，也具有鲜明的时代特征，他的诗歌里总是充满了悲伤与苦闷、失望与绝望。他对后来俄国文学的发展做出了巨大贡献，被别林斯基誉为"民族诗人"。代表作有《恶魔》《化装舞会》《诗人之死》《当代英雄》《祖国》《囚徒》《童僧》《诗人之死》《帆》《在北国的荒野上……》《又苦闷又烦扰》《波罗金诺》《争论》《约会》等。

3. 尼古拉·瓦西里耶维奇·果戈理

尼古拉·瓦西里耶维奇·果戈理（Николай Васильевич Гоголь, 1809—1852）是俄国伟大的讽刺家和批判现实主义的奠基人，奠定了 19 世纪俄国批判现实主义文学的基础。他继承并发展了普希金的传统，在戏剧、小说等多种文学体裁中忠实地反映生活、揭露生活中一切腐朽丑恶和不合理的现象，他善于描绘生活，将现实和幻想结合，具有讽刺性的幽默，加强了俄国文学的批判和讽刺倾向，也对俄国小说艺术的发展做出了巨大的贡献，开创了俄国文学的新时期。果戈理的作品冲破了反动沉闷的政治时局，狠狠地打击了反动势力，大大地促进了俄国民族意识的觉醒和解放运动的发展，对俄国乃至世界文学的发展都产生了巨大而深远的影响。此外，果戈理还是俄国文学中自然派的创始人和典范。车尔尼雪夫斯基在《俄国文学果戈理时期概观》中把果戈理称为"俄国散文之父"。代表作有《死魂灵》《钦差大臣》《狄康卡近乡夜话》《密尔格拉得》《彼得堡故事》《狂人日记》《涅瓦大街》《鼻子》《外套》《塔拉斯·布尔巴》等。

4. 伊万·谢尔盖耶维奇·屠格涅夫

伊万·谢尔盖耶维奇·屠格涅夫（Иван Сергеевич Тургенев，1818—1883）是 19 世纪俄国有世界声誉的"现实主义艺术大师"和"现实主义作家"，是俄国 19 世纪批判现实主义作家、诗人和剧作家。他是以 19 世纪 40—70 年代俄国社会生活的编年史作家身份活跃于俄国文学和世界文学领域，是以创作社会政治小说而闻名于世的作家。他的作品是俄国 19 世纪 40—70 年代社会生活的一部形象的历史。屠格涅夫以创作中篇和长篇小说为主，包含着丰富典型的社会内容，真实地反映了农奴制的惨无人道。他的小说中通常人物形象不多，但所有人物形象都鲜明生动，总是力图真实地反映时代面貌，叙事富有抒情性，语言准确优美且富有表现力。高尔基认为屠格涅夫给俄国文学留下了一份"绝妙的遗产"。革命导师列宁称屠格涅夫是"卓越的俄罗斯作家"。事实上，屠格涅夫不仅是俄国的伟大作家，也是一位世界著名的伟大作家，为俄国文学和世界文学的发展做出了巨大贡献。代表作有《猎人笔记》《父与子》《阿霞》《前夜》《贵族之家》《罗亭》等。

5. 尼古拉·阿列克塞耶维奇·涅克拉索夫

尼古拉·阿列克塞耶维奇·涅克拉索夫（Николай Алексеевич Некрасов，

1821—1878）被称为"人民诗人"，是俄国解放运动第二阶段最著名的革命民主主义诗人和19世纪中期俄国公民诗歌创作的杰出代表。他的诗歌紧密结合俄国当时的解放运动，充满爱国精神和公民责任感，许多诗篇忠实描绘了贫苦下层人民和俄罗斯农民的生活和情感，与当时的政治斗争紧密地结合着，具有高度的思想性和战斗性。涅克拉索夫充分发扬了俄国文学的优良传统，大胆地开拓了一代诗风，以平易口语化的语言开创了"平民百姓"的诗歌风格，将俄国诗歌推上了一个新的阶段，也对俄罗斯诗歌以及苏联诗歌都产生了重大影响。他创作的诗都是描述社会底层广大劳动人民生活的诗，反映了城市贫民和贫苦农民的苦难、愿望和悲惨命运，通过自己的创作为他们发声，在俄国解放运动中起了重大作用。因此，革命导师列宁把涅克拉索夫称为农民革命的忠实表达者。代表作有《幻想与声音》《在旅途中》《严寒，通红的鼻子》《俄罗斯妇女》《摇篮曲》《诗人与公民》《别林斯基》《伏尔加河上》《大门前的沉思》《叶廖穆什卡之歌》《谁在俄罗斯能过好日子》等。

6. 亚历山大·尼古拉耶维奇·奥斯特洛夫斯基

亚历山大·尼古拉耶维奇·奥斯特洛夫斯基（Александр Николаевич Островский，1823—1886）是俄国著名的现实主义戏剧大师，通常认为他是俄国写实主义阶段最伟大的代表人物。他继承并发扬了俄国文学前辈冯维辛、格里鲍耶陀夫、普希金和果戈理的优秀传统。他在俄国文学史上占有重要的地位，对俄国文学的最大贡献在于他确立了俄国民族戏剧，用全部的精力为发展俄国的民族戏剧事业做出了巨大的贡献，并让现实主义在戏剧领域得以呈现，使俄国的戏剧舞台面貌焕然一新。奥斯特洛夫斯基被称为"商人的莎士比亚"，他的主要题材是莫斯科和外省商人的生活，尤其是俄国商人阶层保守的、非欧化的生活方式。杜勃罗留波夫把奥斯特洛夫斯基的戏剧称为"生活的戏剧"。代表作有《大雷雨》《自己人好算账》《家庭幸福图》《穷新娘》《贫非罪》《肥缺》《智者千虑必有一失》《来得容易去得快》《森林》《狼与羊》《雪女》《没有嫁妆的姑娘》《无辜的罪人》等。

7. 费奥多尔·米哈伊洛维奇·陀思妥耶夫斯基

费奥多尔·米哈伊洛维奇·陀思妥耶夫斯基（Федор Михайлович Достоевский，1821—1881）是俄国 19 世纪著名作家，俄国文坛上一颗耀眼的明星，他和列夫·托尔斯泰、屠格涅夫等人齐名，并称为俄罗斯文学"三巨头"，是俄国文学的卓越代表。即如有人所说，列夫·托尔斯泰代表了俄国文学的广度，陀思妥耶夫斯基则代表了俄国文学的深度。陀思妥耶夫斯基所走过的是一条极为艰辛、复杂的生活与创作道路，是俄国文学史上最复杂、最矛盾的作家之一。他的作品既有巨大的艺术力量，又充满了惊人的矛盾。他是在世界文学史上具有划时代意义的伟大作家，对世界文学产生了巨大的影响。现实主义作家把他看作俄国批判现实主义文学的顶峰，现代派作家把他视为鼻祖。高尔基曾经给出了这样的评价：陀思妥耶夫斯基的天才是无可争辩的，就艺术的表现力来讲，他的才华只有莎士比亚可以与之并列。代表作有《罪与罚》《卡拉马佐夫兄弟》《被侮辱与被损害的》《白痴》《群魔》《地下室手记》《穷人》《白夜》《女房东》《赌徒》等。

8. 列夫·尼古拉耶维奇·托尔斯泰

列夫·尼古拉耶维奇·托尔斯泰（Лев Николаевич Толстой，1828—

1910）是 19 世纪中期俄国伟大的批判现实主义作家、文学家、思想家、哲学家，是俄国现实主义的顶峰作家之一。托尔斯泰认为艺术就是作者把自己体验过的感情传达给别人，而别人为这些感情所感染，也体验到这些感情。他的"心灵的辩证法"的艺术创作手法对世界文学有着长久不衰的影响，至今仍然被很多作家所借鉴。他的文学传统不仅通过高尔基而为苏联作家所批判地继承和发展，在世界文学中也有着巨大的影响。高尔基称他是"囊括整个俄国和一切俄国东西的伟大灵魂"。在文学创作和社会活动中，他提出了"托尔斯泰主义"，对很多政治运动有着深刻的影响。无产阶级革命导师列宁十分喜爱并高度评价托尔斯泰的创作，更是把托尔斯泰称作是"俄国革命的镜子"。代表作有《战争与和平》《安娜·卡列尼娜》《复活》《伊万·伊里奇之死》《克莱采奏鸣曲》《哈吉·穆拉特》《塞瓦斯托波尔故事》《哥萨克》《黑暗的势力》，自传体三部曲《童年、少年、青年》等。

9. 尼古拉·谢苗诺维奇·列斯科夫

尼古拉·谢苗诺维奇·列斯科夫（Николай Семенович Лесков，1831—1895）是俄国作家。列斯科夫熟悉人民生活和民间语言，这为其写作提供了丰富的源泉。列斯科夫的思想立场与革命民主主义者是对立的。由于其冒失言行及早期创作的"反虚无主义小说"，列斯科夫长期被革命民主主义者一致排斥和仇视。但在创作后期，作家改变了早期的立场和观点，逐渐向革命民主主义者靠拢，颂扬普通人民。综观列斯科夫的全部创作，他非常善于把俄国民间语言和文学语言结合在一起，且其创作题材广泛，很多是描写市民和宗法制农民的生活，反映俄国社会各阶层人民生活，充满了戏剧性和幽默感，具有浓郁的生活气息和民族特色。高尔基曾说他从列斯科夫的作品中受益很多，夸赞列斯科夫创作的艺术技巧，称赞他为精通语言的行家，可以当之无愧地与列夫·托尔斯泰、果戈理、屠格涅夫等文学巨匠相提并论。代表作有《一个村妇的生活》《姆岑斯克县的麦克白夫人》《走投无路》《结仇》《大堂神父》《左撇子》《理发艺术家》《岗哨》《笑和愁》《被诱惑的流浪汉》《在遥远的地方》《冬日》《太太和乡下丫头》《兔子藏匿之处》等。

10. 安东·巴甫洛维奇·契诃夫

安东·巴甫洛维奇·契诃夫（Антон Павлович Чехов，1860—1904）是著名小说家、剧作家，是俄国的世界级短篇小说巨匠和19世纪末期俄国批判现实主义文学最杰出的代表之一。在俄罗斯文学史乃至世界文学史上，契诃夫以短篇小说著称，与莫泊桑和欧·亨利并称为"世界三大短篇小说家"。契诃夫是一个有强烈幽默感的作家，他的短篇小说总是非常紧凑精练，言简意赅，直切主题，人物对话简短生动。契诃夫的剧作也对20世纪的戏剧产生了很大的影响。他坚持现实主义传统，注重描写俄国人民的日常生活，善于塑造具有典型性格的小人物形象，反映当时俄国社会的状况。契诃夫本人把自己看成19世纪80年代和90年代大事的记录者，他的作品以生动的艺术形象从各个方面反映了19世纪末和20世纪初的俄国现实，因此他也常被称为"19世纪末俄罗斯生活的镜子"。代表作有《伊凡诺夫》《六号病房》《海鸥》《万尼亚舅舅》《三姊妹》《樱桃园》《蠢货》《求婚》《结婚》《纪念日》《无聊的故事》《变色龙》《带狗的女人》《萨哈林旅行记》《胖子和瘦子》《普里希别叶夫中士》《一个官员的死》《苦恼》《仇敌》《草原》《灯火》《套中人》《姚内奇》《醋栗》《农民》《带阁楼的房子》《出差》《小人物》等。

11. 亚历山大·亚历山大罗维奇·勃洛克

亚历山大·亚历山大罗维奇·勃洛克（Александр Александрович Блок，1880—1921）是著名的象征主义诗人。勃洛克生前根据创作时间先后，将自己的抒情诗选编成了三卷。第一卷：1898年至1904年，收入《黎明前》《美妇人之诗》《岔路口》三组诗集；第二卷：1904年至1908年，收入《大地的气泡》《城市》《白雪假面》《自由的思想》等诗集；第三卷：1907年至1916年，收入《可怕的世界》、《报应》、《竖琴与小提琴》、《卡门》等诗集。三卷诗代表了诗人创作道路和内心发展的三个阶段。三卷抒情诗构成了"三部曲"。综观勃洛克的诗歌创作，他的早期诗歌的特点是神秘主义，中期的诗歌创作深受象征主义影响以及追求生活真实，后期诗歌呈现出深沉的历史积淀和现实感。代表作有《绝望的喜悦》《雪面具》《雪地》《晚钟》《临时戏台》《广场上的国王》《陌生女郎》《命运之歌》《玫瑰与十字架》《天灾人祸之时》《论俄罗斯象征主义的现状》《十二个》《民众与知识分子》《知识分子与革命》《西徐亚人》《俄罗斯》等。

12. 马克西姆·高尔基

马克西姆·高尔基（Максим Горький，1868—1936）原名为阿列克塞·马克西莫维奇·彼什科夫（Алексей Максимович Пешков），是苏联著名的作家、诗人、学者、评论家、政治活动家，是苏联社会主义现实主义文学的奠基人，无产阶级艺术最伟大的代表者、无产阶级革命文学导师、苏联文学的创始人之一。高尔基的文学创作起步于浪漫主义。他早期创作的现实主义作品多取材于他的底层生活的见闻和感受。高尔基一生都在探索个人和历史的关系，寻找合理的社会生活，唤醒人民群众创造新生活的激情，唤起他们对自己作为人的自豪感。高尔基一方面对现实社会造成人异化的现实感到失望的痛苦，另一方面追求对人和社会的热爱以及对理想主义的认识。他作品中的主人公往往都充满着强烈的内心冲突，积极地投身革命活动，寻求改变现实状况的途径。高尔基的现实主义文学与传统现实主义文学有着本质的区别。高尔基的现实主义文学创作多表现为个人与社会的矛盾冲突，通过作品中被摧残的人性来表现出对社会的批判。革命导师列宁称他为"无产阶级艺术最杰出的代表"。高尔基是 20 世纪世界文学中最杰出、最有成就的作家之一，其思想和作品已成为世界文学的重要瑰宝。代表作有《马卡尔·楚德拉》《伊则吉尔老婆子》《鹰之歌》《海燕》《小市民》《在底层》《母亲》《童年》《在人间》《我的大学》《克里姆·萨姆金的一生》《福马·格尔杰耶夫》《不合时宜的思想》《阿尔达莫诺夫家的事业》等。

13. 列昂尼德·尼古拉耶维奇·安德列耶夫

列昂尼德·尼古拉耶维奇·安德列耶夫（Леонид Николаевич Андреев，1871—1919）是俄国著名的小说家、剧作家、政论家，也是俄罗斯表现主义的杰出代表。安德列耶夫被高尔基称为"具有罕见的独特性、罕见的才能"的艺术家。安德列耶夫的创作在很大程度上受到了当时流行的德国唯心主义哲学家哈特曼和叔本华悲观思想的影响。他的创作具有深厚的人道主义根基，充满了反抗精神、尖锐矛盾和彼此不容的社会哲理思想，充满了对真理痛苦的渴望和对现实世界的失望与痛苦。安德列耶夫在俄罗斯"白银时代"的文学史上写下了闪亮的、独特的、浓墨重彩的一笔。代表作有《瓦西里·菲韦伊斯基的一生》《七个绞刑犯的故事》《巴尔加莫特和加拉西卡》《小天使》《大满贯》《谎言》《沉默》《曾经有过》《墙》《警报》《深渊》《红笑》《向星空》《人的一生》《饥饿之王》《黑面具》等。

14. 伊万·阿列克谢耶维奇·蒲宁

伊万·阿列克谢耶维奇·蒲宁（Иван Алексеевич Бунин，1870—1953）是俄国著名作家、诗人、散文家、翻译家、1933 年诺贝尔文学奖获得者，1909 年成为俄国科学院名誉院士。蒲宁 1933 年成为俄国作家中第一位获得诺贝尔文学奖的人。他获得诺贝尔文学奖的原因在于他使俄罗斯古典传统在文学中得到继承。他在第一代俄国侨民眼中成为了忠实继承祖国文化优秀传统的象征。蒲宁在列夫·托尔斯泰、契诃夫、高尔基等作家的直接影响下，真实而深刻地反映了俄国处于历史大变革前的社会生活，特别是农村生活。他不是哲学家，但他的作品充满了人生的哲理。爱情、生命、死亡等全人类永恒的哲学主题是蒲宁创作的重点。蒲宁是一位极具艺术个性与成就的作家。他以诗歌创作登上文坛，但小说创作的成就却远远超过诗歌。托马斯·曼、罗曼·罗兰、纪德等著名作家更是高度评价了蒲宁的创作。蒲宁不仅是俄罗斯的，更是世界的艺术巨匠。高尔基曾如此评价蒲宁："俄国文学史如果去掉蒲宁将会黯淡无光。"1999 年在莫斯科大学举办的"俄罗斯文学回顾与展望"国际研讨会上，俄罗斯学术界提出了 21 世纪最具研究价值的五位作家名单，其中蒲宁名列榜首，这足见学界对其价值的充分肯定。代表作有《落叶》《安东诺夫卡苹果》《乡村》《苏霍多尔》《生活之杯盏》《旧金山来的先生》《米佳的爱情》《中暑》《阿尔谢尼耶夫的一生》《幽暗的林间小径》《轻盈的气息》等。

15. 谢尔盖·亚历山大罗维奇·叶赛宁

谢尔盖·亚历山大罗维奇·叶赛宁（Сергей Александрович Есенин，1895—1925）是俄国著名的田园派诗人和俄国诗坛的一颗耀眼彗星。叶赛宁很早就被认为是具有世界声誉的伟大的俄罗斯民族诗人。他在文坛上的迅速成名被大家广泛传为神话和奇迹。叶赛宁的诗歌具有独特的层次感和复杂的隐喻性。叶赛宁创作中的主题是解决个人及其与世界的关系问题，人、社会和大自然之间的关系问题。他在自己的创作中赋予了所有的存在物以拟人形象，各种类型拟人手法一同构成了其拟人化的艺术特点：让死物变活，让抽象事物变具体事物，抑或相反。高尔基称叶赛宁是上帝送给俄罗斯的一架专门作诗用的管风琴。代表作有《扫墓日》《玛利亚的钥匙》《变容节》《约旦河的鸽子》《天上的鼓手》《四十天祷告》《黑影人》《安娜·斯涅金娜》《夜》《白桦》《莫斯科酒馆之音》《乐土》《波斯抒情》《苏维埃俄罗斯》《忧郁的人》等。

16. 弗拉基米尔·弗拉基米诺维奇·马雅可夫斯基

弗拉基米尔·弗拉基米诺维奇·马雅可夫斯基（Владимир Владимирович Маяковский，1893—1930）是苏联诗人、剧作家和 20 世纪俄罗斯诗歌史上最著名的人物之一，被称为"苏联第一诗人"和"苏维埃时期最优秀、最有才华的诗人"。马雅可夫斯基与勃洛克等大诗人齐名，对苏联文学的影响巨大，热衷于将诗歌的表现力展现到极致。他将文学视为改造现实的一种手段。他的诗真正是从现实中来，充满了时代的特征。斯大林曾这样称赞他："马雅可夫斯基过去是、现在仍然是我们苏维埃时代最优秀、最有才华的诗人。"马雅可夫斯基还是一位杰出的戏剧革新家，主张舞台应有强烈的剧场性和假定性，反对自然主观地描摹生活。他的戏剧理论对后来的苏联戏剧产生了巨大的影响，且在世界现代戏剧史上占有重要的地位。代表作有《穿裤子的云》《宗教滑稽剧》《列宁》《好！》《臭虫》《澡堂》《脊柱横笛》《关于这个》《夜》《晨》《街头即景》《弗拉基米尔·马雅可夫斯基》《战争与世界》等。

17. 安娜·安德烈耶夫娜·阿赫玛托娃

安娜·安德烈耶夫娜·阿赫玛托娃（Анна Андреевна Ахматова，1889—1966）原名是安娜·安德烈耶夫娜·戈连科，是苏联著名女诗人和阿克梅派代表，被誉为"俄罗斯诗歌的月亮"。阿赫玛托娃继承了19世纪普希金开创的文学传统，她的创作与生活始终紧密联系，其创作风格是俄国诗歌的古典传统与现代经验的有机结合。综观阿赫玛托娃的整个创作生涯，她的早期诗歌创作多围绕爱情主题而开展，抒写苦恋、忧郁、绝望、孤独、痛苦、矛盾等微妙的女性心理，也因此常被称为室内抒情诗。她的后期创作则注重以个人的苦难来折射民族的灾难和不幸，展现出了其作为一位公民和诗人的时代责任感。凭借着长诗《安魂曲》，阿赫玛托娃成功跻身20世纪世界级诗歌大师的行列。1964年她获得了意大利"埃特内·塔奥尔米诺"国际诗歌奖。联合国教科文组织更是把阿赫玛托娃的出生之年——1889年定为"阿赫玛托娃年"。代表作有《黄昏》《念珠》《白色的鸟群》《车前草》《战争的风》《耶稣纪元》《慌乱》《我知道，你是我的奖赏》《我听到一个声音》《安魂曲》《没有主人公的叙事诗》等。

18. 玛琳娜·伊万诺夫娜·茨维塔耶娃

玛琳娜·伊万诺夫娜·茨维塔耶娃（Марина Ивановна Цветаева，1892—1941）是苏联著名的诗人、散文家、剧作家。茨维塔耶娃在20世纪俄罗斯诗歌史上占有特殊的重要地位，被认为是20世纪俄罗斯文学史上最伟大的诗人。她的创作不但是俄罗斯"白银时代"文学中，也是整个俄罗斯文学史中杰出且独具一格的。她的创作自成一家，从不属于任何流派，被称为是俄罗斯文学史上一颗"不合轨道的彗星"。综观茨维塔耶娃的全部创作，她是一个以爱情为主旋律的"纯抒情诗人"。她让俄罗斯诗歌达到了前所未有的抒情深度。茨维塔耶娃的诗歌总是充满着浪漫主义色彩和俄罗斯民族气息，被誉为不朽的、里程碑式的诗篇。代表作有《傍晚的纪念册》《魔灯》《给祖母》《这般柔情从何而来？》《里程碑》《俄国以后》《关于莫斯科的诗》《失眠》《致勃洛克的诗》《致阿赫玛托娃》《克雷索洛夫》《山之诗》《终结之诗》《楼梯之诗》等。

19. 米哈伊尔·阿法纳西耶维奇·布尔加科夫

米哈伊尔·阿法纳西耶维奇·布尔加科夫（Михаил Афанасьевич Булгаков，1891—1940）是"白银时代"的著名作家、戏剧家，被公认为20世纪俄罗斯文学的经典作家，也在一定程度上被认为是魔幻现实主义的鼻祖。布尔加科夫把自己看成是果戈理事业的继承者，他的创作继承了果戈理的讽刺艺术传统，充满着一种大无畏精神。善与恶、道德与不道德的对抗是布尔加科夫创作的一贯主题。他认为自己是一个神秘主义的作家。在其作品中，真实与虚幻交织，合理与荒诞并存，现实与幻想一体。除在小说创作领域取得的巨大成就外，布尔加科夫在苏联剧坛上也独具一格，因为他在戏剧创作中所选取的立场和视角总是非常尖锐。俄国著名作家法捷耶夫曾高度地评价布尔加科夫是一个既不在创作中也不在生活中用政治谎言来为自己惹麻烦的人，他的道路是真诚的。代表作有《不祥之蛋》《魔障》《狗心》《卓伊卡的住宅》《紫红色的岛屿》《白卫军》《大师与玛格丽特》《莫里哀》《逃亡》《少年医生札记》《亚当和夏娃》《伪善者们的奴隶》《幸福》等。

20. 伊万·谢尔盖耶维奇·什梅廖夫

伊万·谢尔盖耶维奇·什梅廖夫（Иван Сергеевич Шмелев，1873—

1950）是苏联流亡作家、侨民文学的代表作家之一。什梅廖夫的早期作品继承并发展了俄国文学传统"小人物"这一主题，呈现出了鲜明的批判现实主义的特征。作家对社会及其上层统治集团持批判的态度。同时，什梅廖夫的作品还带领读者了解到了许多俄罗斯传统生活习俗。在什梅廖夫早期作品中有时也体现出了"从黑暗苦难和不幸走向光明"的基督教主题。这一主题也构成了其创作的精神内涵，而宗教词汇则构成了其创作中的特殊词汇用语。这使得其作品赋予了日常生活以崇高的精神内涵。代表作有《一个来自餐馆的人》《死者的太阳》《神的禧年》《崩溃》《伊万·库兹米奇》《公民乌克列伊金》《朝圣》《来自莫斯科的保姆》《天国之路》《旋转木马》《严酷的日子》《一个老妇人的故事》《古老的瓦拉姆》《马尔腾与金》《前所未有的午餐》等。

21. 弗拉基米尔·弗拉基米洛维奇·纳博科夫

弗拉基米尔·弗拉基米洛维奇·纳博科夫（Владимир Владимирович Набоков，1899—1977）是一名美籍俄裔作家、小说家、文体家、批评家、翻译家、诗人，是20世纪最杰出的艺术大师之一，在俄罗斯文学史上占据有特殊的地位，被誉为"当代小说之王"和最现代、最具美学影响力的艺术家之一。纳博科夫的创作保证了俄罗斯当代文学与20世纪初文学的连续性，但他并不看好现实主义，认为这是一个伪名词。他崇拜纯艺术，强调作品的虚构性。纳博科夫认为，文学是创造，小说是虚构，任何一部杰出的艺术作品都是幻想。作家所创造的艺术世界最主要的特征是多层次性和多色彩性。他的艺术创作集古典、现代与后现代创作的特点于一体，是20世纪文学创作中的罕见现象。此外，纳博科夫在昆虫学、象棋等领域也有一定的贡献。代表作有《葡萄串》《山路》《乔尔博的回归》《暗探》

《玛申卡》《卢仁的防守》《绝望》《斩首之邀》《天赋》《暗箱》《绝望》《彼岸》《洛丽塔》《昏暗的斗室》《塞巴斯蒂安·奈特的真实生活》《微暗的火》《圣诞故事》等。

22.米哈伊尔·亚历山大罗维奇·肖洛霍夫

米哈伊尔·亚历山大罗维奇·肖洛霍夫（Михаил Александрович Шолохов，1905—1984）是享有世界声誉的苏联著名作家，是20世纪苏联的一位文学巨人和苏联文学的杰出代表，也是1965年的诺贝尔文学奖得主、苏联最高苏维埃代表、科学院院士，曾获得列宁勋章和"社会主义劳动英雄"称号。肖洛霍夫的作品得到了东西方两个意识形态对立的世界的共同认可，也是唯一一位同时获得诺贝尔文学奖和斯大林文学奖的苏联作家。他的美学思想有两个要点：一是求真，二是求善。作为一位杰出的社会主义现实主义作家，肖洛霍夫在自己的创作中，一方面与人民的意识紧密相连，另一方面继承并发展了列夫·托尔斯泰的叙事传统，展现了俄罗斯现实主义小说的传统。作家从不回避人道主义这个重要的伦理道德问题。他肯定并赞美了在残酷的环境中仍然保持美好人性的人们，展现了20世纪人类与个性的命运。这一点尤其体现在其创作的史诗性长篇小说《静静的顿河》中。这部作品被视为俄罗斯民族对世界文学的杰出贡献。鉴于肖洛霍夫对俄罗斯和世界文学的巨大贡献，联合国教科文组织决定把2005年定为"肖洛霍夫年"。代表作有《顿河故事》《浅蓝色的原野》《静静的顿河》《被开垦的处女地》《一个人的遭遇》《他们为祖国而战》等。

23.鲍里斯·列昂尼多维奇·帕斯捷尔纳克

鲍里斯·列昂尼多维奇·帕斯捷尔纳克（Борис Леонидович Пастернак，

1890—1960）是苏联著名作家、诗人、翻译家，是 1958 年的诺贝尔文学奖获得者，但后因受到苏联文坛的猛烈攻击，被迫拒绝了诺贝尔文学奖。诺贝尔文学奖的授予肯定了帕斯捷尔纳克在现代抒情诗和伟大的俄国小说的传统领域所取得的重大成就。帕斯捷尔纳克是一位在主流意识形态下仍坚持个性创作的作家，其个性化的创作首先表现在创作的主题上。他的作品不以完整的情节和跌宕的叙事见长，而是着重表现作家心灵对生活的独特体验，对艺术形而上的领悟和对人生问题的求索。这一点在作家创作的长篇小说《日瓦戈医生》中得到了充分的体现。这部小说是作者用自己的笔和心灵发出的对现实社会理智而动情的思考。作为诗人，帕斯捷尔纳克的创作被高尔基称赞为"真正诗人的声音，而且是位有社会意义的诗人的声音"。布哈林称赞帕斯捷尔纳克为"当代诗歌界的巨匠"。英国哲学家以赛亚·柏林则称赞帕斯捷尔纳克为俄罗斯文学史上所谓"白银时代"的最后一位也是其中最伟大的一位代表。1990 年是帕斯捷尔纳克诞辰 100 周年，联合国教科文组织宣布这一年为"帕斯捷尔纳克年"。代表作有《云中的双子星座》《越过壁垒》《生活——我的姐妹》《主题与变奏》《1905年》《施密特中尉》《第二次诞生》《早班车上》《安全保护证》《人与事》《日瓦戈医生》《到天晴时》等，翻译作品有《哈姆雷特》《浮士德》《李尔王》《罗密欧与朱丽叶》《麦克白》等。

24. 亚历山大·伊萨耶维奇·索尔仁尼琴

亚历山大·伊萨耶维奇·索尔仁尼琴（Александр Исаевич Солженицын，1918—2008）是俄罗斯著名作家、诗人、历史学家、思想家、社会活动家、俄罗斯科学院院士和 1970 年诺贝尔文学奖获得者。索尔仁尼琴一生追求公平与正义，给俄罗斯留下了丰厚的思想和文学遗产，被誉为"俄罗斯的良心"。他具有 19 世纪俄国批判现实主义大师们的特点，是俄罗斯文学史上被称为与列夫·托尔斯泰和陀思妥耶夫斯基齐名的伟大作家。凭借中篇小说《伊凡·杰尼索维奇的一天》，1970 年索尔仁尼琴获得了诺贝尔文学奖。诺贝尔文学奖的授予肯定了索尔仁尼琴作品中的道德力量及其复活了俄国文学不可或缺的优秀传统。索尔仁尼琴的创作集古典与现代、继承与创新于一体，取材于现实，总是关联着俄罗斯民族的政治、历史与社会，加速了苏联的民主化，推动了历史的发展进程。他力图以其创作针砭时弊，剖析社会，评判历史，被称为苏联"回归文学"的卓越代表，创造了一个崭新的俄罗斯小说体系。2007 年，俄罗斯总统普京向索尔仁尼琴颁发了人文领域杰出成就奖。代表作有《红轮》《第一圈》《伊凡·杰尼索维奇的一天》《马特辽娜的家》《克列切托夫卡车站纪事》《有益于事业》《癌症楼》《古拉格群岛》等。

25. 瓦连京·格里戈里耶维奇·拉斯普京

瓦连京·格里戈里耶维奇·拉斯普京（Валентин Григорьевич Распутин，1937—2015）是俄罗斯当代著名作家、苏联最高苏维埃人民代表和最有声望的作家之一，曾获得苏联社会主义劳动英雄称号、列宁勋章、卫国勋章、劳动红旗勋章、苏联国家奖文化与艺术类大奖、托尔斯泰文学奖、索尔仁尼琴文学奖、陀思妥耶夫斯基文学奖、俄罗斯政府奖等。拉斯普京是所谓农村题材小说最优秀的代表之一。他仔细观察现代社会的矛盾，对人提出了更高的要求，反对个人主义，反对忽视民族大众的价值，但对俄罗斯人民的精神纯洁充满了信心。创作后期，拉斯普京开始投身于现代社会课题的研究，如生态环境、道德问题等。2007 年，在拉斯普京 70 岁生日之际，俄罗斯总统普京向拉斯普京颁发了"对祖国的贡献"三级勋章，以此表彰作家的文学创作成果和对俄罗斯文学做出的巨大贡献。代表作有《我忘了问廖什卡》《远在天边》《最后的期限》《法语课》《活下去，并且要记住》《告别马焦拉》《娜塔莎》《来自这个世界的人》《为玛丽娅借钱》《火灾》《下葬》《意想不到》《新城篝火》《西伯利亚，西伯利亚》等。

26. 约瑟夫·亚历山大罗维奇·布罗茨基

约瑟夫·亚历山大罗维奇·布罗茨基（Иосиф Александрович Бродский，1940—1996）是美籍俄裔诗人、散文家、1987 年诺贝尔文学奖获得者。布罗茨基最初成名不是因为他的诗作，而是因为他作为一位桀骜不驯的年轻诗人对当局进行攻击，且其创作跟苏联当时的主流创作原则——社会主义现实主义不相符合。1987 年布罗茨基凭借自己发表的优秀作品获得了诺贝尔文学奖，成为当时有史以来最年轻的诺贝尔文学奖获得者。诺贝尔文学奖的授予肯定了布罗茨基的创作超越了时空限制，无论在文学上或是敏感问题方面，都充分显示出了他广阔的思想和浓郁的诗意。除了诗歌创作外，布罗茨基在散文和文学评论方面所取得的成果也令人瞩目。作家在散文创作中吸收了俄罗斯和英美的诗学长处，独立于任何权威和传统之外，形成了其独树一帜的语气和语体。布罗茨基的文学评论更多的是在说教，充满着俄式的救赎和激情。俄罗斯前总统叶利钦曾赞誉他是俄罗斯诗歌的太阳，是继普希金之后最伟大的俄罗斯诗人。代表作有《献给约翰·邓恩的大哀歌》《长短诗集》《荒野中的停留》《献给雅尔塔》《话语的部分》《二十世纪史》《乌拉尼亚》《小于一》《论悲伤与理智》《美好时代的终结》《罗马哀歌》《献给奥古斯都的新篇》《鹰的秋鸣》《布罗茨基文集》等。

二、俄苏主要文学批评家简介

1. 维萨里昂·格里戈里耶维奇·别林斯基

维萨里昂·格里戈里耶维奇·别林斯基（Виссарион Григорьевич Белинский，1811—1848）是俄国哲学家、文学批评家。别林斯基的思想经历了由启蒙主义到革命民主主义，由唯心主义到唯物主义的转变过程。别林斯基对俄国文学的贡献是多方面的。他不仅通过他的著作宣传了革命民主主义的政治纲领，而且第一个系统地总结了俄国文学发展的历史，科学地阐述了艺术创作的规律，提出了一系列重要的文学和美学见解，成为俄国文学批评与文学理论的奠基人。他的文学评论与美学思想在俄国文学史上起过巨大的作用，推动了俄国现实主义文学的进一步发展，对车尔尼雪夫斯基、杜勃罗留波夫美学观念的形成有直接的影响。代表作有《文学的幻想》《艺术的概念》《亚历山大·普希金作品集》《致果戈理的一封信》《一八四二年的俄国文学》《一八四六年俄国文学一瞥》《一八四七年俄国文学一瞥》等。

2. 尼古拉·加夫里洛维奇·车尔尼雪夫斯基

尼古拉·加夫里洛维奇·车尔尼雪夫斯（Николай Гаврилович Чернышевский，1828—1889）是俄国作家、文学批评家、唯物主义哲学家、革命民主主义者和人本主义的代表人物。他的著述活动是多方面的，涉及哲学、经济学、美学、社会学等领域。他是继贵族革命家之后登上历史舞台的第二代俄国革命战士，是平民知识分子革命家中最杰出的代表。车尔尼雪夫斯基继承和发展了俄国革命民主主义者别林斯基和赫尔岑的思想，同时受到费尔巴哈的深刻影响。他是反对沙皇农奴制度的代表人物和先进思想的启蒙者。车尔尼雪夫斯基通过自己的创作宣传唯物主义，揭露和对抗反动黑暗势力，寻求建立新社会。列宁把他誉为"未来风暴中的年轻舵手"，普列汉诺夫把他比作俄国的普罗米修斯。车尔尼雪夫斯基提出了"美是生活"的美学思想，并系统地审视了俄国文学批评思想的发展。代表作有《怎么办？》《艺术对现实的审美关系》《哲学中的人本主义原理》《生活与美学》《俄国文学果戈理时期概观》《序幕》等。

3. 尼古拉·亚历山大罗维奇·杜勃罗留波夫

尼古拉·亚历山大罗维奇·杜勃罗留波夫（Николай Александрович Добролюбов，1836—1861）是俄国 19 世纪著名的革命民主主义者、哲学家和文艺批评家。杜勃罗留波夫在文艺理论和美学方面遵循了别林斯基和车尔尼雪夫斯基的战斗传统和唯物主义美学原则，继续捍卫并发展了现实主义的创作方法及文学的人民性原则。他认为物质是第一性的，意识是第二性的，文学艺术是客观现实在人们意识中的反映，强调文学艺术改造社会的作用，反对"为艺术而艺术"。杜勃罗留波夫的理论对当时的俄国社会有较大影响，在哲学、美学、文艺批评方面给人类留下了宝贵的遗产。恩格斯曾称车尔尼雪夫斯基和他是"两个社会主义的莱辛"。代表作有《俄国文学发展中人民性渗透的程度》《什么是奥勃洛莫夫性格？》《黑暗的王国》《黑暗王国中的一线光明》《真正的白天何时到来？》等。

后　记

　　本书作为张杰教授主持的国家社科基金重大招标项目"东正教与俄罗斯研究"（15ZDB092）子课题——"'聚和性'与俄罗斯文学经典"的最终成果，成稿于2020年8月。其后按部就班地经历了审读、查重、课题经费审核等环节，于2020年底提交鉴定，并于2021年5月顺利通过结项。此刻，在本书即将付梓之际，作为本子课题负责人，笔者回顾五年的研究历程，不禁感慨：这项研究对笔者不啻为一次很好的锤炼！五年间，由于日常教学任务繁重，也由于本子课题所涉之文学现象——俄罗斯文学经典早已脍炙人口，且为学界多方研究，所以笔者和本子课题组成员所面临的压力是巨大的。于是，如何推陈出新，为国内学界和广大读者提供一部视角独特的专著成为本研究贯穿始终的要旨。欣慰的是，我们齐心协力，迎难而上，终于顺利完成了任务！

　　在此，首先由衷感谢总项目首席专家、南京师范大学张杰教授！张老师担任南京师大外国语学院院长16年，先后主持并完成过五项国家社科基金项目。丰富的学术与行政经验一方面使他在课题研究与管理上游刃有余，另一方面也为我们树立了榜样。没有张老师的信任与引领，笔者就不可能从俄罗斯文化和语言哲学领域勇敢地跨回到俄罗斯文学领域，并开拓俄罗斯文学的哲学阐释研究之路；没有张老师的大力支持，本子课题组也就难以顺利完成任务。也特别感谢大连外国语大学校长刘宏教授、彭文钊教授和王钢博士！感谢中国人民大学梁坤教授、苏州大学朱建刚教授、中国社会科学院吴晓都教授和万海松博士、黑龙江大学刘锟教授和孙超教授！感谢俄罗斯语文学家、文学评论家叶萨乌洛夫（И. А.Есаулов）教授和莫斯科国立大学哲学系米罗诺夫 (В. В. Миронов) 教授！他们在笔者参加国际学术会议、调研采访、搜集资料等方面提供了不少便利。

本书的完成首先离不开南京师大俄语系团队的大力支持：全书主体共十三章，其中，除笔者所撰写的部分外，张杰和秦彩虹撰写了第五章的主体部分（95—107 页），栾昕撰写了第十章（202—217 页），谢明琪撰写了第十三章（255—272 页）。附录由张新卫整理。叶林博士为本书稿的审读与排版付出了大量心血。此外，笔者的研究生郭兰兰参与了本书第十一章的部分写作。笔者特此向他们表示衷心的感谢！

同时，不能忘记的是，在笔者开展本课题研究期间，这些单位与个人给予过笔者多方位的大力支持：南京师范大学外国语学院党政领导和俄语系管月娥教授、管海莹教授；广东外语外贸大学科研处、西语学院党政领导和俄语系全体同仁；还有笔者的家人和笔者的研究生们。衷心感谢他们！

最后，衷心感谢中国华侨出版社为本书架起通向读者的桥梁！尤其感谢桑梦娟编辑的辛勤付出！

由于本书作者水平所限，错误与不足在所难免。欢迎专家和读者批评指正！

萧净宇

2021 年 8 月于广州

广东外语外贸大学